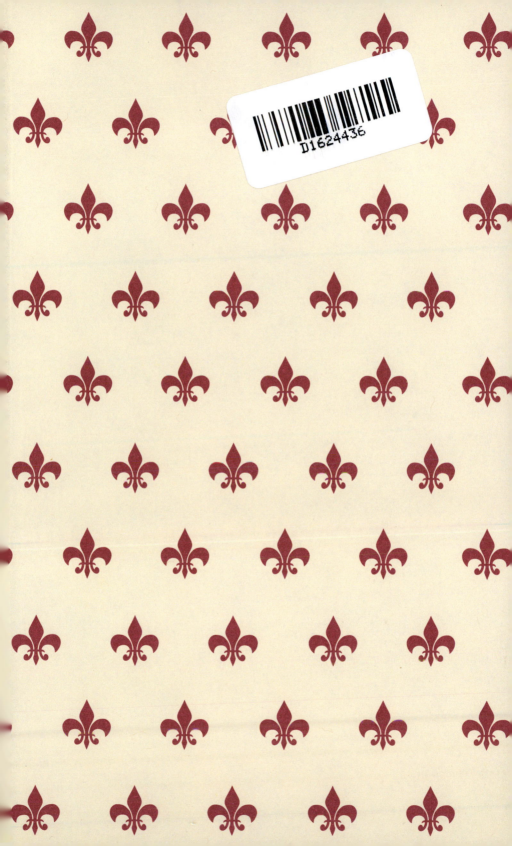

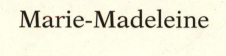

Marie-Madeleine

Kathleen McGowan

Marie-Madeleine

1. Le Livre de l'Élue

Traduit de l'anglais (États-Unis) par Arlette Stroumza

roman

ÉDITIONS
FRANCE
LOISIRS

Titre original : *The Expected One*
publié par Touchstone, a registered trademark of Simon & Schuster, Inc.

Édition du Club France Loisirs,
avec l'autorisation des Éditions XO.

Éditions France Loisirs,
123, boulevard de Grenelle, Paris.
www.franceloisirs.com

ISBN :
978-2-7441-9893-9 pour la version reliée
978-2-7441-9894-6 pour la version brochée

Ce livre est dédié à :

Marie-Madeleine

Ma muse, mon ancêtre ;

Peter McGowan

Le rocher sur lequel j'ai construit ma vie ;

Mes parents, Donna et Joe

Pour leur amour inconditionnel
et leurs origines intéressantes ;

Et à nos princes du Graal

Patrick, Conor et Shane,
Qui remplissent nos vies d'amour, de rires et d'inspiration.

À la femme élue et à ses enfants

Que j'aime en vérité ;

Et ne suis pas seul à aimer

Mais avec tous ceux qui connaissent la vérité ;

À cause de la vérité qui vit en nous

Et y vivra à jamais.

Jean 2,1-2

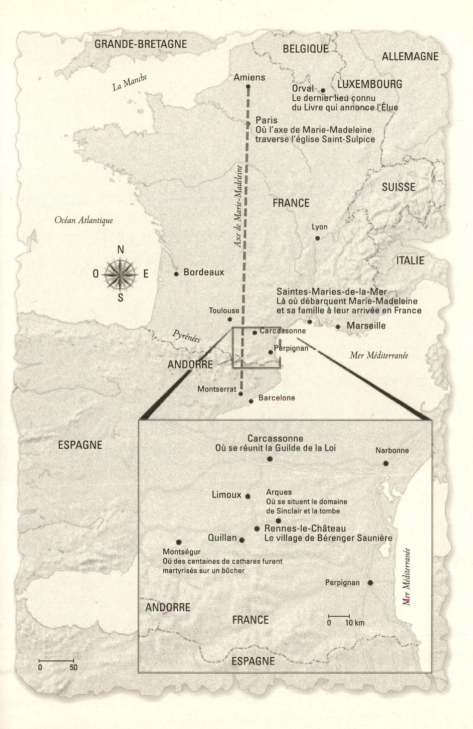

Prologue

Sud de la Gaule

72 apr. J.-C.

Il ne restait pas beaucoup de temps.

La vieille femme s'enveloppa dans son châle effrangé. L'automne s'annonçait précoce dans les montagnes rouges, elle le sentait dans ses os. Elle plia doucement les doigts, pour dénouer ses articulations douloureuses. Ses mains ne pouvaient lui faire défaut, il restait trop à dire. Il fallait qu'elle termine d'écrire ce soir. Tamar ne tarderait pas à arriver avec les jarres, et tout devait être prêt.

Elle s'autorisa le luxe d'un long soupir. *Cela fait si longtemps que je suis fatiguée. Tellement, tellement longtemps.*

La tâche à laquelle elle se consacrait était, elle le savait, la dernière qu'elle accomplirait sur cette terre. Les jours passés à raviver ses souvenirs lui avaient ôté le peu de forces qui lui restaient. Ses vieux os étaient lourds de l'indicible chagrin et de la lassitude de ceux qui survivent à leurs bien-aimés. Les épreuves que Dieu lui avait réservées n'étaient pas des moindres.

Tamar était sa fille unique et le seul de ses enfants encore en vie. Elle était sa bénédiction, la lumière qui brillait en les sombres heures de la nuit peuplées de souvenirs plus effrayants que des cauchemars, et qui refusaient de refluer. Sa fille était désormais l'unique survivante de la Grande Époque. Bien qu'elle n'eût été qu'une enfant lorsqu'ils avaient tous joué leur rôle dans l'histoire, il était réconfortant de savoir qu'il y avait encore quelqu'un qui se rappelait et comprenait.

Les autres étaient morts. Presque tous avaient été sauvagement martyrisés par des hommes qui ne méritaient pas ce nom. Peut-être certains survivaient-ils, éparpillés sur la carte de la terre que Dieu avait créée. Elle ne le saurait jamais. Elle n'avait aucune nouvelle d'eux depuis bien des années, mais elle priait pour eux, du lever au coucher du soleil, surtout en ces jours où les souvenirs affluaient. Elle espérait de toute son âme qu'ils avaient trouvé la paix, et que la torture de milliers de nuits d'insomnie leur avait été épargnée.

Oui, Tamar était son unique refuge en ces années crépusculaires. Sa fille était trop jeune, alors, pour garder un souvenir précis des Jours obscurs, mais assez âgée pour se rappeler la beauté et la grâce de ceux que Dieu avait choisis pour cheminer sur Sa sainte route. Tamar, qui avait voué sa vie à la mémoire de ces élus, n'était que pur amour et son dévouement à sa mère, en ces derniers jours de sa vie, était extraordinaire.

Quitter ma fille bien-aimée sera mon ultime épreuve. Même maintenant, alors que la mort approche, je ne m'y résous pas.

Et pourtant…

Elle sortit de la grotte où elle vivait depuis près de quarante ans. Le ciel vers lequel elle leva son visage émacié était clair et brillait des feux de toutes ses étoiles. Jamais elle ne cesserait de s'émerveiller de la création de Dieu. Quelque part, au-delà de ces étoiles, les âmes de ceux qu'elle avait tant aimés l'attendaient. Et elle les sentait plus proches que jamais.

Elle Le sentait, Lui.

Que Ta volonté soit faite, murmura-t-elle au ciel nocturne. Puis, lentement, la vieille femme rentra dans son antre, et, dans un long soupir, examina le grossier parchemin qu'éclairait la pâle lumière d'une lampe à huile.

Elle prit son stylet, et continua d'écrire.

***

Tant d'années ont passé, et pourtant écrire sur Judas Iscariote n'est pas plus facile que durant les Jours obscurs. Non pas que je nourrisse une quelconque rancune contre lui, bien au contraire.

Je vais raconter l'histoire de Judas, et j'espère ainsi lui rendre justice. C'était un homme qui ne tolérait aucun compromis avec ses principes, et ceux qui nous suivaient alors doivent le savoir : il ne les a pas trahis, ne nous a pas trahis, pour quelques pièces d'argent. En vérité, Judas fut le plus loyal des Douze. Les raisons de me lamenter ne m'ont guère manqué, en ces dernières années, et pourtant il n'est personne, sauf un, que je pleure autant que Judas.

Nombreux sont ceux qui voudraient que je dise du mal de Judas, que je le condamne comme un traître, qui ne sut pas voir la vérité. Mais ce seraient des mensonges, et il y aura assez de mensonges qui seront écrits sur nous. Dieu me l'a montré. Je n'y ajouterai pas les miens.

Quel serait donc mon but, sinon de dire toute la vérité sur ce qui s'est passé en ce temps-là ?

Arques. L'Évangile de Marie-Madeleine, Livre des disciples.

Chapitre 1

Marseille

Septembre 1997

Il faisait bon mourir à Marseille. Le port traînait une séculaire réputation de repaire de pirates, de contre-bandiers et de coupeurs de gorge depuis que les Romains l'avait conquis sur les Grecs, avant notre ère.

Vers la fin du XXe siècle, les efforts du gouvernement français furent couronnés de succès, et l'on put aller déguster une bouillabaisse sans craindre d'être dépouillé ou assassiné. Cependant, le crime, inscrit dans l'histoire et dans les gènes de la ville, ne choquait pas la population, et les pêcheurs, blasés, ne cillaient pas lorsqu'ils ramenaient dans leurs filets une prise qui n'aurait pas sa place dans la soupe de poisson.

Roger-Bernard Gélis n'était pas originaire de Marseille. Il était né et avait grandi au pied des Pyrénées, dans une communauté qui se drapait fièrement dans son anachronisme. Le XXIe siècle n'avait bouleversé ni ses traditions ni son ancienne culture, fondée sur la prééminence de l'amour et de la paix sur les petits soucis de la vie quotidienne. Mais Gélis n'avait plus l'âge de la naïveté et, en tant que chef de sa communauté, dont il préservait la paix spirituelle, il savait qu'elle avait son content d'ennemis.

15

Roger-Bernard avait coutume de dire que plus la lumière est vive, plus elle attire de profondes ténèbres.

Il avait la stature d'un géant et en imposait aux étrangers. Ceux qui ignoraient sa bonté naturelle auraient pu le prendre pour un homme redoutable. On apprendrait plus tard que ses agresseurs ne lui étaient pas inconnus.

Il aurait dû s'y attendre, prévoir qu'on ne le laisserait pas porter librement un trésor aussi inestimable. Un million ou presque de ses ancêtres n'avaient-ils pas déjà trouvé la mort à cause de cela ? Mais la balle le frappa par-derrière, et fit éclater son crâne avant qu'il n'eût senti la proximité de l'ennemi.

La balle ne fournirait aucun indice à la police puisque les assassins ajoutèrent une note de raffinement à leur acte. Ils étaient certainement plusieurs, car la taille et le poids de la victime laissaient supposer qu'il avait fallu déployer une force physique considérable pour accomplir ce qui s'ensuivit.

Grâce à Dieu, Roger-Bernard mourut avant le début du rituel. Lui furent épargnées la jubilation des tueurs à l'œuvre, la haine qui émanait du mantra entonné par leur chef, exalté par sa tâche.

Neca eos omnes. Neca eos omnes.

Trancher une tête humaine n'est pas une mince affaire. Il faut de la force, de la détermination et un outil bien aiguisé. Ceux qui assassinèrent Roger-Bernard Gélis avaient les trois et s'en servirent avec une remarquable efficacité.

***

Le corps, bousculé par les marées et dévoré par les habitants affamés des profondeurs, avait séjourné longtemps dans la mer. Les enquêteurs, découragés par l'état du cadavre, remarquèrent à peine qu'il lui manquait un doigt. Sur le rapport d'autopsie, enterré par l'inertie de la bureaucratie ou pour une autre raison, on se contenta de noter que son index droit avait été tranché.

***

Jérusalem

Septembre 1997

La vieille ville bruissait de l'activité frénétique d'un vendredi après-midi. Le poids de l'histoire alourdissait l'air raréfié tandis que les fidèles se hâtaient vers leurs temples respectifs. Les chrétiens arpentaient la Via Dolorosa, la suite de rues pavées et sinueuses que Jésus-Christ, le corps rompu par les coups, en sang, chargé de son lourd fardeau, avait gravies pour honorer le destin que Dieu lui avait réservé, au sommet de la colline du Golgotha.

En cet après-midi d'automne, l'américaine Maureen Pascal, journaliste et écrivain, se confondait avec tous les pèlerins venus des quatre coins du monde. L'entêtante brise de septembre se mêlait au parfum des huiles précieuses qui s'échappaient des ruelles du marché. Maureen, tenant à la main un guide acheté à une organisation chrétienne sur Internet, arpentait cette terre si chargée d'émotions. Le guide détaillait les quatorze stations du chemin de Croix.

— Madame, tu veux un rosaire ? En bois du mont des Oliviers ?

— Madame, tu cherches un guide ? Tu ne te perdras jamais, je te montrerai tout.

Comme presque toutes les femmes, Maureen était obligée de décourager les avances des marchands. Certains s'obstinaient à proposer leurs services ou leurs marchandises. D'autres étaient simplement attirés par le charme de cette femme de petite taille aux longs cheveux roux et au teint clair, rare en cette contrée. Maureen les renvoyait d'un « Non merci » ferme et poli avant de détourner les yeux et de continuer son chemin. Son cousin Peter, fin connaisseur du Moyen-Orient, l'avait préparée aux habitudes de la vieille ville, et Maureen, qui, en ce qui concernait son travail, accordait une importance extrême au plus infime détail, avait étudié attentivement la culture et les mœurs de Jérusalem. Elle en était récompensée, puisqu'elle évitait au maximum les distractions, se concentrait sur ses thèmes de recherche et prenait consciencieusement des notes dans un cahier relié de moleskine.

La beauté de la chapelle franciscaine de la Flagellation, où Jésus avait été fouetté, l'avait émue aux larmes. L'intensité de sa réaction l'avait étonnée, car elle n'était pas venue à Jérusalem en pèlerin mais en écrivain en quête d'un cadre historique bien documenté. Maureen souhaitait certes mieux comprendre les événements du vendredi saint, mais elle se lançait dans cette recherche avec son cerveau plutôt qu'avec son cœur.

Avant de se rendre à la chapelle de la Condamnation, où Jésus avait reçu sa croix après que Ponce Pilate eut prononcé la sentence, Maureen entra au couvent des Sœurs de Sion. La gorge serrée, elle ressentit de nouveau un chagrin intense. Des bas-reliefs grandeur nature illustraient les étapes de ce terrible matin, deux mille ans plus tôt. Elle s'immobilisa devant une scène d'une brûlante humanité : un disciple essayait d'entraîner Marie, mère de Jésus, pour lui épargner la vue de son fils portant la Croix. Des larmes lui montèrent aux yeux. Pour la première fois de sa vie, elle pensait à ces personnages historiques de première grandeur comme à des êtres humains, faits de chair et de sang, et subissant un sort d'une intolérable cruauté.

En proie à une sorte de vertige, Maureen s'appuya contre un vieux mur de pierre et s'attacha à retrouver son calme avant de continuer à prendre des notes sur les peintures et les sculptures.

Elle poursuivit son chemin, mais les traverses labyrinthiques et trompeuses de la Vieille ville eurent raison de sa carte. Les noms des rues avaient été souvent effacés par le temps, et Maureen jura en silence en s'apercevant qu'elle s'était perdue une fois de plus. Elle s'abrita du soleil sous l'auvent d'un magasin et consulta son guide.

— La huitième station ne peut pas être loin, murmura-t-elle.

Maureen s'y intéressait tout particulièrement car son travail était centré sur l'histoire vue par les femmes et elle relut le passage des Évangiles relatif à cette station.

« Un grand nombre de gens le suivaient, dont des femmes qui gémissaient. Jésus leur dit : "Ne pleurez pas sur moi, filles de Jérusalem. Pleurez sur vous et sur vos enfants." »

Un petit coup frappé à la vitrine fit sursauter Maureen. Elle leva les yeux, s'attendant à affronter la colère d'un commerçant mécontent qu'on bloquât sa porte. Mais le visage qu'elle avait devant les yeux était radieux. Un Palestinien d'un certain âge, impeccablement habillé, lui faisait signe d'entrer dans le magasin d'antiquités. Et, lorsqu'il s'adressa à elle, ce fut dans un anglais remarquable bien que teinté d'un fort accent.

— Entrez, je vous en prie. Soyez la bienvenue. Je m'appelle Mahmoud. Vous êtes-vous perdue ?

— Je cherche la huitième station, dit Maureen en agitant son livre. Selon la carte…

— Oui, oui, la huitième station, dit Mahmoud en écartant le guide. Jésus rencontre les saintes femmes de Jérusalem. C'est tout près d'ici, à gauche. Il y a une croix sur une pierre, pour la signaler, mais il faut regarder de près !

Sur ces mots, l'homme dévisagea Maureen et ajouta :

— C'est toujours comme cela à Jérusalem. Il faut très bien regarder pour voir ce qu'il y a à voir.

Maureen avait suivi ses gestes et compris ses indications. Elle le remercia et allait le quitter lorsque son œil fut attiré par un chatoiement de couleurs, dans la vitrine. Le magasin d'antiquités de Mahmoud était l'un des meilleurs de Jérusalem et renfermait de nombreuses pièces anciennes authentiques, des bijoux, des lampes à huile, ou encore des pièces de monnaie à l'effigie de Ponce Pilate.

— Ce sont des perles de fouilles de l'époque romaine, expliqua Mahmoud tandis que Maureen admirait un éventaire où étaient disposés des bijoux en or et en argent richement incrustés d'éclats de mosaïque.

— Ils sont magnifiques ! Je me demande ce qu'ils pourraient raconter...

— Ils faisaient peut-être partie d'un flacon de parfum, d'une jarre à épices ou d'un vase, pour les roses et les lys.

— C'est stupéfiant d'imaginer que ce sont les vestiges d'objets de tous les jours, utilisés il y a deux mille ans !

Maureen s'attarda dans la boutique et s'extasia sincèrement devant la qualité et la beauté des objets qu'elle renfermait. Elle passa le bout du doigt sur une lampe à huile en céramique.

— Elle a vraiment deux mille ans ? interrogea-t-elle.

— Mais oui ! Et certains de mes objets sont encore plus anciens.

— Ne devraient-ils pas être dans un musée ?

— Mais, chère madame, Jérusalem tout entière est un musée. On ne peut creuser le moindre trou dans son jardin sans déterrer une antiquité ! Les plus précieuses se trouvent dans les grandes collections. Mais pas toutes, heureusement.

Maureen s'arrêta devant une vitrine de bijoux martelés, en cuivre oxydé par le temps. Elle contemplait une bague ornée d'un disque de la taille d'une petite pièce de monnaie. Suivant son regard, Mahmoud la sortit pour elle. Un rayon de soleil fit étinceler le cuivre et révéla neuf points gravés autour d'un cercle central.

— C'est un choix très judicieux, reprit Mahmoud d'un ton subitement grave.

— De quand date cette bague ?

— C'est difficile à dire. Selon mes experts, elle est byzantine, VIᵉ ou VIIᵉ siècle. Peut-être même avant.

— Ce dessin, dit Maureen, pensive, j'ai l'impression de l'avoir déjà vu. Savez-vous ce qu'il symbolise ?

— Je ne peux pas deviner ce que voulait dire l'artisan qui l'a gravé il y a mille cinq cents ans. Mais on m'a dit qu'elle avait appartenu à un cosmologue.

— Un cosmologue ?

— Oui, un homme qui étudie la relation entre la terre et le cosmos. Tel en haut, tel en bas. La première fois que j'ai vu cette bague, j'ai pensé à des planètes dansant autour du soleil.

— Il y en a neuf, fit Maureen en comptant à haute voix. Mais comment aurait-on su, à l'époque, qu'il y avait neuf planètes et qu'elles tournaient autour de l'astre solaire ?

— Comment savoir ce que connaissaient les anciens ? Essayez-la, je vous en prie.

Maureen, peu désireuse d'engager une négociation avec le vendeur, rendit la bague à Mahmoud.

— Non, merci. Elle est magnifique, mais j'étais simplement curieuse. Et je me suis promis de ne pas dépenser d'argent aujourd'hui.

— Tant mieux, dit Mahmoud en refusant de lui reprendre la bague. D'ailleurs, elle n'est pas à vendre.

— Pardon ?

— Non. On a souvent voulu me l'acheter, mais j'ai toujours refusé. Ne vous gênez donc pas pour l'essayer, pour le plaisir.

Parce que, peut-être, Mahmoud avait retrouvé une

certaine légèreté de ton, ou parce que le bijou exerçait sur elle une attraction étrange, Maureen passa la bague à son annulaire droit. Elle lui allait parfaitement.

Le marchand, redevenant grave, hocha la tête et murmura :

— On dirait qu'elle a été faite pour vous.

— Je n'arrive pas à la quitter des yeux, dit Maureen qui avait levé sa main dans la lumière.

— C'est parce que vous êtes censée la posséder.

Inquiète de voir poindre de nouveau le désir de vendre, Maureen leva les yeux. Mahmoud avait beau être vêtu plus élégamment que les autres marchands, il faisait le même métier.

— Je croyais vous avoir entendu dire qu'elle n'était pas à vendre, fit-elle d'un ton plus sec, en essayant d'ôter la bague.

— Non, je vous en prie, s'interposa le marchand en tendant les mains.

— Bon, d'accord. Alors, c'est le moment de négocier. Combien vaut-elle ?

— Vous ne m'avez pas compris, rétorqua le marchand, apparemment offensé. Cette bague m'a été confiée, pour que je la passe à la bonne main. Celle pour laquelle elle a été faite. Je vois que c'est la vôtre. Je ne peux donc pas vous la vendre, puisqu'elle vous appartient déjà.

— Je ne comprends pas, dit Maureen, avec curiosité en regardant tour à tour la bague et le marchand.

— Non, bien sûr ! Mais vous comprendrez un jour, rétorqua Mahmoud en souriant et en se dirigeant vers la porte de sa boutique. Pour l'instant, contentez-vous de garder la bague. C'est un cadeau.

— Mais je ne peux accepter…

— Vous pouvez, vous devez. Si vous refusez, alors j'aurai échoué dans ma mission. Je suis sûr que vous ne voulez pas porter ce poids sur votre conscience.

Maureen le suivit, intriguée et déconcertée.

— Je ne sais pas quoi dire, ni comment vous remercier.

— Inutile, inutile. Allez, maintenant. Les mystères de Jérusalem vous attendent.

Il lui tint la porte, respectueusement.

— Au revoir, Madone, murmura-t-il.

Maureen s'immobilisa.

— Qu'avez-vous dit ?

— J'ai dit au revoir, madame, répondit le marchand avec un sourire énigmatique.

Et il fit un signe d'adieu à la jeune femme qui lui rendit son salut et s'en retourna affronter l'ardent soleil du Moyen-Orient.

**

Maureen reprit la Via Dolorosa, et trouva la huitième station en suivant les indications de Mahmoud. Mais elle était agitée, incapable de se concentrer. Cette rencontre la troublait infiniment. De nouveau, elle ressentit un vertige, plus violent que le premier, qu'elle attribua au décalage horaire. Elle était arrivée la veille, le vol depuis Los Angeles avait été long et pénible, et elle n'avait pas beaucoup dormi la nuit précédente. Quelles que soient les causes de ce qui allait arriver – chaleur, fatigue, faim ou quelque chose de plus inexplicable –, Maureen s'apprêtait à vivre une expérience totalement nouvelle.

Elle s'assit sur un banc de pierre, pour se reposer, et une nouvelle vague de vertige s'emparait d'elle au moment où, soudain, un rayon de soleil fulgurant l'aveugla, la transportant ailleurs.

Elle était au milieu d'une foule, tout autour d'elle régnait le chaos – cris et bousculades en tous sens. Elle avait gardé assez de présence d'esprit pour remarquer que les gens étaient vêtus de tuniques grossièrement manufacturées. Ceux qui étaient chaussés portaient de simples sandales, constata-t-elle lorsque quelqu'un lui marcha sur le pied. Il y avait une majorité d'hommes, barbus et crasseux, qui déambulait sous l'ardent soleil de l'après-midi. Sur leurs visages affligés ou assombris par la colère dégoulinait un mélange de saleté et de sueur. Elle était au bord d'une route étroite, et essayait de se frayer un chemin. Un fossé naturel se créa, un petit groupe s'avança lentement. La foule se regroupa pour le suivre. Lorsque la masse en mouvement se rapprocha d'elle, Maureen vit la femme pour la première fois.

Tel un îlot solitaire et immobile au centre du chaos, elle était l'une des rares femmes de la multitude, mais ce n'était pas la raison pour laquelle on la remarquait. Son attitude, son noble maintien la désignait comme reine, malgré la poussière qui souillait ses pieds et ses mains. Ses brillants cheveux auburn, en désordre, étaient en partie couverts par le voile rouge qui lui cachait la moitié du visage. Maureen sut instinctivement qu'il lui fallait s'approcher de cette femme, lui parler, la toucher. Mais la foule trop dense l'empêchait d'avancer et elle se mouvait dans une épaisseur lente et rêveuse.

Tout en s'efforçant de la rejoindre, Maureen se sentit frappée par la beauté douloureuse de son visage à la fine ossature, aux traits délicats. Par ses yeux, surtout, qui la hanteraient longtemps après que la vision se serait évanouie. Immenses, brillants de larmes contenues, et d'une couleur indéfinissable, unique, entre l'ambre et le vert, d'un noisette clair qui reflétait une sagesse infinie et une intolérable tristesse. Le regard déchirant de la femme croisa celui de Maureen pendant un interminable instant, lui communiquant une supplique muette et l'intensité de son désespoir.

Tu dois m'aider.

Maureen sut que cette prière s'adressait à elle.

Pétrifiée, elle s'ancrait dans ce regard qui ne la quitta que pour se poser sur une enfant qui tirait de toutes ses forces sur les jupes de la femme.

La fillette avait les mêmes yeux noisette que sa mère. Un petit garçon se tenait derrière elle ; ses yeux étaient plus sombres, mais il lui ressemblait beaucoup. En un éclair, Maureen sut qu'elle était la seule personne au monde capable d'aider cette étrange reine affligée et ses enfants, dont elle ressentait les souffrances dans son corps.

La foule s'interposa de nouveau et Maureen, en sueur, se sentit submergée par une vague de désespoir.

***

La jeune femme cligna plusieurs fois les yeux et secoua la tête, désorientée, ne sachant plus où elle était. Son jean, son sac à dos en microfibres et ses chaussures de sport prouvaient qu'on était bien au XXe siècle. La Vieille ville bruissait toujours, mais les gens étaient habillés de vêtements contemporains et les sons étaient différents. Un air populaire de musique américaine diffusé par Radio Jourdain s'échappait d'une boutique voisine. Un adolescent palestinien battait la mesure sur le comptoir, et lui sourit sans perdre le tempo.

Maureen se leva et s'efforça d'échapper à la vision, si c'en était une, qu'elle venait d'avoir. Elle ne voulut pas prendre le temps de s'appesantir sur l'étrange expérience, car elle ne disposait que de quelques jours pour s'imprégner des deux mille ans d'histoire de Jérusalem. Faisant appel à sa discipline de journaliste et à son habitude de refréner ses émotions, elle classa mentalement la vision dans la rubrique « à voir plus tard » et se remit en route.

Un essaim de touristes britanniques guidé par un prêtre anglican entoura soudain Maureen. L'ecclésiastique annonça aux pèlerins qu'ils approchaient du lieu le plus sacré de la chrétienté, la basilique du Saint-Sépulcre.

Maureen s'était documentée, et savait que les autres stations du chemin de Croix se trouvaient dans l'édifice qui recouvrait tout le site de la crucifixion depuis que l'impératrice Hélène avait fait le vœu de protéger cette terre sacrée, au IVe siècle. Hélène, qui était la mère du saint empereur romain Constantin, avait été canonisée en récompense de ses efforts.

Maureen s'approcha lentement et d'un pas hésitant des immenses portes de la basilique. Elle eut soudainement conscience de ne pas être entrée dans une église depuis de nombreuses années, et n'avait aucune envie de changer ses habitudes. Elle se sermonna cependant : la recherche qui l'avait conduite jusqu'en Israël était universitaire et non spirituelle. Aucune raison, donc, de céder à sa répugnance. Elle franchit les portes d'un pas plus résolu.

Une forte émotion émanait incontestablement du gigantesque temple, où le prêtre anglican s'adressait à ses ouailles :

— Vous verrez dans l'enceinte de ces murs les lieux mêmes du sacrifice de Notre-Seigneur. Ici, on lui a arraché ses vêtements et on l'a cloué sur la Croix. Vous pénétrerez dans la sainte tombe où son corps sans vie fut descendu. Mes frères et mes sœurs en Jésus-Christ, après être entrés ici, vos vies ne seront plus jamais les mêmes.

***

L'odeur entêtante de l'encens emplissait l'air ambiant. Des pèlerins venus de toutes les branches du christianisme se pressaient entre ces murs gigantesques. Maureen dépassa un groupe de prêtres coptes engagés dans une discussion animée et observa le prêtre grec orthodoxe qui allumait un cierge dans une petite chapelle. Invisible, un chœur d'hommes chantait dans une langue très exotique pour des oreilles occidentales.

Maureen assimilait tous ces sons et ces images et se laissait gagner par la charge émotionnelle du lieu. Elle ne vit pas le petit homme qui s'approchait d'elle avant qu'il ne lui tapât sur l'épaule. Elle sursauta.

— Pardon ! Pardon, miss Mo-ree, dit l'homme qui, contrairement à Mahmoud, s'exprimait dans un anglais si approximatif que la jeune femme ne comprit pas immédiatement qu'il prononçait son prénom.

— Mo-ree, votre nom. C'est Mo-ree, oui ?

Maureen, intriguée, se demanda comment le petit homme connaissait son nom. Elle n'était arrivée à Jérusalem que la veille, et seul le réceptionniste de l'hôtel King David avait eu l'occasion de l'apprendre. Mais l'homme insistait.

— Vous, Mo-ree. Mo-ree, l'écrivain. Oui ?

— Oui, acquiesça-t-elle, je m'appelle Maureen, en effet. Mais comment le savez-vous ?

Le petit homme ignora la question et lui prit la main pour l'entraîner à travers l'église.

— Pas le temps. Pas le temps. Venez. Nous vous attendons depuis longtemps. Venez, venez.

Pour un homme de si petite taille, moins grand que Maureen qui pourtant était petite, il marchait très vite. Ses courtes jambes le propulsaient à toute vitesse dans la basilique, et ils dépassèrent les pèlerins qui faisaient la queue pour entrer dans la tombe du Christ. Il s'arrêta subitement devant un petit autel, à l'arrière de l'église, où trônait une statue de femme en bronze, grandeur nature, les bras tendus vers un homme dans un geste de supplication.

— Chapelle de Marie-Madeleine. Magdalena. Tu viens ici pour elle, oui ?

Maureen hocha la tête en déchiffrant la plaque au bas de la statue.

ICI, MARIE-MADELEINE FUT LA PREMIÈRE À VOIR NOTRE-SEIGNEUR SE RELEVER D'ENTRE LES MORTS.

Elle lut ensuite à haute voix une autre plaque :

« Femme, pourquoi pleures-tu ? Qui cherches-tu ? »

Elle ne put cependant s'attarder, car le bizarre petit homme l'avait reprise par la main et l'entraînait plus loin, dans un recoin sombre.

— Viens. Viens.

Il s'arrêta devant un grand portrait de femme. Le temps, l'encens et des siècles d'huile de lampe avaient encaissé leur tribut sur la toile, et Maureen dut s'en approcher de plus près. Le petit homme se mit à parler d'une voix grave.

— Peinture très vieille. Grecque. Comprends ? Grecque. Tableau très important de Notre Dame. Elle veut raconter son histoire à toi. C'est pour elle que tu es là, Moree. Nous attendre depuis longtemps. Elle aussi, attendre. Attendre toi. Oui ?

Maureen s'absorba dans la contemplation du tableau, qui représentait une femme en manteau rouge. Puis, très curieuse, elle voulut interroger le petit homme. Mais il avait disparu comme il était venu.

— Attendez ! cria Maureen, et sa voix résonna dans l'immense église sans obtenir de réponse.

Elle s'approcha encore du tableau. La femme portait une bague à la main droite : un disque de cuivre, où étaient gravés neuf cercles autour de la sphère centrale. Un seul regard suffit à Maureen. La bague qu'elle portait au doigt était identique à celle du tableau.

***

On parlera beaucoup, dans les temps à venir, de Simon, le pêcheur d'hommes, qu'Easa et moi appelions Pierre alors que les autres l'appelaient Cephas, ce qui était naturel dans leur langue. Si l'histoire lui fait justice, elle dira combien il aimait Easa, et son incomparable loyauté envers lui.

On me dit qu'on a déjà beaucoup écrit sur ma propre relation avec Simon-Pierre. Pour certains, nous étions ennemis et adversaires. Ils voudraient faire croire que Pierre me méprisait et que nous rivalisions pour nous attirer la faveur d'Easa ; et d'autres disent que Pierre détestait les femmes, mais cette accusation ne peut être portée contre un des disciples d'Easa. Aucun d'entre eux n'avait de mépris pour les femmes, aucun d'eux ne sous-estimait leur valeur aux yeux de Dieu. Celui qui prétend le contraire et se dit disciple d'Easa est un menteur.

Ces accusations contre Pierre ne sont pas vraies. Ceux qui ont entendu Pierre me critiquer ne connaissent pas notre histoire, ni l'origine de ses actes. Moi, je sais, et ne jugerai pas Pierre. Telle fut la première leçon que me donna Easa, et j'espère qu'il l'a aussi dispensée aux autres. Ne juge pas.

**Arques. L'Évangile de Marie-Madeleine,
Livre des disciples.**

Chapitre 2

Los Angeles

Octobre 2004

— Prenons-les dans l'ordre : Marie-Antoinette n'a jamais dit : « Donnez-leur de la brioche », Lucrèce Borgia n'a empoisonné personne et Marie Stuart n'était pas une catin ni une meurtrière. En rétablissant ces vérités, nous franchissons la première étape de la réhabilitation des femmes dans l'histoire, et nous leur restituons la place dont les ont privées des générations d'historiens obéissant à des visées politiques.

Maureen s'interrompit et un murmure d'approbation courut parmi ses étudiants adultes. Donner un premier cours à une classe était aussi angoissant qu'une première représentation au théâtre. Du succès de sa prestation initiale dépendait l'impact à long terme de son corpus d'enseignement.

— Durant les semaines à venir, nous étudierons les vies de certaines des femmes les plus décriées de l'histoire et de la mythologie. Des femmes qui ont laissé une trace indélébile dans l'évolution de la société et de la pensée modernes, des femmes qui ont été tragiquement incomprises et bien mal servies par les individus qui ont établi l'histoire du monde occidental en mettant leurs opinions noir sur blanc.

Elle était lancée, et ne voulait pas encore donner la parole à la salle, mais un jeune étudiant assis au premier rang levait la main depuis qu'elle avait commencé à parler. Il semblait hors de lui, mais, cela mis à part, il n'avait rien de particulier. Ami ou ennemi ? Un sympathisant ou un fondamentaliste ? Il fallait courir le risque. Maureen lui fit signe de s'exprimer, car elle savait qu'il l'empêcherait de se concentrer tant qu'elle ne l'aurait pas écouté.

— Diriez-vous que cela est un point de vue féministe sur l'histoire ?

— Je dirais que c'est un point de vue honnête sur l'histoire, répliqua Maureen, guère gênée par une question qui lui était régulièrement posée.

Mais le jeune homme ne la tenait pas encore pour quitte.

— À mon sens, c'est très antihommes.

— Pas le moins du monde. J'aime les hommes. D'ailleurs je pense que chaque femme devrait en posséder un.

Maureen s'interrompit pour donner à ses étudiantes le temps de glousser.

— Je plaisante, poursuivit-elle. Mon objectif est de remettre les choses à leur juste place en les considérant d'un point de vue moderne. Nous ne vivons pas comme on vivait il y a mille six cents ans, n'est-ce pas ? Pourquoi les lois, les croyances et les interprétations de l'histoire de l'époque obscurantiste seraient-elles encore en vigueur aujourd'hui ? Ce serait absurde.

— C'est pour cela que je suis ici, répliqua l'étudiant. Pour comprendre de quoi il s'agit vraiment.

— Bravo ! Je vous félicite pour votre curiosité, et vous recommande de cultiver votre ouverture d'esprit. En fait, je voudrais que vous leviez tous la main droite pour faire un serment.

Les membres du groupe qui suivaient ces cours du soir se consultèrent du regard en souriant : était-elle sérieuse ? Leur professeur, un écrivain à succès et une journaliste respectée, se tenait debout devant eux, la main tendue, en attente.

— Allons, les encouragea-t-elle, levez la main et répétez après moi.

D'abord hésitante, la classe obtempéra.

— Je jure solennellement, en tant que consciencieux étudiant en histoire – elle fit une pause, pour leur permettre de répéter ses paroles – de ne jamais oublier que tous les mots consignés sur papier ont été écrits par des êtres humains.

Car, continua-t-elle après leur avoir laissé le temps de poursuivre, tous les êtres humains sont soumis à leurs émotions, à leurs affiliations politique et religieuse et, donc, l'histoire est fabriquée à partir d'autant d'opinions que de faits avérés, sans oublier les ambitions personnelles des auteurs.

Je jure solennellement de garder mon esprit ouvert à chaque instant de ces cours. Voici notre cri de guerre: L'histoire telle qu'on l'enseigne n'est pas ce qui est arrivé. L'histoire telle qu'on l'enseigne est ce qui a été consigné par écrit.

Maureen brandit un livre devant sa classe.

— Tout le monde a-t-il pu se procurer un exemplaire de cet ouvrage ?

Hochements de tête et murmures d'assentiment répondirent à sa question. Elle montrait un exemplaire de son propre livre, qui avait fait scandale : *Histoire d'Elle : une réhabilitation des héroïnes les plus décriées de l'histoire*. Grâce au succès de son ouvrage, Maureen remplissait les salles de classe ou de conférences lorsque l'envie lui prenait d'enseigner.

— Ce soir, dit-elle, nous parlerons de deux femmes de l'Ancien Testament, les ancêtres des traditions juive et chrétienne. La semaine prochaine, nous passerons au Nouveau Testament et consacrerons le plus gros de notre temps à Marie-Madeleine. Nous examinerons les différentes sources relatant sa vie de femme et de

disciple du Christ. Je vous prie donc de lire les chapitres correspondants pour préparer le cours. Nous
recevrons aussi un grand conférencier, Peter Healy, que
certains d'entre vous connaissent peut-être déjà s'ils
sont inscrits en lettres classiques. Pour ceux d'entre
vous qui n'ont pas eu la chance de l'avoir comme professeur, j'ajoute que Peter Healy est un prêtre jésuite,
internationalement reconnu comme un expert en études
bibliques.

L'étudiant qui avait insisté pour avoir la parole leva
de nouveau la main.

— N'est-il pas un parent à vous?

— En effet, le professeur Healy est mon cousin. Il
nous donnera le point de vue de l'Église sur les relations
entre Marie-Madeleine et le Christ, et nous expliquera
l'évolution des interprétations au cours des deux millénaires. Je pense que ce sera passionnant, essayez d'y
assister. Mais en attendant, parlons d'une de nos mères
ancestrales, Bethsabée, que nous rencontrons pour la
première fois alors qu'elle se purifie de la souillure.

***

Maureen quitta précipitamment la salle de classe en
s'excusant et en promettant de rester plus longtemps
la semaine suivante. En temps normal, elle passait au
moins une demi-heure à discuter avec les étudiants, et
appréciait tout particulièrement ces moments, car ceux
qui s'attardaient étaient inévitablement ceux qu'elle
sentait le plus proches d'elle, ceux qui suscitaient son
envie d'enseigner. Financièrement, elle n'avait aucun
besoin de cette source de revenus, mais elle aimait le
contact et la discussion avec des esprits curieux et
ouverts.

Perchée sur ses hauts talons qui cliquetaient sur l'as-
phalte de l'allée, Maureen traversa le campus en toute

hâte. Elle ne voulait pas rater Peter, surtout pas ce soir, et maudissait son sens aigu de l'esthétique qui l'empêchait de trotter dans des chaussures plus appropriées. Elle était, comme d'habitude, impeccablement habillée, car elle accordait à ses tenues comme à son travail le même souci du détail. Un tailleur parfaitement coupé moulait sa fine silhouette, et sa couleur, un vert mousse, rappelait celle de ses yeux. Des escarpins ajoutaient une touche de glamour au tailleur classique, et quelques centimètres à sa petite taille ; mais, pour l'heure, elle s'en serait volontiers débarrassée pour courir pieds nus.

Ne t'en va pas, s'il te plaît, ne t'en va pas, suppliait-elle Peter en silence. Entre eux, et depuis l'enfance, la communication, même à distance, avait toujours fonctionné. Elle essaya cependant de le joindre d'une manière plus conventionnelle, mais sans résultat. Peter détestait les téléphones portables et ignorait le plus souvent la sonnerie de son téléphone de bureau.

Elle se résolut à enlever ses chaussures, qu'elle jeta dans son sac en cuir pour courir plus à son aise et poussa un long soupir de soulagement en arrivant devant le bâtiment où travaillait son cousin. La fenêtre de son bureau était éclairée.

Maureen grimpa lentement la volée de marches pour reprendre son souffle, et s'arrêta devant la quatrième porte à droite. Peter était là, et examinait un manuscrit jauni à l'aide d'une loupe. Il sentit sa présence, leva les yeux et lui sourit chaleureusement.

— Maureen ! Quelle bonne surprise ! Je ne m'attendais pas à te voir ce soir.

— Que je suis contente de te trouver, répondit Maureen en faisant le tour du bureau pour l'embrasser. J'avais absolument besoin de te voir.

Peter leva un sourcil et réfléchit.

— J'aurais dû être parti depuis longtemps, répondit-il enfin. Mais, pour une raison que j'ignorais jusqu'à présent, je me suis senti obligé de travailler tard.

Le père Healy haussa les épaules en un geste fataliste et lui sourit d'un air de connivence. Maureen l'imita. Depuis le jour où elle était arrivée en Irlande, toute jeune encore, ils avaient été aussi proches que des jumeaux, et la communication qui s'était établie entre eux, au-delà des mots, défiait toute logique.

Maureen sortit de son sac une petite boîte rectangulaire qu'elle tendit à son cousin.

— Oh! Le Gold Label de Lyon! Excellent choix! Je ne supporte toujours pas le thé américain.

— Moi non plus, fit Maureen en grimaçant. Du vrai pipi de chat!

— Regarde, la bouilloire est pleine. Je la branche et nous allons en boire une bonne tasse.

Maureen sourit en regardant Peter se lever du vieux fauteuil en cuir qu'il s'était battu pour obtenir de la faculté. Lorsqu'il avait accepté d'occuper la chaire de lettres classiques, l'université lui avait attribué un bureau avec fenêtre au mobilier ultramoderne. Mais Peter détestait les meubles fonctionnels. En usant de son charme celte et de sa force de conviction, il avait réussi à mettre en branle un personnel féminin d'ordinaire apathique. Qu'il portât ou non un col d'ecclésiastique, sa ressemblance avec l'acteur irlandais Gabriel Byrne ne laissait jamais les femmes indifférentes. Elles avaient fouillé les locaux de la cave au grenier pour lui dénicher exactement ce qu'il voulait : un bon vieux fauteuil en cuir à haut dossier, extrêmement confortable, et un bureau en bois patiné qui avait l'air ancien. Il avait cependant choisi de garder quelques objets de confort moderne : un mini-réfrigérateur et une bouilloire électrique, ainsi que le téléphone auquel, en général, il ne répondait pas.

En compagnie de ce proche parent, tout entier concentré sur la préparation d'un thé à l'irlandaise, Maureen se détendit.

Son cousin traversa la pièce pour prendre dans le

réfrigérateur un petit pot de lait qu'il posa sur un plateau, à côté d'une boîte à sucre rose et blanc.

— Il y a une cuillère quelque part, dit-il. Ah ! la voilà.

L'eau se mit à bouillir.

— Je vais faire le service, dit Maureen en prenant la boîte de thé qui se trouvait sur le bureau de Peter.

Elle déchira le film en plastique de l'ongle manucuré de son pouce, sortit deux sachets de thé et les laissa tomber dans deux chopes dépareillées. Du point de vue de Maureen, le prétendu goût immodéré des Irlandais pour l'alcool était dramatiquement exagéré. Si les Irlandais étaient dépendants de quelque chose, c'était de thé.

Elle tendit une chope à son cousin et s'installa en face de lui, sous son regard bienveillant. Elle avait couru vers lui, mais ne savait par quoi commencer. Ce fut le prêtre qui rompit le silence.

— Elle est revenue ? dit-il d'une voix douce.

Maureen soupira de soulagement. Aux moments où elle s'était crue au bord de la folie, Peter avait toujours été là pour elle : un cousin, un prêtre, un ami.

— Oui, dit-elle, inhabituellement laconique. Elle est revenue.

***

Peter, très agité, n'arrivait pas à s'endormir. Sa conversation avec Maureen le troublait plus qu'il ne l'avait laissé voir. Il était inquiet pour elle, en tant que parent proche et en tant que guide spirituel. Il avait toujours été certain que ses rêves se reproduiraient.

À son retour de Terre sainte, Maureen avait été poursuivie par des rêves de la royale et douloureuse créature en manteau rouge qu'elle avait vue à Jérusalem. Le songe était toujours le même : elle était immergée dans la foule, sur la Via Dolorosa. Un détail pouvait être ajouté, de minimes variations intervenir, mais le sentiment de profond désespoir était toujours présent. L'intensité de cette douleur et l'authenticité des descriptions de Maureen, plongeaient son cousin dans l'embarras. C'était intangible, quelque chose qui émanait de la Terre sainte et que Peter avait ressenti lorsqu'il était allé étudier à Jérusalem. La sensation d'approcher au plus près du passé, et du divin.

Lorsqu'elle était revenue de Jérusalem, Maureen avait eu de longues conversations téléphoniques avec son cousin, qui enseignait alors en Irlande. Elle avait senti que Peter doutait de sa santé mentale, et que la puissance et la fréquence de ses rêves le bouleversaient. Aussi ne s'étonna-t-elle pas qu'il eût demandé à être muté à l'université Loyola de Los Angeles pour se rapprocher d'elle, ce qui lui fut accordé sans délai.

Quatre ans plus tard, il ne savait toujours pas comment l'aider au mieux. Il aurait aimé l'emmener voir ses supérieurs dans la hiérarchie ecclésiastique, mais il savait qu'elle n'y consentirait jamais. Peter était son dernier lien avec le catholicisme de son enfance. Elle faisait confiance à son cousin parce qu'il était de sa famille, et qu'il était la seule personne au monde à ne l'avoir jamais déçue.

Conscient que le sommeil le fuirait cette nuit, Peter se redressa, et s'efforça de ne pas penser au paquet de cigarettes rangé dans le tiroir de sa table de nuit. Il avait essayé de se débarrasser de cette exécrable habitude, qui était en vérité l'une des raisons pour lesquelles il vivait seul et non dans une des maisons de l'ordre des Jésuites. Mais l'angoisse était trop forte et il céda à la tentation. Sa cigarette allumée, il inspira profondément et réfléchit aux problèmes de Maureen.

Elle avait toujours été spéciale, sa minuscule et fougueuse cousine d'Amérique. Lors de son arrivée en Irlande, avec sa mère, c'était une enfant de sept ans craintive et solitaire, à l'accent chantant du bayou. De huit ans son aîné, Peter la prit sous son aile, la présenta aux enfants du village, et sut menacer du regard ceux qui osaient se moquer de la nouvelle venue au drôle d'accent.

Maureen s'intégra vite à son nouvel environnement. Les bienveillantes brumes d'Irlande lui firent oublier les traumatismes de son passé en Louisiane et elle aima infiniment les longues promenades dans la campagne avec son cousin et ses sœurs. En été, elle cueillait des mûres sauvages qui poussaient sur les terres de la ferme et jouait au ballon pendant des heures. Avec le temps, les gosses du village l'acceptèrent, et elle put donner libre cours à sa véritable personnalité.

Peter s'était toujours interrogé sur le sens du mot charisme, tel qu'employé dans le contexte surnaturel des débuts de l'Église. Charisme : don ou pouvoir accordé par la grâce divine. Maureen possédait-elle ce don ? Il tenait un journal de ses discussions avec sa cousine depuis leurs premières conversations téléphoniques. Il y avait consigné ses opinions personnelles sur les rêves de Maureen. Et, chaque jour, il priait. Si Dieu avait choisi Maureen pour accomplir une tâche concernant les jours de la Passion, car il était de plus en plus convaincu que c'était ce qu'elle voyait en rêve, il aurait besoin de tous les conseils que pourrait lui dispenser son Créateur. Et son Église.

***

Château des Pommes Bleues

Languedoc, France

Octobre 2004

— « Marie de Nègre choisira le jour de l'Élue. Celle, née de l'agneau pascal lorsque le jour et la nuit sont

39

identiques, Celle, fille de la Résurrection, Celle du Sangre-El, à qui sera remise la clé lorsqu'elle aura vu le Jour Noir du Crâne. Celle qui deviendra la nouvelle Bergère du Chemin. »

Bérenger Sinclair arpentait le parquet ciré de sa bibliothèque. Les flammes qui brûlaient dans l'immense cheminée en pierre éclairaient d'une lumière dorée les ancestrales collections de livres et de manuscrits inestimables. Au-dessus de l'âtre, protégé par une vitrine, était suspendue une bannière effrangée, d'un blanc jauni par l'usure, et décorée d'une fleur de lys d'or pâli. Deux noms conjoints, Jésus-Marie, brodés sur le bougran, n'étaient visibles que pour les rares personnes autorisées à s'approcher de la relique.

Sinclair avait récité à haute voix et avec l'accent écossais la prophétie qu'il connaissait par cœur depuis qu'il l'avait apprise, sur les genoux de son grand-père. À l'époque, il n'en comprenait pas le sens. Ce n'était qu'un jeu de mémorisation auquel il jouait avec son aïeul au cours des longs étés qu'il passait dans la vaste propriété que sa famille possédait en France.

Il s'arrêta devant un arbre généalogique qui occupait toute la hauteur d'un mur. La tapisserie murale couvrait plusieurs siècles de l'histoire des ancêtres flamboyants de Bérenger.

Cette branche de la famille Sinclair était l'une des plus anciennes d'Europe. Elle s'appelait alors Saint-Clair. Lorsqu'ils avaient été chassés du pays, ils s'étaient réfugiés en Écosse, où leur patronyme avait été anglicisé en Sinclair. Bérenger comptait parmi ses ancêtres quelques-uns des plus illustres personnages de l'histoire du pays, dont Jacques Ier d'Angleterre et sa mère, la décriée Marie, reine d'Écosse.

L'influente et fortunée famille Sinclair réussit habilement à survivre aux guerres civiles et aux soulèvements que subit l'Écosse au cours de sa tumultueuse histoire. Au XXe siècle, ils étaient devenus des capitaines d'industrie, et le grand-père de Bérenger avait bâti une des plus grosses fortunes d'Europe en fondant une compagnie pétrolière, la North Sea Oil. Milliardaire, pair d'Angleterre siégeant à la Chambre des lords, Alistair avait tout ce qu'un homme peut désirer. Pourtant, jamais satisfait, il semblait en quête perpétuelle d'une chose que sa fortune ne pouvait acheter.

Alistair, apparemment obsédé par la France, avait acquis une immense propriété en Languedoc, une région âpre et mystérieuse, aux confins du village d'Arques. Il l'appela château des Pommes Bleues, pour une raison connue seulement de quelques initiés.

Le Languedoc était une terre montagneuse et mystique, hantée depuis toujours par des légendes de trésors enterrés et de mystérieux chevaliers. Alistair Sinclair se passionna pour ce corpus local et acheta tous les terrains qui étaient à vendre. Il les faisait inlassablement creuser, à la recherche du trésor qu'il était persuadé d'y trouver. Un trésor qui, à l'encontre des autres biens d'Alistair, n'était pas d'ordre matériel, mais revêtait une importance fondamentale pour lui, sa famille et même le monde. Au fur et à mesure qu'il vieillissait, il passait de moins en moins de temps en Écosse. Seules les montagnes ocre et sauvages du Languedoc le rendaient heureux. Il insista pour que son petit-fils vînt passer ses vacances d'été avec lui, et lui instilla sa passion pour cette région mythique.

Bérenger, âgé aujourd'hui d'une quarantaine d'années, cessa de marcher de long en large dans la bibliothèque pour s'abîmer dans la contemplation d'un tableau représentant son grand-père. Cheveux noirs et bouclés, traits anguleux, regard intense. Il aurait cru se voir dans un miroir.

— Vous lui ressemblez tellement, monsieur. En fait, vous lui ressemblez chaque jour davantage.

Sinclair se retourna pour répondre à son domestique Roland, un véritable géant, doué cependant de la faculté étonnante d'apparaître furtivement.

— Pensez-vous qu'il faille s'en réjouir ?

— Bien entendu. Monsieur Alistair était un homme de bien, très aimé des gens du village. Sans compter mon père et moi.

Sinclair acquiesça d'un sourire. Roland ne pouvait penser autrement, c'était un fils du Languedoc, dont le père – qui avait été le majordome d'Alistair – et toute la famille étaient immergés dans la culture populaire. Roland avait été élevé au château et comprenait parfaitement les excentriques obsessions de la famille Sinclair. Lorsque son père mourut soudainement, Roland prit tout naturellement sa place. C'était l'une des rares personnes au monde en qui Bérenger avait toute confiance.

— Nous vous avons entendu, tout à l'heure, Jean-Claude et moi. Vous récitiez la prophétie. S'est-il passé quelque chose qui vous ennuie ?

— Non, Roland, rien du tout. En fait, je commence à me dire que tout pourrait même aller très bien, répondit Sinclair en traversant la pièce pour prendre un livre posé sur un immense bureau en acajou. Regardez.

C'était un essai contemporain : *Histoire d'Elle : une réhabilitation des héroïnes les plus décriées de l'histoire*.

Roland regarda le livre, intrigué.

— Je ne comprends pas, dit-il.

— Mais si. Retournez-le. Regardez ça. Regardez-la, elle.

Au dos du livre se trouvait une photographie de l'auteur, avec en légende son nom : *Maureen Pascal*.

C'était une femme d'une trentaine d'années, rousse et séduisante. Elle avait posé pour la photo les mains sur le dos d'une chaise. Sinclair les désigna à Roland. À l'annulaire droit, on distinguait la bague ancienne venue de Jérusalem.

— Sacrebleu ! s'écria Roland.

— En effet. Ou peut-être, plus exactement, sacre rouge.

Les deux hommes s'interrompirent en entendant quelqu'un arriver. C'était Jean-Claude de La Motte, l'un des membres de l'élite des Pommes Bleues.

42

— Que se passe-t-il ? demanda le nouveau venu.

— Rien encore, fit Sinclair en invitant du geste Jean-Claude à entrer. Mais que penses-tu de ça ?

Il lui tendit le livre, et lui montra la bague que portait l'auteur.

Jean-Claude prit ses lunettes et examina attentivement la photo avant de murmurer :

— L'Élue ?

— Eh oui, mes amis. Au bout de tant d'années, j'ai bien l'impression que nous avons enfin trouvé notre Bergère.

***

Je connais Pierre depuis toujours, car son père et le mien étaient amis, et il était très lié avec mon frère. Le Temple de Capharnaüm était proche de la maison du père de Simon-Pierre, et, quand nous étions enfants, nous y allions souvent. Je me rappelle avoir joué sur la plage. J'étais plus jeune que les deux garçons et je jouais souvent seule, mais je me souviens très bien de leurs bagarres et de leurs éclats de rire.

Pierre était le plus sérieux des garçons. Son frère André était plus turbulent. Mais ils avaient tous les deux le cœur à rire, à cette époque. Pierre et André ont perdu toute leur légèreté après qu'Easa nous a quittés.

Pierre ressemblait beaucoup à mon frère : il assumait avec gravité ses responsabilités familiales. Lorsqu'il devint adulte, il mit le même sérieux à enseigner le Chemin. Nul n'avait autant de force, nul ne poursuivait son unique objectif avec autant d'acharnement, sauf ceux qui l'avaient lui-même convaincu. On avait d'ordinaire grande confiance en lui. Pierre a combattu sa nature plus férocement que ne le sauront jamais la plupart des gens. Il renonça à plus que les autres, pour suivre le Chemin tel qu'Easa l'enseignait. Il lui fallut donner beaucoup de lui-même, et changer en profondeur. Pierre sera incompris. Certains lui garderont rancune. Je ne suis pas de ceux-là.

J'aimais Pierre, j'avais confiance en lui. Je l'ai même laissé prendre soin de mon fils aîné.

Arques. L'Évangile de Marie-Madeleine,
Livre des disciples.

Chapitre 3

McLean

État de Virginie

Mars 2005

McLean, en Virginie, est une ville hétéroclite, politique et provinciale à la fois. Le quartier général de la CIA n'est qu'à quelques encablures du Tyson Corner, l'un des centres commerciaux les plus prestigieux des États-Unis. McLean n'a pas la réputation d'être un haut lieu de la spiritualité.

Lorsqu'elle gara sa voiture dans le parc de stationnement du Ritz Carlton, Maureen Pascal n'avait pas la moindre préoccupation d'ordre sacré. Le programme du lendemain matin était chargé : un petit déjeuner avec la Ligue des femmes écrivains, suivi par une conférence et une séance de signatures dans une librairie du Tyson Corner.

Son samedi après-midi serait presque entièrement libre. Parfait. Elle explorerait la ville, comme elle en avait l'habitude lorsqu'elle visitait un lieu inconnu, qu'il fût rural ou insignifiant. Elle trouvait toujours la perle de la couronne, une caractéristique particulière, qu'elle gravait dans sa mémoire.

Son éditeur avait tout organisé, et Maureen n'eut qu'à signer un formulaire avant qu'on ne lui tendît la clé de la superbe chambre qui lui avait été réservée. Elle céda à son besoin d'ordre en défaisant immédiatement ses bagages et en défroissant ses vêtements.

Maureen adorait les hôtels de luxe, comme tout le monde, sans doute. Elle éprouvait un plaisir d'enfant à s'y installer. Elle inspecta tous les aménagements, inventoria le minibar, caressa le somptueux peignoir en éponge accroché dans la salle de bains et sourit en constatant qu'il y avait un téléphone près des toilettes.

Elle se jura de ne jamais devenir assez blasée pour ne plus apprécier ces petits détails. Ses années de vaches maigres, à se nourrir de sandwichs et à économiser chaque sou pour financer ses recherches lui avaient en fin de compte fait du bien et l'aidaient à apprécier à sa juste valeur le confort dont elle commençait à jouir.

Elle observa la chambre spacieuse avec une pointe de regret : n'avoir personne avec qui partager sa réussite. Elle était seule, l'avait toujours été, le serait peut-être à jamais.

Maureen chassa ses pensées moroses ; s'apitoyer sur son sort n'était pas son genre. D'ailleurs, elle savait comment se changer les idées : les plus luxueuses boutiques d'Amérique l'attendaient à quelques pas. Elle saisit son sac, vérifia que ses cartes de crédit y étaient et s'en alla d'un bon pas céder aux tentations du Tyson Corner.

***

Le petit déjeuner avec les femmes écrivains de la ligue avait lieu dans une salle de conférences du Ritz Carlton de McLean. Maureen portait son uniforme de travail, un tailleur bien coupé, des talons hauts et un soupçon de Chanel N°5. Elle entra dans la salle à neuf heures précises, déclina l'offre de nourriture et réclama une théière de thé irlandais. Manger avant une séance de questions/réponses ne lui convenait pas.

Ce matin, elle était moins anxieuse que d'habitude car elle était en contact depuis plusieurs semaines avec la modératrice du débat, une femme délicieuse du nom de Jenna Rosenberg, qui appréciait les travaux de Maureen et les citait abondamment. De plus, la discussion aurait lieu autour de petites tables et Maureen n'aurait pas besoin d'un micro.

Jenna lança la séance avec une question évidente.

— Qu'est-ce qui vous a inspiré l'idée d'écrire ce livre?

— J'ai lu, dans le temps, que les textes historiques britanniques avaient été écrits par des moines qui pensaient que les femmes n'avaient pas d'âme, et qu'elles étaient la source même du mal. Ces moines furent les premiers à altérer la légende du roi Arthur et de Camelot. Guenièvre se transforma en une intrigante et une femme adultère au lieu de la puissante reine guerrière qu'elle fut. Morgane n'était plus que la mauvaise sœur d'Arthur, qui l'avait trompé pour le pousser à l'inceste, et non le guide spirituel d'une nation tout entière, comme dans les premières versions de la légende.

Cette prise de conscience me choqua. Je me posai la question suivante: d'autres femmes dans l'histoire avaient-elles été ainsi trahies? Voici l'origine de ma recherche.

Jenna passa la parole à la salle. Après quelques échanges sur les œuvres de la littérature féministe et sur les problèmes posés par leur publication, une jeune femme portant une croix d'or sur sa blouse de soie demanda la parole.

— Pour celles d'entre nous qui ont été élevées dans un environnement conservateur, le chapitre sur Marie-Madeleine est très étonnant. Vous en tracez un portrait bien différent de l'image habituelle de la prostituée repentante, de la femme déchue. Mais je ne suis pas certaine d'être convaincue.

— Je vous comprends. Mais sachez que même le Vatican admet de nos jours que Marie-Madeleine n'était pas une prostituée, et qu'il ne faudrait plus enseigner ce mensonge au catéchisme. Il y a trente ans que le Vatican a solennellement déclaré que Marie-Madeleine n'était pas la femme déchue de l'Évangile de Luc, et que le pape Grégoire avait accrédité cette version à des fins personnelles. Mais il est difficile d'effacer deux mille ans de certitudes. La rétractation du Vatican, au cours des années 1960, n'a pas eu plus d'effet qu'un démenti publié en dernière page d'un journal. Ainsi Marie-Madeleine est-elle devenue la marraine des femmes incomprises, ayant été la première à avoir été intentionnellement décriée par les historiens. Elle était en fait une disciple proche du Christ et probablement une apôtre. Pourtant, les Évangiles l'ignorent presque complètement.

— Aujourd'hui, intervint Jenna, on parle beaucoup d'elle, on suppose même parfois qu'elle avait une relation d'ordre intime avec Jésus.

La femme à la croix tressaillit, mais Jenna poursuivit :

— Vous ne parlez pas de ces questions dans votre livre, et je voudrais savoir ce que vous pensez de ces thèses.

— Je n'en ai pas parlé car je ne crois pas que l'on ait des preuves pour les étayer. Des suppositions très séduisantes, mais pas de preuves à proprement parler. Les théologiens en conviennent. En tant que journaliste qui se respecte, je n'ai rien trouvé qui me permette de les authentifier. Cependant, je soutiens qu'il existe des documents qui font allusion à l'intimité de Jésus et Marie-Madeleine. Et je citerai un Évangile, découvert en 1945 en Égypte : « La compagne du Sauveur est Marie-Madeleine. Il la préférait à tous ses autres disciples, et l'embrassait souvent sur la bouche. » La hiérarchie de l'Église n'a pas officialisé ces textes, et, pour ce que l'on en sait, ce sont peut-être les premières moutures de nos actuels journaux à scandales. Il est indispensable d'agir avec un maximum de précautions, et je n'ai rien écrit dont je ne sois sûre. Et je suis sûre que Marie-Madeleine n'était pas une prostituée, mais une des disciples de Jésus. La plus importante peut-être, car c'est à elle que le Seigneur a choisi d'apparaître en premier lors de la Résurrection. Mais je ne spéculerai pas sur le rôle qu'elle jouait dans sa vie. Ce serait irresponsable.

Comme toujours, Maureen avait répondu prudemment. Mais elle était personnellement convaincue que Marie-Madeleine avait été déchue parce qu'elle était trop proche du Christ, et que les disciples, par jalousie, l'avaient ensuite discréditée. Saint Pierre la méprisait ouvertement et fit d'elle un portrait plein d'aigreur dans les Évangiles gnostiques, fondés sur des documents découverts en Égypte au IIe siècle. Quant aux derniers écrits de saint Paul, ils éradiquaient toute référence à l'importance des femmes dans la vie du Christ.

Maureen avait consacré du temps à démonter la doctrine paulinienne. Paul, le persécuteur devenu apôtre, avait donné forme à la pensée chrétienne malgré sa distance, tant spirituelle que littérale, avec Jésus et avec les disciples et la famille que le Sauveur avait choisis. Il n'avait pas bénéficié des enseignements directs du Christ. Il ne fallait pas attendre d'un « disciple » aussi misogyne et manipulateur qu'il immortalisât Marie-Madeleine en tant que servante la plus dévouée du Christ.

Maureen était bien décidée à venger Marie-Madeleine, qu'elle considérait comme l'archétype des femmes décriées par l'humanité, la mère de toutes les incomprises. L'essence, sinon la forme de son histoire, se répétait dans toutes les vies de femmes que Maureen avait choisi de réhabiliter dans son livre. Mais dans les chapitres sur Marie-Madeleine, Maureen avait considéré comme essentiel de ne pas trop s'éloigner des thèses universitaires avérées. Si on la soupçonnait, aussi peu que ce soit, d'incliner vers le « New Age » ou d'avancer des hypothèses non prouvées sur la relation entre Jésus et Marie-Madeleine, son travail tout entier en serait discrédité. Il n'était pas dans son caractère de courir un tel risque. Donc, en dépit de ce que lui dictait son instinct, Maureen s'était gardée de proposer une autre thèse sur Marie-Madeleine, et s'en était tenue aux faits indiscutables.

Peu après qu'elle eut pris cette décision, les rêves avaient commencé pour de bon.

***

Une crampe féroce tiraillait sa main droite et son visage était sur le point de se fendre à force de sourire sans arrêt, mais elle continuait. La séance de signatures était censée durer deux heures, avec une pause de vingt minutes. La troisième heure était bien entamée, elle ne s'était pas interrompue une seule seconde, et n'envisageait pas un instant d'arrêter de signer avant que le dernier client ne fût servi. Il n'était pas question, pour Maureen, de tourner le dos à un lecteur potentiel, ni de mépriser les acheteurs qui lui avaient permis de réaliser son rêve.

À son grand bonheur, il y avait eu beaucoup d'hommes parmi ces derniers. Le sujet du livre le destinait au premier abord à un public féminin, mais elle espérait l'avoir écrit de telle façon qu'il pût plaire à tout individu à l'esprit ouvert et doué de bon sens. D'ailleurs, partie du postulat qu'il fallait réhabiliter les femmes maltraitées par les historiens mâles, elle avait constaté, en cours de route, que les sévices avaient davantage pour cause le climat politique et religieux des différentes époques concernées que la question du sexe.

Elle s'était expliquée sur ce point lors d'une récente émission de télévision, et avait cité l'exemple de Marie-Antoinette, qui en était la parfaite illustration. En effet, ceux qui avaient écrit les textes majeurs sur la

Révolution française étaient des révolutionnaires. Il était reproché à la reine tant honnie tous les excès de la monarchie, alors qu'elle n'avait en rien participé à leur élaboration, mais simplement perpétué les modes de vie de l'aristocratie française en usage à son arrivée en France en tant que future épouse du dauphin, qui serait roi sous le nom de Louis XVI. Sa mère, la grande reine Marie-Thérèse d'Autriche, n'encourageait aucunement les excès ou le faste de la Cour. Bien au contraire, elle était remarquablement austère et économe pour une femme de son rang, et elle avait élevé ses nombreuses filles, dont Marie-Antoinette, d'une main de fer.

La jeune dauphine n'avait pas eu d'autre choix que de s'adapter aussi vite que possible aux mœurs du pays.

Le château de Versailles, archétype de l'extravagance française, avait été construit des dizaines d'années avant sa naissance, ce qui ne l'empêcha pas de devenir le symbole de son goût du luxe. On lui attribue la fameuse réplique à « le peuple a faim, il n'a plus de pain », qui fut en vérité prononcée par une courtisane morte bien longtemps avant l'arrivée en France de la jeune Autrichienne. Pourtant, aujourd'hui encore, son « qu'il mange de la brioche » est considéré comme le cri de la guerre de Révolution. La Terreur, les bains de sang et les violences consécutives à la prise de la Bastille ont été justifiés par cette citation, que ne prononça pourtant jamais la reine au tragique destin pour laquelle Maureen éprouvait une vive sympathie. Haïe dès son arrivée, l'étrangère avait été victime d'un racisme déclaré. La noblesse française du XVIIIe siècle, radicalement ethnocentriste, avait apprécié à sa juste valeur la possibilité d'accuser sa souveraine autrichienne de tous les aspects négatifs de sa politique et de son mode de vie. À son grand étonnement, Maureen avait constaté que les guides de langue anglaise qui faisaient visiter Versailles continuaient à distiller leur venin à l'égard de la reine décapitée, au mépris de vérités historiques qui exonéraient pourtant Marie-Antoinette des accusations les plus graves.

Sa première visite de Versailles avait incité Maureen à poursuivre ses recherches. Elle avait lu de nombreux livres savants, ainsi que des romans historiques qui mettaient la malheureuse reine en scène. Leur point de vue sur elle variait fort peu : une femme superficielle, égoïste et peu intelligente. Maureen refusait cette image qui ne faisait aucune part à la mère éplorée, en deuil d'une fille morte très jeune et d'un fils bien-aimé, pas plus qu'à la jeune princesse de quatorze ans, simple pion sur l'échiquier politique, mariée à un inconnu, envoyée en une terre étrangère, et bientôt rejetée par sa famille comme par ses sujets. Elle avait joué le rôle de bouc émissaire, et assisté, en captivité, à l'assassinat de ceux qu'elle aimait le plus. La princesse de Lamballe, son amie la plus proche, avait été littéralement déchiquetée par une foule haineuse, qui avait ensuite paradé sous les fenêtres de la cellule de la souveraine, la tête et les membres de la princesse plantés au bout de piques.

Maureen avait décidé de décrire Marie-Antoinette sous un meilleur jour, tout en respectant la vérité historique. Ce chapitre de son livre, *Histoire d'Elle*, avait fait l'objet d'innombrables discussions passionnées.

En dépit de la controverse sur la reine de France, Marie-Madeleine faisait toujours la course en tête.

Son pouvoir surnaturel était justement l'objet de la conversation de Maureen avec la femme blonde qui se tenait devant elle.

— Savez-vous que notre ville est considérée comme un site sacré par les disciples de Marie-Madeleine ? lui demanda soudain la lectrice.

— Non, je l'ignorais, répondit à grand-peine Maureen dont le corps était de nouveau parcouru par une étrange pulsation, l'habituel signe avant-coureur qui la prévenait de l'imminence d'un événement important.

Elle reprit ses esprits, respira profondément.

— Je donne ma langue au chat. Dites-moi donc ce qu'il y a de commun entre Marie-Madeleine et McLean dans l'État de Virginie ?

L'inconnue lui tendit sa carte de visite professionnelle, où Maureen put lire : Librairie de la Lumière sacrée, Rachel Martel.

— Si vous avez un peu de temps libre, passez me voir, nous en parlerons. Ma librairie est beaucoup moins grande que celle-ci, mais nous avons quelques ouvrages qui risquent de vous intéresser. Ils ont été écrits par des gens d'ici, qui les ont édités à leurs frais. Ils parlent de Marie. Notre Marie.

Maureen se faisait indiquer le chemin de la Lumière sacrée lorsque le directeur de la librairie toussa peu discrètement pour l'inciter à presser le mouvement.

— Serez-vous là cet après-midi, par hasard ? C'est le seul moment où je pourrais passer.

— J'y serai. Ce n'est qu'à quelques kilomètres d'ici, sur la route principale. Vous trouverez facilement. Merci pour votre dédicace, et à tout à l'heure, j'espère.

La femme blonde s'éloigna. Maureen la suivit un instant des yeux, puis prévint le directeur de la librairie qu'elle avait besoin de faire une pause.

***

Paris, 1er arrondissement

Caveau des Mousquetaires

Mars 2005

De mémoire d'homme, la cave du vieil immeuble proche du Louvre à l'époque où le grand musée était la résidence des rois de France s'était toujours appelée Caveau des Mousquetaires. Ce lieu sans fenêtre, aux murs de pierre, avait pris le nom des truculents héros du plus célèbre des romans d'Alexandre Dumas, qui avait trouvé son inspiration dans des faits réels. Cette pièce avait été le théâtre des réunions secrètes des gardes de la reine après que le malveillant cardinal de Richelieu les avait réduits à la clandestinité. Car ce n'était pas le roi de France que les mousquetaires avaient fait serment de protéger, mais plutôt la reine Anne d'Autriche, de sang plus noble que son époux.

Dumas se retournerait dans sa tombe s'il savait que ce lieu sacré était tombé en mains ennemies. Cette nuit, une confrérie secrète d'un tout autre genre s'y était donné rendez-vous. Son histoire était de mille cinq cents ans plus ancienne que celle des mousquetaires, et ses objectifs à l'opposé des leurs.

Les ombres projetées par des dizaines de bougies éclairaient les silhouettes d'un groupe d'hommes vêtus de tuniques, debout autour d'une vieille table rectangulaire. Dans la pénombre, on ne distinguait pas leurs visages, mais l'emblème de leur organisation secrète, un lacet rouge sang noué autour du cou, était parfaitement visible.

Dans le brouhaha, on reconnaissait plusieurs accents différents : anglais, français, italien et américain. Tous firent silence lorsque leur chef prit sa place en haut de la table. Un crâne humain éclairé par la lumière des bougies était posé devant lui, sur un plateau en filigrane d'or ; le sinistre objet était flanqué d'un calice décoré des mêmes spirales que le plateau et incrusté de pierres précieuses. De l'autre côté du crâne, était posé un crucifix en bois, sculpté à la main, face du Christ contre terre.

Le chef caressa respectueusement le crâne avant d'élever le calice d'or empli d'un liquide rouge. Puis il prit la parole, avec un accent d'Oxford prononcé.

— Le sang du Maître de la Loi.

Il but lentement et passa le calice au frère qui se

tenait à sa gauche. Celui-ci l'imita et répéta la phrase en français. Chaque membre agit de même, jusqu'à ce que la coupe sacrée eût fait le tour de la table.

Le chef la posa doucement devant lui, souleva le plateau et baisa respectueusement l'arcade sourcilière du crâne. Puis il répéta la cérémonie du calice, imité par ses frères. Le rituel s'accomplit en silence, à croire que la moindre parole en aurait atténué le caractère sacré.

Lorsque le crâne eut accompli un tour complet, le chef leva cérémonieusement le plateau avant de le déposer sur la table. Il salua, et dit :

— Le Premier. L'Unique.

Il se concentra un instant, prit le crucifix en bois, le retourna afin qu'apparaisse le crucifié, l'éleva jusqu'à hauteur des yeux et cracha au visage de Jésus-Christ.

***

Sarah-Tamar vient souvent me voir, et lit par-dessus mon épaule pendant que j'écris. Elle m'a rappelé que je n'avais pas encore parlé de Pierre, et de ce que l'on appelle son reniement.

Il y en eut pour le juger sévèrement, et le nommer Pierre in Gallicantu, Pierre le renégat. Mais c'était une injustice. Ceux qui la commettent ne savent pas qu'il a seulement obéi au désir d'Easa. On m'a raconté qu'aujourd'hui certains disciples disent que Pierre a accompli une prophétie annoncée par Easa. Easa dirait à Pierre : « Tu me renieras » et Pierre lui répondrait : « Non, je ne le ferai pas. »

C'est la vérité. Easa a ordonné à Pierre de le renier. Ce n'était pas une prophétie, mais un ordre. Easa savait que si le pire advenait, il serait indispensable que Pierre, lui entre tous, ne soit pas inquiété. Qu'il aurait, lui entre tous, la force de propager ses enseignements jusqu'aux confins du monde, comme en rêvait Easa. Ainsi Easa lui dit-il : « Tu me renieras », mais Pierre, au désespoir, répondit : « Non, je ne le peux pas ».

« Tu dois me renier, afin d'être sain et sauf, et de perpétuer les enseignements du Chemin », poursuivit Easa.

Telle est la vérité sur le reniement de Pierre. Pierre n'était pas un renégat. Il a obéi aux ordres d'Easa. J'en atteste, car j'en ai été le témoin.

**Arques. L'Évangile de Marie-Madeleine,
Livre des disciples.**

Chapitre 4

McLean, Virginie

Mars 2005

Le pouls de Maureen battait anormalement vite tandis qu'elle roulait sur la rue principale de McLean. L'invitation totalement inattendue de la libraire l'intriguait au plus haut point. Sa vie s'était toujours déroulée ainsi, jalonnée d'événements imprévus et de coïncidences qui se révélaient souvent lourds de conséquences. Serait-ce encore une fois le cas ? Tout ce qui concernait Marie-Madeleine éveillait chez elle une intense curiosité. Curiosité ? Non, le mot n'était pas assez fort. Passion, plutôt.

Depuis le début de ses recherches pour *Histoire d'Elle*, le mythe de Marie-Madeleine la poursuivait. Et, depuis sa première vision, à Jérusalem, elle était devenue une femme de chair et de sang, presque une amie. En mettant la dernière main à son livre, elle avait eu l'impression de voler au secours d'une amie maltraitée par la presse. Sa relation avec Marie-Madeleine était ancrée dans le réel. Ou, plutôt, dans ce que l'on pourrait appeler le « surréel ».

La vitrine de la petite librairie s'ouvrait largement sur la rue. Elle était entièrement consacrée aux anges : livres sur les anges, figurines d'anges sculptées, ou encore tableaux de chérubins. Maureen se dit que Rachel, avec ses boucles blondes entourant son joli visage et les douces rondeurs de sa silhouette, avait en effet quelque chose d'angélique. D'ailleurs, lors de la séance de dédicace, elle était habillée avec un ensemble d'organdi blanc, orné de froufrous.

Elle poussa la porte de la librairie. Rachel Martel, penchée derrière le comptoir, cherchait à localiser dans un casier le bijou qu'une cliente lui réclamait.

— Celui-ci ? demanda-t-elle à une jeune fille d'une vingtaine d'années.

— Oui. C'est une améthyste, n'est-ce pas ?

— Une amétrine, rectifia Rachel en faisant signe à Maureen qu'elle la rejoindrait dans un instant. C'est-à-dire une améthyste qui renferme une citrine. Tenez-la à la lumière, vous verrez que le centre est d'un superbe jaune d'or.

— Comme elle est jolie ! Mais on m'a dit qu'il me fallait une améthyste. Pensez-vous que cette pierre aura le même effet ?

— Le même, et plus encore. L'améthyste est censée amplifier la spiritualité et la citrine équilibre les émotions physiques. C'est une combinaison très puissante. Mais j'ai de simples améthystes, si vous préférez.

Maureen, beaucoup plus intéressée par les livres dont lui avait parlé Rachel que par la conversation, écoutait d'une oreille distraite. Les ouvrages étaient triés par sujets. Une section sur les Indiens d'Amérique, une sur la culture celte – que Maureen aurait explorée si elle en avait eu le temps – et bien entendu une section sur les anges.

À droite de l'étagère qui leur était consacrée se trouvaient les livres sur la pensée chrétienne. *Je chauffe*, se dit Maureen en poursuivant son examen. Elle s'arrêta brusquement devant un gros volume à couverture blanche et dont le titre était composé en capitales noires: MAGDALENE.

— Je vois que vous avez trouvé sans mon aide, s'exclama la libraire, que Maureen n'avait pas entendue approcher. C'est un des livres dont je vous ai parlé. Les autres sont plutôt des opuscules. Tenez, regardez celui-ci.

Rachel sortit un mince ouvrage à la couverture rose qui semblait avoir été composé sur un ordinateur non professionnel : *Marie à McLean*.

— De quelle Marie s'agit-il ? interrogea Maureen qui avait été maintes fois induite en erreur en suivant des pistes concernant la Vierge Marie et non Marie-Madeleine.

— De la vôtre, sourit Rachel avec une moue complice. Ce n'est pas spécifié, car ce livre a été écrit par quelqu'un d'ici. À McLean, la communauté qui s'intéresse à la spiritualité sait qu'il est question de Marie-Madeleine. Comme je vous l'ai dit ce matin, elle compte beaucoup de disciples, dans la ville.

Rachel apprit à Maureen que depuis de nombreuses générations il y avait à McLean des gens qui avaient des visions.

— Jésus est apparu plus d'une centaine de fois au cours du siècle dernier. Le plus souvent, il se trouve sur la route principale, celle que vous avez empruntée pour venir ici. Quelques visions le montrent sur la Croix, et parfois, il marche à côté d'une femme, qui a toujours été décrite comme toute petite et aux cheveux longs. La première vision répertoriée date du début du XXe siècle, dans le jardin d'une femme qui s'appelait Gwendolin Maddox. Elle a affirmé que c'était Marie-Madeleine, alors que le curé de sa paroisse prétendait que c'était la Vierge Marie. Je suppose que le Vatican accorde plus de bons points si c'est la vierge qu'on voit. Mais Gwen, bien qu'elle ne puisse pas expliquer comment elle le savait, était formelle : c'était Marie-Madeleine. Et en outre, la vision l'avait guérie d'une grave maladie arthritique, supposée incurable. Alors, elle a installé un autel et ouvert son jardin au public. Les gens d'ici prient toujours Marie-Madeleine de les soigner de leurs maux. Quant aux descendants de Gwen, il n'y en a pas un seul d'atteint, alors que c'est une maladie héréditaire. J'en suis particulièrement ravie, car c'était mon arrière-grand-mère.

— En effet, constata Maureen, qui n'avait pas encore remarqué le nom de l'auteur, écrit en petits caractères : *Gwendolin Maddox Martel*.

— Tenez, je vous l'offre, dit Rachel en tendant l'opuscule à Maureen. Et maintenant, poursuivit-elle en prenant le gros volume à couverture blanche et en le posant devant la journaliste, regardez celui-ci. Il a aussi été écrit par une femme de chez nous. L'auteur répertorie toutes les apparitions locales de Marie-Madeleine. Mais elle a fait beaucoup de recherches plus générales, et son livre offre toute la gamme des thèses sur Marie-Madeleine, dont certaines, je l'avoue, me semblent plus que farfelues. Malgré tout, c'est passionnant à lire, et vous ne trouverez ce livre nulle part ailleurs, car il n'a pas été distribué.

— Je le prends bien sûr, dit Maureen. Mais pourquoi McLean ? Pourquoi Marie-Madeleine apparaît-elle ici, plutôt que n'importe où ailleurs en Amérique ?

— Je ne sais pas. C'est peut-être arrivé ailleurs aussi, et les gens l'ont gardé pour eux. Ou il y a quelque chose de spécial dans notre ville. Ce dont je suis sûre, c'est que tous les gens qui s'intéressent de près ou de loin à Marie-Madeleine finissent par venir ici. Et qu'ils entrent dans cette librairie pour acheter des livres sur elle. Alors que, comme vous, ils ne soupçonnaient pas le lien entre la ville et elle. Ça ne peut pas être une simple coïncidence, n'est-ce pas ? À mon avis, elle attire ses fidèles jusqu'ici.

— Moi, dit Maureen après avoir réfléchi un instant, je n'avais pas du tout l'intention de dormir à McLean, mais à Washington D.C. où habite une très chère amie.

J'avais l'intention de venir en voiture, pour la séance de signatures. C'était beaucoup plus pratique, y compris pour l'avion. Pourtant, à la dernière minute, j'ai décidé de dormir ici.

— Eh oui ! Marie-Madeleine vous a guidée jusqu'ici. Si jamais vous la voyez en vous promenant en ville, promettez-moi de me téléphoner pour me le dire.

— Vous l'avez déjà vue, personnellement ?

— Oui, dit la libraire en tapotant du bout de l'ongle l'opuscule rose que Maureen avait en main. Et vous verrez dans ce livre que c'est une histoire de famille. La première fois qu'elle m'est apparue, j'étais très jeune, j'avais quatre ou cinq ans. Ça s'est passé près de l'autel de mon aïeule. La deuxième fois, j'étais adolescente. Avec d'autres filles, on revenait d'un match de foot en voiture, un vendredi en fin de journée. Ma sœur aînée Judith conduisait. À un moment, nous avons aperçu un homme et une femme sur la route, ils venaient vers nous. Judith a ralenti, pour voir s'ils avaient besoin d'aide. Et nous avons compris qui c'était. Ils se tenaient immobiles, intangibles, dans une auréole de lumière. Judy était très impressionnée. Elle s'est mise à pleurer. La fille assise à côté d'elle lui a demandé ce qu'elle avait, et pourquoi elle s'était arrêtée. C'est là que j'ai compris que les autres n'avaient rien vu. Il n'y avait que ma sœur et moi. Je me suis longtemps demandé si les visions avaient quelque chose à voir avec la génétique. Dans ma famille, c'était presque banal. Je n'ai toujours pas de réponse. Mais, à McLean, il y a des gens qui ne sont pas de ma famille et qui en ont eu aussi.

— C'étaient toujours des femmes ?

— Absolument. Chaque fois qu'elle est apparue seule, c'est à une autre femme. Quand elle est avec Jésus, il est arrivé qu'ils apparaissent à un homme, mais très rarement. À moins que les hommes n'osent pas en parler.

— C'est possible. Dites-moi, Rachel, avez-vous vu Marie de près ? Pouvez-vous décrire son visage ?

La libraire eut un autre de ses sourires complices que Maureen trouvait étrangement réconfortants. Parler de visions avec quelqu'un qui considérait cela comme parfaitement naturel lui donnait un sentiment de sécurité. Si, en fin de compte, il était prouvé qu'elle était complètement folle, elle serait au moins en bonne compagnie.

— Je peux faire mieux que la décrire. Venez.

Rachel prit Maureen par le bras et l'entraîna au fond du magasin. Elle lui montra un portrait, accroché au mur derrière la caisse enregistreuse, dont le sujet était une femme de petite taille aux cheveux auburn, aux traits délicats et aux extraordinaires yeux couleur de noisette.

La libraire observa attentivement la réaction de Maureen, qui restait immobile et sans voix.

— Je vois que vous vous connaissez déjà, toutes les deux, dit-elle doucement.

***

Pour stupéfaite qu'elle eût été en voyant le portrait, Maureen le fut plus encore lorsque, après ce premier choc, elle se mit à trembler convulsivement et un sanglot la secouât de la tête aux pieds.

Elle pleura ainsi, debout, pendant une bonne minute, submergée par un immense chagrin dont elle n'était pas certaine qu'il fût le sien. On aurait dit qu'elle ressentait dans sa chair la douleur de la femme du portrait. Peu à peu, les violents sanglots s'apaisèrent, et elle se mit à pleurer des larmes silencieuses, auxquelles elle céda sans résister, presque soulagée. Le portrait la rassurait, en quelque sorte. Il rendait réelle la femme des rêves.

La femme des rêves, Marie-Madeleine.

***

Rachel lui prépara une tisane dans l'arrière-boutique et la laissa seule. Un jeune couple en quête de livres d'astrologie était entré dans la librairie, et elle lui proposa son aide. Maureen sirota sa tasse de camomille, avec l'espoir que l'inscription portée sur l'emballage, « calme les nerfs » n'était pas qu'un slogan publicitaire.

Lorsque la libraire eut conclu sa transaction, elle vint s'enquérir de Maureen.

— Vous allez bien ?

— Très bien, maintenant, merci. Rachel, je... je suis vraiment navrée de m'être donnée ainsi en spectacle. C'est juste que... C'est vous qui avez peint cette toile ?

— Oui. Nous sommes tous artistes, dans la famille. Ma grand-mère sculpte, elle a fait plusieurs Marie-Madeleine, en argile. Je me suis toujours demandé si ce n'était pas la raison pour laquelle elle nous apparaît : parce que nous sommes capables de la représenter.

— À moins que ce ne soit parce que les artistes sont des gens ouverts d'esprit, suggéra Maureen. Ils ont le cerveau qu'il faut, en quelque sorte.

— Peut-être. Ou c'est un mélange des deux. Je vais vous dire une chose : je suis persuadée que Marie-Madeleine veut être entendue. Au cours de ces dix dernières années, elle est apparue de plus en plus souvent, à McLean. L'année dernière, elle n'a cessé de me hanter, et je savais que je ne trouverais un peu de paix qu'en la peignant, et en exposant son portrait. Quand cela a été fait, j'ai de nouveau pu dormir. Et depuis, je ne l'ai plus revue.

***

Tard dans la soirée, de retour dans sa chambre, Maureen se servit un verre de vin rouge et contempla distraitement le liquide à la belle couleur de rubis. Elle jeta un bref regard à l'écran de télévision, branché sur une chaîne locale, et s'efforça de ne pas se laisser atteindre par les propos des animateurs ultraconservateurs du programme. En dépit de sa force apparente, Maureen détestait la confrontation. La simple idée qu'ils puissent parler de son travail l'indisposait. C'était comme de regarder les images d'un horrible accident de voiture – elle ne pouvait en détacher ses yeux, quoique le spectacle lui fût odieux.

L'animateur présenta son estimable invité et lui posa sa première question :

— N'assistons-nous pas ici, tout simplement, à une autre de la longue série d'attaques dirigées contre l'Église ?

Le nom de l'invité, l'évêque Magnus O'Connor, apparut en bandeau sous l'image du prêtre qui répondit avec un accent irlandais prononcé.

— Bien évidemment. Depuis des siècles, nous subissons les assauts d'individus abusés, qui s'efforcent de mettre à mal la foi de millions de personnes pour en tirer un bénéfice personnel. Ces extrémistes féministes doivent admettre le fait que tous les apôtres reconnus comme tels étaient des hommes.

Maureen abdiqua. La journée avait été trop longue et trop fertile en émotions pour qu'elle supporte ce genre de discours. D'un doigt sur une touche de la télécommande, elle imposa silence à l'ecclésiastique, en déplorant que cela ne fût pas aussi facile dans la vie.

— Allez vous faire voir, Excellence, grommela Maureen en se mettant au lit.

***

Un rayon de lune se posa sur la table de chevet et éclaira les potions somnifères de Maureen : un verre de vin rouge à moitié vide et un flacon de cachets. La bague de Jérusalem reposait dans un cendrier en cristal, à côté d'une petite lampe.

Le sommeil de Maureen était agité, en dépit des potions qu'elle s'était prescrites. Le rêve survint, impitoyable.

Cela commença comme d'habitude : le choc, la sueur, la foule. Mais lorsqu'elle en arriva au moment où elle voyait la femme, tout devint noir. Et ce vide la submergea pendant un laps de temps indéfini.

Le rêve avait changé.

***

Par une idyllique journée sur les rivages de la mer de Galilée, un petit garçon courait devant sa mère. Il n'avait pas les mêmes yeux noisette qu'elle, ni ses cheveux auburn. Le regard très noir, le front plissé, il était étonnamment maussade pour un enfant de cet âge. Il ramassa un caillou et le regarda étinceler dans le soleil.

Sa mère lui cria de ne pas s'aventurer trop loin dans l'eau. Elle ne portait pas son voile rouge et ses longs cheveux flottaient autour de son visage.

Une voix d'homme lança le même avertissement affectueux à la petite fille qui venait de lâcher la main de sa mère et courait rejoindre son frère. La fillette, portrait vivant de sa génitrice, ne ralentit pas. La mère se retourna et sourit à l'homme qui marchait derrière elle. Pour cette promenade en famille, il n'avait pas revêtu son habituelle tunique blanche immaculée, mais une simple chemise sans ceinture. De la main, l'homme écarta de ses yeux les longues mèches de cheveux bruns qui l'aveuglaient et sourit à son tour, tendrement.

***

Maureen se sentit projetée brutalement dans l'état de veille. Elle tremblait. Les rêves la troublaient toujours, mais rien ne la désemparait comme ce brusque voyage dans le temps et l'espace. Elle s'efforça de respirer calmement et de reprendre ses esprits.

Elle s'était à peine calmée qu'elle entendit un bruissement du côté de la porte de sa chambre. Elle sentit plus qu'elle ne vit la silhouette sur le seuil, une forme en mouvement, indéfinissable. Mais Maureen savait parfaitement de qui il s'agissait, et elle était entièrement consciente de ne plus dormir. C'était Elle. Elle était ici, dans la chambre de Maureen.

La bouche sèche, effrayée, Maureen avala sa salive. La silhouette n'était pas matérielle, elle en était certaine, mais ne trouvait pas cette certitude rassurante. Elle rassembla son courage pour murmurer :

— Je vous en prie, dites-moi, que puis-je faire pour vous aider ?

Pour toute réponse, il n'y eut que le froissement d'un voile. Puis l'apparition s'évanouit aussi vite qu'elle était venue.

**

Maureen sauta du lit et alluma la lumière. Il était quatre heures dix du matin, trois heures de plus qu'à Los Angeles. « Pardon, mon père », articula-t-elle mentalement en se précipitant sur le téléphone et en composant un numéro aussi vite que le lui permettaient ses doigts tremblants. Elle avait besoin de son meilleur ami, et, peut-être avait-elle seulement besoin d'un prêtre.

La voix de Peter, avec son rassurant accent irlandais, la ramena sur terre.

— Il faut que tu gardes une trace de ces… disons de ces visions. J'espère que tu prends des notes ?

— Des visions ? Pitié, Peter ! Je n'ai aucune envie de devenir une bête curieuse digne de l'inquisition de tes amis du Vatican !

— Voyons, Maureen, tu sais bien que je ne te ferais jamais une chose pareille. Mais réfléchis. Et si c'étaient vraiment des visions ? Tu ne peux pas négliger l'importance potentielle de ce que tu as vu.

— D'abord, il ne s'agit pas de visions au pluriel, mais d'une seule et unique, cette nuit. Les autres étaient des rêves. Intenses peut-être, mais des rêves. Ou alors je commence à perdre la boule. C'est de famille, tu sais bien. Bon sang ! Ça me fait une peur bleue ! Tu es censé m'aider à me calmer, tu te rappelles ?

— Pardon ! Tu as raison. Mais je veux que tu me promettes de noter tout ce qui t'arrive, avec la date et l'heure. Tu es journaliste, après tout. Tu connais l'importance des faits précis.

— D'accord, fit Maureen en riant. Et nous sommes incontestablement en présence de faits historiques... Bon, je le ferai. Peut-être qu'un jour tout ça s'expliquera. Mais pour l'instant, j'ai plutôt l'impression qu'il se passe de drôles de choses, et que je n'ai aucun contrôle dessus.

***

Il faut maintenant que je parle de Nathanaël, que nous appelions Barthélemy. Son dévouement était très émouvant. Lorsqu'il nous a rejoints, en Galilée, il n'était encore qu'un tout jeune garçon. Son père, le noble Tolma de Cana, l'avait jeté dehors. Pourtant, à le voir, on comprenait tout de suite qu'il n'y avait rien de mauvais chez lui. Le patriarche, un homme cruel et bien peu clairvoyant, avait mal jugé cette âme précieuse entre toutes. Easa s'en aperçut immédiatement.

Il suffisait de regarder les yeux de Barthélemy pour le comprendre. Ma fille et Easa mis à part, je n'ai jamais vu une telle pureté, une telle bonté, briller dans le regard de quiconque. Le jour où il est arrivé chez moi, à Magdala, mon fils s'est installé sur ses genoux et n'en a plus bougé. Les enfants sont les meilleurs des juges. Easa et moi, nous nous sommes souri en voyant notre petit Jean et son nouvel ami. Jean nous confirmait ce que nous avions senti : Barthélemy faisait partie de notre famille, et il en irait ainsi pour l'éternité.

**Arques. L'Évangile de Marie-Madeleine,
Livre des disciples.**

Chapitre 5

Los Angeles

Avril 2005

Maureen, épuisée par son long vol depuis Dallas et par une nuit sans sommeil, confia sa voiture au gardien du parking de son immeuble de Wilshire Boulevard et le pria de lui monter sa valise.

Elle n'avait ni besoin ni envie d'une surprise. Pourtant, il y en avait une qui l'attendait. Le gardien de l'immeuble sortit en hâte de son bureau en la voyant entrer dans le hall.

— Excusez-moi, mademoiselle Pascal, mais j'ai dû ouvrir votre appartement cet après-midi. Le colis était trop gros pour que je le laisse dans le hall. Vous devriez nous prévenir, lorsque vous attendez une livraison de cette taille.

— Une livraison ? Mais je n'ai rien commandé !

— Pourtant, c'était incontestablement pour vous. Vous devez avoir un admirateur secret.

Intriguée, Maureen remercia le gardien et entra dans l'ascenseur. Au fur et à mesure qu'il montait, une entêtante odeur de fleurs s'intensifiait. Lorsqu'elle ouvrit la porte de son appartement, au onzième étage, le lourd parfum la submergea. Il y avait de superbes bouquets partout dans la pièce, d'infinies variations sur le même thème : roses rouges et lys dont la senteur avait envahi tout l'espace.

Maureen n'eut pas à chercher loin pour trouver la carte de visite : elle se détachait sur un immense tableau au cadre doré posé contre le mur du salon. C'était une scène pastorale : trois bergers couronnés de laurier se pressaient autour d'une sorte de pierre tombale. Ils désignaient une inscription. Le personnage principal était une femme, une bergère aux cheveux roux qui semblait être leur chef.

Son visage ressemblait trait pour trait à celui de Maureen.

***

— *Les Bergers d'Arcadie*, prononça Peter en lisant l'inscription au bas du cadre. C'est une excellente copie d'un tableau de Nicolas Poussin, le maître du baroque français, que j'ai vu au Louvre.

— Je ne sais pas si je dois être flattée ou terrorisée. Dis-moi, puisque tu as vu l'original : dirait-on aussi que c'est moi qui ai posé pour le peintre ?

— Non, non ! C'est une délicate attention de l'artiste, ou de l'expéditeur. Qui est-ce ?

— Un certain Sinclair, répondit Maureen en tendant une grosse enveloppe à Peter. Inconnu au bataillon.

— Un admirateur ? Un fanatique ? Un cinglé qui se serait échappé de son cadre après avoir lu ton livre ?

— Possible, dit Maureen en riant nerveusement. Mon éditeur m'a transmis des lettres plutôt bizarres, ces derniers mois.

— D'injures ou d'admiration ?

— Les deux.

Peter sortit une lettre de la grande enveloppe. Elle était écrite à la main, sur un luxueux vélin orné d'une fleur de lys gravée. Le nom de l'expéditeur était écrit en lettres dorées au bas de la feuille : Bérenger Sinclair.

Chère mademoiselle Pascal,
Veuillez excuser mon intrusion.
Mais je crois que j'ai quelques-unes des réponses aux questions que vous vous posez, et réciproquement. Si vous avez le courage d'aller au bout de vos croyances, et de participer à une surprenante expédition pour découvrir la vérité, je souhaite que vous me rejoigniez à Paris, lors du solstice d'été. Madeleine elle-même demande votre présence. Ne la décevez pas. Ce tableau stimulera peut-être votre inconscient. Considérez-le comme une sorte de carte, où vous pouvez lire votre avenir et peut-être votre passé. J'ai confiance, je sais que vous honorerez le beau nom de Pascal, comme votre père a essayé de le faire.
Bien à vous,
Bérenger Sinclair

— Le beau nom de Pascal ? Ton père ? Que veut-il dire ?

— Aucune idée, répondit Maureen, que la mention de son père avait déstabilisée, mais qui ne voulait pas le montrer à Peter. Tu sais d'où vient ma famille, des forêts et marécages de Louisiane. Rien de bien exaltant, à moins de considérer que la folie est un signe de grandeur.

Peter ne dit rien. Maureen parlait rarement de son père, et il était curieux de savoir jusqu'où la conduirait sa réflexion. Sa manière d'évacuer le sujet le déçut un peu.

Maureen relut la lettre.

— Bizarre, vraiment ! De quelles réponses peut-il bien s'agir ? Il est impossible qu'il soit au courant de mes rêves. Nous ne sommes que deux à les connaître, toi et moi.

— Qui que soit cet homme, rétorqua Peter en regardant l'étalage de fleurs qui envahissait la pièce, toute cette mise en scène ouvre deux pistes : le fanatisme et l'argent. À ma connaissance, ce n'est pas un bon mélange.

71

Maureen écoutait distraitement.

— Regarde ce papier à lettres ! Il est magnifique. Très français. Et ce filigrane qui court le long de la feuille… Qu'est-ce qu'il peut bien représenter ? On dirait du raisin. Ou des pommes. Des pommes bleues. Ça me rappelle quelque chose.

— Des pommes bleues ? Tu as peut-être raison, dit Peter en ajustant ses lunettes sur son nez. Regarde, au bas de la feuille. On dirait une adresse. Le château des Pommes Bleues. Ce nom t'évoque-t-il des souvenirs ?

— Je n'arrive pas à mettre le doigt dessus, mais je suis certaine d'avoir trouvé cette référence au cours de mes recherches. C'est une sorte de code, je crois, en relation avec des groupes religieux français qui vénèrent Marie-Madeleine.

— Ceux qui croient qu'elle est venue en France après la crucifixion ?

— Oui. L'Église les a persécutés comme hérétiques, car ils prétendaient avoir entendu directement la parole du Christ. Ils ont dû entrer dans la clandestinité, et fonder des sociétés secrètes. Les pommes bleues étaient le symbole de l'une d'elles.

— D'accord. Mais pourquoi des pommes bleues ?

— Je ne m'en souviens pas. Mais je connais quelqu'un qui me le dira.

***

Marina del Rey, Californie

Avril 2005

Maureen faisait les cent pas sur le port de Marina del Rey, où étincelaient au soleil de superbes yachts appartenant au gratin de Hollywood. Un surfeur arbo-

72

rant un T-shirt déchiré illustré du slogan « Encore un jour de merde au paradis » la salua du pont d'un bateau. Il avait la peau bronzée et les cheveux décolorés par le soleil. Maureen ne le connaissait pas, mais son sourire béat et la bière qu'il avait en main laissaient supposer que l'homme était d'humeur sociable.

Elle le salua en retour, s'éloigna en direction des restaurants et des boutiques pour touristes et entra au Burrito, un restaurant mexicain avec une terrasse donnant sur la mer.

— Reenie ! je suis là !

Maureen entendit Tammy avant de la voir, ce qui était souvent le cas, et suivit la direction de la voix. Son amie, assise sur la terrasse, sirotait une margarita à la mangue.

Tamara Wisdom était le vivant contraste de Maureen. Sculpturale, la peau mate, c'était une beauté de type exotique, aux longs cheveux noirs et raides tombant jusqu'à la taille et nattés de rubans aux couleurs de son humeur du jour. Aujourd'hui, c'était un violet brillant. Son nez était percé, et orné d'un gros diamant, cadeau d'un ex petit ami, metteur en scène indépendant. Ses oreilles étaient décorées de plusieurs piercings et elle portait autour du cou une série d'amulettes ésotériques, qui se détachaient sur son haut de dentelle noire. Tamara avait presque quarante ans, mais en affichait une bonne dizaine de moins.

Tammy était flamboyante, Maureen classique, l'une affirmait haut et fort ses opinions, tandis que l'autre était discrète et prudente. Bien qu'elles n'aient pu être plus différentes, dans la vie comme dans le travail, elles s'estimaient assez pour être devenues amies intimes.

— Merci de t'être libérée aussi vite, Tammy, dit Maureen en commandant un thé glacé.

Tamara leva les yeux au ciel, mais elle était trop curieuse pour entrer dans une discussion au sujet du choix de boisson de son amie.

73

— Tu plaisantes ! Bérenger Sinclair te drague, et tu crois que je pourrais attendre avant de connaître les détails les plus scabreux ?

— Au téléphone, tu as été très évasive, alors maintenant, avoue ! Tu connais ce type ?

— Ce que je ne comprends pas, c'est que toi tu ne le connaisses pas ! Tu as écrit un livre où il est question de Marie-Madeleine, et tu n'es pas allée en France ? Et tu oses te prétendre journaliste ?

— Exactement. Je suis une journaliste, et c'est pourquoi je ne suis pas allée en France. Ces histoires de sociétés secrètes ne m'intéressent pas le moins du monde. C'est ton domaine, ça, pas le mien. Moi, je suis allée en Israël, et je me suis documentée sur le Ier siècle.

La taquinerie mutuelle faisait partie intégrante de leur amitié. Maureen avait rencontré Tammy lors de ses recherches, lorsqu'une amie commune avait appris que Maureen enquêtait sur la vie de Marie-Madeleine. Tammy avait publié plusieurs ouvrages sur les sociétés secrètes et l'alchimie ; l'un de ses films documentaires sur le culte de Marie-Madeleine avait été fort bien accueilli dans le circuit des festivals. Étonnée, Maureen avait constaté que les gens qui s'intéressaient à l'ésotérisme constituaient un réseau au maillage serré, car, apparemment, Tammy connaissait tout le monde. Malgré le scepticisme de Maureen, qui avait tendance à considérer les adeptes de l'ésotérisme comme de doux charlatans, la vive intelligence de Tammy l'avait impressionnée, en dépit de son maquillage excessif. Et elle avait apprécié sa franchise et son courage.

Tammy sortit une élégante enveloppe de son sac orange fluorescent. Elle la fit miroiter devant Maureen avant de la lui passer.

— Tiens, dit-elle, regarde ! Je voulais te montrer ça en personne.

Maureen fronça les sourcils en reconnaissant le papier à lettres gravé aux fleurs de lys et aux pommes bleues.

74

— C'est une invitation pour le bal costumé annuel de Sinclair. J'ai enfin réussi ! Tu en as reçu une ?

— Non. Une simple lettre pour que je le rejoigne lors du solstice d'été. Comment as-tu obtenu ce carton ?

— Je l'ai rencontré lors d'un voyage d'études en France. Je voudrais qu'il fasse partie des mécènes qui m'aideront à réaliser mon prochain film. Il a lui-même envie d'en réaliser un, alors nous négocions. S'il est gentil avec moi, je lui rendrai la pareille.

— Tu travailles à un nouveau film ? Je ne le savais pas.

— Tu as pas mal circulé, ces derniers temps, non ?

— Pardon, dit Maureen qui savait qu'elle avait négligé ses amis. Mais arrête d'avoir l'air aussi contente de toi ! Qu'est-ce que tu me caches encore ? Tu savais que ce Sinclair m'avait contactée ?

— Moi ? Pas du tout. Je ne l'ai vu qu'une fois, mais j'aurais adoré qu'il me drague ! Il est plein aux as, et beau comme un dieu ! Tu sais, Reenie, c'est peut-être une super occase pour toi. Dénoue tes cheveux, pour l'amour du ciel, et plonge. Il y a combien de temps que tu n'as pas eu d'aventure ?

— C'est complètement hors sujet.

— Peut-être pas.

— Je n'ai pas de temps à perdre avec les hommes, fit Maureen en essayant de cacher son énervement. Et je n'ai pas eu l'impression qu'il m'invitait à sortir avec lui.

— Dommage ! Ce bal costumé est le plus romantique de la terre.

— Je commence à comprendre pourquoi tu as passé tellement de temps en France, dernièrement.

— Mais non, dit Tammy en riant. Il se trouve simplement que la France est la plaque tournante du mouvement ésotérique occidental, et le point de rencontre des courants hérétiques. Je pourrais écrire cent livres à ce propos, ou réaliser autant de films, sans même approfondir le sujet.

— Que penses-tu que ce Sinclair me veuille ?

— Aucune idée. On le prétend excentrique, extravagant. Du temps et de l'argent, tant qu'il en veut ! Sans doute a-t-il lu ton livre, quelque chose a retenu son attention, et il veut t'ajouter à sa collection. Pourtant, ton travail n'entre pas vraiment dans sa ligne.

— Pourquoi ?

— Trop sérieux, je dirais. Trop prudent. Ton chapitre sur Marie-Madeleine en est un bon exemple… Que de précautions ! On dit que… peut-être que… Marie-Madeleine aurait eu avec Jésus une relation plus… Mais il n'en existe pas de preuves, et blablabla et blablabla. La prudence, ce n'est pas du tout le genre de Sinclair, crois-moi ! D'ailleurs, c'est pour cela qu'il me plaît.

— Toi, ton métier est de t'arranger pour que l'histoire coïncide avec tes croyances personnelles, ce n'est pas le mien, rétorqua Maureen d'un ton plus acerbe qu'elle ne l'aurait souhaité.

Tammy, comme d'habitude, n'était pas disposée à céder.

— Et quelles sont tes croyances personnelles ? Je n'ai pas l'impression que tu le saches ! Écoute, tu es mon amie, et je te respecte. Alors, ne t'énerve pas. Mais tu sais aussi bien que moi qu'il y a des preuves de la liaison de Jésus et de Marie-Madeleine, et de l'existence de leurs enfants. Pourquoi cela t'effraye-t-il autant ? Tu n'es même pas croyante. Tu devrais t'en moquer complètement.

— Ça ne me fait pas peur, mais je n'ai simplement pas exploré cette piste, de crainte que cela n'entache le sérieux de mon travail. Toi et moi, nous ne donnons pas le même sens au mot preuve. J'ai consacré la plus grande partie de ma vie d'adulte à mes recherches pour ce livre, je n'allais pas les gâcher au nom d'une théorie approximative qui, de plus, ne m'intéresse absolument pas.

— Cette théorie approximative, comme tu dis, concerne l'union divine. Or, l'union sacrée de deux êtres qui s'aiment est la plus belle expression de la volonté

76

de Dieu sur cette terre. Tu devrais peut-être y penser de temps en temps.

Maureen décida de ne pas insister et changea abruptement de sujet de conversation.

— Tu m'as promis de me parler des Pommes Bleues.

— Si tu veux bien excuser mes théories approximatives et non étayées…

— Je suis désolée, dit Maureen, sincèrement contrite.

— N'y pensons plus, rétorqua Tammy en riant. J'ai entendu pire… Bon, alors, les pommes bleues. Elles symbolisent la lignée. Oui, cette lignée-là, celle dont tes copains universitaires et toi niez l'existence. La descendance de Jésus et de Marie-Madeleine. Les diverses sociétés secrètes l'ont symbolisée de plusieurs façons différentes.

— Mais pourquoi des pommes bleues ?

— On suppose que c'est une référence au raisin. Les vignes du sud de la France sont réputées pour la taille de leurs grappes, d'où leur nom de pommes bleues. Ou encore, si tu veux bien me suivre dans une extrapolation plus audacieuse, les enfants de Jésus sont les fruits de la vigne, donc des raisins, donc des pommes bleues.

— Ce Sinclair ferait donc partie d'une de ces organisations secrètes ?

— Il en est une à lui tout seul, rétorqua Tammy. Là-bas, c'est une sorte de parrain. Il ne se passe rien qu'il ne sache et n'approuve. De plus, il finance beaucoup de recherches. Dont les miennes.

Tammy leva son verre en mimant un toast en l'honneur de la générosité de Sinclair. Maureen se contenta d'une gorgée de thé qu'elle but en contemplant songeusement l'enveloppe qu'elle avait en main.

— Donc, tu ne le considères pas comme dangereux ?

— Grands dieux non ! Il est trop classe pour ça ! Bien qu'il ait évidemment les moyens et le pouvoir de cacher des cadavres dans tous ses placards. Ne verdis pas, c'est une plaisanterie ! Cela dit, Sinclair est l'homme au monde qui en sait le plus sur Marie-Madeleine. Ce serait certainement un contact intéressant pour toi, si tu avais l'esprit un peu plus ouvert.

— Tu iras donc à ce fameux bal ?

— Évidemment ! J'ai déjà mon billet. La réception aura lieu le 24 juin, trois jours après le solstice d'été… D'ailleurs…

— Quoi ?

— Il a une idée derrière la tête, j'en suis sûre. Il te demande de venir à Paris le 21, la soirée a lieu le 24, le jour du solstice selon les anciens calendriers, mais aussi la fête de la Saint-Jean-Baptiste. Très intéressant, tout ça. Et ce ne sont sûrement pas de simples coïncidences… Où t'a-t-il donné rendez-vous, à Paris ?

Maureen sortit la lettre de son sac, ainsi que la carte de France qu'y avait jointe Sinclair.

— Regarde, dit-elle en les tendant à Tammy. Il y a une ligne rouge, de Paris au sud de la France.

— C'est le méridien de Paris. Il traverse le cœur du territoire de Marie-Madeleine, et de la propriété de Sinclair.

Tammy retourna la carte, au verso de laquelle se trouvait un plan de Paris. Elle suivit la ligne rouge du bout du doigt et éclata de rire en remarquant le cercle rouge dessiné autour d'un monument de la rive gauche.

— Oh ! là, là ! Qu'est-ce que tu trames, ami Sinclair ? Regarde, Maureen, c'est l'église Saint-Sulpice qu'il a entourée. C'est là qu'il veut te rencontrer ?

— Oui. Tu connais ?

— Bien sûr. C'est une immense église, la plus grande de Paris après Notre-Dame. On l'appelle parfois la cathédrale de la rive gauche. Et c'est le lieu de rendez-vous des sociétés secrètes depuis le XVIIe siècle. Si j'avais su, je serais partie pour Paris quelques jours plus tôt. J'aurais adoré assister à ta rencontre avec le parrain.

— Je n'ai pas encore dit que j'irais… Tout ça me semble un peu fou ! Il ne m'a donné aucun moyen de le contacter, ni téléphone, ni e-mail. Il ne m'a même pas demandé de lui répondre. On dirait qu'il est certain que je viendrai.

— C'est un homme habitué à obtenir ce qu'il désire. Et pour une raison quelconque, il te veut, toi. Mais, si tu te décides à entrer en contact avec ces gens, tu devras accepter de jouer le jeu selon leurs règles, qui sont différentes de celles des gens normaux. Ils ne sont pas dangereux, mais ils sont très extravagants. Ils adorent les énigmes et tu devras sans doute en résoudre quelques-unes pour être digne d'entrer dans leurs cercles.

— Je ne suis pas certaine d'avoir envie d'en être digne, comme tu dis.

— À toi de décider, ma vieille ! dit Tammy en finissant son verre. En ce qui me concerne, je ne raterais pas cette invitation pour tout l'or du monde. Et il me semble que pour toi, une journaliste, c'est une chance unique d'avoir des informations de première main. Mais n'oublie pas : poser le pied dans cet univers équivaut à traverser le miroir ; tu pourrais tomber dans le terrier du lapin. Alors, fais attention à toi, et garde les pieds sur terre, ma petite Alice conservatrice.

**

Los Angeles

Avril 2005

La discussion avec Peter avait été plus vive qu'elle ne l'avait prévu. Maureen savait qu'il lui déconseillerait de se rendre en France pour rencontrer Sinclair, mais elle ne s'était pas attendue à la véhémence de son opposition.

— Tamara Wisdom est une folle, je n'arrive pas à croire que tu te sois laissé influencer par cette irresponsable. L'avis qu'elle peut avoir sur ce Sinclair est tout sauf fiable.

Le débat avait fait rage durant tout le dîner. Peter jouait le rôle de frère aîné protecteur et inquiet pour sa sécurité, Maureen essayait de le convaincre de la pertinence de sa décision.

— Mais, Peter, tu sais bien que je ne suis pas une casse-cou. J'aime l'ordre, j'aime garder ma vie sous contrôle, et je mentirais si je ne te disais pas que tout ça m'effraie.

— Pourquoi le faire, alors ?

— Parce que mes rêves, et toutes ces coïncidences, me terrorisent plus encore. Je n'ai aucun contrôle sur eux, et ça va en empirant, car ils sont de plus en plus fréquents. J'ai le sentiment que je dois suivre ce chemin, pour voir où il me mène. Sinclair a peut-être les réponses, comme il le prétend. C'est le plus grand expert au monde sur Marie-Madeleine, peut-être comprendra-t-il ce qui m'arrive. C'est ma seule façon de le savoir, non ?

Peter finit par céder, à une condition : il l'accompagnerait.

**

En sortant de l'agence de voyages, Maureen composa le numéro de Peter sur son téléphone portable. Elle ne lui avait pas encore tout dit. Il lui arrivait trop souvent de la traiter comme une enfant, de vouloir la protéger. Bien que reconnaissante, Maureen voulait être considérée comme une grande personne, une adulte capable de faire ses propres choix aux carrefours importants de sa vie. Puisque sa décision était prise et qu'elle avait les billets en poche, elle pouvait désormais tout lui avouer.

— Ça y est, c'est fait. À propos, j'ai décidé de partir la veille pour La Nouvelle-Orléans.

— Bien, dit Peter surpris. Nous partirons donc pour Paris de La Nouvelle-Orléans.

— Non, Peter. J'irai à La Nouvelle-Orléans toute seule.

Sans lui laisser le temps de l'interrompre, Maureen poursuivit à la hâte :

— J'ai quelque chose à faire, Peter. Je te retrouverai le lendemain à l'aéroport de New York, et nous prendrons le même vol pour Paris.

— D'accord, fit Peter après un bref instant d'hésitation.

— Écoute, dit Maureen qui se sentait coupable de l'avoir trompé, je suis à Westwood, devant l'agence de voyages. Tu veux qu'on se retrouve pour déjeuner ? Où tu veux, et c'est moi qui t'invite.

— Je ne peux pas. J'aide les étudiants dans leurs révisions.

— Personne d'autre que toi ne peut donner des cours de rattrapage de latin ?

— Le latin, oui. Mais pas le grec. Je suis le seul professeur de service. Et j'en ai pour la journée.

— Tant pis ! Peut-être m'expliqueras-tu un jour pour quelles raisons les adolescents du XXIᵉ siècle doivent apprendre deux langues mortes…

Peter savait que Maureen plaisantait et qu'elle éprouvait le plus grand respect pour son érudition et sa connaissance des langues.

— Pour les mêmes raisons que moi ou mon grandpère. Ça nous a plutôt réussi, non ?

Maureen ne pouvait pas le contredire, même par jeu. Le grand-père de Peter, le réputé professeur Cormac Healy, avait fait partie de l'équipe de traducteurs qui avaient travaillé sur les extraordinaires documents de la bibliothèque Nag Hammadi de Jérusalem. La passion de Peter pour les manuscrits anciens s'était épanouie lors des étés qu'il avait passés en Israël avec son grandpère. Au cours d'un de ses stages d'internat, le jeune homme avait participé aux fouilles de Qumran, où l'on avait découvert les manuscrits de la mer Morte. Des années durant, il avait conservé sur son bureau un petit morceau du mur du Scriptorium. Mais lorsque sa cousine avait manifesté sa vocation d'écrivain, il le lui avait offert, pour qu'il lui soit une source d'inspiration. Depuis, lorsqu'elle commençait à écrire, Maureen portait le vestige dans une petite poche nouée autour de son cou.

Ce fut durant l'un de ces étés en Israël que le jeune Peter découvrit sa double vocation de prêtre et de chercheur, après avoir visité les Lieux saints de la chrétienté en compagnie d'un groupe de jésuites. Le jeune et idéaliste Irlandais en avait été profondément impressionné, car la philosophie de l'Ordre satisfaisait à la fois ses aspirations religieuses et son désir de connaissances.

Maureen et lui convinrent d'un rendez-vous dans la semaine et la jeune femme raccrocha, le cœur plus léger.

Le père Peter Healy ne pouvait en dire autant.

***

Les missions de Californie offraient à la côte ouest des États-Unis pléthore de monuments historiques. Fondés par le moine franciscain Junipero Serra à la fin du XVIIIe siècle, ces souvenirs de l'architecture espagnole étaient situés dans des lieux naturels de toute beauté et entourés de jardins enchanteurs.

Peter avait beaucoup d'affinités avec l'ordre des Franciscains, et il s'était promis de visiter toutes les missions pendant son séjour en Californie. La foi et l'histoire y régnaient, ce qui comblait le cœur et l'esprit du prêtre qui s'y réfugiait parfois, lorsqu'il éprouvait le besoin de temps et d'espace pour réfléchir. Chacune de ces oasis de calme avait son charme particulier, heureux contraste avec l'agitation de Los Angeles.

Ce jour-là, il choisit la mission de San Fernando à cause de sa proximité avec la résidence de son ami le père Brian Rourke, un des responsables de l'ordre des

Jésuites dans la vallée de San Fernando. Plus âgé que Peter, le père Rourke avait été son guide spirituel lors de ses études au séminaire. Aujourd'hui, Peter, en quête d'un refuge – contre l'Église qu'il aimait et respectait – avait besoin d'un ami de confiance. Le père Brian, sensible à la panique de Peter, avait accepté de le recevoir sans délai.

— Votre cousine est-elle une catholique pratiquante ? interrogea le prêtre qui arpentait avec Peter le somptueux jardin de la mission.

— Plus maintenant. Mais, enfant, elle était très croyante.

— S'est-il passé quelque chose qui l'ait détournée de l'Église ?

— Des problèmes de famille, répondit Peter après avoir hésité un instant. Je préférerais ne pas en parler.

Il ressentait comme une trahison à l'égard de Maureen d'avoir dévoilé ses visions sans son consentement, il n'allait pas en plus révéler ses secrets de famille. En tout cas, pas encore. Mais son désarroi était tel qu'il avait besoin des conseils éclairés d'un membre de la hiérarchie ecclésiastique en qui il se fiât totalement.

Le prêtre n'insista pas.

— Ce genre de choses, les visions divines, par exemple, sont rarement authentifiées. Il peut s'agir de rêves, ou d'illusions venues de l'enfance. Ne soyez pas trop inquiet. Allez-vous l'accompagner en France ?

— Oui. J'ai toujours été son conseiller spirituel, et je suis sans doute la seule personne en qui elle ait confiance.

— Bien, bien. Vous pourrez donc la surveiller de près. Appelez-moi immédiatement si vous avez l'impression qu'elle est en danger. Nous vous aiderons dans l'épreuve.

— Je ne pense pas que cela ira jusque-là, dit Peter en souriant.

Puis la conversation dévia sur la différence de climat entre les étés torrides de Californie et ceux tempérés d'Irlande. Ils s'entretinrent de vieux amis et de leur ancien professeur, un Irlandais devenu évêque dans le Sud profond. Lorsqu'il le quitta, Peter affirma à son vieil ami qu'il se sentait beaucoup mieux.

Il mentait.

***

Le père Brian Rourke regagna son bureau le cœur lourd et la conscience tourmentée. Il demeura longtemps assis, les yeux rivés sur le crucifix accroché sur le mur. Puis, dans un soupir résigné, il prit le téléphone et composa un numéro commençant par le code de la Louisiane.

Un numéro qu'il connaissait par cœur.

***

La Nouvelle-Orléans

Juin 2005

Maureen roulait dans la banlieue de La Nouvelle-Orléans, au volant de la voiture qu'elle avait louée. Une carte était déployée sur le siège à côté d'elle, et elle y jetait un coup d'œil de temps en temps pour vérifier son chemin. Au sortir d'un virage, elle aperçut les monuments et tombes à l'allure de sarcophages typiques des cimetières de la ville.

Elle gara sa voiture et en sortit avec son grand sac et les fleurs qu'elle avait achetées à un marchand ambulant. En faisant attention à ne pas marcher dans les flaques de boue et d'eau, traces d'un précédent et violent orage, elle s'imprégna du paysage de tombes bien entretenues. Bouquets et couronnes sophistiqués s'étendaient à l'infini. Parvenue devant les hautes portes grilla-

84

gées du cimetière, elle s'arrêta brusquement et tourna à gauche sans y entrer.

Après avoir contourné en partie l'enceinte, elle fit halte devant une autre série de pierres tombales, recouvertes de mousse, négligées, pathétiques. Ici reposaient les marginaux, les inadaptés.

Elle s'y engagea, lentement, respectueusement, en luttant contre ses larmes. Ici reposaient les oubliés, les individus abandonnés, même dans la mort. La prochaine fois, se promit-elle, elle apporterait plus de fleurs, et leur en déposerait à tous.

Elle s'agenouilla entre les mauvaises herbes qui avaient envahi la pierre tombale où l'on pouvait lire ÉDOUARD PAUL PASCAL.

De ses deux mains, Maureen entreprit d'arracher rageusement l'envahissante végétation, indifférente à la terre et à la boue qui s'agglutinaient sous ses ongles et éclaboussaient ses vêtements. Puis elle frotta l'inscription, afin de la rendre plus lisible.

Puis, après l'avoir nettoyée tant bien que mal, Maureen déposa sur la tombe les fleurs qu'elle avait apportées, sortit une photographie encadrée de son sac et la contempla quelques instants, les larmes aux yeux. Elle la représentait, âgée de cinq ou six ans, assise sur les genoux d'un homme qui lui lisait un livre. Ils se souriaient, sans faire attention à l'objectif braqué sur eux.

— Salut, papa, murmura doucement Maureen en posant la photo sur la pierre tombale.

Elle s'attarda quelques instants, les yeux fermés pour mieux se rappeler le visage si peu connu de son père. Cette photographie mise à part, elle n'avait presque rien sur quoi s'appuyer pour retrouver ses traits. Après sa mort, la mère de Maureen avait banni son souvenir, et celui de sa famille, de leur existence. La mère et la fille étaient parties vivre en Irlande, et leur passé en Louisiane n'avait plus jamais été évoqué, si ce n'est dans la mémoire floue d'une enfant triste et traumatisée.

Au cours de la matinée, Maureen avait consulté les annuaires téléphoniques de la ville, à la recherche de gens nommés Pascal. Il y en avait quelques-uns, qui étaient peut-être de sa famille. Mais elle avait vite refermé l'annuaire. Tant d'années étaient passées... Elle ne s'imaginait pas entrant maintenant en contact avec d'éventuels parents. Non. Cela n'avait été qu'une sorte de devoir de mémoire.

Elle caressa une dernière fois la photographie et essuya de la main les larmes qui ruisselaient sur son visage. Puis, indifférente aux traces de boue qui maculaient ses joues et son front, elle se leva et rebroussa chemin sans un regard en arrière.

Par les grilles du cimetière, elle aperçut une petite chapelle blanche, couronnée d'une croix de bronze qui étincelait au soleil du sud. Elle s'immobilisa, regarda de loin, telle une étrangère qui n'en aurait pas eu le droit, et repartit comme elle était venue.

***

Cité du Vatican

Rome

Juin 2005

Le cardinal Tomas DeCaro se leva de son bureau et alla à la fenêtre, d'où il contempla la piazza. Ses yeux fatigués par l'âge n'étaient pas les seuls à réclamer un peu de répit. Après avoir assimilé les informations qui lui étaient parvenues en début de matinée, son cerveau et sa conscience avaient besoin de s'apaiser. Ces révélations entraîneraient un véritable tremblement de terre, il en était convaincu. Ce qu'il ne mesurait pas, c'était

86

l'importance des dommages que provoquerait le cataclysme, pas plus qu'il ne pouvait prévoir qui en serait victime.

Il retourna à son bureau et sortit d'un tiroir le portrait du pape Jean XXIII surmonté de l'inscription « Vatican II » qui lui avait si souvent redonné de la force en des moments difficiles. Sous l'image, on pouvait lire une citation de ce grand visionnaire qui avait pris tous les risques pour adapter au monde contemporain son Église bien-aimée. DeCaro connaissait la phrase par cœur, mais il aimait la relire :

« Ce n'est pas que l'Évangile ait changé, c'est que nous commençons à le comprendre mieux. Le moment est venu de déchiffrer les signes du temps, de saisir les occasions et de regarder loin devant. »

L'été approchait, la journée promettait d'être radieuse. DeCaro décida de faire l'école buissonnière pendant quelques heures, pour se promener dans sa chère Ville Éternelle.

Il avait besoin de marcher, de réfléchir, et, surtout, de prier. Peut-être l'esprit éclairé du bon pape Jean XXIII l'aiderait-il à traverser la crise qui s'annonçait.

***

Barthélemy est venu à nous grâce à Philippe, encore un des nôtres qui fut mal jugé. Et je dois avouer que, moi aussi, au début, je l'ai mal jugé. C'était un disciple de longue date de Jean-Baptiste. C'est ainsi que je l'avais connu. Et c'est pourquoi j'ai mis du temps à faire confiance à Philippe.

Philippe était un homme mystérieux. De famille noble, il avait reçu une excellente éducation ; ensemble, nous parlions la langue des Hellènes, que j'avais apprise aussi. Malgré ses origines, il avait choisi de vivre dans le dénuement le plus extrême, sans jamais céder aux tentations du mode de vie de la noblesse. En cela, il avait imité Jean. De caractère difficile et querelleur en surface, Philippe n'était pourtant que bonté et lumière.

Il était incapable de faire du mal à un être vivant et, par exemple, ne mangeait aucune nourriture animale. Même pas les poissons, que nous consommions tous en quantité. Il ne supportait pas l'idée de l'hameçon déchirant les chairs tendres, ni leur désespoir lorsqu'ils se sentaient pris dans les filets. Que de fois s'était-il disputé avec Pierre et André à ce sujet ! J'y ai souvent réfléchi. Peut-être avait-il raison, et sa fidélité à ses engagements est une des raisons de mon affection pour lui.

J'ai parfois eu l'impression que Philippe ressemblait aux animaux qu'il vénérait, ceux qui protègent leur tendre chair de toute agression extérieure sous des piquants ou des carapaces. Lorsqu'il découvrit Barthélemy, seul sur la route et sans foyer, il le prit sous son aile. Il sut déceler la bonté de cet homme et nous l'offrit.

Après les Jours obscurs, Philippe et Barthélemy furent mes indéfectibles soutiens. Avec Joseph, ils organisèrent notre fuite à Alexandrie, où nous serions en sécurité. Pour les enfants, la présence de Barthélemy était aussi importante que celle des femmes. Il fut d'une grande aide à mon petit Jean, qui aime tous les hommes. Mais Sarah-Tamar lui était aussi très attachée.

Oui, en vérité, ces deux hommes méritent une place au paradis de lumière et de perfection éternelle. Philippe se consacra entièrement à notre protection pendant notre voyage. Je crois que rien de ce que j'aurais pu lui demander ne l'aurait rebuté. Lui aurais-je dit que nous allions sur la lune qu'il aurait tout fait pour nous y emmener.

**Arques. L'Évangile de Marie-Madeleine,
Livre des disciples.**

Chapitre 6

Paris

19 juin 2005

Le soleil scintillait sur la Seine. Peter et Maureen se promenaient au bord du fleuve, heureux de profiter de la radieuse journée et des splendeurs de la plus belle ville du monde. Ils avaient deux jours devant eux avant le rendez-vous avec Sinclair. L'inquiétude viendrait bien assez tôt.

Ils dégustaient des cornets de glace, à la hâte, pour ne pas leur laisser le temps de fondre.

— Tu avais raison, Peter. Les glaces de chez Berthillon sont les meilleures du monde !

— Quel parfum as-tu pris ?

— *Poivre* ? fit Maureen dans un effort pour s'exprimer en français.

Peter éclata de rire.

— Une glace au poivre, vraiment ?

— Ne te moque pas de moi. C'est *pauvre* ou quelque chose comme ça.

Un autre éclat de rire acheva de la vexer. Elle abandonna, et lui avoua en anglais qu'elle avait pris une glace à la poire.

— Excuse-moi, dit Peter. Je ne devrais pas rire de tes efforts.

— Il semblerait que tu sois le seul à être doué pour les langues, dans la famille.

— C'est faux ! Ton anglais est superbe !

Ils rirent ensemble, cette fois, heureux du bon moment qu'ils passaient et des merveilles de la journée.

***

La magnificence gothique de la cathédrale Notre-Dame dominait l'île de la Cité. Peter admira une fois encore les saints et les gargouilles qui en ornaient la façade.

— La première fois que je suis venu, j'ai pensé : Dieu vit ici. Tu veux y entrer ?

— Non, ma place est plutôt dehors, avec les gargouilles.

— En tant que touriste, tu es obligée de la visiter, c'est le plus célèbre des monuments de Paris. Tu verras, les vitraux sont une pure merveille, et il faut voir la rosace au soleil de midi.

Maureen hésitait, mais Peter la saisit fermement par le bras et l'entraîna.

— Allons, viens ! Je te promets que les murs ne s'écrouleront pas au moment où tu entreras.

***

Le soleil entrait à flots par la célèbre rosace, projetant sur Peter et Maureen ses éclats bleus et rouges. Peter, le visage levé vers la fenêtre, se laissait aller à la béatitude. Maureen le suivait, en s'efforçant de penser qu'elle visitait un monument historique de première importance et non une église comme les autres.

Un prêtre français les salua en passant. Maureen trébucha. Le prêtre lui tendit la main pour l'aider, en lui adressant quelques mots dans sa langue. Maureen sourit en levant la main, pour indiquer qu'elle allait bien.

90

Peter revint vers elle tandis que le prêtre s'éloignait.

— Ça va ? lui demanda-t-il.

— Oui. J'ai eu une sorte de vertige. Le décalage horaire, sans doute.

— Et tu n'as pas beaucoup dormi, depuis quelques jours.

— C'est vrai. Je vais m'asseoir quelques instants sur un banc, et regarder les vitraux. Va faire un tour.

Peter paraissait inquiet de la laisser seule, mais Maureen le renvoya en lui assurant qu'elle se sentait parfaitement bien et qu'elle ne bougerait pas de son banc. Il céda et continua son exploration de la cathédrale.

Maureen s'installa le plus confortablement possible pour récupérer. Elle n'avait pas voulu avouer à Peter l'intensité de sa faiblesse. C'était venu très vite et elle savait qu'elle tomberait si elle ne s'asseyait pas immédiatement. La jeune femme se passa les mains sur le visage, pour chasser le vertige. Les rayons colorés tombant de la rosace illuminaient l'autel et un grand crucifix. Elle cligna plusieurs fois les yeux. Elle avait l'impression que le crucifix grandissait à vue d'œil. La tête dans les mains, elle se laissa aller, et la vision s'imposa.

***

Un éclair déchira le ciel inexplicablement sombre de ce vendredi après-midi. La femme en rouge trébucha sur le sol rocailleux de la colline dont elle voulait atteindre le sommet, sans prêter attention aux écorchures qui zébraient sa peau, ni aux ronces qui déchiraient ses vêtements. Elle n'avait qu'un objectif. Le rejoindre.

Le bruit d'un marteau sur un clou, métal contre métal, retentit dans l'espace qu'il lacéra de sa sonorité sinistre ; la femme se mit à gémir, telle une bête malade ou comme un être humain en proie au plus profond désespoir.

91

Elle parvint au pied de la Croix au moment où la pluie se mettait à tomber. Elle leva son regard sur Lui, des gouttes de Son sang éclaboussèrent son visage tourmenté et se mêlèrent à l'eau qui ruisselait sur ses joues.

***

Perdue dans sa vision, inconsciente du lieu où elle se trouvait, Maureen poussa un long gémissement, parfait écho de celui de Marie-Madeleine au pied de la Croix, qui résonna indéfiniment dans le silence de la cathédrale, effrayant les touristes. Peter revint vers elle en courant.

***

— Où sommes-nous ?

Maureen reprenait ses esprits. Elle était allongée sur un divan, dans une pièce aux murs lambrissés. Le visage grave de Peter était penché sur elle.

— Dans un bureau de la cathédrale, dit-il en faisant signe d'entrer au prêtre français qu'ils avaient croisé un peu plus tôt, et qui, l'air inquiet, se tenait dans l'encoignure d'une porte dissimulée par une tenture. Le père Marcel m'a aidé à te porter ici. Tu étais incapable de bouger par toi-même.

Le prêtre français s'approcha d'elle, un verre d'eau à la main. Maureen le remercia et but avidement. Discrètement, l'homme se retira au fond de la pièce, au cas où l'on aurait encore besoin de lui.

— Je suis désolée, dit Maureen à Peter.

— Tu n'as aucune raison de l'être. Tu n'exerces manifestement aucun contrôle sur ces incidents. As-tu envie de m'en parler ?

Maureen raconta sa vision à Peter, qui pâlit à vue d'œil et la considéra gravement lorsqu'elle eut terminé.

— Maureen, je ne pense pas que ce que je vais te dire te fasse plaisir, mais il me semble bien que tu as des visions divines.

— Je devrais peut-être en parler à un prêtre ? railla Maureen.

— Je parle sérieusement. C'est hors de ma sphère de compétence, mais je peux te trouver un expert. En discuter te soulagerait peut-être.

— Pas question ! Je ne te demande qu'une chose : me ramener à l'hôtel pour que je me repose. Quand j'aurai dormi, je me sentirai parfaitement bien.

***

Maureen parvint à éloigner le souvenir de son apparition et à sortir de la cathédrale sans l'aide de Peter, heureuse d'emprunter une porte latérale qui lui évitait de traverser de nouveau l'immense nef du symbole de la chrétienté.

Lorsqu'elle fut en sécurité, dans sa chambre, Peter regagna la sienne et s'assit, pensif, devant le téléphone. Comme il était trop tôt pour appeler les États-Unis, il se résolut à sortir.

***

Le père Marcel traversait la nef de Notre-Dame éclairée par les cierges, suivi de l'évêque O'Connor qui lui posait des questions dans un français plus qu'approximatif.

Le prêtre français guida son supérieur jusqu'au banc où Maureen avait eu sa vision. Il tenta malgré la barrière des langues de lui donner les explications qu'il réclamait, mais plus il parlait, plus il avait l'impression de s'adresser à un arriéré mental. O'Connor le renvoya d'un geste impatient, s'assit sur le banc et s'abîma dans la contemplation du crucifix qui surmontait l'autel.

***

Paris

19 juin 2005

En plein jour, éclairé par un impitoyable tube de lumière fluorescente, le Caveau des Mousquetaires était moins sinistre. Les hommes qui s'y étaient rassemblés portaient leurs vêtements de tous les jours, et n'arboraient pas autour du cou le lacet rouge qui les désignait comme membres de la Guilde de la Loi.

Une copie du portrait de saint Jean-Baptiste peint par Léonard de Vinci était accrochée sur le mur du fond, à quelques encablures de l'inestimable original exposé au musée du Louvre. Sur ce portrait, Jean regarde hors du cadre, un sourire empreint de gravité sur les lèvres. Sa main droite est levée, index et pouce dirigés vers le ciel. Vinci l'a peint dans cette position, souvent appelée le « Souviens-toi de Jean », et dont on discute de la signification depuis des siècles.

L'Anglais s'assit en haut de la table, dos au tableau. Un Américain et un Français se tenaient à ses côtés.

— Je ne comprends pas ce qu'il cherche, aboya-t-il en saisissant un livre posé devant lui et en l'agitant sous les yeux de ses deux acolytes. J'ai lu ce livre deux fois. Il n'y a rien de nouveau là-dedans, rien qui puisse nous intéresser, ou l'intéresser lui. Alors ? De quoi s'agit-il ? Auriez-vous par le plus grand des hasards une petite idée sur la question ?

L'Anglais jeta le livre sur la table avec dédain. L'Américain s'en empara et le feuilleta distraitement.

94

Il contempla un instant le dos de la couverture.

— Elle est plutôt mignonne ! C'est peut-être la seule raison.

L'Américain renifla avec mépris. *Typique de ces crétins de Yankees, toujours à côté de la plaque*. Il s'était toujours opposé à la présence d'Américains dans la Guilde, mais cet imbécile appartenait à une riche famille de leur lignée, on ne pouvait l'écarter d'un revers de main.

— Avec le pouvoir et l'argent de Sinclair, il suffit de claquer des doigts pour s'offrir mieux que des filles mignonnes ! À n'importe quelle heure du jour et de la nuit. C'est un play-boy, sa réputation n'est plus à faire. Non. Il veut cette fille pour une autre raison, et je vous charge de la trouver. Vite.

— Je suis presque sûr qu'il croit qu'elle est la Bergère, mais j'en saurai bientôt plus, affirma le Français. Je vais passer le week-end dans le Languedoc.

— C'est trop tard. Partez demain, ou même aujourd'hui. L'élément temps est essentiel, comme vous le savez.

— Elle est rousse, observa l'Américain.

— La première catin venue peut se faire teindre en roux si elle dispose de vingt euros. Allez là-bas, découvrez ce qu'il mijote. Si Sinclair trouve ce qu'il cherche avant nous...

L'homme ne termina pas sa phrase. C'était inutile. Les autres savaient exactement ce qu'il se passerait, ils savaient ce qu'il s'était passé la dernière fois qu'un adversaire s'était approché de trop près. L'Américain était du genre timoré, et n'appréciait guère l'idée de la jeune femme aux cheveux roux privée de sa tête. Il prit le livre de Maureen, le fourra sous son bras et sortit à la suite de son collègue français.

***

95

Ses subordonnés partis, l'Anglais, dont le nom de baptême était John Simon Cromwell, se rendit au fond de la cave ; dans une sorte d'alcôve, était dissimulée une armoire basse en bois sombre flanquée d'un petit autel devant lequel ne pouvait s'agenouiller qu'un seul suppliant à la fois.

D'impressionnantes ferrures rouillées ornaient les portes du meuble, dont le compartiment inférieur était protégé par un gros verrou. L'Anglais prit une clé qu'il portait autour du cou, s'agenouilla et l'ouvrit.

Il en sortit deux objets : un flacon, paraissant renfermer de l'eau bénite dont il emplit un calice doré posé sur l'autel, puis un petit reliquaire travaillé qu'il plaça sur l'autel après avoir plongé ses mains dans l'eau. Il se passa de l'eau sur le cou et les paumes en prononçant une invocation, puis éleva le reliquaire à hauteur de ses yeux. À travers la minuscule ouverture de la boîte en or massif, on apercevait un éclat ivoirien. Étroit, long, l'os humain ballotté cliqueta contre les parois de son réceptacle. L'Anglais le pressa contre son cœur en récitant une fervente prière :

— Ô, grand Maître de la Loi, sache que je ne te trahirai pas. Mais nous te conjurons de nous aider. Montrenous la vérité. Viens au secours de ceux qui ne vivent que pour honorer ton saint nom. Et, surtout, aide-nous à garder la putain à sa place.

***

L'Américain descendait la rue de Rivoli en criant dans son téléphone portable pour couvrir le bruit de la circulation.

— On ne peut pas attendre plus longtemps. C'est un renégat, et il est incontrôlable.

— Tiens-t'en au plan et nos objectifs seront atteints, entièrement, et méthodiquement. Ceux qui l'ont élaboré sont plus sages que toi, lui répondit-on d'une voix irritée, avec le même accent.

— Mais ils ne sont pas ici, grogna le jeune homme. Ils ne voient pas ce que je vois. Bon dieu, papa, quand me feras-tu enfin confiance ?

— Quand tu l'auras mérité. En attendant, je t'interdis de te lancer dans une entreprise inconsidérée.

Le plus jeune des deux hommes referma brusquement son téléphone en jurant. Il traversait la place des Pyramides, devant l'hôtel Regina, et faillit se cogner contre le socle de la célèbre statue de Jeanne d'Arc sculptée par Frémiet.

— Garce, murmura-t-il en direction de la femme qui avait sauvé la France.

Et il s'arrêta, le temps de lui cracher dessus sans s'inquiéter d'être vu.

***

Paris

20 juin 2005

La pyramide de verre de Pei étincelait aux rayons du soleil matinal. Peter et Maureen, reposés par une bonne nuit de sommeil, faisaient la queue pour entrer au Louvre.

Peter observa les touristes qui patientaient, guide en main.

— Tout ce vacarme autour de *La Joconde* ! s'exclama-t-il. Je ne comprendrai jamais ce qu'on trouve à ce tableau, qui est à mon avis le plus surestimé du monde.

— D'accord. Mais pendant qu'ils se marcheront sur les pieds pour admirer Mona Lisa, nous aurons l'aile Richelieu pour nous tout seuls.

***

Ils achetèrent leurs tickets et étudièrent leur plan du musée.

— Qu'allons-nous voir en premier ?

— Nicolas Poussin, dit Maureen. Je veux voir *Les Bergers d'Arcadie* de mes propres yeux, avant toute autre chose. Tammy m'a dit que ce tableau est au centre d'une controverse depuis des siècles. Louis XIV s'est battu pendant vingt ans pour l'obtenir. Quand il l'a enfin possédé, il l'a enfermé dans les sous-sols de Versailles, où personne ne pouvait le voir. C'est bizarre, non ? Pourquoi le roi de France s'est-il obstiné à posséder une œuvre d'art pour la cacher au monde ?

— Encore une énigme, répondit Peter qui consultait son guide. Bon, il devrait être par ici.

— Le voilà ! s'exclama Maureen, bientôt rejointe par Peter.

Tous deux admirèrent la toile en silence pendant quelques instants.

— Je me sens vraiment bête, reprit la jeune femme. On dirait que j'attends que ce tableau me parle. Essaies-tu de me dire quelque chose, Bergère ?

— J'aurais dû y penser, s'écria soudain Peter en se frappant le front.

— À quoi ?

— À la Bergère. Jésus est le Bon Berger. Peut-être que Poussin, ou Sinclair, voulaient parler de la Bonne Bergère.

— Mais oui ! s'écria Maureen un peu fort. Poussin nous montre Marie-Madeleine en bergère, en guide du troupeau. Le chef de sa propre Église.

— Je n'ai pas dit ça, protesta Peter.

— Ce n'était pas la peine. Regarde, il y a une inscription en latin sur la tombe.

— *Et in Arcadia Ego*, déchiffra Peter. Ça ne veut rien dire.

— Traduis.

— Impossible. C'est une aberration grammaticale.

— Essaie quand même.

— C'est du latin de cuisine, ou un code quelconque. Si je traduis littéralement, ça donne : « Et, en Arcadie, Je… » Ça n'a pas de sens.

Maureen essayait de l'écouter, mais une voix de femme retentissait dans le musée :

— Sandro ! Sandro !

Elle chercha d'où venait la voix avant de prier Peter de l'excuser.

— Désolée, mais cette voix m'a dérangée.

La voix reprit, avec encore plus d'intensité.

— Mais qui est-ce qui crie comme ça ?

— Qui est-ce qui quoi ?

— Cette femme, qui appelle…

— Sandro ! Sandro !

Maureen regarda Peter. Manifestement, il n'entendait rien, pas plus que les étudiants et les touristes qui les entouraient, et étaient absorbés dans leur contemplation.

— Oh, mon Dieu ! Tu n'entends rien, n'est-ce pas ?

— Je n'entends pas quoi ?

— La femme, qui appelle « Sandro ! Sandro ! ». Viens.

Maureen prit son cousin par le bras et l'entraîna dans la direction de la voix.

— Viens, c'est par là.

Ils couraient dans les couloirs du musée, Maureen s'excusant au passage lorsqu'elle bousculait des visiteurs scandalisés. La voix était devenue un murmure, pressant, qui la guidait, qu'elle suivait.

Elle se tut soudain, lorsque Maureen et Peter eurent escaladé les marches de l'escalier d'honneur et tourné à droite après être passés sans un regard devant la statue de la déesse Niké, la victoire ailée. Ils se trouvaient devant deux chefs-d'œuvre de la Renaissance italienne, moins connus sans doute que *La Joconde*.

— Les fresques de Botticelli, dit Peter.

— Sandro ! C'est de lui que parlait la voix. Alessandro Botticelli.

— Bon sang ! Comment as-tu fait ?

— Je n'ai rien fait, dit Maureen en frissonnant. J'ai entendu, et j'ai suivi.

Ils observèrent les personnages grandeur nature des fresques, exposées côte à côte. Peter traduisit pour Maureen les inscriptions en italien.

— La première fresque, *Vénus et les trois Grâces offrent des cadeaux à une jeune femme*. La seconde, *Vénus ? présente un jeune homme aux arts libéraux*, peinte à l'occasion du mariage de Lorenzo Tornabuoni et Giovanna Albizzi.

— Pourquoi ce point d'interrogation après Vénus ?

— Ils ne sont peut-être pas certains que ce soit elle.

Sur la fresque, un jeune homme tenait la main d'une femme drapée dans un manteau rouge. Ils étaient debout devant sept femmes dont trois tenaient des objets bizarres : l'une, un énorme scorpion noir et menaçant, sa voisine un arc et la troisième un outil d'architecte.

— Les sept arts libéraux, dit Peter en pensant tout haut. Le but de toute connaissance. Cela signifierait-il que ce jeune homme avait reçu une brillante éducation ?

— Les arts libéraux ? Qu'est-ce que c'est ?

— Les trois premiers, qu'on appelle le *trivium*, répondit Peter en fermant les yeux pour raviver ses souvenirs d'étudiant en lettres classiques, sont la grammaire, la rhétorique et la logique. Les quatre autres, ou *quadrivium*, sont l'arithmétique, la géométrie, la musique et la cosmologie. Selon Pythagore, qui est à l'origine de cette classification, les nombres représentent l'étude de tous les phénomènes liés au temps et à l'espace.

— Je suis très impressionnée, dit Maureen en lui souriant. Ça nous mène où ?

— Aucune idée. Et je ne vois pas comment cela pourrait avoir une place dans ton puzzle.

— Pourquoi un cadeau de mariage représente-t-il une femme avec un horrible scorpion venimeux ? Est-il censé symboliser un des arts libéraux ?

— Je n'en suis pas certain répondit Peter qui se penchait au-dessus de la balustrade pour voir les fresques de plus près. Mais regarde bien. Les couleurs du scorpion sont plus sombres et plus vives que sur le reste de la fresque. Tous les objets le sont, d'ailleurs. On dirait presque…

— Qu'ils ont été rajoutés, acheva Maureen.

— Mais par qui ? Par Sandro lui-même ? Ou par une main malveillante ?

Maureen, déconcertée, secoua la tête en signe d'ignorance.

***

En buvant un café-crème à la cafétéria du Louvre, Maureen passa en revue les achats qu'elle avait effectués dans la boutique du musée. Des reproductions des fresques et un livre sur la vie et l'œuvre de Botticelli.

— Je trouverai peut-être des informations sur l'origine des fresques, dit-elle en désignant l'ouvrage.

— Je préférerais en avoir sur l'origine de la voix qui t'y a entraînée, rétorqua Peter.

— Qu'est-ce que cela pouvait bien être ? fit Maureen songeuse après avoir bu une gorgée de café. Mon subconscient ? Une inspiration divine ? Un accès de folie ? Les fantômes du Louvre ?

— J'aimerais pouvoir te répondre…

— En voilà, un guide spirituel, railla Maureen en se penchant sur l'une des reproductions, soudain éclairée de la lumière réfractée par les parois de verre de la pyramide. Puis, frappée par une idée soudaine, elle regarda la bague en cuivre à son doigt.

— Peter, n'as-tu pas dit que la cosmologie était l'un des arts libéraux ?

— Si, l'astronomie, la cosmologie, l'étude du ciel et des étoiles. Pourquoi ?

— Ma bague. Le vieil homme de Jérusalem m'a affirmé qu'elle avait appartenu à un cosmologue.

Peter se caressa la tête, comme pour stimuler son cerveau.

— Et alors ? Quel est le rapport ? Devrions-nous chercher la réponse dans les étoiles ?

Maureen posa le doigt sur la mystérieuse femme au scorpion et bondit presque de son siège.

— Le Scorpion ! s'écria-t-elle.

— Pardon ?

— Le Scorpion est un signe astrologique. Et la femme qui est à côté d'elle tient un arc. Le symbole du Sagittaire. Le Scorpion et le Sagittaire se suivent, dans le zodiaque.

— Et tu supposes que la fresque se réfère à une sorte de code, qui aurait à voir avec l'astronomie ?

— Qui sait ? fit Maureen. C'est peut-être un début de piste.

***

Les lumières de la ville pénétraient dans la chambre de Maureen, et illuminaient les objets éparpillés autour d'elle, sur son lit. Elle s'était endormie en lisant le livre sur Botticelli. La reproduction du tableau de Poussin était posée à côté de l'ouvrage.

Mais Maureen n'en avait aucune conscience. Une fois encore, elle rêvait.

***

Dans une pièce aux murs de pierre, vaguement éclairée par des lampes à huile, une vieille femme, un grand châle rouge noué sur ses longs cheveux gris, était penchée sur une table. Elle tenait une plume entre ses doigts noueux, elle écrivait.

Un grand coffre en bois était le seul autre meuble de la pièce. L'ancêtre cessa d'écrire, se leva et se mit précautionneusement à genoux devant le coffre dont elle souleva le lourd couvercle. Puis elle regarda par-dessus son épaule tandis qu'un sourire empli de sérénité illuminait son visage. Elle fit signe à Maureen de la rejoindre.

***

Paris,

21 juin 2005

Charmant tribut payé à l'excentricité gauloise, le plus vieux des ponts de Paris s'appelle le Pont-Neuf. Très fréquenté, il franchit la Seine du Ier arrondissement au cœur de la rive gauche.

Peter et Maureen passèrent devant la statue d'Henri IV, l'un des rois de France les plus aimés et sous le règne duquel le pont avait été construit, en 1604. La matinée était radieuse. Malgré la beauté étincelante et majestueuse de la Ville lumière, Maureen était nerveuse.

— Quelle heure est-il ?

— Cinq minutes plus tard que lorsque tu m'as posé la même question pour la dernière fois, répliqua Peter en souriant.

— Excuse-moi. J'ai les nerfs à fleur de peau…

— Il t'a donné rendez-vous à Saint-Sulpice à midi. Il est onze heures. Nous avons tout le temps.

Ils empruntèrent la rue Dauphine, le carrefour de l'Odéon et la rue Saint-Sulpice, qui les mena sur la place carrée du même nom.

Les immenses tours dissymétriques de l'église dominaient les lieux et projetaient leur ombre sur la fontaine construite par Visconti en 1844, qui en occupait le centre. Lorsqu'ils furent arrivés devant les portes monumentales de l'édifice religieux, Peter sentit que Maureen hésitait.

— Je ne te quitterai pas cette fois, la rassura-t-il en posant sa main sur le bras de la jeune femme.

***

Dans la première chapelle, à droite de l'entrée, un groupe de touristes, apparemment des étudiants anglais, écoutaient leur professeur décrire les beautés des œuvres de Delacroix qui ornaient cette aile de la nef : *Le Combat de Jacob avec l'Ange*, *Héliodore jeté du Temple* et *L'Archange Michel terrassant le Diable*. En d'autres circonstances, Maureen aurait été tentée d'admirer les toiles et d'écouter les savants commentaires en anglais du professeur, mais elle avait autre chose en tête.

Ils se laissèrent avaler par la massive structure. Maureen s'approcha presque instinctivement de l'autel, qui était flanqué de deux immenses tableaux d'une dizaine de mètres de hauteur. Sur le premier, on voyait deux femmes, l'une en bleu, l'autre en rouge.

— Marie-Madeleine et la Vierge ?

— Je crois, d'après les couleurs. Le Vatican a décrété que la Vierge Marie devait toujours être vêtue de bleu ou de blanc.

— Et ma Marie est toujours en rouge, conclut Maureen en se dirigeant vers l'autre tableau. Regarde ça !

Jésus était couché dans sa tombe, Marie-Madeleine semblait préparer son corps pour l'enterrement. La Vierge et deux autres femmes pleuraient.

— Ce serait Marie-Madeleine qui aurait préparé le corps du Christ ? Ce n'est pas ce qui est écrit dans les Évangiles.

— Dans l'Évangile de Marc, il est écrit qu'elle et d'autres femmes apportèrent les huiles au sépulcre, pour oindre le corps, mais Marc ne décrit pas précisément ce qui suivit.

— Tiens, tiens ! Et voilà que c'est Marie-Madeleine qui le fait. Pourtant, dans la tradition juive, cette tâche était réservée à…

— À l'épouse, oui, répondit une voix aristocratique au léger accent écossais.

Maureen et Peter, surpris par la présence du personnage qui s'était approché d'eux sans qu'ils l'entendent, se retournèrent brusquement. Brun, beau et élégant, il était vêtu d'une tenue qui trahissait une éducation impeccable, mais sans aucune raideur. Tout, en Bérenger Sinclair, était en léger décalage, et totalement personnel. Cheveux bien coupés, mais un peu trop longs pour la Chambre des lords, chemise en soie, plutôt style Versace que Bond Street. L'arrogance naturelle des privilégiés de ce monde était tempérée par l'humour de son sourire presque enfantin. Maureen, fascinée, buvait ses paroles.

— Oui, seule l'épouse était autorisée à préparer son mari pour les funérailles. Si l'homme n'était pas marié, ce privilège revenait à la mère. Or, comme vous pouvez le constater sur ce tableau, la mère de Jésus est présente, et ne prend aucune part à la cérémonie. On ne peut en tirer qu'une seule conclusion.

— Que Marie-Madeleine était sa femme, acheva Maureen.

— Félicitations, miss Pascal, fit l'Écossais en s'inclinant théâtralement. Mais veuillez accepter mes excuses, je me conduis comme un rustre. Permettez-moi de me présenter : lord Bérenger Sinclair, à votre service.

Maureen lui tendit une main qu'il garda plus longtemps que nécessaire entre les siennes. Au lieu de la lâcher, il la retourna et passa lentement le doigt sur la bague en cuivre. Puis il adressa un de ses éblouissants sourires de connivence à Maureen, totalement déconcertée.

105

Elle s'était souvent demandé quel genre d'homme serait ce fameux lord Sinclair, mais quoi qu'elle ait pu imaginer, cela n'avait rien à voir avec la réalité. Elle s'efforça de ne pas montrer la surprise qui l'empêchait de parler.

— Vous savez qui je suis, dit-elle. Et voici…

— Le père Peter Healy, naturellement. Votre cousin, si je ne me trompe ? Et un grand érudit. Bienvenue à Paris, mon Père. Mais vous êtes déjà venu, évidemment. Il jeta un coup d'œil à la montre suisse hors de prix qu'il portait au poignet. Il nous reste quelques minutes. Venez, je vais vous montrer des choses qui vous intéresseront. À propos, poursuivit-il en leur parlant par-dessus son épaule, n'achetez surtout pas le guide qu'ils vendent ici. Cinquante pages, et pas un mot sur Marie-Madeleine. Comme si, en l'ignorant, ils voulaient la faire disparaître.

Peter et Maureen le suivaient, et firent halte avec lui devant un petit autel latéral.

— Comme vous le verrez, elle est peinte partout dans cette église. Il n'empêche qu'on l'ignore volontairement. Voilà un exemple.

Sinclair les avait amenés devant une statue de marbre, une pietà, élégante et classique. La Vierge tenait le corps martyrisé de son fils et Marie-Madeleine était là, la tête nichée dans l'épaule de la mère éplorée.

— Dans le guide, on dit simplement : *Pietà*, XVIIIe siècle italien. Sur toutes les pietà, on voit la Vierge bercer le corps du Christ après la crucifixion. La présence de Marie-Madeleine dans cette œuvre est donc fort peu orthodoxe, et malgré tout, elle n'est pas mentionnée.

Sinclair soupira profondément en secouant la tête avec commisération devant tant d'injustice.

— Et quelle est votre théorie ? demanda Peter, d'un ton un peu plus sec qu'il ne l'aurait souhaité, agacé par l'arrogance de Sinclair. Que l'Église a conspiré pour qu'il ne soit pas fait mention de Marie-Madeleine ?

— Tirez-en les conclusions que vous voulez, mon Père. Mais permettez-moi de vous apprendre ceci : Il existe en France plus d'églises consacrées à Marie-Madeleine qu'à n'importe quel autre saint, y compris la Vierge. Un quartier de Paris porte même son nom. Je suppose que vous avez visité la Madeleine ? C'est un immense monument, qui lui est clairement dédié, et pourtant, à l'origine, il n'y avait aucune œuvre la représentant à l'intérieur. Bizarre, non ? On a fini par remplacer l'Assomption de la Vierge qui se trouvait sur l'autel par la statue de Marie-Madeleine exécutée par Marochetti. Il a bien fallu céder aux pressions de… des gens qui s'intéressent à la vérité.

— Je suppose que vous allez aussi m'apprendre que Marcel Proust pensait à elle lorsqu'il a donné son nom à ses fameux petits gâteaux, ironisa Peter, qui, contrairement à Maureen, n'éprouvait aucune fascination pour Sinclair, mais plutôt un énervement croissant.

— Il faut bien qu'il y ait une raison à leur forme de coquillage, dit Sinclair en haussant les épaules.

Puis il laissa Peter résoudre seul cette nouvelle énigme et rejoignit Maureen devant la pietà.

— On dirait presque qu'on a voulu effacer ses traces, dit Maureen.

— C'est le cas, chère miss Pascal. On a souvent essayé de nous faire oublier Marie-Madeleine, mais sa présence est trop forte. Et comme vous l'avez certainement remarqué, son souvenir est bien vivant, surtout…

Les cloches sonnèrent midi. Sinclair s'interrompit et les entraîna de l'autre côté de l'église où il leur fit remarquer une ligne de bronze encastrée dans le sol et qui traversait le transept nord sud. Elle s'achevait au pied d'un obélisque en marbre de style égyptien surmonté d'une coupole et d'une croix dorées.

— Suivez-moi. Il est midi juste, et ce que je vais vous montrer n'arrive qu'une fois par an.

— Que signifie cette ligne ? lui demanda Maureen.

— C'est le méridien de Paris. Il coupe la France en deux, d'une façon tout à fait intéressante. Mais attention ! Levez les yeux.

Sinclair désignait une fenêtre en hauteur qu'un rayon de soleil franchissait pour illuminer la ligne méridienne. Ils purent voir la lumière danser sur le sol de l'église, le long de la cicatrice de bronze, escalader l'obélisque et s'arrêter à son sommet, sur la coupole et la croix d'or.

— Magnifique, n'est-ce pas ? L'axe de l'église est exactement aligné sur celui du solstice

— Très beau, oui, concéda Peter. Je m'en veux de vous ramener à la réalité, lord Sinclair, mais il y a une raison religieuse légitime à ce phénomène. Le jour de Pâques est fixé au dimanche après la pleine lune qui suit l'équinoxe d'hiver. Et l'architecture des églises permet souvent de repérer les équinoxes et les solstices.

— Il a tout à fait raison, dit Sinclair en regardant Maureen. Mais le méridien de Paris en dit plus encore. Certains l'appellent l'axe de Marie-Madeleine. Si vous voulez savoir pourquoi, venez me rendre visite dans le Languedoc, dans deux jours.

Sinclair tira de sa poche une de ses luxueuses enveloppes de vélin.

— J'ai cru comprendre que vous connaissiez la charmante réalisatrice Tamara Wisdom. Elle assistera à notre bal costumé annuel à la fin de la semaine. Et j'ose espérer que vous y viendrez tous les deux. Vous serez bien entendu mes hôtes, au château.

Maureen consulta Peter du regard. Ils n'avaient pas prévu cette invitation.

— Ma cousine a fait un long voyage, lord Sinclair, parce que vous lui promettiez des réponses à…

— On s'interroge sur ces mystères depuis des siècles, mon Père. Vous ne pouvez prétendre tout comprendre en un seul jour. La connaissance véritable se mérite, n'est-ce pas ? Et maintenant, si vous voulez bien m'excuser, je file, car je suis déjà en retard pour un autre rendez-vous.

Maureen posa sa main sur le bras de Sinclair, pour le retenir.

— Dans votre lettre, vous avez mentionné mon père. J'espérais que vous me diriez au moins ce que vous savez à son sujet.

— Ma chère amie, répondit Sinclair d'un ton radouci, je possède une lettre de lui. Elle vous intéressera, j'en suis certain. Mais elle est au château. C'est l'une des raisons pour lesquelles je voudrais que le père Healy et vous acceptiez mon invitation.

— Une lettre ? Vous êtes certain qu'elle est de lui ?

— Votre père s'appelait-il Édouard Paul Pascal, épelé à la française ? Habitait-il la Louisiane ?

— Oui, murmura Maureen.

— Alors, c'est une lettre de lui. Je l'ai trouvée dans les archives familiales.

— Que dit-elle ?

— Miss Pascal, je ne me permettrais pas de citer votre père, j'ai trop mauvaise mémoire. Mais je vous montrerai sa lettre dans le Languedoc. Et maintenant, je dois vraiment y aller. Si vous avez besoin de quoi que ce soit, appelez le numéro qui figure sur l'invitation et demandez Roland. Il sera très heureux de se mettre à votre service. Pour n'importe quoi.

Sinclair leur tourna le dos sans leur dire au revoir. Puis, par-dessus son épaule, il lança :

— Vous avez la carte, n'est-ce pas ? Suivez simplement l'axe de Marie-Madeleine.

L'écho des pas de l'Écossais s'évanouit tandis que Peter et Maureen se regardaient, désemparés.

***

En déjeunant dans un petit restaurant de la rive gauche, Peter et Maureen discutèrent de leur étrange conversation avec Sinclair. Leurs opinions sur lui divergeaient fondamentalement. Peter, irrité, ne lui accordait aucune confiance. Maureen, fascinée, était littéralement envoûtée.

Ils décidèrent de faire une promenade digestive au jardin du Luxembourg, où une famille encombrée d'enfants turbulents pique-niquait sur une pelouse. Deux des gamins couraient derrière un ballon, sous les applaudissements de leurs aînés. Peter les observa un instant, d'un air songeur.

— Que se passe-t-il ?

— Rien, rien du tout. Je pensais à la maison, à mes sœurs, à leurs enfants. Tu sais que cela va faire deux ans que je ne suis pas retourné en Irlande ? Quant à toi, on ne compte même plus les années...

— Ce n'est qu'à une heure d'avion d'ici, tu sais.

— Oui, et j'y ai pensé, crois-moi. Voyons comment évolue la situation. Si j'ai le temps, j'aimerais beaucoup y passer quelques jours.

— Peter, je suis grande, maintenant, et parfaitement capable de me débrouiller toute seule. Pourquoi ne pars-tu pas ?

— Que je te laisse seule entre les pattes de ce Sinclair ? Tu es folle ?

Le ballon, dont s'était emparé le plus âgé des enfants, roula jusqu'à Peter, qui l'arrêta et le renvoya d'un habile coup de pied. Puis ils reprirent leur promenade.

— T'arrive-t-il de regretter ta décision ?

— Quelle décision ? De t'avoir accompagnée ici ?

— Non. De devenir prêtre.

— Quelle raison au monde as-tu de me poser cette question ? fit Peter, surpris et même choqué.

— Je te regardais. Tu adores les gosses. Tu aurais fait un père formidable.

— Non, répondit Peter, je n'ai aucun regret. J'avais une vocation, je l'ai suivie. Je l'ai encore, je l'aurai sans doute toujours. Tu as eu du mal à le comprendre, je sais.

— J'ai toujours du mal.

— Pourtant, aussi paradoxal que cela puisse paraître, c'est en partie à cause de toi que je suis devenu prêtre.

— Moi ? Mais pourquoi ? s'écria Maureen, interloquée à son tour.

— Les lois désuètes et dépassées de l'Église t'ont détournée de la foi. Cela arrive tout le temps, et il ne devrait pas en être ainsi. Aujourd'hui, il existe des ordres de prêtres plus jeunes, plus instruits, progressistes, qui s'efforcent d'adapter la spiritualité à notre siècle, et à la jeunesse. Je l'ai découvert avec les jésuites que j'ai rencontrés en Israël. Ils essayaient de changer tout ce qui t'a éloignée de la foi. Et j'ai voulu participer à cet effort, pour t'aider à retrouver la foi. Toi, et beaucoup d'autres.

Maureen dévisageait son cousin, et luttait contre les larmes d'émotion qui lui montaient aux yeux.

— Et tu ne me l'as jamais dit ! Je n'arrive pas à y croire !

— Tu ne m'avais jamais posé la question.

***

Les souffrances d'Easa nous furent à tous une véritable torture, mais ce fut Philippe qui dut mobiliser le plus de ressources pour s'en remettre. Il pleurait dans son sommeil, sans me dire pourquoi, ni me laisser l'aider. Ce fut Barthélemy qui m'éclaira enfin : Philippe ne voulait pas m'infliger de nouveaux tourments en évoquant ces abominables souvenirs. Mais, nuit après nuit, il était habité par les souffrances d'Easa, par la description de ses blessures.

Les hommes me respectent, car je suis la seule à avoir assisté à la Passion d'Easa.

En Égypte, Barthélemy devint mon élève le plus assidu. Il voulait en apprendre le plus possible, et le plus vite possible. Il était avide de connaissance, affamé comme un homme qui n'a plus mangé depuis longtemps. On aurait

111

cru que le sacrifice d'Easa avait creusé en Barthélemy un abîme que seul l'enseignement du Chemin pouvait combler. J'ai compris, dès lors, qu'il était appelé, qu'il propagerait les paroles d'amour et de lumière dans le vaste monde, et que le destin d'étrangers en serait changé à jamais. Alors, toutes les nuits, lorsque les enfants et les autres dormaient, j'enseignais les secrets à Barthélemy. Le moment venu, il serait prêt.

Mais je ne savais pas si moi je le serais. Je l'aimais autant que s'il était de ma chair et de mon sang, et j'avais peur pour lui, car sa beauté, sa pureté ne seraient pas comprises par tous comme elles l'étaient par ceux qui l'aimaient. C'était un homme sans artifice.

Arques. L'Évangile de Marie-Madeleine, Livre des disciples.

Chapitre 7

Languedoc

22 juin 2005

Par les fenêtres du train à grande vitesse, la campagne française défilait sous les yeux indifférents de Maureen et Peter qui étudiaient les cartes, les livres et les documents étalés devant eux.

— *Et in Arcadia Ego*, marmonna Peter qui griffonnait fiévreusement sur un bloc de feuilles. *Et... in... Arca... di... a E-go.*

Il s'absorba dans la carte de France où était tracée la ligne rouge, qu'il désigna à Maureen.

— Regarde, le méridien de Paris descend droit vers le Languedoc, jusqu'à cette petite ville, Arques. Un nom très intéressant.

— Arques ? Comme l'Arche ? Celle de Noé, ou celle de l'Alliance ?

— Tu as raison. Arc, ou arche, est un mot très versatile, en latin. Il signifie en général récipient, mais aussi tombe. Attends une minute.

Peter saisit son stylo et son bloc et entreprit d'inscrire autrement les lettres de la phrase latine. Il écrivit ARK en haut de la feuille, en majuscules, et, en dessous, ARC.

113

— Qui sait, dit Maureen, Arcadia n'est peut-être pas une référence au lieu mythologique, il pourrait s'agir de plusieurs mots accolés. Ça aurait un sens, en latin ?

Peter inscrivit : ARC A DIA

— Alors ? l'interrogea Maureen.

— Écrit comme tel, cela pourrait vouloir dire Arc, ou arche, de Dieu. Avec un peu d'imagination, on pourrait aller jusqu'à : Et, dans l'arc de Dieu, je suis. J'imagine que tu ne sais rien de cette ville d'Arques ? Se pourrait-il qu'elle ait une légende ? Que cela puisse signifier : Et, dans le Village de Dieu, Je Suis ? je ne vois rien d'autre...

— La propriété de Sinclair est tout près d'Arques.

— Ce qui n'explique pas que Nicolas Poussin l'ait peinte il y a quatre cents ans... Ni pourquoi tu as entendu des voix au Louvre, pendant que tu regardais le tableau. Je crois que nous devons envisager ce qui t'arrive sans y mêler ce Français.

Peter tentait d'atténuer l'importance de Sinclair sur les expériences de Maureen, qui « voyait » Marie-Madeleine depuis plusieurs années, bien avant d'avoir entendu parler de Bérenger Sinclair.

— D'accord, approuva Maureen. Imaginons que Arques soit une terre sacrée, le village de Dieu, et que Poussin veuille nous dire qu'il s'y trouve quelque chose d'important. C'est ta théorie ?

— Une supposition, tout ou plus. Il demeure que la région d'Arques mérite d'être visitée, non ?

***

À Quillan, c'était jour de marché et il régnait une activité intense dans la petite ville au pied des Pyrénées. Les habitants de toute la région se pressaient devant les éventaires pour acheter des produits frais et du poisson pêché en Méditerranée.

Maureen et Peter flânaient. La jeune femme avait en main la reproduction des Bergers d'Arcadie. Un maraîcher le remarqua.

— Ah! Poussin! s'écria-t-il en désignant la carte postale.

Il leur indiqua le chemin, en parlant à toute allure. Peter le pria de ralentir, et enregistra ses explications. Le fils du marchand, âgé d'une dizaine d'années, comprit le désarroi de Maureen et se lança, dans un anglais approximatif.

— Vous voulez voir la tombe?

— Oh oui! s'exclama Maureen qui ignorait que la tombe du tableau existait réellement.

— O.K. La route principale, tout droit. L'église, et à gauche. Tombe de Poussin, sur la colline.

Maureen remercia le garçonnet et glissa un billet de cinq euros dans sa main.

— De rien, madame! De rien! Bonne chance! *Et in Arcadia Ego*!

Il éclata d'un grand rire joyeux et fila dépenser sa petite fortune en bonbons.

***

À eux deux, et en comparant les explications du père et du fils, Peter et Maureen, réussirent à prendre la bonne route. Peter conduisait lentement, Maureen regardait le paysage.

— La voilà! Sur la colline, là!

Peter arrêta la voiture au pied d'une pente douce, envahie de buissons et d'arbustes. Derrière une haie de ronces, sur la hauteur, se profilaient les bords supérieurs d'une pierre tombale rectangulaire.

— J'ai vu ce genre de sépulture en Terre sainte, dit pensivement Peter, il y en a plusieurs en Galilée.

Il s'interrompit comme frappé par une idée subite.

— Qu'y a-t-il?

— Je viens de prendre conscience qu'il y en a une sur la route de Magdala, qui ressemble beaucoup à celle-ci. Elles pourraient même être identiques.

Ils scrutèrent les broussailles, pour trouver un sentier qui les mènerait au sommet de la colline. Celui qu'ils dénichèrent était envahi par la végétation. Maureen fit halte à l'orée du chemin et s'agenouilla.

— Regarde, Peter! La végétation. Elle n'est pas naturelle.

Peter se pencha et ramassa des brindilles et des branches, manifestement déposées volontairement à l'entrée du sentier.

— Tu as raison, dit-il.

— On dirait que quelqu'un a voulu dissimuler ce sentier.

— Peut-être le propriétaire, qui en a assez de voir des gens comme nous piétiner ses terres. Quatre siècles de tourisme! Il y a de quoi devenir pointilleux...

Ils avançaient lentement le long du chemin. Quand ils furent arrivés devant la tombe, Maureen compara le paysage avec celui du tableau de Poussin. Le paysage rocailleux qui s'offrait à elle à l'arrière-plan était absolument analogue à celui qui avait été peint quatre siècles auparavant.

— C'est identique, fit Maureen.

— Sauf pour la tombe, qui est lisse et ne porte aucune trace d'écriture.

— Alors, l'inscription serait une invention de Poussin?

Maureen fit le tour du caveau, puis écarta les broussailles qui en recouvraient l'arrière. Ce qu'elle vit alors la fit crier de surprise.

— Peter! Viens vite!

Peter s'empressa de la rejoindre, et de l'aider à repousser les branchages. Lorsqu'il vit à son tour ce qui avait causé la stupéfaction de Maureen, il secoua la tête, incrédule.

À l'arrière de la tombe, étaient gravés dans la pierre neuf petits cercles entourant une sphère centrale.

Le dessin de la bague de Maureen.

***

Ils passèrent la nuit dans un petit hôtel de Couiza, à quelques kilomètres d'Arques. Tammy avait suggéré d'y descendre car le village était tout proche d'un lieu énigmatique et bien connu des cercles ésotériques appelé Rennes-le-Château. Elle arriverait tard dans la soirée, et ils étaient convenus de se retrouver le lendemain matin au petit déjeuner.

Peter et Maureen buvaient un café en l'attendant lorsque Tamara fit irruption dans la salle à manger.

— Pardon de vous avoir fait attendre ! Mon vol pour Carcassonne a été retardé, je suis arrivée vers minuit et j'ai mis des heures à m'endormir.

— Je me suis inquiétée, je pensais avoir de tes nouvelles hier soir. As-tu conduit depuis Carcassonne ?

— Non, j'ai retrouvé des amis qui venaient aussi pour le pince-fesse de Sinclair. L'un d'eux est de la région, il est venu nous chercher.

Le serveur déposa un panier de croissants et attendit que Tammy passât sa commande. Lorsqu'il se fut retiré, la jeune femme se pencha vers Peter et Maureen.

— Nous devons quitter cet établissement ce matin, dit-elle.

— Mais pourquoi ? s'écrièrent Maureen et Peter d'une même voix.

— Sinclair est furieux que nous soyons descendus à l'hôtel. Il m'a laissé un message hier soir, pour me dire qu'on nous avait préparé des chambres au château.

— Je préférerais que nous restions, dit Peter à Maureen, il me semble que tu es plus en sécurité ici. Ce lieu est un territoire neutre, un endroit où nous pourrons nous réfugier s'il se passe quelque chose qui te gêne.

117

— Voyons, dit Tammy, contrariée, vous ne pouvez pas imaginer le nombre de gens qui seraient prêts à commettre un meurtre pour être invités au château. C'est un endroit magnifique, un véritable musée. Si vous refusez, vous prenez le risque de vexer Sinclair, et ce serait dommage.

Maureen était embarrassée. D'un côté, Peter avait raison, l'hôtel était un lieu neutre et rassurant. Mais son imagination s'exaltait à l'idée d'habiter le château, et d'observer Bérenger Sinclair de plus près.

Tammy perçut le dilemme de son amie.

— Je t'ai garanti que Sinclair n'était pas dangereux. Je crois même que c'est un homme formidable. Mais, poursuivit-elle en regardant Peter, si vous n'êtes pas de cet avis, pensez à la fameuse devise : « Ne quittez pas votre ennemi des yeux ! »

Au cours du petit déjeuner, Tammy les persuada de quitter l'hôtel. Peter l'observa attentivement. C'était décidément une femme très convaincante, se dit-il.

***

Rennes-Le-Château

France

23 juin 2005

— C'est un endroit qu'on ne trouve jamais tout seul, dit Tammy, assise sur le siège arrière. Tournez à droite ici. Vous voyez cette route étroite, devant nous ? Elle monte à Rennes-le-Château.

Peter engagea la voiture sur le chemin sinueux et pavé qui grimpait en épingles à cheveux. Au sommet, un panneau indicateur à moitié effacé donnait le nom du minuscule hameau.

— Vous pouvez vous garer là, dit Tammy en désignant un petit espace dégagé à l'entrée du village.

En sortant de la voiture, Maureen regarda l'heure, vérifia une seconde fois et s'étonna tout haut.

— Comme c'est étrange ! Ma montre est arrêtée, alors que j'ai changé la pile juste avant de partir des États-Unis.

— Eh bien voilà ! Ça commence déjà à devenir amusant, s'exclama Tammy en riant. Le temps prend un autre sens, dans nos montagnes magiques… Je te garantis que ta montre marchera quand nous aurons quitté les environs.

Peter et Maureen se regardèrent avec incrédulité, et se résolurent à suivre Tammy, qui ne se donna pas la peine de s'expliquer davantage. Bien au contraire, elle leur lança, en se moquant :

— Mesdames et messieurs, vous entrez en zone inconnue !

Le village, étonnamment petit et apparemment désert, donnait l'étrange impression d'avoir été oublié par le temps.

— Y a-t-il des gens qui vivent ici ? demanda Peter.

— Mais oui ! C'est un village ordinaire. Un peu moins de deux cents habitants, mais ça fait des gens.

— Quel silence ! remarqua Maureen.

— C'est toujours le cas, sauf quand un car de touristes débarque.

À leur droite, s'élevaient les vestiges du château qui avait donné son nom au village.

— C'est le château Hautpol, poursuivit Tammy. Une place forte des chevaliers du Temple au temps des croisades. Vous voyez cette tour ? Ne vous laissez pas tromper par son allure décrépite. On l'appelle la Tour de l'Alchimie. C'est l'un des hauts lieux de l'ésotérisme en France. Et même au monde.

— Je suppose que vous allez nous expliquer pourquoi, railla Peter de plus en plus agacé par ce petit jeu d'énigmes.

— Je le ferai, mais plus tard. Cela n'aurait de sens que si vous connaissiez l'histoire du village. Je vous en parlerai donc sur le chemin du retour.

Ils passèrent devant une petite librairie fermée, dont la vitrine était encombrée de livres sur le symbolisme ésotérique.

— Cet endroit ne ressemble pas tout à fait à tes villages de paysans catholiques, n'est-ce pas ? murmura Maureen à Peter.

— Pas vraiment ! l'approuva Peter en considérant d'un œil sceptique l'assortiment hétéroclite de livres et de bijoux amoncelés dans la vitrine.

Une particularité attira l'attention de Maureen tandis qu'elle suivait Tammy dans les ruelles. À hauteur des yeux, sur le mur d'une des maisons, il lui sembla distinguer un cadran solaire. La pièce métallique centrale manquait, sans doute depuis longtemps. Et, en s'en approchant, Maureen constata que les inscriptions n'avaient rien d'habituel. Le chiffrage commençait avec le nombre neuf et se poursuivait jusqu'à dix-sept. Les demi-heures étaient également marquées. Au-dessus des chiffres, on avait dessiné des symboles à l'allure d'arcanes.

— Tu connais ces signes ? demanda Maureen à Peter qui se penchait au-dessus d'elle.

Tammy les rejoignit, l'air satisfait de quelqu'un qui a joué un bon tour.

— Vous avez donc trouvé la première bizarrerie de R-L-C, dit-elle.

— R-L-C ?

— Rennes-le-Château, on l'appelle comme ça par ici. Il faut que vous appreniez un peu de jargon local, vous en aurez besoin pour la réception de demain.

— Je reconnais certains de ces symboles, dit Peter. Les planètes, la lune et Mercure. Et celui-ci pourrait être le soleil, ajouta-t-il en désignant un cercle avec un point au milieu.

— Exact, répondit Tammy. Et voici Saturne. Les autres sont des signes astrologiques. La Vierge, le Lion, le Cancer et les Gémeaux.

— Et le Scorpion, demanda Maureen, et le Sagittaire ? Ils n'y sont pas ?

Tammy secoua la tête, mais désigna la place qu'aurait occupée le sept sur une horloge.

— Non. Mais vous voyez où se terminent les inscriptions ? C'est la planète Saturne. Si on avait continué, dans le sens contraire à celui des aiguilles d'une montre, on aurait le Scorpion après la Balance, puis le Sagittaire.

— Pourquoi s'arrêtent-elles à un endroit aussi bizarre ? demanda Maureen.

— Et qu'est-ce que cela signifie ? ajouta Peter.

Tammy leva les mains au ciel.

— Nous supposons que c'est une référence à un certain alignement des planètes, mais en fait, nous ne savons pas vraiment.

Maureen, qui continuait d'observer le cadran solaire, songeait à la fresque de Botticelli, au Louvre, et tentait d'établir un rapport entre le Scorpion et la peinture. Elle voulait comprendre l'utilité d'un cadran solaire aussi inhabituel, si jamais il en avait une.

— Et si c'était quelque chose comme « lorsque la lune entrera dans la septième maison, et que Jupiter s'alignera sur Mars… »

— Si vous me chantez « L'âge du Verseau », vous deux, je m'en vais, menaça Peter.

— Mais elle a pourtant raison, dit Tammy en riant. Il s'agit sans doute d'un alignement spécifique de planètes. Et comme ce cadran est placé de façon bien visible, il faut croire qu'il était important pour tous les habitants de le connaître. Mais venez, continuons, nous allons arriver au point névralgique du village, le musée et la villa.

Au bout d'une voie étroite, devant eux, se dressait une demeure en pierre. Une tour à la forme étrange, en pierre également, s'élevait derrière elle, accrochée au flanc rocailleux.

— On raconte, dans ce village, une histoire très curieuse au sujet d'un prêtre qui a vécu ici à la fin du XIXᵉ siècle. L'abbé Bérenger Saunière.

— Bérenger ? C'est bien le prénom de Sinclair, n'est-ce pas ?

— Oui, et ce n'est pas un hasard. Le grand-père de Sinclair, qui était un farouche défenseur des traditions locales et du culte de Marie-Madeleine, voulait que son petit-fils porte ce nom, en espérant qu'il hériterait ainsi de certaines des particularités de Saunière. Le prêtre avait entrepris de restaurer l'église et il y a plusieurs versions de son histoire : certains disent qu'il a trouvé le trésor du temple de Jérusalem ; en effet, le château adjacent à l'église avait appartenu aux chevaliers du Temple et il n'est pas impossible qu'ils y aient entreposé une part du butin rapporté de Terre sainte. Personne n'aurait l'idée de chercher ici quelque chose de valeur. D'autres prétendent que Saunière a découvert des documents inestimables. Toujours est-il qu'il est soudain devenu très riche, mystérieusement. Il a dépensé des millions, alors qu'il n'avait qu'un maigre salaire de prêtre de campagne. D'où venait donc l'argent ? Pendant les années 1980, un trio de chercheurs britanniques a écrit un livre sur Saunière et son énigmatique fortune. Il était intitulé : *Sang Sacré, Sacré Graal*. C'est un best-seller dans tous les cercles ésotériques. Malheureusement, le succès de ce livre a provoqué une chasse au trésor effrénée dans la région. On a saccagé les ressources naturelles, des chasseurs de souvenirs et des religieux fanatiques ont vandalisé les lieux consacrés par la tradition locale. Sinclair a été obligé de poster des gardes armés sur ses terres, pour protéger la tombe.

— La tombe de Poussin ? demanda Maureen.

— Oui, bien sûr. C'est la pièce maîtresse de toute l'énigme, grâce aux Bergers d'Arcadie.

— Nous y sommes allés hier, intervint Peter. Il n'y avait pas de gardes.

— Normal ! C'est parce que vous êtes les bienvenus sur le domaine de Sinclair. Mais croyez-moi, si vous y êtes allés, il le sait. Et s'il n'avait pas voulu que vous y alliez, vous l'auriez su.

Le grand bâtiment qui dominait le village se dressait devant eux. Un panneau annonçait : Villa Béthania, résidence de Bérenger Saunière.

Lorsqu'ils furent entrés dans l'enceinte du musée, Tammy sourit à la femme assise à la réception, qui la salua et leur fit signe de passer.

— On n'achète pas de tickets ? demanda Maureen.

— Que non ! Je suis connue, dans le coin. C'est ici que je tourne une partie de mon film sur l'histoire de l'alchimie.

Ils passèrent devant des vitrines où étaient exposés les vêtements sacerdotaux de l'abbé Saunière. Peter s'y attarda tandis que Tammy traversait le long vestibule pour s'arrêter devant un pilier en pierre gravé d'une croix.

— On l'appelle le Pilier des chevaliers, expliqua la jeune femme. Il est censé avoir été construit par les Visigoths, au VIIIe siècle, et avoir fait partie de l'autel de l'ancienne église. Lorsque l'abbé Saunière l'a fait déplacer, pendant les travaux de restauration, on dit qu'il a trouvé de mystérieux parchemins, codés.

Les conservateurs du musée avaient fait exposer les manuscrits de façon que les codes apparaissent clairement. Les lettres majuscules semblaient disposées n'importe comment, mais à y regarder de plus près on constatait que leur position ne devait rien au hasard. Et Maureen remarqua qu'elles composaient le fameux : *Et in Arcadia Ego*.

— Regarde, dit-elle à Peter, encore cette phrase ! Qu'est-ce qu'elle signifie, Tammy ? C'est un code ?

— Il existe au moins cinquante théories sur le sens

de ces mots. À elle toute seule, cette phrase a généré une petite industrie.

— Peter a eu une idée intéressante, dans le train. Il a supposé que cette inscription se référait au village d'Arques : À Arques, le Village de Dieu, je suis.

— Bien essayé, mon Père, dit Tammy, impressionnée. La version la plus généralement acceptée est qu'il s'agit d'une anagramme latine et qu'il faut lire : *I Tego Arcana Dei.*

— Je cache les secrets de Dieu, traduisit Peter.

— Exact ! Ça ne nous mène pas loin, n'est-ce pas ? Allons voir la maison de l'extérieur, maintenant.

— Une minute, dit Peter qui pensait à la tombe de Poussin. Cela signifierait-il qu'il y a quelque chose de caché dans la tombe ? Si on additionne, on obtient : « À Arques, le Village de Dieu, je cache les secrets. »

Tammy réfléchit quelques instants avant de répondre.

— C'est une hypothèse aussi valable que toutes celles que je connais. Mais la tombe a été ouverte et fouillée, à plusieurs reprises. Le grand-père de Sinclair a fait creuser chaque centimètre carré de la propriété, et Bérenger a eu recours à toutes les ressources de la technologie pour dénicher l'éventuel trésor caché. Ultrasons, radars...

— Et on n'a jamais rien trouvé ? demanda Maureen.

— Rien du tout !

— Peut-être que quelqu'un était passé avant, suggéra Peter. Ce Saunière, par exemple. La découverte d'un trésor pourrait être la cause de sa fortune soudaine.

— Beaucoup de gens le pensent. Mais c'est curieux quand même ! Cela fait des décennies que des chercheurs se penchent sur la question et personne n'a découvert le secret de Saunière.

Tammy leur faisait traverser un ravissant jardin, dominé par une fontaine en marbre et en pierre.

— Très impressionnant, pour un prêtre de paroisse du XIXe siècle, fit observer Peter.

— En effet. Et voilà le plus étrange : Saunière a dépensé une fortune pour restaurer ce lieu, mais il n'y a jamais vécu. Il s'y refusait. Et il a légué la maison à sa… gouvernante.

— Vous avez hésité avant de dire gouvernante, remarqua Peter.

— C'est parce que l'on suppose qu'elle était plutôt sa compagne.

— Mais il était catholique ?

— Ne jugez pas, *padre*. C'est ma devise, depuis toujours.

Maureen s'était éloignée de quelques pas, attirée par une statue érodée.

— Qui est-ce ? demanda-t-elle.

— Jeanne d'Arc.

— En effet, poursuivit Peter, voilà son épée, et sa bannière. Mais elle ne semble guère à sa place, ici.

— Pourquoi, Peter ?

— C'est une figure traditionnelle du catholicisme français, un symbole. Or, rien ici ne semble conventionnel.

— Jeannette ? Conventionnelle ?

Tammy éclata de rire.

— Pas dans cette région en tout cas ! Mais nous passerons à la leçon d'histoire un peu plus tard. Et maintenant, si vous voulez voir quelque chose de vraiment peu orthodoxe, entrons dans l'église.

***

Même dans la chaleur de l'été et sous le soleil, Rennes-le-Château était un lieu empli d'ombres et de mystères. Maureen avait l'étrange impression d'être suivie par une silhouette furtive, apparaissant et disparaissant à son gré. Elle se retourna brusquement, à plusieurs reprises, mais ne vit jamais personne. Ce village, où sa montre s'arrêtait, où elle se sentait épiée, la rendait nerveuse. Pour fascinant que soit l'endroit, elle n'avait qu'une envie : le quitter le plus vite possible.

Après avoir fait le tour de la maison, ils parvinrent dans un autre jardin, et devant l'entrée d'une vieille église aux murs de pierre.

— Voilà l'église du village. Cela fait des milliers d'années qu'il y a sur ce site un édifice religieux dédié à Marie-Madeleine. Saunière a commencé à la rénover vers 1891, à l'époque où il aurait découvert les fameux documents. Il les aurait emportés à Paris, et tout d'un coup, le voilà millionnaire. Il a utilisé cet argent pour modifier très curieusement l'église.

Sur le linteau, au-dessus de la porte, Peter lut : *Terribilis est locus iste*.

— Ce lieu est terrible, traduisit-il tout haut.

— Ça vous rappelle quelque chose, *padre* ?

— Évidemment, rétorqua Peter. Si Tammy voulait mettre à l'épreuve ses connaissances bibliques, il lui faudrait se donner plus de mal. Genèse, chapitre 28. Jacob prononce ces mots après avoir rêvé de l'échelle qui montait au ciel.

— Pourquoi un prêtre écrirait-il cette phrase sur son église ? demanda Maureen à Peter comme à Tammy.

— Viens voir l'intérieur, avant d'essayer de répondre à cette question, suggéra Tammy.

— Il fait noir comme dans un four ! s'exclama Peter.

— Un instant ! Tammy fouilla dans son sac pour trouver une pièce de monnaie. Il faut mettre un euro pour que la lumière fonctionne. Voilà. La première fois que je suis venue, j'ai essayé de visiter l'église dans le noir. La deuxième fois, j'ai apporté une lampe électrique. Et un gardien m'a montré l'appareil à sous... pour que les touristes paient leur tribut à l'église. Nous avons vingt minutes de lumière.

— Mais qu'est-ce que c'est que ça ? s'écria Peter qui contemplait la statue d'un hideux démon accroupi à l'entrée de l'église.

— C'est Rex ! Salut, Rex, fit Tammy en lui caressant la tête. C'est la mascotte de Rennes-le-Château. Et, comme tout ici, il y a pléthore de théories à son sujet. Certains disent que c'est le démon Asmodée, le gardien des secrets et des trésors cachés. D'autres prétendent qu'il s'agit du Rex Mundi de la tradition cathare. C'est ce que je crois, personnellement.

— Rex Mundi ? Le roi du monde ? s'étonna Peter.

— Oui, les cathares étaient les maîtres de cette région, au Moyen Âge. N'oubliez pas qu'il y a ici une église depuis 1059, c'est-à-dire l'époque de l'apogée du catharisme. Ils croyaient en un être inférieur, un démon nommé Rex Mundi, le gardien de la planète. Et nos âmes livrent un incessant combat contre Rex pour atteindre le royaume de Dieu, car la terre est le lieu de toutes les tentations matérialistes.

— Mais que fait-il dans une église catholique consacrée ? demanda Peter.

— Il a été terrassé par les anges, naturellement. Regardez au-dessus de lui.

Quatre anges, sculptés sur des fonts baptismaux en forme de coquille, faisaient le signe de la croix sur le démon défait.

— Par ce signe, tu le vaincras, lut Peter.

— Le bien triomphe du mal. L'esprit triomphe de la matière, les anges des démons.

Tammy passa la main sur le cou du monstre.

— Vous voyez ça ? Il y a quelques années, quelqu'un s'est introduit dans l'église et a coupé la tête de Rex. Elle a été remplacée. On ignore si c'était un chasseur de souvenirs ou un catholique furieux de voir un symbole dualiste dans un lieu saint. À ma connaissance, c'est la seule statue de démon dans une église catholique. Est-ce vrai, mon Père ?

— En effet ! je n'ai jamais rien vu de pareil dans une église. C'est blasphématoire.

— Les cathares régnaient, ici, et ils étaient dualistes.

Ils croyaient à deux forces qui s'opposent, l'une œuvrant pour le bien et la purification de l'esprit, l'autre pour le mal et soumise au monde matériel corrompu. Regardez le sol. Ébène et chaux blanche, comme un damier. Encore une concession de Saunière à la dualité, le blanc et le noir, le bien et le mal. Mais, à mon avis, Saunière était un rusé compère. Il était né à quelques kilomètres d'ici, il connaissait les mentalités locales. Il savait que ses ouailles étaient de sang cathare et avaient toutes les raisons du monde de se méfier de Rome. Sauf votre respect, mon Père.

— Aucun problème, répondit Peter qui s'habituait aux taquineries de Tammy, s'amusait de ses excentricités et n'y voyait aucun mal. L'Église a traité l'hérésie cathare avec une grande brutalité. Ça ne m'étonne guère que les gens d'ici s'en souviennent !

— Te rends-tu compte, Maureen, qu'il s'agit de la seule croisade au monde où des chrétiens en ont massacré d'autres ? L'armée du pape a décimé les cathares, personne ne l'a oublié. Donc, en ajoutant des éléments cathares et gnostiques à son église, l'abbé Saunière a créé pour ses ouailles un lieu qu'ils pouvaient fréquenter assidûment. Et ça a marché. Les gens d'ici le vénéraient.

Peter parcourait l'église, dont chaque élément était bizarre. Tape-à-l'œil, excessivement décorée et plus que non conventionnelle. Des statues polychromes de saints improbables, comme l'obscur saint Roche soulevant sa tunique pour montrer sa jambe blessée à une Sainte Germaine en plâtre, habillée en bergère et portant un agneau. Chaque œuvre d'art recélait un détail inhabituel. La plus étonnante était une reproduction grandeur nature du baptême de Jésus par Jean-Baptiste, curieusement vêtu de la toge et de l'épée romaines.

— Pourquoi a-t-on habillé Jean-Baptiste en Romain ? demanda Peter.

Le visage de Tammy s'assombrit une seconde, mais elle ne répondit pas et les entraîna vers l'autel.

— Selon les gens d'ici, Saunière a peint lui-même certaines statues. On est à peu près sûr qu'il a réalisé une partie au moins de l'autel. Il était littéralement obsédé par votre Marie.

Comme put le constater Maureen, un bas-relief de Marie-Madeleine constituait le point névralgique de l'autel. Elle était entourée de ses symboles habituels, le crâne, le livre, et dardait sur la croix un regard intense.

Peter observa les motifs en relief décrivant les stations du chemin de croix. À l'instar des statues, ils recélaient tous un détail étrange, contraire à la tradition de l'Église.

Le mystère de cette église épaississait avec chacune des œuvres qu'ils examinaient.

Tout d'un coup, les lieux furent plongés dans l'obscurité.

Maureen paniqua. Les ombres qu'elle n'avait cessé de sentir derrière elle en plein jour menaçaient ici de l'assaillir sans pitié.

Elle hurla le nom de Peter.

— Je suis ici, répondit ce dernier. Où es-tu ?

Grâce à l'acoustique particulière de l'église, les sons rebondissaient d'un mur à l'autre, rendant impossible de localiser l'origine des voix.

— À côté de l'autel, cria Maureen.

— Tout va bien, dit Tammy. N'aie pas peur. On a simplement épuisé nos vingt minutes. Je vais ouvrir la porte.

Dès que la lumière du jour inonda l'église, Maureen se précipita vers Peter et l'entraîna vers la sortie en évitant de poser son regard sur le démon.

— Je sais que c'est une simple question de mécanique, mais c'était terrifiant. Cette église est si… singulière !

En dépit de la chaleur, Maureen tremblait de tous ses membres. Ce village hors du monde la mettait affreusement mal à l'aise. Elle avait l'impression de sentir le chaos à l'œuvre sous l'écorce terrestre. Un silence de mort, mais pourtant assourdissant, régnait dans le village désert. Maureen jeta un coup d'œil machinal à son poignet avant de se rappeler que sa montre s'était arrêtée dès leur arrivée, ce qui accrut encore son malaise.

— Je ne peux pas croire que Saunière n'ait pas eu d'ennuis avec l'Église officielle, fit observer Peter à Tammy alors qu'ils prenaient le chemin du retour.

— Oh! des ennuis, il en a eu beaucoup. Ils ont même essayé de le défroquer, et d'envoyer un autre curé, mais ça n'a pas marché. Les gens d'ici ne voulaient pas entendre parler de quelqu'un d'autre que lui. Tout l'avait préparé à occuper ce poste, contrairement à ce qu'on peut lire dans la plupart des livres. C'est très amusant! Ceux qui prétendent faire autorité sur le sujet de Rennes-le-Château disent que sa venue ici est une simple coïncidence. Croyez-moi, ici, rien n'arrive par hasard. Il y a des forces trop puissantes en activité.

— Vous parlez de forces humaines ou surnaturelles?

— Les deux.

Tammy leur fit signe de la suivre tandis qu'elle se dirigeait vers une tour perchée sur un pic rocheux, à l'extrémité ouest de la propriété.

— Voilà le plat de résistance: la tour Magdala, ou tour de Madeleine. C'était la bibliothèque privée de Saunière. La vue est époustouflante.

Ils suivirent Tammy à l'intérieur de la tour et jetèrent un rapide coup d'œil sur les objets personnels de Saunière exposés dans des vitrines, puis grimpèrent les vingt-deux marches qui menaient au chemin de ronde. La vue sur les paysages du Languedoc coupait le souffle.

— Vous voyez cette colline, au loin? C'est le village d'Arques. Et de l'autre côté de la vallée, voici le célèbre village de Coustassa, où un autre prêtre, un ami de Saunière du nom d'Antoine Gélis, fut brutalement assassiné chez lui. Son domicile a été mis à sac. On suppose que les meurtriers cherchaient un trésor plus précieux que de l'argent. Ils ont laissé des pièces d'or posées sur la table, mais ils ont raflé tout ce qui ressemblait à un document. Pauvre vieux bonhomme! Il avait plus de soixante-dix ans ; on l'a retrouvé baignant dans son sang, tué à coups de hache.

— Quelle horreur !

Maureen réagissait tout autant au récit de Tammy qu'au lieu où ils se trouvaient, qui la fascinait autant qu'il la répugnait.

— Des gens sont prêts à tuer, au nom de ces mystères, commenta sobrement Peter.

— C'était il y a cent ans. Je suppose que nous nous sommes civilisés, depuis.

— Et Saunière ? demanda Maureen. Qu'est-il devenu ?

— Il a eu une attaque quelques jours après avoir commandé son propre cercueil. On raconte qu'un prêtre venu pour lui administrer les derniers sacrements a refusé de le faire après avoir entendu sa confession. Le pauvre type a quitté Rennes-le-Château dans un état de profonde dépression, et on dit que plus personne ne l'a jamais revu sourire.

— Brrr… je me demande ce que Saunière a pu lui raconter.

— Personne n'en a jamais rien su, sauf peut-être la soi-disant gouvernante, Marie Denarnaud, à qui Saunière a légué tout ce qu'il possédait, ses secrets y compris. Elle est morte mystérieusement, quelques années plus tard. À la fin, elle était incapable de parler. C'est à cause de toutes ces énigmes que le village suscite un tel engouement. Cent mille visiteurs par an ! Des curieux, et des gens bien décidés à trouver le trésor de Saunière.

Tammy s'approcha de la balustrade qui ceignait le poste de guet et contempla l'immense vallée qui s'offrait à leurs yeux.

— Nous ne savons pas non plus pourquoi il a fait construire cette tour ici, mais je parierais qu'il cherchait quelque chose. Qu'en pensez-vous, *padre* ?

Elle fit un clin d'œil à Peter, et rebroussa chemin dans l'étroit escalier.

***

131

En retournant à la voiture, Maureen pria Tammy de tenir sa promesse et de leur parler de la Tour de l'Alchimie. Tammy, qui avait lu tous les livres sur le sujet et y avait consacré des années de recherche, hésita un instant. Elle ne savait par où commencer.

— Cette région attire les gens depuis des millénaires. C'est sans doute inhérent à la terre elle-même. Comment expliquer autrement la fascination qu'elle exerce depuis si longtemps, et sur des gens de croyances très différentes ? Comme toujours ici, il y a d'innombrables théories. Commençons donc par le commencement : il y a ceux qui jurent que c'est une terre d'extraterrestres et de monstres marins.

— Des monstres marins ? s'étonna Maureen. Des extraterrestres, d'accord, je m'y attendais. Mais pas les monstres marins !

— Je ne plaisante pas. Les légendes locales grouillent de monstres aquatiques. Ça peut paraître bizarre, parce que nous sommes bien à l'intérieur des terres, mais ce n'est pas plus farfelu que les histoires d'ovni que j'ai entendues ! Je vous l'ai dit : quelque chose rend les gens cinglés, par ici. Et puis il y a l'élément temps. Ta montre est-elle toujours arrêtée ?

Maureen connaissait la réponse, mais elle vérifia néanmoins. Les aiguilles n'avaient pas avancé d'une seule minute.

— Elle se remettra en marche quand nous serons sortis des montagnes. Il y a une force qui détraque les montres et les engins électroniques. C'est peut-être pour cette raison qu'ils se servent encore de cadrans solaires. Je vais vous raconter quelques anecdotes. Un jour, je suis venue avec des amis. J'ai regardé l'heure sur la montre de la voiture au bas de la colline. Lorsque nous sommes arrivés au sommet, la montre indiquait qu'une demi-heure était passée. Vous venez de faire le chemin. Combien de temps faut-il ? Cinq minutes au maximum, en roulant lentement.

La question s'adressait à Peter, qui hocha la tête.

— Nous avons supposé que l'horloge était détraquée, et nous avons tous regardé nos montres. Elles indiquaient toutes que la même demi-heure s'était écoulée. Si je peux l'expliquer ? Non. C'est une sorte de distorsion du temps. Depuis, beaucoup de gens m'ont parlé d'expériences du même ordre. Quant aux gens d'ici, ils n'y prêtent plus la moindre attention, ils sont habitués. Ce qui est sûr, c'est que des phénomènes semblables ont lieu autour de la Grande Pyramide, et sur certains sites sacrés de Grande-Bretagne et d'Irlande. De quoi s'agit-il ? D'une force magnétique ? Ou de quelque chose de plus intangible, et d'inaccessible à nos pauvres cerveaux humains ?

Tammy passa en revue les différentes hypothèses envisagées par les équipes de recherche locales ou internationales, vortex, portes des étoiles ou autres trous noirs, et termina par une citation de Salvador Dalì.

— Selon lui, la gare de Perpignan est le centre de l'univers, car tous les points de force magnétiques s'y croisent.

— Perpignan est loin d'ici ? demanda Maureen.

— Une soixantaine de kilomètres. Pas trop loin, comme tu vois. Bref, personne ne connaît les solutions à toutes ces énigmes, c'est pour cela que cette région me passionne. Vous vous souvenez du méridien que Sinclair vous a montré dans l'église Saint-Sulpice, à Paris ?

— Oui, l'axe de Marie-Madeleine.

— Voilà. Elle traverse la région. Pourquoi ? Parce qu'il y a quelque chose ici qui transcende le temps et l'espace, quelque chose qui attire les alchimistes de l'Europe entière depuis toujours.

— Ah ! je me demandais quand nous reviendrions à l'alchimie, intervint Peter.

— Désolée, *padre*, je digresse, mais rien n'est simple. La Tour de l'Alchimie, par exemple, on prétend qu'elle a été édifiée sur un pôle magnétique, et que l'axe de

133

Marie-Madeleine la traverse. On y a effectué d'innombrables expériences alchimiques.

— Quand tu parles d'alchimie, tu veux dire la croyance médiévale selon laquelle on pouvait transformer le plomb en or ? interrogea Maureen.

— Entre autres choses, oui. Mais quelle est la véritable définition de l'alchimie ? Si tu veux assister à un débat en règle, pose cette question lors d'une réunion ésotérique. Tout le monde s'entre-tuera, mais tu n'obtiendras aucune réponse décisive. Il y a les alchimistes savants, qui prétendent à la transformation des matériaux de base en or. Certains sont venus tenter l'expérience ici, car ils croyaient que la magie que recèle la terre serait le fameux facteur X qui leur manquait ailleurs pour obtenir des résultats. Il y a les philosophes, qui croient que l'alchimie est une opération spirituelle et que c'est l'esprit humain qui se transforme en or. Il y a les ésotériques, qui croient que les processus de l'alchimie permettent d'accéder à l'immortalité et jouent sur le temps. Il y a les sexuels, qui supposent que l'énergie sexuelle crée un type de transformation lorsque deux corps se mêlent selon une certaine combinaison de méthodes physiques et métaphysiques.

Maureen, curieuse de connaître les opinions personnelles de Tammy, l'écoutait attentivement.

— Et toi, que crois-tu ?

— Personnellement, je suis pour l'alchimie sexuelle. Mais je crois que toutes les formes d'alchimie sont valables. Vraiment. Je considère qu'on appelle alchimie le plus vieux des ensembles de principes existant sur terre. Les Anciens, comme les architectes de la Grande Pyramide de Gizeh, par exemple, le savaient et le comprenaient.

— Mais quel est donc le rapport avec Marie-Madeleine ? s'impatienta Peter.

— Tout d'abord, nous croyons qu'elle a vécu ici, ou du moins qu'elle y a passé du temps. Pourquoi ici ? Dans ce lieu reculé ? Pouvez-vous imaginer les difficultés que l'on rencontrait pour traverser ces montagnes, à son époque ? Le territoire est bien peu hospitalier, il faut le reconnaître. Alors, pourquoi a-t-elle choisi ce lieu ? Pourquoi tant d'autres l'ont-ils choisi ? Parce qu'il est particulier en soi. Oh ! J'ai oublié de mentionner une dernière sorte d'alchimie, car je viens seulement de m'y intéresser : c'est l'alchimie gnostique.

— Voilà un joli nom pour une nouvelle religion, l'interrompit Maureen.

— Ou pour une très ancienne. On croit dans cette région que cet endroit est le centre de la dualité. Que le roi du monde, ce bon vieux Rex Mundi, vit ici. Que l'équilibre terrestre entre la lumière et l'ombre, le bien et le mal, se construit dans ce petit village et ses environs. Ces éléments qui s'opposent s'affrontent sans cesse, sous la terre que nous foulons. Tu as trouvé cet endroit sinistre en plein jour, Maureen ? Je ne te dis qu'une chose : je ne m'y baladerais pas la nuit, pour tout l'or du monde. Il n'y a pas que le bien, qui règne ici.

— C'est ce que je ressens, moi aussi. Dalì s'est peut-être trompé de soixante kilomètres. Le centre du monde est peut-être ici, à Rennes-le-Château.

Peter intervint à son tour, un peu plus sérieusement.

— J'admets que l'on ait pu souscrire à ces idées en plein Moyen Âge, mais aujourd'hui ?

— Tout ce que je peux vous dire c'est qu'il se passe de drôles de phénomènes, et que personne ne se les explique. Ici, à Arques, et dans toute la région des châteaux. Certains historiens affirment que les cathares ont construit leurs châteaux comme des forteresses érigées contre les forces du mal. Ils ont choisi de les édifier au sommet de vortex ou de points de force, afin d'y célébrer leurs cérémonies sacrées et de contrôler ou vaincre les puissances obscures. Et tous ces bâtiments ont des tours, ce qui est significatif.

— Mais, objecta Peter, les tours ont une simple utilité stratégique.

— Peut-être, mais cela n'explique pas pourquoi circulent sur tous les châteaux, sans exception, des récits qui impliquent l'alchimie, et toujours dans les tours. Elles ont la réputation d'être des lieux favorables aux transmutations. N'oubliez pas la devise des alchimistes : « Tel en haut, tel en bas. » Les tours représentent la terre, puisqu'elles sont enracinées dans le sol, mais elles symbolisent aussi le ciel, car elles tendent vers lui. Ainsi sont-elles des sites appropriés aux expériences alchimiques. À l'instar de celle de Saunière, elles sont toutes élevées sur vingt-deux marches.

— Pourquoi ce chiffre ? demanda Maureen.

— Vingt-deux est un nombre maître, et la numérologie intervient souvent dans l'alchimie. Les nombres maîtres sont onze, vingt-deux et trente-trois. Mais dans la région, le vingt-deux prédomine car il appartient à la divine énergie féminine. De plus, vous remarquerez que le jour de la fête de Marie-Madeleine dans le calendrier de l'Église…

— Est le vingt-deux juillet, dirent ensemble Peter et Maureen.

— Bingo ! Bien, pour répondre enfin à votre question, c'est peut-être la raison de la venue de Marie-Madeleine, qui connaissait la puissance des éléments et en savait long sur le combat entre la lumière et l'obscurité. Le peuple de Palestine connaissait la région, vous savez. La famille d'Hérode s'est retirée non loin d'ici. Il existe même une légende selon laquelle la mère de Marie-Madeleine serait originaire du Languedoc. Peut-être qu'elle est rentrée chez elle, tout simplement. Grand Dieu !, ajouta-t-elle en considérant une fois encore la tour en ruine du château Hautpol, je donnerais n'importe quoi pour avoir été une petite souris au pied de ces murailles.

***

Languedoc

23 juin 2005

Ils déposèrent Tammy à Couiza, où elle avait rendez-vous pour déjeuner avec des amis. Maureen était très déçue que Tammy ne les rejoigne que plus tard : se rendre chez Sinclair sans le soutien d'une connaissance commune la mettait très mal à l'aise. De plus, elle avait remarqué la tension de Peter. Il avait beau essayer de la dissimuler, il suffisait de regarder la façon dont ses mains se crispaient sur le volant. Ce n'était peut-être pas une bonne idée, finalement, d'habiter chez Sinclair.

Mais ils avaient accepté, et changer d'avis serait grossier et insultant pour leur hôte. Maureen ne voulait pas prendre ce risque, car Sinclair était une pièce essentielle du puzzle.

Ils franchirent les hautes et monumentales grilles en fer forgé, décorées de motifs de fleurs de lys entrelacées de grappes de raisin, ou, peut-être, de pommes bleues. L'allée grimpait en pente douce à travers la somptueuse propriété.

Ils s'arrêtèrent devant le château, et contemplèrent, muets, la splendeur et l'immensité du domaine, un bâtiment édifié au XVIe siècle et parfaitement restauré. Le domestique de Sinclair, l'imposant Roland, vint à leur rencontre en compagnie de deux serviteurs en livrée qui s'affairèrent autour de la voiture et prirent leurs bagages.

— Mademoiselle Pascal, monsieur l'abbé, bonjour, et bienvenue.

Un sourire adoucit le rude visage de l'Occitan, et réconforta Peter et Maureen, qui retenaient leur souffle.

— Monsieur Sinclair est enchanté de vous recevoir.

***

Roland partit chercher son maître. L'attente de Peter et Maureen, dans le grandiose vestibule, n'eut rien d'une épreuve : les œuvres d'art et les antiquités dont regorgeait la pièce étaient dignes d'un musée.

Maureen s'arrêta devant une vitrine qui semblait être le point névralgique de la salle. Elle contenait un calice en argent massif et un crâne humain, abîmé par le temps, sur lequel on distinguait cependant une fracture. Une mèche de cheveux, à la couleur passée mais où l'on reconnaissait quelques traces de roux, était posée à côté du calice et du crâne.

— Les Anciens croyaient que les cheveux roux étaient signe de pouvoir magique, dit Bérenger Sinclair, arrivé sans qu'ils ne l'entendent.

— Les Anciens n'avaient sans doute jamais fréquenté l'école communale en Louisiane…

Sinclair éclata de rire et passa un doigt dans la chevelure de Maureen.

— Il n'y avait pas de garçons, dans votre école ?

Maureen sourit sans répondre et se tourna vivement vers le reliquaire pour qu'il ne la voie pas rougir.

— Le crâne du roi Dagobert II, lut-elle à haute voix.

— Un des plus amusants de mes ancêtres, répliqua Sinclair.

— Saint Dagobert le Second ? fit Peter, fasciné mais un peu incrédule. Le dernier des rois mérovingiens ? Vous descendez de lui ?

— Mais oui. Félicitations, mon Père. Vous êtes aussi bon en histoire qu'en latin.

— Mais ce n'est pas mon cas, dit Maureen timidement. Pour moi, l'histoire de France commence avec Louis XIV. Qui étaient ces Mérovingiens ?

— Une dynastie qui a régné sur un territoire qui comprendrait aujourd'hui la France et l'Allemagne, du Ve au VIIIe siècle, lui répondit Peter. La dynastie s'est éteinte avec la mort de ce Dagobert.

— Mon petit doigt me dit qu'il n'est pas mort de mort naturelle, reprit Maureen.

— En effet ! Son filleul lui a enfoncé une lance dans le crâne à travers l'orbite de l'œil, pendant son sommeil.

— Voilà ce qu'on appelle l'esprit de famille, soupira Maureen.

— Hélas ! il a préféré obéir à son devoir religieux plutôt qu'à la piété familiale. C'est un dilemme qui a causé le malheur de bien des hommes dans l'histoire, n'est-ce pas mon Père ?

Peter fronça les sourcils devant le sous-entendu.

— Je ne suis pas certain de vous comprendre.

Sinclair fit un grand geste en direction d'un blason entouré de roses accroché au mur. Il y était écrit, en latin : *ELIGE MAGISTRUM*.

— C'est la devise de ma famille.

Maureen se tourna vers Peter. Il se passait entre les deux hommes quelque chose qui l'inquiétait.

— Et cela signifie ?

— Choisis un maître, traduisit Peter.

— Le roi Dagobert a été assassiné sur ordre de Rome, car le pape n'appréciait pas sa vision du christianisme. Le filleul de Dagobert a été sommé de choisir son maître, et il a choisi Rome. Ainsi est-il devenu un assassin aux yeux de l'Église.

— En quoi sa vision du christianisme était-elle gênante ? demanda Maureen.

— Il croyait que Marie-Madeleine était une reine et la fidèle épouse de Jésus-Christ, et que lui, Dagobert, était leur descendant, ce qui le faisait roi de droit divin, et supérieur à tout autre pouvoir terrestre. Le pape de l'époque a trouvé très dangereux qu'un roi entretienne de telles croyances.

Maureen grimaça. Peter risquait de prendre la mouche, car la conversation prenait un tour désagréable. Elle préféra faire semblant d'en rire.

— Peter ! Tu me promets de ne pas m'enfoncer une lance dans le crâne pendant mon sommeil ?

— Je crains de ne rien pouvoir promettre, répondit le prêtre en lui lançant un long regard. Tu sais bien, *elige magistrum*.

Maureen le considéra avec une horreur feinte et reporta son attention sur le reliquaire, décoré de fleurs de lys.

— Pour quelqu'un qui n'est pas français, je vous trouve très obsédé par le symbole de la fleur de lys, dit-elle à Sinclair.

— C'est pourtant normal ! Les Écossais et les Français ont été alliés pendant des siècles. Mais mon attachement à la fleur de lys a d'autres raisons. C'est le symbole de...

— De la Trinité.

— En effet, monsieur l'abbé. Mais s'agit-il de votre Trinité, ou de la mienne ?

Avant que Maureen ou Peter aient pu réclamer une explication, Roland s'approcha de Sinclair et lui parla d'une voix pressante, en un français teinté de méridional.

— Roland va vous conduire à vos chambres, dit alors le châtelain, vous pourrez vous reposer et vous rafraîchir avant le dîner.

Puis il s'inclina, fit un clin d'œil à Maureen et se retira.

***

En entrant dans sa chambre, Maureen ne peut retenir une exclamation d'admiration. Elle était somptueuse. Un immense lit à baldaquin, drapé de rideaux de velours rouge brodés de l'omniprésente fleur de lys, occupait la place d'honneur. Les autres meubles étaient tout aussi anciens et ornés de dorures.

Un portrait de *Marie-Madeleine au désert*, du maître espagnol Ribera, couvrait l'un des murs. Son doux visage de madone était levé vers le ciel. Sur tous les meubles, de lourds vases en cristal croulaient sous des bouquets de roses et de lys identiques à ceux que lui avait envoyés Sinclair à Los Angeles.

Quelle femme aurait du mal à s'habituer à ça ?... se dit-elle en ouvrant sa valise.

***

La chambre de Peter, bien que plus petite que celle de Maureen, était elle aussi magnifiquement meublée. On ne lui avait pas encore apporté ses bagages, mais il avait dans sa sacoche de quoi satisfaire ses besoins immédiats. Il en sortit sa Bible reliée en cuir et un chapelet de perles de cristal.

Le chapelet entre les doigts, il se laissa tomber sur son lit, épuisé tant par le voyage que par sa lourde responsabilité de garant du bien-être physique et spirituel de Maureen. Ces territoires inexplorés l'inquiétaient, il n'avait pas confiance en Sinclair, et, pire encore, il se méfiait de la réaction de sa cousine à l'égard de leur hôte. Avec son physique et son argent, l'homme devait être très attirant pour les femmes.

Pourtant, il savait que Maureen n'était pas du genre à s'emballer facilement, et il lui avait connu fort peu d'aventures masculines. Son aptitude à l'amour avait été gravement altérée par la haine de sa mère pour son père et par leur désastreux mariage, qui s'était terminé en drame ; elle évitait soigneusement de s'engager.

Mais ce n'était qu'une femme, un être humain. En outre, dès qu'il était question de ses visions, elle devenait très vulnérable et Peter était bien décidé à empêcher Sinclair de se servir de cette fragilité pour la manipuler. Ce que savait exactement leur hôte, et comment il l'avait appris, Peter l'ignorait encore, mais il avait bien l'intention de le découvrir le plus vite possible.

Les yeux fermés, Peter priait. Il tenta d'ignorer le bruit insistant qui le dérangeait, mais finit par céder, se leva et répondit à la sonnerie de son téléphone portable.

***

Heureusement, les chambres de Maureen et de Peter donnaient sur le même couloir, sinon ils auraient pu ne jamais se retrouver dans l'immense et labyrinthique demeure qu'ils parcouraient ensemble, admirant au passage les œuvres d'art et les détails architecturaux.

Comme ils disposaient de plusieurs heures avant le dîner, ils avaient décidé d'aller se promener tous les deux dans les jardins de l'exaltant domaine qui les fascinait autant l'un que l'autre. La lumière du jour inondait le spacieux vestibule où ils pénétrèrent, et dont un des murs était entièrement occupé par une fresque représentant une crucifixion de style un peu abstrait.

Une femme drapée dans un voile rouge, trois doigts levés et des larmes sur le visage, était à côté du Christ sur la Croix, au bord d'un cours d'eau où bondissaient trois petits poissons, un rouge et deux bleus. La position des doigts de la femme et les mouvements des poissons évoquaient abstraitement le motif de la fleur de lys.

Maureen, qui s'en était approchée, sentit qu'il aurait fallu des heures pour reconnaître et identifier les nombreux symboles qui émaillaient l'œuvre moderne, et sans doute des années pour les comprendre. Peter, lui, admirait la scène de plus loin. Dans sa simplicité, cette crucifixion était belle et impressionnante. Le ciel, déchiré d'éclairs, était assombri par une sorte de soleil noir.

— On dirait le style de Picasso, tu ne trouves pas, Maureen ?

Ce fut leur hôte, apparu comme par magie, qui répondit :

— Non, c'est une œuvre de Cocteau, un artiste français très prolifique, et l'un de mes préférés. Il a peint cette fresque lors d'un séjour ici, chez mon grand-père.

— Cocteau est venu ici ? s'étonna Maureen. Cette demeure doit être considérée comme un trésor national par la France ! Votre collection d'œuvres d'art est fantastique. Et le tableau qui est dans ma chambre...

— Le Ribera ? C'est le portrait de Marie-Madeleine que j'aime le plus. Quelle beauté, quelle divine grâce ! Magnifique !

— Mais vous ne prétendez tout de même pas que c'est l'original, intervint Peter. Je l'ai vu au Prado.

— Mais si, c'est un original. Le roi d'Aragon l'a commandé à Ribera, qui en a peint deux. Vous avez raison, le plus petit est au Prado. Le roi espagnol a offert celui-ci à mes ancêtres, les Stuarts, en gage de paix. Comme vous le verrez, notre Marie a inspiré beaucoup d'artistes. Je vous en montrerai quelques exemples après dîner. Et maintenant, m'autorisez-vous à vous demander où vous, vous vouliez aller ?

— Nous voulions nous promener un peu. En arrivant, j'ai vu des ruines au sommet de la colline, et j'avais envie de les visiter.

— Bien entendu. Me ferez-vous l'honneur de m'accepter comme guide ? Si le père Healy ne s'y oppose pas, bien entendu.

— Bien entendu, répondit Peter en souriant.

Mais Maureen remarqua ses lèvres pincées lorsque Sinclair lui prit le bras.

***

Rome

23 juin 2005

Le soleil était plus brillant à Rome que n'importe où au monde, ou tout au moins était-ce l'opinion de l'évêque O'Connor alors qu'il traversait l'esplanade de la basilique Saint-Pierre, pâmé de fierté à l'idée d'avoir accès à la chapelle privée.

En entrant dans le lieu saint, il fit halte devant la statue de saint Pierre tenant en main les clés de l'Église, et lui baisa les pieds. Puis il s'avança jusqu'aux premiers prie-Dieu et s'agenouilla pour remercier le Seigneur de l'avoir conduit jusqu'ici. Il pria pour lui, pour son évêché et pour l'avenir de sa sainte mère l'Église.

Ses dévotions terminées, l'évêque entra dans le bureau du cardinal Tomas DeCaro, les dossiers rouges qui lui avaient ouvert les portes du Vatican sous le bras.

— Les voici, Votre Grâce.

Le cardinal le remercia. Si O'Connor avait espéré que le cardinal DeCaro l'entraînerait dans une longue discussion, il allait être gravement déçu. Celui-ci le congédia d'un bref signe de tête, sans ajouter un seul mot.

DeCaro était impatient de lire ces dossiers, mais il voulait en prendre connaissance seul. Le premier qu'il ouvrit était étiqueté : ÉDOUARD PAUL PASCAL.

***

Je n'ai encore rien écrit sur la sainte Mère, Marie la Grande. Si j'ai tant attendu, c'est que je n'étais pas sûre de trouver les mots pour rendre justice à sa bonté, à sa sagesse et à sa force. Dans la vie de toute femme, il y a une initiatrice, une autre femme, dont elle subit l'influence

144

et accepte l'enseignement. Pour moi, ce fut évidemment Marie la Grande, la mère d'Easa.

Ma propre mère est morte alors que j'étais enfant. Je ne me souviens pas d'elle. Marthe s'est occupée de moi comme une sœur, et s'est chargée de tous mes besoins matériels, mais c'est la mère d'Easa qui a fait mon éducation spirituelle. Elle a abreuvé mon âme, et m'a appris la compassion et le pardon. Et par son exemple, elle m'a montré ce qu'être une reine signifie, et comment doivent se comporter les femmes de notre destin.

Lorsqu'est venu pour moi le jour de me draper dans le voile rouge, et de devenir une Marie, j'étais prête, grâce à elle.

Marie la Grande était un modèle d'obéissance, mais elle réservait sa soumission à son seul Dieu, dont elle entendait les messages avec une confondante clarté. Son fils avait les mêmes dons, et c'est pourquoi ils furent choisis parmi d'autres, d'aussi noble naissance. Oui, en vérité, Easa était le fils du lion, le descendant de David, et sa mère était fille de la noble caste des prêtres d'Aaron. Tous deux étaient de sang royal, mais ce furent leur force et leur foi en le message que Dieu nous adressait qui les distinguèrent, et non leur ascendance.

N'aurais-je, de toute ma vie, rien fait d'autre que marcher dans ses pas, que cela aurait été une bénédiction.

Marie la Grande est la première femme de l'histoire qui ait reçu ce don de divine clairvoyance. Les prêtres s'en offusquèrent, mais ne purent la condamner. Sa lignée était sans tache, son cœur et son esprit irréprochables. Sa réputation, jamais ternie, parcourut d'innombrables terres.

Les hommes de pouvoir la craignaient, car ils ne pouvaient la contrôler. Elle ne répondait qu'à Dieu.

**Arques. L'Évangile de Marie-Madeleine,
Livre des disciples.**

Chapitre 8

Château des Pommes Bleues

23 juin 2005

Sinclair entraîna Maureen et Peter le long d'un sentier pavé qui s'éloignait du château et les mena au pied de contreforts rocailleux d'un ocre profond. Au sommet d'une colline voisine, s'élevaient les ruines hautaines d'un château.

— Ce lieu est stupéfiant, dit Maureen le souffle coupé. Et tellement mystique !

— Nous sommes au cœur du pays cathare. Ses habitants dominaient toute la région, à l'époque. On les appelait « les purs ».

— Pour quelle raison ?

— Parce que leurs enseignements venaient en ligne pure et droite de Jésus-Christ. Ils les avaient reçus de Marie-Madeleine, la fondatrice du catharisme.

Peter semblait sceptique, mais ce fut Maureen qui manifesta son doute.

— Pourquoi cela n'est-il écrit nulle part ?

Bérenger Sinclair se contenta de rire, parfaitement indifférent à leur incrédulité. L'homme était si sûr de lui et de ses croyances que l'opinion des autres n'avait guère de valeur à ses yeux.

— Cela n'a jamais été écrit, et ne le sera jamais. La véritable épopée des cathares ne figure dans aucun livre. Ce n'est qu'ici, sur leur terre, que vous pouvez essayer de la comprendre. L'histoire vraie des cathares repose sous les roches rouges du Languedoc, et nulle part ailleurs.

— Mais n'existe-t-il pas quelques livres, dont vous pourriez garantir la bonne foi ?

— Très peu, et certainement aucun qui ait été traduit en anglais. La majorité des ouvrages sur l'histoire des cathares se fonde sur des confessions obtenues sous la torture. Tous les récits médiévaux qui leur ont été consacrés ont été rédigés par leurs ennemis. Comment voulez-vous qu'ils reflètent la vérité ? Vous, Maureen, devriez le comprendre, puisque vous proposez une nouvelle lecture de l'histoire. Le mode de vie et de pensée des cathares n'a jamais été consigné par écrit. Ils se le transmettaient oralement, dans les familles. Et ils l'ont farouchement protégé.

— Tammy n'a-t-elle pas dit qu'il y avait eu une croisade officielle contre eux ? interrogea Maureen tandis qu'ils continuaient d'avancer sur le chemin sinueux.

— En effet, et ce fut un acte de sauvagerie absolue, un génocide. Plus d'un million de personnes ont été tuées, sur l'ordre du pape ironiquement appelé Innocent III. Connaissez-vous la phrase : « Tuez-les tous, et que Dieu fasse le tri » ?

— Évidemment, répondit Maureen. C'est un sentiment barbare.

— Les premiers à l'avoir prononcée furent les soldats de l'armée du pape qui massacrèrent les cathares à Béziers. Plus précisément, ils ont dit : *neca eos omnes. Deus suos agnoscet*, « Tuez-les tous. Dieu reconnaîtra les siens. » Cette citation vous dit-elle quelque chose, mon Père ?

Peter fit non de la tête. Il ne savait pas où Sinclair voulait en venir, et n'avait pas l'intention de tomber dans un piège.

— Saint Paul, Deuxième Épître à Timothée, chapitre deux. Dieu connaît les siens.

— Vous n'avez pas le droit de reprocher à Paul des paroles innocentes qui ont été utilisées à de mauvaises fins.

— Vraiment ? Et pourtant, je le fais. Ce n'est pas par hasard si nos ennemis se sont servi de ses mots pendant des siècles. Cela n'était que le début.

Maureen, inquiète de la tension croissante entre les deux hommes, s'efforça de faire diversion en ramenant Sinclair à l'histoire de la région.

— Que s'est-il passé à Béziers ?

— *Neca eos omnes*. Tuez-les tous. Voilà ce que les croisés ont fait dans la bonne ville de Béziers. Ils ont passé tous les êtres vivants par l'épée, vieillards et nouveau-nés inclus. Les bouchers n'ont épargné personne. Ils ont occis plus de cent mille personnes, durant ce seul siège. Selon la légende, nos collines sont rouges du sang de ces innocents exécutés.

Ils poursuivirent leur marche en silence, par respect pour les âmes mortes de la terre ancestrale. Le massacre s'était déroulé huit siècles auparavant, et pourtant l'on sentait encore la présence des esprits errant à jamais dans la brise qui soufflait sur les contreforts rouges des Pyrénées. C'était, ce serait toujours, le pays cathare.

Puis Sinclair reprit :

— Des cathares ont échappé au massacre, bien entendu. Ils ont trouvé refuge en Espagne, en Allemagne et en Italie. Ils ont protégé leurs secrets et leurs traditions, mais nul ne sait ce qu'il est advenu de leur trésor le plus important.

— Quel trésor ? interrogea Peter.

Sinclair laissa son regard errer alentour ; sur son visage, on lisait son lien inextricable avec cette terre. Sans doute avait-il maintes fois raconté cette histoire, mais son émotion était intacte.

— On a beaucoup glosé sur la nature de ce trésor. Pour certains, il s'agit du Saint-Graal, pour d'autres de l'authentique suaire du Christ, ou de la couronne d'épines. Mais, en vérité, il s'agit de l'un des deux livres les plus sacrés jamais écrits : les cathares étaient les gardiens du Livre de l'amour, le seul et unique véritable Évangile.

Il s'interrompit, pour ménager son effet, avant d'ajouter, en guise de point d'exclamation :

— Le Livre de l'amour est le seul véritable Évangile parce qu'il a été écrit de la main même de Jésus.

Peter s'arrêta brusquement et dévisagea Sinclair.

— Qu'y a-t-il, père Healy ? On ne vous a pas parlé du Livre de l'amour, au séminaire ?

— Vous croyez vraiment à son existence ? demanda Maureen, incrédule elle aussi.

— Oh oui ! Il a bel et bien existé. Marie-Madeleine l'a rapporté de Terre sainte, et l'a transmis à ses descendants. Il est plus que probable que ce texte soit la véritable cause des croisades contre les cathares. L'Église le voulait à tout prix, mais elle ne l'aurait ni protégé ni chéri, je vous le garantis.

— Jamais l'Église ne dégraderait un document aussi sacré et inestimable, siffla Peter.

— Vraiment ? Et s'il était authentifié ? Et si ce document avéré allait à l'encontre non seulement de nombreux dogmes mais aussi de l'autorité même de l'Église ? Écrit de la main du Christ ? Que se passerait-il alors, mon Père ?

— C'est de la pure spéculation.

— C'est votre droit de le croire. Et le mien d'être d'un autre avis, fondé sur la connaissance de secrets hautement protégés. Mais permettez-moi de continuer à… spéculer. L'Église est parvenue à son objectif, jusqu'à un certain point. Suite aux persécutions qui visaient les cathares, les purs ont été contraints d'entrer dans la clandestinité, et le Livre de l'amour a disparu pour toujours. Fort peu de gens, aujourd'hui, savent qu'il a existé. Belle réussite, que d'avoir éradiqué un élément historique de cette importance !

Pendant que Sinclair parlait, Peter s'était retranché dans ses pensées. Il ne répondit qu'au bout d'une minute.

— Vous avez dit que le trésor était l'un des deux livres les plus sacrés jamais écrits. Si l'un est un Évangile écrit de la main du Christ, quel peut être l'autre?

Sinclair s'immobilisa et ferma les yeux. Les vents d'été, semblables au mistral qui souffle sur la Provence, ébouriffaient ses cheveux autour de son visage. Il prit une profonde respiration, leva les paupières et fixa Maureen.

— L'autre est l'Évangile de Marie-Madeleine, le récit inaltéré de sa vie avec Jésus-Christ.

Maureen se figea sur place et rendit son regard à Sinclair, dont l'expression de pure passion la fascinait.

— Les cathares prétendaient-ils posséder cela aussi? demanda Peter pour rompre le charme.

— Non, dit Sinclair en secouant la tête et se résolvant à quitter Maureen des yeux. À l'encontre du Livre de l'amour, dont l'existence est attestée par des témoins, personne n'a vu de ses yeux l'Évangile de Marie-Madeleine. Sans doute parce qu'on ne l'a jamais découvert. On suppose qu'il a été caché dans les environs de Rennes-le-Château. Tammy vous a-t-elle montré la Tour de l'Alchimie?

Maureen hocha la tête. Peter se demandait avec inquiétude comment Sinclair était au courant de leurs moindres faits et gestes, alors que la jeune femme, prise au piège de l'histoire vivante et de l'enthousiasme passionné de Sinclair, n'y accordait aucune importance.

— Oui, elle nous l'a montrée, dit Maureen, mais je n'ai toujours pas compris sa portée.

— Sa portée, la voici : on croit que Marie-Madeleine a vécu et écrit sur le site où s'élève la tour, puis qu'elle a caché le document dans une grotte où il demeurerait jusqu'à ce que soit venu le moment de révéler sa version des événements. Regardez ces cratères, dans la montagne, poursuivit Sinclair en leur désignant d'un geste large les grands trous qui creusaient les flancs rocheux. Ce sont les cicatrices laissées par les chasseurs de trésor durant le siècle écoulé.

— Ils cherchent cet Évangile ?

— Paradoxalement, presque tous ignorent complètement ce qu'ils cherchent. Ils connaissent la légende du trésor des cathares, ou ils ont lu l'un des nombreux livres écrits sur la richesse subite de Saunière, dont nul ne connaît l'origine. Pour certains, il s'agit du Saint-Graal ou de l'Arche de l'Alliance, pour d'autres du butin dérobé au temple de Jérusalem, ou de l'or des Visigoths, enfoui dans une tombe dissimulée. Murmurez le mot trésor, et vous constaterez que des êtres humains raisonnables se transforment en sauvages. Cela fait des siècles que des gens viennent ici pour résoudre nos énigmes. J'ai personnellement vu des chasseurs de trésor dynamiter les rocs pour creuser ces trous. Et j'ajouterai : sans mon autorisation. Les cathares considérèrent comme aussi important de cacher la nature du trésor que de le dissimuler à tous, ce qui explique qu'il y ait si peu de personnes à savoir que ces Évangiles existent. Regardez les dégâts occasionnés ici par de pures spéculations, et tentez d'imaginer ce qu'aurait subi notre terre si les gens avaient connu la nature sacrée du véritable trésor.

***

Sinclair les divertit en leur narrant d'autres légendes locales ainsi que de sordides histoires de chercheurs sans scrupule, qui avaient ravagé les ressources naturelles des terres avoisinantes. Il leur raconta que les nazis avaient envoyé des équipes chargées de mettre au jour les objets ésotériques qu'ils supposaient enterrés dans la région. Pour ce que l'on en savait, elles avaient échoué et quitté le Languedoc les mains vides, peu avant la fin de la guerre.

Peter avait déposé les armes. Il gardait le silence et tentait d'assimiler ces informations nouvelles. Il aurait le temps, par la suite, de faire le tri entre ce qui était plausible et ne l'était pas, et de juger la portée réelle du romantisme de Sinclair. En Languedoc, terre mystique par excellence, il était facile de se laisser emporter par les légendes du Graal et de manuscrits sacrés perdus. Peter sentait son propre pouls s'accélérer en envisageant leur existence.

Maureen accordait son pas à celui de Sinclair, qu'elle écoutait attentivement. Peter ne savait pas si c'était l'écrivain, la journaliste qui buvait les paroles du châtelain, ou si c'était la femme, sensible au charme du charismatique Écossais.

Au sommet d'une petite colline, une sorte de tour en pierre, ressemblant au donjon d'un château, sembla émerger soudain du flanc de la montagne. Incongrue dans ce paysage rocailleux, elle était haute de plusieurs étages.

— On dirait la tour de Saunière ! s'exclama Maureen.

— Nous l'appelons la Folie Sinclair, répondit Bérenger. Mon grand-père l'a fait construire sur le modèle de celle de Saunière ; mais la vue n'est pas aussi impressionnante, car elle est bâtie plus bas. Voulez-vous la visiter ?

Maureen interrogea Peter du regard.

— Je reste ici, dit-il. Mais allez-y.

Sinclair déverrouilla la porte à l'aide d'une clé qu'il prit dans sa poche et entra le premier. Il conduisit Maureen jusqu'à l'escalier en colimaçon, en gravit les marches devant elle et lui ouvrit la porte de la tour de guet.

Maureen admira le paysage et les vieux châteaux en ruine avant d'interroger Sinclair sur les raisons qu'avait eues son grand-père de la faire construire.

— Comme Saunière, répondit-il. Une vue à trois cent soixante degrés. Ils croyaient tous les deux que d'en haut on avait accès à beaucoup de secrets.

— Encore des énigmes ! maugréa Maureen appuyée contre le rempart. Vous m'aviez promis des réponses, mais jusqu'à présent vous ne m'avez donné que des questions.

— Pourquoi n'interrogez-vous pas les voix que vous entendez ? Ou, mieux encore, la femme que vous voyez ? C'est elle qui vous a amenée ici.

— Comment êtes-vous au courant de cela ? demanda Maureen, interdite.

Sinclair eut un sourire de connivence, dénué de toute arrogance.

— Vous êtes une femme du sang des Pascal. Cela n'a rien d'étonnant. Connaissez-vous l'origine de votre nom de famille ?

— Pascal ? Mon père est né en Louisiane, d'une vieille famille française, comme tout le monde dans le bayou.

— Cajun ?

— À ma connaissance, oui. J'étais très jeune quand il est mort.

— Savez-vous d'où vient le mot *cajun* ? D'Arcadien. Les Français qui se sont établis en Louisiane étaient appelés Arcadiens. Le mot a évolué, et s'est transformé en *cajun* dans le dialecte local. Avez-vous un jour regardé le mot « pascal » dans un dictionnaire ?

— Non, il ne me semble pas.

— Étonnant, d'en savoir si peu sur son propre nom ! Surtout pour un chercheur.

Maureen se détourna avant de lui répondre. Il lui était toujours pénible d'évoquer son passé.

— Lorsque mon père est mort, ma mère m'a emmenée vivre dans sa famille, en Irlande. Je n'ai plus eu de contact avec la famille de mon père.

— Mais l'un au moins de vos parents a dû pressentir votre destin.

— Pourquoi dites-vous cela ?

— À cause de votre prénom. Savez-vous ce qu'il signifie ?

— Bien sûr. C'est Marie en irlandais.

Sinclair eut un haussement d'épaules, comme pour prouver qu'il avait raison et reporta son attention sur le paysage. Maureen suivit son regard, qui s'était fixé sur une série de gros rochers éparpillés sur la plaine herbeuse. Un rayon de soleil éclaira un point éloigné. Maureen cligna des yeux, comme si elle avait aperçu quelque chose.

— Qu'y a-t-il ? lui demanda Sinclair. Que voyez-vous ?

— Rien. C'est juste le soleil, dans mes yeux.

— En êtes-vous certaine ?

Maureen ne répondit pas tout de suite ; elle contemplait de nouveau le champ. Puis elle hocha la tête, et en vint à la question qui la taraudait.

— Puisque nous parlons de ma famille, quand me montrerez-vous la lettre de mon père ?

— Je crois que vous serez mieux à même de la comprendre dès la fin de cette soirée, Maureen.

***

Maureen regagna sa superbe chambre pour prendre un bain et se changer avant le dîner. En sortant de la salle de bains, elle remarqua un gros livre, posé sur son lit. C'était un dictionnaire ouvert à la lettre P.

Le mot « pascal » était entouré d'un cercle rouge.

Pascal : toute représentation symbolique du Christ. L'agneau pascal est le symbole du Christ et de Pâques.

***

On me parle souvent d'un dénommé Paul. Il a créé beaucoup d'émoi parmi les élus et certains sont venus d'aussi loin que Rome ou Éphèse pour me consulter sur lui, et sur ses paroles.

155

Ce n'est pas à moi de juger. Je ne sais ce qu'il y avait dans son âme, car je ne l'ai jamais vu en personne. Mais ce que je peux affirmer c'est que ce Paul n'a pas connu Easa et que j'étais très troublée de savoir qu'il parlait en son nom, et enseignait la lumière et la bonté qui sont le Chemin. Je croyais qu'il y avait beaucoup de choses dangereuses chez cet homme. Il avait été le compagnon des plus fervents disciples de Jean, des hommes qui n'avaient que mépris pour Easa et s'opposaient aux enseignements du Chemin tels qu'Easa nous les avait dispensés. On me dit qu'il fut à une période connu sous le nom de Saül de Tarse, et qu'il persécuta les élus. Qu'il assista à la lapidation de Stéphane, un jeune et magnifique disciple d'Easa, au cœur plein d'amour. Et même qu'il la provoqua. Stéphane fut le premier après Easa à mourir pour sa foi en le Chemin. Mais il serait loin d'être le dernier. À cause d'hommes comme Saül de Tarse. En ce temps, il fallait être très vigilant.

Arques. L'Évangile de Marie-Madeleine,
Livre des disciples.

Chapitre 9

Château des Pommes Bleues

23 juin 2005

Sinclair avait choisi de dîner dans sa salle à manger privée, moins impressionnante que le gigantesque salon d'apparat du château. D'excellentes copies d'œuvres de Botticelli décoraient la pièce. Les deux versions des *Lamentations*, des pietà montrant le crucifié sur les genoux de sa mère, couvraient un mur presque entier. Sur la première version, Marie-Madeleine caressait la tête de Jésus, sur la seconde, elle lui tenait les pieds. Trois autres chefs-d'œuvre du maître de la Renaissance, *La Madone au grenadier*, *La Madone au livre* et *La Madone du Magnificat*, nichés dans de somptueux cadres dorés, ornaient les autres murs.

Ce ne fut que lorsqu'ils virent le véritable festin préparé à leur intention que Peter et Maureen purent détacher leurs yeux des tableaux. Des servantes posaient sur la table un immense plat du traditionnel cassoulet ; les paniers regorgeaient de pain croustillant ; le riche vin rouge profond des Corbières emplissait leurs verres.

— Bienvenue dans la salle Botticelli, déclara Sinclair en entrant dans la pièce. J'ai cru comprendre que vous aviez depuis peu développé de nouvelles affinités avec notre Sandro.

Peter et Maureen se regardèrent, interloqués.

— Vous nous avez fait suivre ? demanda Peter.

— Naturellement, et je suis ravi d'y avoir pensé, car j'ai été grandement impressionné par la façon dont vous êtes arrivés devant les fresques du mariage. Notre Sandro était un admirateur éperdu de Marie-Madeleine, ce qui est évident dans ses œuvres les plus célèbres. Comme celle-ci.

Il désigna *La Naissance de Vénus*, où l'on peut admirer la déesse sortant des flots sur une coquille géante.

— Ce tableau représente l'arrivée de Marie-Madeleine sur les rivages de France. Elle est souvent peinte en déesse de l'Amour dans les œuvres de la Renaissance, et on l'associe fréquemment à la planète Vénus.

— J'ai vu ce tableau une dizaine de fois, intervint Maureen, sans jamais penser qu'il puisse s'agir de Marie-Madeleine.

— Comme la plupart des gens. Notre Sandro faisait partie d'une organisation toscane destinée à honorer son nom et sa mémoire, la Confrérie de Marie-Madeleine. Avez-vous perçu le symbolisme dans les fresques que vous avez vues au Louvre ?

— Je n'en suis pas certaine, reconnut Maureen.

— Tâchez de deviner.

— J'ai d'abord pensé à l'astrologie, ou du moins à l'astronomie. Le Scorpion représente la constellation du Scorpion, et l'Arc celle du Sagittaire.

— Bravo ! Je crois que c'est tout à fait exact. Avez-vous entendu parler du zodiaque du Languedoc ?

— Non, mais on m'a parlé de celui de Glastonbury, en Angleterre. Sont-ils similaires ?

— Oui. Si vous dressez une carte des constellations dans le ciel de cette région, vous constaterez que différentes villes y obéissent, comme à Glastonbury.

— Excusez-moi, intervint Peter, mais je ne vous suis plus du tout.

Maureen vint à son secours.

— Il s'agit d'un thème que l'on retrouve souvent dans l'Antiquité, et notamment chez les Égyptiens. Les lieux sacrés de la terre sont bâtis de façon à refléter les cieux. Les pyramides de Gizeh, par exemple, reproduisent le dessin de la constellation d'Orion. Des villes entières furent construites selon ces principes. « Tel en haut, tel en bas », comme le disent les alchimistes.

— La fresque du mariage est une carte, poursuivit Sinclair. Sandro nous indique où nous devons regarder.

— Une minute, je vous prie, dit Peter, sèchement. Seriez-vous en train de prétendre que l'un des plus grands peintres au monde serait mêlé à cette théorie du complot contre Marie-Madeleine ?

Le père Healy était fatigué, et las de se montrer toujours aussi diplomate.

— Absolument. Et j'ajouterai qu'il n'était pas le seul. Raison de plus pour éprouver une immense gratitude envers Madeleine : elle a inspiré des chefs-d'œuvre à de grands artistes.

— À Léonard de Vinci également ? demanda Maureen.

Le visage de Sinclair s'assombrit si rapidement que la jeune femme en resta interloquée.

— Non. Léonard ne fait pas partie de cette liste, pour une bonne raison.

— Pourtant, il a peint Marie-Madeleine dans *La Cène*. Et on raconte souvent qu'il dirigeait une société secrète qui la vénérait, et respectait le principe divin féminin.

Au cours de ses recherches sur Marie-Madeleine, le nom de Vinci avait été si souvent mentionné que Maureen était choquée, et troublée, par le dédain manifesté par Sinclair.

Ce dernier but une gorgée de vin et reposa lentement son verre. Lorsqu'il reprit la parole, ce fut d'un ton étonnamment sec.

— Ne gâchons pas cette soirée en parlant de cet homme et de son œuvre. Vous ne trouverez aucune référence à Leonardo da Vinci, ni chez moi ni chez les gens d'ici. Contentez-vous de cette explication pour l'instant, je vous en prie. Nous avons tellement d'autres merveilleux artistes à notre disposition, Poussin, Ribera, Le Greco, Moreau, Cocteau, Dalì…

— Mais pourquoi tous ces artistes seraient-ils impliqués dans ce qui est essentiellement une hérésie ? demanda Peter.

— L'hérésie est une question de point de vue. Mais je vais répondre à votre question ; ces créateurs travaillaient pour de riches mécènes, qui les entretenaient et qui, majoritairement, étaient apparentés à la lignée sacrée et descendaient de Marie-Madeleine. Prenez par exemple la fresque du mariage de Botticelli. Le marié, Lorenzo Tornabuoni, était d'une branche de la lignée. Son épouse, Giovanna Albizzi, était de lignage plus noble encore. Vous remarquerez qu'elle porte le manteau rouge qui symbolise son ascendance. Ce mariage était très important, car il alliait deux puissantes familles de la dynastie.

Peter et Maureen gardaient le silence en attendant que Sinclair poursuive.

— On a même dit que ces artistes étaient eux-mêmes de la lignée, et qu'ils devaient leur grand talent à leur origine génétique divine. C'est tout à fait possible, surtout pour Sandro. Et nous sommes certains que c'est vrai de plusieurs grands maîtres français, comme Georges de La Tour, qui n'a jamais cessé de peindre sa muse et son ancêtre.

— J'ai vu une de ses œuvres à Los Angeles, au cours de ma recherche, *La Pénitente Madeleine*, intervint Maureen, qui avait été frappée par la qualité des jeux d'ombre et de lumière du superbe tableau où Marie-Madeleine, la main sur le crâne de pénitence, fixe la lumière vacillante d'une bougie qui se reflète dans un miroir.

160

— Vous avez vu une des *Pénitente Madeleine*. Il en a peint plusieurs, avec de subtiles variations. Certaines ont été perdues. Il y en a eu une qui a été volée dans un musée, du temps de mon grand-père.

— Comment savez-vous que de La Tour était de cette lignée ?

— Son nom, d'abord. De La Tour. Or, le nom Magdala vient de *migdal*, qui signifie tour. Marie de Magdala est donc, littéralement, Marie de la tour. On dit aussi, comme vous le savez certainement, que Madeleine est un titre, signifiant que Marie était elle-même la tour, le guide de sa tribu. Lors des persécutions, les cathares, qui portaient des noms très spécifiques, ont été obligés d'en changer. Ils ont adopté des patronymes limpides, pour qui sait lire : de La Tour, ou… de Pascal.

— De Pascal ? articula Maureen, dont les yeux s'étaient agrandis de stupeur.

— Mais oui. Une des plus nobles familles cathares s'est dissimulée sous ce nom. Cachée, mais à la vue de tous. En italien, ils se sont appelés di Pasquale. Les fils et filles de l'agneau pascal. En ce qui concerne de La Tour, je sais en outre qu'il fut le grand maître d'une société qui se consacrait à protéger les principes de la chrétienté pure, tels que Marie-Madeleine les avait introduits en France.

— Comment s'appelle cette société ? demanda Peter.

— Les Pommes Bleues, répondit Sinclair en désignant les lieux où ils se trouvaient. Vous dînez au quartier général d'une organisation qui existe en ces terres depuis plus de mille ans.

***

Sinclair n'avait pas voulu s'étendre davantage sur la société des Pommes Bleues et avait évacué le sujet avec la *maestria* d'un prestidigitateur. La discussion se poursuivit sur Rennes-le-Château et le mystérieux abbé Bérenger Saunière, dont Sinclair était particulièrement fier de porter le prénom.

— L'abbé a baptisé mon grand-père dans son église. La passion d'Alistair pour la région n'a donc rien d'étonnant.

— Une passion qu'il vous a manifestement transmise, fit observer Maureen.

— Oui. En me nommant ainsi, mon grand-père m'a béni. Mon père n'était pas d'accord, mais Alistair avait une volonté de fer et personne ne lui résistait longtemps, mon père moins que quiconque.

Sinclair ne voulut pas s'expliquer davantage et Peter et Maureen respectèrent son refus d'entrer dans les détails de son histoire personnelle.

Lorsque le repas fut terminé, il leur proposa d'en revenir à Botticelli et les conduisit jusqu'à une pièce qui tranchait par son modernisme, et abritait les équipements électroniques les plus sophistiqués. Roland les y attendait, et les salua gravement avant d'appuyer sur quelques boutons d'un clavier et d'une console. Un écran de projection descendit le long d'un mur.

Une carte de la région apparut sur l'écran. Sinclair leur désigna plusieurs endroits.

— Voici Rennes-le-Château, par ici, et Arques, où nous sommes. Là, c'est la tombe de Poussin, que vous avez visitée hier.

— Elle se trouve sur vos terres ? demanda Maureen.

— Oui. Et nous sommes certains que l'un des plus précieux trésors de l'histoire humaine s'y trouve aussi.

Il fit un signe à Roland, et une grappe de constellations légendées se superposa à la carte. Le Scorpion était exactement au-dessus de Rennes-le-Château, Arques se situait entre le Scorpion et le Sagittaire.

— Sandro nous a tracé une carte. Tel était son véritable cadeau de mariage au noble couple. En fait, ce qu'il a créé était si dangereusement exact qu'il aurait

162

fallu le détruire immédiatement. Les fresques étaient peintes sur les murs de la demeure des Tornabuoni, on ne pouvait les démolir. On a donc recouvert les peintures de chaux et elles sont restées cachées jusqu'à la fin du XVIIIᵉ siècle. On les a découvertes par hasard.

— C'est donc pour cela que vous vivez ici, à Arques. Vous croyez que Marie-Madeleine y a enterré son Évangile.

— J'en suis certain, ma chère amie. Et comme vous le voyez, Sandro le savait, lui aussi. Regardez de nouveau la fresque. Roland, s'il vous plaît.

L'Occitan appuya sur quelques touches et la fresque apparut sur l'écran.

— Regardez bien. La femme au scorpion est ici. À sa droite, il y a une femme qui ne porte aucun symbole. Au-dessus d'elles, sur un trône, la femme à l'arc. Regardez encore cette femme : elle est enveloppée dans un voile rouge, la couleur de Marie-Madeleine, et elle fait le signe de la bénédiction exactement au-dessus de la tête de la femme assise entre elle et la femme au scorpion. C'est le X qui désigne le lieu sur la carte, juste entre le Scorpion et le Sagittaire. Sandro Botticelli connaissait la cachette du trésor, Nicolas Poussin aussi. Ils ont eu la bonté de nous offrir des indices.

Pour Peter, cela n'avait aucun sens.

— Mais enfin, dit-il, pourquoi ces artistes auraient-ils dessiné des cartes révélant à n'importe qui la localisation d'un trésor inestimable ?

— Parce que ce trésor se mérite. Il ne peut être découvert par n'importe qui. Nous pourrions nous tenir chaque jour de notre vie sur le lieu même où Marie-Madeleine a dissimulé son trésor sans le voir avant qu'elle ne choisisse de nous le montrer. Manifestement, il a été caché à l'aide d'un procédé alchimique. Seul quelqu'un doué des facultés « énergétiques » adéquates trouvera la clé. Selon la légende, le trésor sera révélé le moment venu, lorsque la personne choisie par Marie-

163

Madeleine viendra le réclamer. Botticelli et Poussin espéraient que cela adviendrait de leur vivant, et ils ont essayé d'accélérer le processus. Voyons le cas de Botticelli, tout d'abord : on supposait que Giovanna Albizzi avait les qualités requises. C'était une femme vertueuse et de haute spiritualité, intelligente et fort instruite. Sur le portrait que Ghirlandaio a fait d'elle, il a écrit ces mots : « Si l'art avait pour objectif de représenter la force et l'esprit, ce tableau serait le plus beau du monde. » Hélas ! cela ne fut pas le cas. La ravissante Giovanna mourut en couches, deux ans après son mariage.

Maureen assimilait ces informations et s'efforçait de faire coïncider l'histoire italienne avec ce qu'elle avait vu à Rennes-le-Château. Une idée la frappa soudain.

— Pensez-vous que Saunière ait pu découvrir l'Évangile de Marie-Madeleine ? Et que sa fortune en découle ?

— Non, sûrement pas. Il le cherchait, bien entendu. Les gens d'ici disent qu'il faisait des kilomètres à pied, en étudiant à la loupe les rochers et les grottes.

— Comment pouvez-vous être aussi certain qu'il ne l'a pas trouvé ? demanda Peter.

— Parce que ma famille l'aurait su. En outre, seule une femme peut le trouver. Une femme de la lignée, choisie par Marie-Madeleine.

— Et donc, poursuivit Peter, incapable de dissimuler plus longtemps ses soupçons, vous supposez que Maureen est la femme en question.

— J'admire votre façon d'aller droit au but, mon Père, répondit Sinclair avec sa candeur habituelle. Je vous répondrai de même. Oui. Je pense que Maureen est cette femme. Personne n'a réussi jusqu'à présent, malgré des milliers de tentatives. Nous savons que le trésor est ici, et pourtant les plus persévérants, les plus intrépides ont échoué. Moi y compris.

Son expression et le ton de sa voix s'adoucirent lorsqu'il se tourna vers Maureen.

— J'espère que tout cela ne vous effraie pas trop, ma chère Maureen. Je sais que cela doit paraître étrange, et même choquant. Je vous prie cependant de m'écouter jusqu'au bout. On ne vous demandera jamais d'agir contre votre volonté. Vous êtes ici de votre plein gré. Et je ne peux que souhaiter, de tout cœur, que vous décidiez de poursuivre votre séjour.

Maureen hocha la tête sans répondre. Elle ne savait quoi dire, ni comment prendre une telle révélation. Était-ce un honneur d'être ainsi considérée ? Un privilège ? Ou était-ce purement effrayant ? Était-elle un simple pion dans le jeu d'un excentrique et de son culte ? Que tout cela soit vrai et la concerne, elle, paraissait absolument inimaginable. Pourtant, elle sentait l'indiscutable sincérité de Sinclair. Il avait beau être extravagant, Maureen n'avait pas l'impression qu'il délirait.

— Continuez, dit-elle simplement.

Peter, lui, voulait plus de détails.

— Comment en êtes-vous venu à supposer que Maureen était celle que vous cherchez ?

Sinclair fit signe à Roland.

— *Le Printemps*, Roland, s'il vous plaît.

Le chef-d'œuvre de Botticelli apparut en plein écran.

— Vous connaissez cette œuvre de notre ami Sandro, bien entendu ?

La réponse de Maureen fut presque inaudible. Bouleversée, elle sentait l'angoisse étrangler les mots dans sa gorge.

— Évidemment, dit Peter. C'est l'une des œuvres les plus célèbres du monde.

— *Le Printemps*. Rares sont ceux qui connaissent le sens de ce tableau. En fait, une fois encore, Sandro paie son tribut à notre dame. Le personnage principal en est Marie-Madeleine, enceinte. Le manteau rouge, vous voyez ? Et savez-vous pourquoi notre Marie symbolise le printemps ?

— À cause de Pâques ? suggéra Peter qui s'efforçait de suivre les méandres de la pensée de Sinclair.

— Parce que la première Pâques est tombée le jour de l'équinoxe d'hiver. Le Christ a été crucifié le 20 mars, et il est ressuscité le 22. Selon une vieille légende locale, Marie-Madeleine serait née un 22 mars, elle aussi. Le premier décan du premier signe du zodiaque : Ariès, le Bélier. C'est la date du renouveau et de la résurrection, c'est aussi le nombre sacré du principe divin féminin. Cette date ne vous évoque rien, ma chère Maureen ?

Peter avait compris. Il se tourna vers Maureen, pour voir comment elle allait réagir à cette nouvelle révélation.

— C'est le jour de ma naissance, dit-elle.

— Vous voyez, mon Père. Née le jour de la Résurrection, de la lignée de la Bergère. Née sous le signe du Bélier, le premier jour du printemps et du renouveau. Ma chère, ajouta-t-il en se tournant vers Maureen, vous êtes l'agneau pascal.

***

Maureen s'était retirée pour réfléchir et mettre de l'ordre dans ses pensées. Elle était allongée sur son lit, les yeux fermés, quand on frappa à sa porte, comme elle s'y attendait.

— C'est moi, Maureen, dit Peter. Je peux entrer ?

La jeune femme se leva pour lui ouvrir la porte.

— Comment te sens-tu ?

— Dépassée par les événements. Entre, dit-elle en se levant.

Maureen lui fit signe de prendre place dans l'un des profonds fauteuils en cuir rouge du coin salon, mais Peter, trop énervé pour s'asseoir, refusa.

— Maureen, écoute-moi bien. Je veux te sortir d'ici avant que la situation ne s'aggrave.

Elle soupira, se blottit dans un fauteuil.

— Mais je commence à peine à obtenir les réponses que je suis venue chercher. Que *nous* sommes venus chercher.

— Les réponses de Sinclair ne me semblent pas du tout satisfaisantes. Et je crois que tu es en danger.

— À cause de Sinclair ?

— Oui.

— Mais enfin, Peter, pourquoi voudrait-il me faire du mal s'il me prend pour celle qui réalisera le but de toute sa vie ?

— Parce que ce but n'est qu'une illusion née de siècles de superstitions et de légendes. C'est très dangereux, Maureen. Il s'agit de cultes religieux, de fanatisme. Ce qui m'inquiète, c'est ce qu'il fera quand il comprendra que tu n'es pas celle qu'il attendait.

Elle garda le silence un instant, puis reprit la parole d'un ton étonnamment calme.

— Et comment sais-tu que je ne le suis pas ?

— Tu crois à ces balivernes ? dit Peter, stupéfait.

— Et toi, Peter, peux-tu me donner une explication rationnelle sur ces coïncidences ? Les voix, les visions ? Seul Sinclair propose quelque chose.

— Nous partirons demain matin à la première heure, affirma Peter d'un ton ferme. Nous prendrons l'avion de Toulouse à Paris. Nous pourrons peut-être même partir directement pour Londres.

— Je ne partirai pas, Peter. Je n'irai nulle part avant d'avoir obtenu les réponses aux questions qui m'ont menée jusqu'ici.

Peter était dans un tel état d'agitation qu'il perdit son habituel contrôle sur lui-même.

— Maureen, j'ai juré à ta mère, sur son lit de mort, que je prendrais soin de toi, que je ne laisserais pas ce qui est arrivé à ton père…

Le prêtre s'arrêta, mais le mal était fait. Maureen blêmit. Peter tenta une rapide volte-face.

— Je suis navré, Maureen, je…

Elle lui coupa sèchement la parole.

— Mon père, en effet. Merci de me rappeler une de mes raisons de rester ici. Sinclair doit me dire ce qu'il sait de mon père. J'ai passé une grande partie de ma vie à me poser des questions sur lui. Selon ma mère, c'était un malade mental dangereux. Je suppose que c'est ce qu'elle t'a dit, à toi aussi. Mais, même si mes souvenirs de lui sont flous, je sais que ce n'est pas la vérité. Si quelqu'un est capable de me dessiner un tableau plus complet, je ferai tout ce qu'il faudra pour l'obtenir. Je le lui dois. Je me le dois.

Peter faillit répondre, mais préféra se taire et lui tourner le dos pour quitter la pièce, l'air tourmenté. Maureen s'adoucit et le rappela.

— Je t'en prie, essaie d'être patient avec moi. Il faut que je tire ça au clair. Comment saurons-nous un jour ce que ces visions signifient si je ne vais pas jusqu'au bout ? Et si, je dis bien si, une fraction, une infime fraction de ce que nous a raconté Sinclair était vrai ? J'ai besoin de connaître les réponses, Peter. Si je m'en vais maintenant, je le regretterai jusqu'au jour de ma mort, et je n'ai pas envie de vivre comme ça. Toute ma vie, j'ai fui. Enfant, j'ai fui la Louisiane, si vite que je n'en ai plus le moindre souvenir. Après la mort de ma mère, j'ai fui l'Irlande pour retourner aux États-Unis, dans une ville inconnue, une ville qui transforme tous les gens qui viennent y habiter. Los Angeles est un endroit où les gens me ressemblent : ils courent à toutes jambes, pour échapper à ce qu'ils étaient avant. Moi, je n'en peux plus !

Elle traversa la pièce, se planta devant lui.

— Pour la première fois de ma vie, j'ai l'impression que je cours peut-être *vers* quelque chose, au lieu de fuir. Je sais, c'est terrifiant, mais je ne peux pas m'arrêter en route. Je préférerais ne pas affronter cette situation sans toi, mais j'en suis capable, et je le ferai si tu décides de partir demain.

Peter l'avait écoutée attentivement. Lorsqu'elle se tut, il lui fit un petit signe de tête et se dirigea vers la porte. Il resta un moment debout, la main sur la poignée, puis se retourna.

— Je ne partirai pas. Mais je te supplie de ne pas me faire regretter cette décision pendant toute ma vie. Ou la tienne.

***

Peter passa le reste de la nuit dans sa chambre, à prier et à réfléchir aux enseignements d'Ignace de Loyola, le fondateur de l'ordre des Jésuites, dont un passage en particulier, écrit en 1556, le hantait.

Tel le diable, qui déploie la plus grande habileté pour mener les hommes à leur perdition, il faut déployer la même pour les sauver. Le diable a étudié la nature de chaque homme, a compris les caractéristiques de son âme, il s'adapte, s'insinue progressivement dans les bonnes grâces de sa victime, propose la gloire à l'ambitieux, la fortune à l'avare, les délices au sensuel et une apparente piété au pieux. Pour regagner les âmes, il faut agir de la même façon, prudente et habile.

Le sommeil fuyait Peter, tandis que les préceptes de son ordre résonnaient dans son cœur et dans son esprit.

***

Rome

23 juin 2005

L'évêque Magnus O'Connor essuya une goutte de sueur sur son sourcil. La salle du conseil du Vatican était climatisée, mais pour le moment cela ne l'aidait en rien. Il était assis au centre d'une longue table ovale, entouré de hauts dignitaires de son Église. Les dossiers rouges qu'il avait apportés la veille étaient entre les mains de l'intimidant cardinal DeCaro, qui l'interrogeait.

— Comment savez-vous que ces photographies sont authentiques ? demanda l'ecclésiastique en posant les dossiers sur la table sans les ouvrir.

— J'étais présent lorsqu'elles ont été prises, répondit Magnus en luttant contre le bégaiement dont il souffrait lors de circonstances angoissantes. Le sujet m'a été envoyé par le prêtre de sa paroisse.

Le cardinal sortit une série de clichés en noir et blanc du dossier. Les images avaient jauni, mais leur impact se révéla être intact.

La première qui circula autour de la table portait l'étiquette *Preuve n° 1*. On y voyait les bras d'un homme, tendus, paumes en l'air, et percés de blessures sanguinolentes aux poignets.

La *Preuve n° 2* montrait ses pieds, percés eux aussi de plaies sanglantes.

La *Preuve n° 3* était l'image d'un homme torse nu, le flanc droit transpercé d'une longue blessure.

Le cardinal donna à tous les ecclésiastiques présents le temps de bien étudier les clichés. Puis il les récupéra et les rangea dans les dossiers. Autour de la table, les visages étaient aussi graves qu'il l'avait supposé.

— Nous venons de voir d'authentiques stigmates, dit-il enfin. Les cinq points, dont les poignets.

***

Château des Pommes Bleues

24 juin 2005

Le lendemain matin, Sinclair demeura introuvable. Roland conduisit Maureen et Peter dans la salle à manger, sans que Peter ne puisse déterminer si l'attention qu'on leur accordait relevait d'une hospitalité sans faille ou des arrêts de rigueur. Manifestement, Sinclair ne voulait pas que Maureen et Peter circulent à leur guise.

— Monsieur Sinclair m'a demandé de m'assurer que les costumes qui vous seront fournis pour le bal vous conviennent. Il est très pris par les derniers préparatifs de la soirée, mais son chauffeur est à votre disposition, si vous désirez faire une excursion. Monsieur Sinclair a pensé que vous aimeriez visiter les châteaux cathares de la région. Si tel est le cas, je serais honoré de vous servir de guide.

Ils acceptèrent sa proposition, et le géant Roland les régala de commentaires savants, mais sans cuistrerie. En passant devant les ruines de forteresses qui avaient été imposantes, il leur raconta l'histoire des comtes de Toulouse, qui, à l'époque, rivalisaient de puissance et de richesse avec les rois de France. La famille de Toulouse était cathare, et les comtes qui s'étaient succédé à sa tête respectaient les idéaux traditionnels. Ce fut une des raisons qui incitèrent le roi de France, désireux de confisquer leurs biens afin de se les approprier et d'amoindrir l'influence de ses rivaux, à encourager les violentes croisades contre les purs.

Roland était fier de son pays et de son dialecte local appelé l'oc.

— La langue d'oc a finalement donné son nom à la région, dit-il.

Et lorsque, dans le cours de la conversation, Peter le considéra comme un Français, il proclama qu'il n'était pas français, mais occitan.

Roland leur narra les atrocités subies par la région et ses habitants au XIIIe siècle. L'histoire le passionnait manifestement.

— Hors de France, presque personne ne connaît les cathares. Si l'on en entend parler, c'est comme d'adeptes d'un culte obscur et dénué d'importance, cantonnés dans nos montagnes. Les gens ne réalisent absolument pas que la culture cathare a dominé une grande et prospère partie de l'Europe. Ce qui s'est passé ici n'est ni plus ni moins qu'un génocide. Les armées du pape ont massacré plus d'un million d'individus. Mais rassurez-vous, mon Père, je ne tiens pas le clergé moderne pour responsable des péchés de l'Église médiévale. Et l'on voit bien que vous êtes prêtre par vocation.

Puis il choisit de se taire, et de laisser ses invités admirer les gigantesques châteaux érigés aux sommets des pics rocheux quelque mille ans plus tôt. Étant donné leur situation géographique, ces forteresses à la surprenante architecture étaient pratiquement impénétrables et imprenables. Peter et Maureen, stupéfaits, s'interrogeaient sur les étonnantes aptitudes d'une culture capable d'élever de telles bâtisses dans un environnement aussi hostile, et sans l'aide des technologies modernes.

Au cours du déjeuner dans le village de Limoux, dans un petit restaurant qui donnait sur les flots tranquilles de l'Aude, Maureen se sentit suffisamment à l'aise avec Roland pour l'interroger sur le type de relation qu'il entretenait avec Sinclair. Le géant se montrait étonnamment chaleureux et affable, et doué d'un sens de l'humour que ne laissait pas prévoir sa stature intimidante.

— J'ai été élevé au château des Pommes Bleues, mademoiselle. Ma mère est morte alors que je n'étais qu'un enfant. Mon père était au service de monsieur Alistair, puis de monsieur Bérenger, nous vivions au domaine. Lorsque mon père est mort, j'ai tenu à lui succéder. Les Pommes Bleues sont mon foyer, et les Sinclair ma famille.

Le visage granitique de Roland s'était adouci en parlant de ses parents et de son attachement aux Sinclair.

— Cela a dû être très dur pour vous, de perdre votre père et votre mère, dit Maureen avec sympathie.

172

Roland se raidit, son expression perdit de sa douceur.

— Oui, mademoiselle Pascal. Ma mère est morte d'une maladie incurable, je l'ai accepté, car c'était la volonté de Dieu. Mais la mort de mon père est une autre histoire… Il a été assassiné, sans aucune raison, il y a quelques années.

— Oh mon Dieu ! Je suis désolée, Roland.

Maureen ne voulut pas le forcer aux confidences, mais le besoin de comprendre de Peter fut plus puissant que son penchant habituel à la réserve et à la sensibilité.

— Qu'est-il arrivé ? demanda-t-il.

— Il y a de sombres rivalités, dans notre région, répondit Roland en se levant pour signifier que le repas et la conversation étaient terminés. Elles remontent à des époques reculées, elles sont irrationnelles. Ici, il y a la lumière, mais cette lumière attire parfois les ténèbres. Nous les combattons de toutes nos forces, mais, comme nos ancêtres, nous n'en triomphons pas toujours. Ce qui est certain, cependant, c'est qu'aucune tentative de génocide n'a réussi complètement. Nous sommes toujours cathares, nous l'avons toujours été, nous le serons toujours. Nous pratiquons peut-être notre foi en privé, mais elle nous anime, aujourd'hui comme hier. Ne vous laissez surtout pas induire en erreur par les livres d'histoire.

***

Lorsque Maureen regagna sa chambre, une soubrette l'y attendait.

— Le coiffeur sera ici d'un moment à l'autre, mademoiselle, et votre costume est arrivé. Puis-je faire quelque chose pour vous ?

— Non, merci, dit Maureen qui aspirait à un peu de solitude et voulait se reposer avant la réception. La journée avait été superbe, les paysages majestueux, mais elle se sentait épuisée, et les mystérieuses allusions de Roland au sujet de la mort de son père ne cessaient de la tarauder.

Une immense housse en plastique était posée sur le lit. Supposant qu'il s'agissait de sa robe, Maureen l'ouvrit et retint un hoquet de surprise après avoir déployé la tenue, et l'avoir reconnue.

Elle saisit la robe d'un rouge profond et la tint à bout de bras devant le tableau de Ribera. Aucun doute possible : c'était l'exacte réplique de celle que portait Marie-Madeleine sur la toile de l'artiste espagnol.

***

Porter un costume ne réjouissait guère Peter. Au début, il n'avait pas eu l'intention d'assister à la réception, où il ne se sentirait pas à sa place. Mais, eu égard aux manigances de Sinclair et à la complaisance de Maureen, il avait décidé de garder un œil sur sa cousine, ce qui l'obligeait à revêtir le justaucorps et les cuissardes du déguisement XIIIe siècle qu'on avait choisis pour lui.

— Quelle ânerie ! maugréa Peter en sortant le costume de son emballage et en essayant de deviner par où passer la tête.

***

Lorsqu'il frappa à la porte de Maureen, il essayait encore d'ajuster le costume. Peut-être abandonnerait-il le chapeau ridiculement lourd qui ne cessait de glisser sur sa tête.

La porte s'ouvrit sur une Maureen transformée. La robe de Ribera, d'un somptueux taffetas écarlate, au corsage décolleté bordé de dentelle, semblait avoir été faite pour elle. Ses longs cheveux roux, coiffés de façon à en augmenter le volume, auréolaient son visage d'un rideau brillant, qui tombait sur ses épaules. Mais le plus étonnant, pour Peter, était l'air de confiance sereine qui émanait de la jeune femme, comme si elle était entrée dans la peau d'un personnage qui lui convenait parfaitement.

— Qu'en penses-tu ? C'est trop ?

— Certes oui ! Mais tu as l'air… d'une… vision.

— Comme le mot est bien choisi ! Tu l'as fait exprès ?

Peter hocha la tête et lui fit un clin d'œil, heureux de voir qu'ils pouvaient de nouveau plaisanter et que leur dispute de la veille n'avait pas altéré la chaleur de leur relation. En fait, l'excursion en pays cathare leur avait fait du bien à tous les deux.

Ils parcoururent les longs corridors pour se rendre dans la salle de bal, située dans une autre aile du château. Les lamentations de Peter au sujet de son costume firent rire Maureen.

— Tu es tout à fait élégant et tu as l'allure d'un parfait aristocrate, le rassura Maureen.

— D'un parfait imbécile, tu veux dire ! répliqua-t-il.

***

Carcassonne

24 juin 2005

Dans une très vieille chapelle en pierre, hors des murs de la ville fortifiée de Carcassonne, on se préparait à célébrer une cérémonie d'un tout autre ordre.

Les membres de la Guilde de la Loi, plus de deux cents hommes habillés de la tunique traditionnelle, un

175

lacet écarlate autour du cou, y étaient réunis pour un rituel solennel.

Il n'y avait pas de femmes dans le groupe. Aucune représentante du sexe féminin n'avait jamais profané les sites de rassemblement ou les chapelles de la Guilde. Des plaques gravées de citations de saint Paul étaient affichées dans tous les lieux de la Guilde. La première était un verset de l'Épître aux Corinthiens.

Que vos femmes gardent le silence dans les églises, car il ne leur est pas permis de parler. Elles ne doivent qu'obéir, comme le dit la Loi. Et si elles ont des questions à poser, qu'elles interrogent leur mari, à la maison. Car c'est une honte pour les femmes de prendre la parole dans une église.

La seconde était extraite de la Iʳᵉ Épître à Timothée :

Interdisez aux femmes d'enseigner, ou d'usurper l'autorité d'enseigner, ou d'usurper l'autorité des hommes. Que les femmes gardent le silence.

Les membres de la Guilde révéraient les paroles de Paul, mais il n'était pourtant pas leur Messie.

Les reliques de leur maître ancestral étaient exposées sur des coussins de velours au-dessus de l'autel : le crâne étincelait à la lumière des bougies et les vestiges des os de l'index droit avaient été extraits de leur reliquaire pour cette unique occasion annuelle. Après le service, et leur présentation par le Maître de la Loi, chaque participant serait autorisé à les toucher. Ce privilège était d'ordinaire réservé aux membres du Conseil de la Guilde, après qu'ils avaient prêté serment par le sang de maintenir les enseignements de la Loi. Mais lors de cette cérémonie annuelle, un pèlerinage auquel se faisaient un devoir d'assister des membres venus du monde entier, l'honneur de toucher les saintes reliques était étendu à tous les fidèles.

Leur chef monta en chaire, et commença son discours préliminaire. L'aristocratique accent anglais de

John Simon Cromwell résonna entre les murs de pierre.

— Mes frères, ce soir, pas loin d'ici, les fruits de la putain et les prêtres dévoyés sont rassemblés et célèbrent dans la débauche leur souillure héréditaire. Ils ont choisi cette nuit sacrée entre toutes pour lâcher leurs démons lascifs et nous montrer leur prétendue force. Mais ils ne nous intimident pas. L'heure de la vengeance approche, une vengeance qui attend depuis deux mille ans le triomphe et la lumière de la Loi. Alors, nous détruirons leur berger, comme nous frappons aujourd'hui ses descendants. Nous abattrons leur grand maître et ses pantins. Nous éliminerons la femme qu'ils appellent leur Bergère, et nous nous assurerons que cette reine des catins rôtira en enfer avant d'avoir répandu les mensonges de la sorcière dont elle descend.

Cela, nous l'accomplirons au nom du Premier, de l'Unique véritable Messie. Il m'a parlé, il m'a dit que telle était sa volonté. Nous l'accomplirons au nom du Maître de la Loi et avec la bénédiction de notre Seigneur, Jean-Baptiste.

Puis Cromwell initia la procession des reliques : il toucha d'abord le crâne, puis effleura respectueusement l'os du doigt.

Tout en accomplissant ses dévotions, il murmurait, assez fort pour être entendu de tous.

— *Neca eos omnes.* Tuez-les tous.

***

Ceux qui m'ont parlé de Paul m'ont dit qu'il s'était élevé contre le rôle des femmes dans le Chemin. Voici la preuve évidente que cet homme n'a pas reçu la vérité des enseignements d'Easa, ni son essence même. Le grand respect d'Easa pour les femmes est connu de tous les initiés, et j'en suis la preuve.

Personne n'y peut rien, à moins de m'effacer complètement de l'histoire.

On me dit aussi que cet homme a plus de respect pour
le sens de la mort d'Easa que pour ses paroles. Voilà une
grave incompréhension, qui m'attriste profondément.

Paul a été emprisonné par Néron durant une longue
période. On me dit qu'il a écrit de nombreuses lettres à
ses fidèles, et leur a dispensé des enseignements qu'il prétendait avoir reçus d'Easa. Mais ceux qui me l'ont rapporté disent aussi que ses préceptes étaient à l'opposé des
nôtres.

Je pleure sur tout homme qui a été torturé et mis à
mort par ce monstre de Néron. Pourtant, je suis emplie
de crainte. J'ai peur que cet homme, Paul, ne soit considéré comme un grand martyr du Chemin et que nombreux soient ceux qui croiront que ses faux préceptes sont
ceux d'Easa.

Ils ne le sont pas.

**Arques. L'Évangile de Marie-Madeleine,
Livre des disciples.**

Chapitre 10

Château des Pommes Bleues

24 juin 2005

Se dirigeant au son mélodieux des madrigaux, Maureen et Peter traversèrent plusieurs salons avant d'arriver devant la salle de bal, où ils eurent leur premier aperçu de la somptueuse réception.

Maureen eut l'impression d'avoir remonté le temps. Des draperies de velours décoraient l'immense espace éclairé aux bougies et envahi par les fleurs. Des domestiques en costumes et perruques d'époque s'affairaient avec efficacité pour offrir mets et boissons, et nettoyer discrètement derrière les plus maladroits des invités.

Ces invités étaient d'ailleurs les pièces maîtresses du gigantesque échiquier. Vêtus de costumes sophistiqués et extravagants, de tenues d'époque des différentes périodes de l'histoire française et occitane, ou de déguisements symbolisant des éléments des mystères de la tradition, l'élite de l'ésotérisme mondial avait rivalisé d'inventivité pour se rendre à l'invitation si convoitée de Sinclair, et n'avait ménagé ni son temps ni ses dépenses pour se montrer à la hauteur de l'événement. Trois concours de costumes, le plus beau, le plus original et le plus amusant, étaient traditionnellement organisés. Sinclair en était le seul juge, et les prix qu'il remettait aux vainqueurs valaient souvent une petite fortune. En outre, remporter un de ces prix garantissait que l'on serait sur la liste des invités de l'année suivante.

La musique, les rires et le tintement des verres en cristal s'interrompirent soudainement lors de l'entrée de Maureen et Peter.

Un homme en livrée sonna de la trompette et Roland s'avança, habillé de la simple tunique cathare, pour annoncer leur arrivée. Maureen eut à peine le temps de s'étonner que Roland soit ce soir habillé en invité et non en employé, car la foule se figea dans une immobilité de mannequins de cire en l'écoutant.

— J'ai l'honneur d'annoncer nos honorables invités, mademoiselle Maureen Pascal et l'abbé Peter Healy, dit-il avant de faire signe à l'orchestre de se remettre à jouer.

Puis il offrit son bras à Maureen et l'escorta dans la salle de bal. On les dévisageait encore, mais de façon moins ostentatoire. Les plus mondains des invités s'étaient repris, et dissimulaient leur surprise sous une feinte indifférence.

— Ne prêtez pas attention à eux, mademoiselle. Vous êtes un nouveau visage, un nouveau mystère à découvrir. Mais ils vous accepteront, croyez-moi. D'ailleurs, ils n'auront pas le choix.

Une fois encore, la jeune femme n'eut pas le temps de s'appesantir sur le sens des paroles de Roland, qui l'entraînait sur la piste de danse. Peter, resté seul, observait la scène avec un intérêt croissant.

***

— Reenie !

L'accent américain de Tamara Wisdom éclata de façon incongrue dans ce décor si européen. Elle traversa la piste au moment où Maureen achevait sa danse avec Roland. Dans son costume de gitane, Tammy était la vivante image de l'exotisme. Sa luxuriante chevelure, teinte en noir aile-de-corbeau, tombait jusqu'à sa taille. De multiples anneaux d'or cliquetaient à ses poignets. Roland adressa à Tamara un clin d'œil que Maureen considéra comme étonnamment enjôleur avant de saluer sa partenaire et de s'éloigner.

Enchantée de voir un visage familier en cette terre de plus en plus étrangère, Maureen accueillit son amie avec enthousiasme.

— Tu es superbe ! s'exclama-t-elle. En quoi es-tu déguisée ?

Tamara virevolta gracieusement, dans un envol de cheveux d'ébène.

— Je te présente Sarah l'Égyptienne, reine des gitans. C'était la servante de Marie-Madeleine. Quant à toi, poursuivit-elle en effleurant le taffetas de la robe de Maureen, inutile de te poser la question. C'est Berry qui te l'a offerte ?

— Berry ?

— C'est ainsi que ses amis appellent Sinclair, dit Tammy en riant.

— Je ne savais pas que vous étiez aussi intimes, laissa échapper Maureen en espérant que sa voix ne trahirait pas l'étendue de sa déception.

Une très jeune femme, presque une adolescente, revêtue d'une simple tunique cathare, les interrompit avant que Tammy ne puisse répondre. Elle offrit à Maureen une branche de lys.

— Marie de Nègre, dit-elle en s'inclinant profondément avant de déguerpir.

— De quoi parle-t-elle ? demanda Maureen à Tammy.

— De toi ! Tu fais sensation, ce soir. Il n'existe qu'une seule règle, pour cette soirée annuelle : personne n'a le droit de s'habiller comme Elle. Et voilà que tu fais ton entrée, le portrait craché de Marie-Madeleine. Sinclair te présente au monde. C'est ton *coming out*, ma chérie !

— Charmant ! J'aurais aimé être informée de ce petit détail… Comment m'a-t-elle appelée, cette fille ?

— Marie de Nègre. Marie la Noire. C'est ainsi qu'on nomme Marie-Madeleine en argot local. La Madone noire. À chaque génération, une femme de la lignée reçoit ce titre, et le garde jusqu'à sa mort. Toutes mes félicitations, il s'agit d'un grand honneur, comme si elle t'avait dit « Votre Majesté ».

Entraînée dans un tourbillon d'émotions, Maureen tenta d'observer ce qui l'entourait. La salle regorgeait de sujets de distraction : musique, costumes, personnages excentriques et fascinants. Sinclair demeurait invisible. Pendant qu'ils dansaient, elle avait demandé à Roland où il était, mais le géant avait haussé les épaules et répondu aussi évasivement que d'ordinaire.

— Tu cherches ton chien de garde ? lui demanda Tammy en la voyant regarder alentour.

Maureen lui lança un regard noir, mais acquiesça, car elle préférait que Tammy la croie en quête de Peter, qui venait d'ailleurs à leur rencontre sans que Maureen ait pu encore l'apercevoir.

Tammy s'avança vers lui.

— Bienvenue à Babylone, *padre*.

— Il y a de ça, en effet, fit Peter en souriant.

— Vous arrivez juste à temps. Je me proposais de présenter le spectacle de cirque à notre belle dame ici présente. Vous venez avec nous ?

Peter hocha la tête, et fit un signe fataliste à Maureen. Puis ils suivirent Tammy dans les dédales de la salle de bal.

***

Tammy murmurait à leurs oreilles avec des airs de conspiratrice en passant devant différents groupes et leur présenta quelques amis et connaissances en cours de route. Maureen ressentait la désagréable certitude d'être le point de mire sur qui chacun se retournait.

En passant devant un groupe d'hommes et de femmes à peine vêtus, Tammy poussa Maureen du coude.

— Ce sont les sexualistes. Ils croient que Marie-Madeleine était la grande prêtresse d'un étrange assemblage de rites sexuels hérités de l'Égypte ancienne. Ne tirez pas sur le messager, poursuivit-elle devant l'air scandalisé de Maureen et de Peter. Je ne fais que vous décrire ce qui est. Mais attendez un peu, et vous allez voir mieux encore…

Des gens habillés de combinaisons d'extraterrestres hérissées d'antennes se tenaient au fond de la pièce.

— Stargate à RLC, ascenseur direct pour les autres galaxies.

Maureen éclata de rire. Peter secoua la tête, n'en croyant pas ses yeux.

— Quand vous parliez de cirque, vous étiez encore en dessous de la réalité, dit-il à Tammy.

Un groupe se pressait autour d'un petit homme rondouillard et buvait littéralement ses paroles.

— Qui est-ce ? murmura Maureen.

— Nostradumbass. Il se prend pour la réincarnation de tu sais qui. Il ne parle qu'en quatrains. Ennuyeux comme la pluie. Quand on aura le temps, je te raconterai pourquoi j'exècre le culte de Nostradamus. Ce sont des charlatans. Pour un peu, ils te vendraient de l'élixir de jouvence. Mais heureusement, poursuivit Tammy, il n'y a pas que des bêtes curieuses, ici, mais aussi des gens formidables. J'en vois deux, justement. Suivez-moi.

Les hommes dont ils s'approchèrent étaient habillés en costumes des XVIIe et XVIIIe siècles. À leur approche, le visage d'un Anglais d'allure patricienne se fendit d'un grand sourire.

— Tamara Wisdom ! Quel plaisir de vous revoir ! Vous avez l'air très en forme.

Tamara embrassa l'Anglais sur les deux joues, à l'européenne.

— Où est votre pomme ? lui demanda-t-elle.

— Je l'ai laissée en Angleterre. Présentez-moi à vos amis, voulez-vous ?

Tamara obtempéra. L'Anglais, qu'elle avait simplement nommé sir Isaac, entreprit de leur expliquer le choix de son costume.

— Sir Isaac Newton n'a pas seulement crié Eureka ! en regardant tomber une pomme, vous savez ; la découverte des lois de la gravité n'est que le bénéfice collatéral de son œuvre majeure. Newton fut l'un des alchimistes les plus doués de l'histoire.

Un jeune Américain de haute taille, l'air plutôt mal à l'aise dans le costume et la perruque poudrée de Thomas Jefferson, s'approchait joyeusement.

— Tammy chérie ! s'écria-t-il en la prenant dans ses bras et en se penchant dangereusement pour l'embrasser sur la bouche.

— Maureen, voici Derek Wainwright, fit Tammy. Il m'a fait découvrir la France lors de mon premier séjour de recherche. Son français est parfait, et m'a sauvé la vie plus d'une fois !

Derek s'inclina profondément devant Maureen.

— Thomas Jefferson, tout à votre service, madame, articula-t-il avec l'accent sophistiqué des Bostoniens. Mon Père, ajouta-t-il en se tournant vers Peter.

Le jeune Américain était le premier à sembler s'apercevoir de la présence de Peter, remarqua Maureen *in petto*.

— Quel rapport entre Thomas Jefferson et tout ceci ? l'interrogea Peter.

— Notre beau pays a été fondé par les francs-maçons. Tous les présidents américains, de George Washington à George W. Bush, appartiennent à la lignée, d'une façon ou d'une autre.

— Vraiment ? s'étonna Maureen.

— Vraiment, intervint Tammy. Derek en a la preuve écrite. Il s'ennuyait en pension, il a eu tout le temps de dresser de beaux arbres généalogiques.

Isaac tapa amicalement sur l'épaule de Derek et annonça solennellement.

— Paul fut le premier à détourner la doctrine de Jésus, n'est-ce pas, Tammy ?

— Pardon ? s'exclama Peter, scandalisé.

— C'est l'une des citations les plus controversées de Jefferson, expliqua l'Anglais.

— Jefferson a dit ça ? s'étonna à son tour Maureen.

Derek hocha la tête, mais il ne semblait pas très attentif à la conversation, et cherchait quelque chose ou quelqu'un des yeux.

— Où est donc Draco ? demanda Tammy. Il amuserait Maureen, je crois.

Ils furent trois à éclater de rire.

— Je l'ai insulté, dit Isaac. Il a décampé, pour retrouver les autres Dragons Rouges. À mon avis, ils sont entassés dans un recoin, avec leurs caméras cachées, et ils prennent des notes sur tout le monde. Ils portent leurs couleurs, ce soir, vous ne pourrez pas les rater.

— Qui sont ces gens ? demanda Maureen, curieuse.

— Les chevaliers du Dragon Rouge, répondit Derek avec une feinte emphase.

— Des affreux ! s'exclama Tammy en pinçant le nez de dégoût. Ils portent des uniformes du genre Ku Klux Klan, mais en satin rouge. Ils m'ont proposé de m'initier aux secrets de leur club si je leur offrais mon sang menstruel pour leurs expériences alchimiques. Comme vous l'imaginez, j'ai sauté sur l'occasion.

— On ne raterait pas ça pour un empire, répondit Maureen. Qu'est-ce que c'est que ces énergumènes ? Je voudrais bien jeter un coup d'œil dessus.

— Ils sont dehors, dit Newton. Mais est-ce bien prudent de les montrer à Maureen ? Je ne suis pas sûr qu'elle soit prête !

— C'est le genre société ultrasecrète, ils prétendent tous descendre de rois ou de célébrités. Leur chef s'appelle Draco Ormus.

— J'ai l'impression de connaître ce nom, s'étonna Maureen.

— C'est un auteur. Nous publions chez le même éditeur, aux États-Unis ; c'est comme ça que je l'ai connu. Peut-être as-tu parcouru un de ses livres, au cours de tes explorations du territoire de Marie-Madeleine. Ce qui est paradoxal, c'est qu'il écrive sur l'importance du culte de la déesse et du principe féminin, alors qu'ils n'admettent pas les femmes dans leur club.

— Typiquement britannique, se moqua Derek tandis que sir Isaac fronçait le sourcil.

— Ne m'incluez pas dans cette bande de cinglés, cowboy ! Tous les Britanniques ne sont pas de la même eau.

— Et Isaac ici présent en est la preuve, renchérit Tammy. Il y a quelques génies de bonne foi, au Royaume-Uni, et certains d'entre eux sont de grands amis à moi. Mais, selon mon expérience, la plupart des membres des cercles ésotériques anglais sont des snobs, des prétentieux qui se croient supérieurs au reste du monde, et notamment aux Américains, qu'ils considèrent comme des abrutis adeptes du New Age. Sous prétexte qu'ils peuvent pondre des bouquins de trois cents pages sur la géographie sacrée du Languedoc et dessiner deux cents arbres généalogiques, fictifs pour la plupart, ils s'imaginent détenir toutes les vérités. S'ils voulaient bien poser leurs règles et leurs compas une minute, et s'autoriser à ressentir une quelconque émotion, ils comprendraient que la nature du trésor qu'il y a ici dépasse de beaucoup leurs savants calculs. En voilà justement quelques-uns, poursuivit Tammy en saluant de la tête un groupe habillé en costumes de l'époque élisabéthaine. Je les appelle Les Fous du Compas. Ils passent leurs vies à analyser des cartes. Vous voulez connaître leur opinion sur le sens de *Et in Arcadia Ego* ? Ils vous proposeront des anagrammes en douze langues, et les traduiront en équations mathématiques.

Elle désigna une femme séduisante à l'air arrogant,

vêtue d'un costume sophistiqué de style Tudor, et qui portait autour du cou une chaîne en or ornée d'une perle baroque et de la lettre *m*. Les Fous du Compas se pressaient servilement à ses côtés.

— Elle prétend qu'elle descend de Marie Stuart, ajouta Tammy.

Comme si elle avait senti que l'on parlait d'elle, la femme se tourna vers eux. Son regard dédaigneux se posa un instant sur Maureen, puis elle revint à ses courtisans.

— Sale garce prétentieuse ! lâcha Tammy. Elle préside une société pas si secrète que ça qui veut restituer la couronne britannique aux Stuarts. Avec elle sur le trône, bien entendu.

L'étendue des systèmes et des croyances représentés dans cette pièce, sans parler de l'éventail de personnalités extravagantes, fascinait Maureen. Peter, pour sa part, était plutôt sceptique.

— Quel dommage que Freud n'ait pas eu l'occasion de se pencher sur un tel champ d'exploration, soupira-t-il, provoquant ainsi un éclat de rire de sa cousine.

— Comment Sinclair la considère-t-il ? C'est un Écossais lui-même, et n'est-il pas apparenté aux Stuarts ? demanda cependant Maureen dont la curiosité à l'égard de Sinclair ne faisait que croître, et qui trouvait la reine d'Écosse un peu trop séduisante.

— Oh ! il sait qu'elle n'est qu'une tarée. Ne sous-estime pas Berry. Il est obsessionnel, mais ce n'est pas un idiot.

— Attention ! s'écria Derek. Voici Hans et sa bande ! On m'avait dit que Sinclair ne les avait pas invités.

— Pourquoi ? interrogea Maureen de plus en plus intriguée par le Languedoc et son étrange culture ésotérique.

— Ce sont des chasseurs de trésors, au sens littéral du terme, avança sir Isaac. Le bruit court qu'ils ont récemment dynamité les montagnes de Sinclair.

Le bruyant groupe de gros Allemands n'était guère avantagé par leur costume barbare, dont Maureen s'enquit de la signification.

— Ils sont déguisés en Visigoths, répondit sir Isaac. Ils ont régné sur cette région aux VIIe et VIIIe siècles. Les Allemands croient que le trésor des rois visigoths est caché par ici.

— Ce serait l'équivalent européen de la découverte du tombeau de Toutankhamon, poursuivit Tammy. De l'or, des bijoux, des œuvres d'art inestimables.

Une petite bande d'invités particulièrement agités passa devant eux en les bousculant. Cinq hommes en tunique poursuivaient une femme mal dissimulée par des voiles, qui portait une imitation grotesque de tête humaine sur un plateau.

— Parle-nous, Baphomet, parle-nous, suppliaient les hommes en s'adressant à la tête caricaturale.

— Des baptistes, lâcha Tammy en haussant les épaules.

— Pas des vrais, intervint Derek.

— Non, pas des vrais.

— Que voulez-vous dire par « des vrais » ? interrogea Peter, intrigué par cette distinction religieuse.

— Voyons, *padre*, vous savez, j'en suis certaine, quel jour nous sommes sur le calendrier chrétien ?

— Oui, la Saint-Jean-Baptiste.

— Les vrais disciples du baptiste n'assisteraient jamais à une fête de ce genre un jour comme aujourd'hui, dit Derek. Ce serait un blasphème.

— Ils sont très conservateurs, renchérit Tammy. Surtout la branche européenne. Alors que cela, ajouta-t-elle en désignant la femme avec la tête humaine, n'est qu'une ridicule parodie. Et plutôt grossière.

— J'ai soif, la coupa Derek qui paraissait décidément incapable de se concentrer longtemps sur un sujet de conversation. Je vais au bar. Quelqu'un veut un verre ?

***

188

Peter avait saisi l'occasion du départ de Derek pour s'éclipser ; son costume le gênait, mais ce n'était pas la seule raison de son impatience. Il avertit Maureen qu'il allait à la recherche des toilettes, mais prit le chemin du patio. On était en France, après tout. Il y aurait bien quelqu'un pour lui offrir une cigarette.

**

Un Français, d'une saisissante élégance en dépit de la simplicité de son costume cathare, s'approcha de Maureen et de Tammy.

— Bienvenue, Marie de Nègre, dit-il en s'inclinant devant Maureen. Cette couleur vous va à ravir.

Une voix s'éleva au-dessus du brouhaha, appelant Tammy.

— Ah ! dit cette dernière, Derek a mis la main sur un investisseur potentiel. Tu m'excuses un instant ?

Elle disparut comme par magie, laissant Maureen seule avec le Français, qui lui baisa la main droite en laissant son regard errer un instant sur la bague qu'elle portait au doigt.

— Je suis Jean-Claude de La Motte. Bérenger prétend que nous sommes parents, vous et moi. Ma grand-mère s'appelait Pascal.

— Vraiment ?

— Oui, vraiment. Il reste quelques Pascal au Languedoc. Vous connaissez leur histoire, je suppose ?

— Non. J'en ai honte, je ne sais que ce que lord Sinclair m'a appris récemment. Mais j'aimerais beaucoup en savoir plus sur ma famille.

— C'est l'un des plus vieux noms de France. Celui d'une grande famille cathare, des descendants directs de Jésus et de Marie-Madeleine, qui a été décimée pendant la croisade contre notre peuple. Les survivants ont été brûlés vifs comme hérétiques, à Montségur. Il y a

189

eu quelques rescapés, qui sont devenus plus tard les conseillers des rois et des reines de France.

Sur ces mots, Jean-Claude désigna un couple sur la piste de danse, costumé en Marie-Antoinette et Louis XVI.

— Marie-Antoinette et Louis ? demanda Maureen, surprise.

— Oui, elle est une Habsbourg et lui un Bourbon, deux branches de la lignée. L'union de ces deux branches effraya beaucoup de gens et fut l'une des causes de la Révolution, car à elles deux, elles avaient le pouvoir de créer la plus puissante des dynasties au monde. Êtes-vous allée à Versailles, mademoiselle ?

— Oui, quand je faisais des recherches sur Marie-Antoinette.

— Alors, vous connaissez le hameau ?

— Bien sûr.

C'était le lieu qu'avait préféré Maureen lorsqu'elle avait visité la résidence royale et ressenti une sympathie croissante pour la malheureuse souveraine obligée de vaquer à toutes ses activités quotidiennes sous les regards de ses nobles chiens de garde. Même ses accouchements avaient eu lieu en présence des courtisans rassemblés dans sa chambre à coucher.

La reine s'était révoltée contre les coutumes étouffantes de la royauté française et s'était inventé un moyen de s'évader de cette prison dorée en se faisant construire un hameau, minuscule village de poupée autour d'un étang où paressaient des barques. Un moulin miniature et une petite ferme servaient de décor aux fêtes pastorales auxquelles elle conviait ses amis les plus proches.

— Alors, vous savez aussi que Marie-Antoinette aimait s'habiller en bergère. Elle portait toujours ce costume, lors de ses soirées privées.

Maureen secoua la tête, tandis que les pièces du puzzle s'assemblaient peu à peu.

— Marie-Antoinette s'habillait en bergère, je le savais quand je suis allée à Versailles. Mais à l'époque, j'ignorais tout le reste, ajouta-t-elle en englobant du geste la scène qui les entourait.

— C'est pour cette raison que le hameau a été bâti à l'écart du château, et qu'il était strictement protégé. La reine y célébrait les traditions de la lignée, dans l'intimité. Mais tout le monde le savait, bien entendu ; il était impossible de garder un secret, à Versailles. Trop d'espions, trop de jeux de pouvoir. C'est l'une des causes de sa mort, et de la Révolution. Les Pascal étaient fidèles à la famille royale, ils étaient souvent invités aux fêtes privées de la souveraine. Mais la famille a dû fuir la France sous la Terreur.

Stupéfaite, Maureen entr'apercevait enfin les raisons de la fascination qu'elle avait toujours éprouvée pour la malheureuse reine de France, et qui l'avaient fortement incitée à écrire son livre.

— Elle s'est installée aux États-Unis, en Louisiane.

— Mon père en est originaire, en effet.

— Bien sûr. Il suffit d'avoir des yeux pour savoir que vous êtes de la lignée. Vous avez des visions, n'est-ce pas ?

Maureen hésita à répondre. C'était un sujet qu'elle n'abordait qu'avec réticence, surtout avec un inconnu. Mais il était extraordinairement libérateur de se trouver en la compagnie de gens qui considéraient les apparitions comme la chose la plus naturelle du monde. Elle hocha donc la tête.

— Les femmes de la lignée ont souvent des visions de Marie-Madeleine. Cela arrive même à certains hommes, comme Bérenger Sinclair, par exemple. Il en a depuis l'enfance. C'est banal.

Ce n'est vraiment pas l'impression que cela me fait, songea Maureen.

— Sinclair a des visions ? s'étonna-t-elle, car il n'en avait pas fait état devant elle.

191

Elle allait bientôt pouvoir lui poser la question personnellement. En effet, il venait à leur rencontre, impeccablement vêtu du costume du dernier comte de Toulouse.

— Jean-Claude ! Je vois que tu as retrouvé ta cousine si longtemps perdue de vue.

— En effet, et elle fait honneur à la famille.

— Très juste ! Puis-je te l'emprunter un instant ?

— À condition que tu m'autorises à l'emmener en promenade demain. Je voudrais lui montrer les lieux liés à la famille Pascal. Vous n'êtes pas encore allée à Montségur, n'est-ce pas ?

— Non. Roland nous a fait visiter la région aujourd'hui, mais nous n'avons pas poussé jusque-là.

— Pour les Pascal, c'est un endroit sacré. Alors, Bérenger, ça t'ennuie ?

— Pas du tout. Mais c'est à Maureen de décider.

— M'accorderez-vous cette faveur ? insista le Français. Nous irons à Montségur, puis je vous emmènerai déjeuner dans un restaurant typique où l'on ne sert que des plats préparés à la mode cathare.

Maureen ne voyait aucune bonne raison de refuser sans se montrer grossière, même si elle en avait éprouvé l'envie. Le charme français et l'attrait exercé par l'histoire de sa famille formaient une combinaison irrésistible.

— Avec plaisir, dit-elle.

— Alors, à demain, cousine. Onze heures ?

Il lui baisa la main après qu'elle eut acquiescé, puis il prit congé de Bérenger.

— Vous avez beaucoup impressionné Jean-Claude, me semble-t-il, dit ce dernier une fois seul avec Maureen. Ce qui n'a rien d'étonnant. Cette robe vous sied à merveille. Je le savais, d'ailleurs.

— Merci, merci pour tout, balbutia Maureen, qui se sentait rougir sous ce flot de compliments masculins auquel elle n'était pas habituée. Elle préféra orienter la conversation sur Jean-Claude.

— Il a l'air charmant, dit-elle.

— C'est un remarquable érudit, un spécialiste reconnu de l'histoire de France et d'Occitanie. Il a travaillé pendant des années à la Bibliothèque nationale, où il a eu accès à des matériaux de recherche exceptionnels. Son aide nous a été précieuse, à Roland et à moi.

— Roland ? dit Maureen, que la déférence de Sinclair envers son domestique étonnait, car cela ne semblait guère la coutume dans l'aristocratie.

— Roland est un loyal enfant du Languedoc, qui s'intéresse sincèrement à l'histoire de son peuple. Venez, je vais vous montrer quelque chose, ajouta Sinclair en entraînant Maureen.

Ils grimpèrent une volée de marches menant à un petit salon où une terrasse donnait sur le patio et sur des jardins clos de tous côtés par des grilles en fer forgé décorées de fleurs de lys, et surveillé par des gardiens.

— Pourquoi tant de précautions ? demanda Maureen.

— Cela est mon domaine réservé, mon territoire sacré. Ce sont les jardins de la Trinité, et fort peu de personnes sont autorisées à y entrer. Pourtant, je vous prie de croire que la plupart des gens qui sont ici ce soir donneraient leur chemise pour franchir ces grilles. Ce bal costumé est une tradition, vous savez ; tous les ans, je réunis des gens qui partagent quelques centres d'intérêt. Il en est que je respecte, que je vénère, même, il en est qui sont des amis. Les autres ? Ils m'amusent. Mais je les tiens à l'œil, tous. Et pour certains de très près. J'ai pensé que vous trouveriez intéressant de constater que les gens viennent du monde entier pour explorer les trésors du Languedoc.

Maureen observait le spectacle du balcon, et profitait de la brise soyeuse, embaumée par les senteurs de la roseraie. Elle aperçut Tammy, flirtant outrageusement avec Derek qui semblait ne pouvoir empêcher ses mains de se poser sur la reine des gitans. Elle crut reconnaître Peter, mais changea d'avis en voyant que l'homme

193

fumait. Peter n'avait plus grillé une cigarette depuis l'adolescence.

Soudain, elle s'adressa à Sinclair :

— Comment m'avez-vous trouvée ?

— La bague, répondit-il en soulevant doucement sa main droite. Vous la portez sur la photo qui figure sur la jaquette de votre livre.

— Et vous savez ce qu'elle signifie ? demanda Maureen qui commençait à entrevoir la vérité.

— J'ai en effet une théorie sur ce motif, et c'est pour cette raison que je vous ai amenée sur ce balcon. Venez voir.

Sinclair prit Maureen par le bras et la ramena à l'intérieur de la pièce, devant une petite œuvre d'art enchâssée dans une vitrine, et mise en valeur par un éclairage approprié.

— C'est une gravure du Moyen Âge, qui représente la philosophie et les sept arts libéraux.

— Comme la fresque de Botticelli.

— Exactement. Selon la perspective classique, si vous maîtrisez les sept arts en question, vous méritez le titre de philosophe. C'est pourquoi le personnage féminin central représente la déesse Philosophie, avec les sept arts libéraux à ses pieds. Mais voici qui vous intéressera davantage, ajouta Sinclair en pointant du doigt les sept arts et en les nommant les uns après les autres. En arrivant au dernier, il s'arrêta.

— Voilà. C'est la cosmologie. Vous ne reconnaissez rien ?

— Le dessin de ma bague ! s'exclama Maureen.

Le personnage incarnant la cosmologie tenait un disque où figurait le même motif que sur le bijou de Jérusalem. Elle compta les étoiles et tendit la main vers l'image.

— C'est exactement le même, murmura-t-elle, songeuse, et s'efforçant sans succès de comprendre le sens de sa découverte. Mais qu'est-ce que tout cela signifie ? Et quel rapport avec Marie-Madeleine ? Ou avec moi ?

— Il y a des connexions alchimiques et spirituelles. Je crois que ce symbole, qui apparaît fréquemment, est destiné à attirer notre attention sur les relations profondes entre la terre et les étoiles. Les anciens le savaient, mais nous l'avons oublié. « Tel en haut, tel en bas. » Chaque nuit, les étoiles nous rappellent que nous avons la possibilité de créer le paradis sur cette terre. Je crois que c'est le sens ultime de l'enseignement qu'ils ont voulu nous transmettre. Leur dernier cadeau, leur message d'amour.

— Qui, ils ?

— Jésus et Marie-Madeleine. Nos ancêtres.

À cet instant, et comme si un démiurge cosmique avait été chargé de ponctuer sa phrase, éclata un feu d'artifice qui illumina les jardins sous les yeux ravis des invités. Sinclair ramena Maureen sur le balcon, d'où elle pourrait admirer la pluie d'étincelles colorées qui tombait sur le domaine. Et, lorsqu'il passa un bras autour de sa taille, elle ne résista pas à la chaleur et à la force de son étreinte.

***

Le père Healy, debout dans le patio, ne regardait pas le feu d'artifice qui embrasait le ciel. Son attention était monopolisée par la scène qui se déroulait au-dessus de lui, sur le balcon : Bérenger Sinclair enlaçant de façon possessive sa cousine aux cheveux roux. Contrairement à Maureen, rien ici ne lui plaisait : ni Sinclair, ni tous ces gens, ni leurs projets.

Une autre paire d'yeux surveillait l'évolution de la relation entre Sinclair et Maureen. À l'autre extrémité du patio, Derek observait le balcon. Il remarqua la présence de son collègue français, Jean-Claude, assez près du couple pour entendre la conversation entre Sinclair et la femme habillée en Marie-Madeleine.

De la main, Derek Wainwright palpa son costume, pour vérifier que le lacet rouge de la Guilde était bien

195

à sa place, dans les replis du costume de Thomas Jefferson. Il en aurait besoin plus tard dans la soirée, lorsqu'il se rendrait à Carcassonne.

**

Je suis peut-être la seule à défendre la princesse appelée Salomé, mais il en va de mon devoir. Je regrette d'avoir tant tardé à le faire, car elle ne méritait pas son atroce destin. À une époque, on risquait la mort si l'on parlait d'elle et de ses actes, et je ne pouvais prendre sa défense sans mettre en danger les disciples d'Easa et le Chemin. Pourtant, comme tant d'autres pami nous, elle a été jugée par des gens qui ignoraient tout de la vérité.

Je dirai tout d'abord ceci : Salomé m'aimait et aimait Easa plus encore. Si elle en avait eu l'occasion, ailleurs, en une autre époque ou en d'autres circonstances, cette jeune fille serait devenue une disciple sincère du Chemin de Lumière. Voilà pourquoi je l'inscris dans le Livre des disciples, pour ce qu'elle aurait pu devenir. Comme Judas, comme Pierre et d'autres, le rôle de Salomé avait été écrit pour elle, sans qu'elle puisse y échapper. Son nom était gravé dans les pierres d'Israël, dans le sang de Jean, et peut-être dans celui d'Easa.

L'on peut dire qu'elle a agi avec l'inconscience de la jeunesse, sans réfléchir avant de parler, et le lui reprocher à juste titre. Mais qu'elle soit inscrite dans les mémoires comme la catin dépravée qui a réclamé et obtenu la tête de Jean-Baptiste représente l'une des plus graves injustices que je connaisse.

Le Jour du Jugement, peut-être me pardonnera-t-elle.

Et, peut-être, Jean nous pardonnera-t-il tous.

Arques. L'Évangile de Marie-Madeleine, Livre des disciples.

Chapitre 11

Château des Pommes Bleues

24 juin 2005

Maureen se retira peu après la fin du feu d'artifice. Peter était réapparu alors qu'elle redescendait dans la salle de bal avec Sinclair, et lui avait proposé de la raccompagner. Désireuse de se réfugier dans une solitude dont elle ressentait l'ardent besoin, elle accepta son offre avec joie. Les dernières vingt-quatre heures avaient été fertiles en émotions, et une migraine s'annonçait.

Des voix dans le couloir la réveillèrent au cours de la nuit. Elle crut reconnaître celle de Tammy, parlant tout bas. Le timbre étouffé d'un homme lui répondait sur le même ton. Puis elle entendit le rire de gorge de Tammy, aussi reconnaissable que des empreintes digitales. Maureen n'y accorda qu'une attention distraite, heureuse que son amie s'amusât.

Elle se rendormit, en se disant très vaguement que la voix d'homme qu'elle avait entendue répondre à Tammy n'était en tout cas pas celle d'un Américain.

***

Carcassonne

25 juin 2005

Lorsque le soleil du matin illumina impitoyablement sa chambre d'hôtel, Derek Wainwright grogna de désespoir. Il y avait deux choses qu'il n'avait aucune envie d'affronter ce matin-là : sa gueule de bois, et les huit messages sur le répondeur de son téléphone portable.

Il se souleva lentement, pour évaluer l'étendue de sa migraine, fouilla dans son sac de voyage italien en cuir et en sortit une boîte à pilules qui contenait un assortiment de cachets. Il en avala trois. Puis il jeta un coup d'œil à son portable, posé sur la table de nuit, qu'il avait débranché la nuit dernière en rentrant à l'hôtel pour ne pas avoir à subir les incessants bips d'appel.

Derek avait passé presque toute sa vie à fuir ainsi ses responsabilités. Rejeton d'une famille puissante et fortunée de la côte Est, le plus jeune des fils du magnat Éli Wainright était né avec une cuiller en argent dans la bouche. Il se fit accepter à Yale, sur les traces de son père et de son frère aîné, et, malgré de médiocres études, entra comme cadre supérieur dans un cabinet d'investissement dont il démissionna au bout d'un an, convaincu que les horaires de travail étaient incompatibles avec son genre de vie. Il n'avait aucun besoin de travailler. Les revenus que lui assurait la fortune familiale l'en dispenseraient à vie, ainsi que ses enfants et petits-enfants s'il se décidait un jour à procréer.

Éli Wainwright s'était montré étonnamment indulgent envers les carences de son plus jeune fils, qui n'était peut-être pas doué pour les études mais manifestait un intérêt dévorant pour un élément vital de la vie et de la réussite de la famille : l'appartenance à la Guilde de la Loi. Baptisé une première fois lors de sa naissance, Derek le fut une seconde fois, à quinze ans, selon la tra-

198

dition de l'organisation secrète. Il semblait avoir des affinités naturelles avec la Guilde et ses préceptes. Son père, membre influent de la Guilde américaine, le choisit donc comme son successeur. La société avait des ramifications partout dans le monde, en Asie comme au Moyen-Orient et comptait parmi ses membres des personnalités influentes du monde des affaires et de la politique.

Pour en devenir membre, il était indispensable d'être de la lignée, et les hommes baptisés étaient censés épouser des Filles de la Loi, les enfants de sexe féminin élevées selon les stricts principes de la société. On leur apprenait à se comporter en épouses et mères irréprochables, selon les termes d'un document très ancien appelé *Le Vrai Livre du Saint-Graal* que les familles se transmettaient depuis des générations. Certains des plus courus des Bals des Débutantes de la côte Est servaient de *coming out* aux Filles de la Loi, qui se déclaraient ainsi prêtes à entrer dans le monde en tant qu'obéissantes et convenables épouses de membres de la Guilde.

Parfaitement installés dans leur vie de privilégiés, les fils aînés d'Éli étaient tous mariés à des Filles de la Loi. On pressait le benjamin, qui avait plus de trente ans, de les imiter. Mais Derek n'en avait aucune envie, bien qu'il n'osât s'en ouvrir à son père. Il trouvait les Filles et leur obsession virginale abominablement ennuyeuses, et frissonnait à l'idée d'épouser une de ces princesses glacées et parfaitement bien élevées. Certes, il pouvait suivre l'exemple de ses frères et des autres membres de la Guilde : en épouser une, qui deviendrait l'irréprochable mère de ses enfants, et s'amuser par ailleurs avec de séduisantes maîtresses. Mais il n'y voyait aucun intérêt. Il était jeune, épouvantablement riche et n'avait que peu de responsabilités à endosser. Tant qu'il aurait à sa disposition des femmes exotiques et sensuelles comme Tamara Wisdom, pourquoi s'enchaînerait-il à une pondeuse primée qui lui rappellerait sa mère ? Puisque son père était persuadé qu'il ne s'intéressait qu'aux affaires de la Guilde, Derek disposait d'au moins quelques années encore de répit.

Mais Éli Wainwright, aveuglé par l'amour paternel, ne comprenait pas que Derek était tout à fait indifférent aux préceptes philosophiques de la Guilde. Le fils Wainwright en appréciait le côté ludique : appartenir à une société secrète, avec ses rituels et sa mystique, et le côté élitiste : connaître des secrets transmis au cours des siècles et protégés par le sang. Il en appréciait aussi les privilèges : grâce au réseau mondial d'hommes influents qui s'empressait de le laver de tout soupçon, un membre de la Guilde pouvait commettre à peu près n'importe quel délit sans être inquiété. Derek appréciait cette sensation d'impunité, et adorait qu'on le traitât partout dans le monde avec le respect dû à la fortune de son père. Cependant, il nourrissait quelques doutes depuis que le précédent Maître de la Loi était mort en des circonstances non élucidées et qu'il avait été remplacé par l'Anglais fanatique qui dirigeait désormais la Guilde d'une main de fer.

Ce nouveau chef avait tout changé. Il se vantait de son lien héréditaire avec Oliver Cromwell et, pour régler d'éventuels litiges avec ceux qui s'opposaient à lui, il avait tendance à imiter les méthodes impitoyables et la brutale stratégie de son ancêtre. Le nouveau Maître de la Loi n'avait guère tardé à faire connaître la façon dont il entendait exercer son autorité en ordonnant une horrible exécution. Certes, l'homme assassiné était un ennemi de la Guilde, et le chef d'une organisation qui s'opposait à elle depuis des siècles. Mais le message transmis était clair : je supprimerai quiconque s'opposera à moi, et le plus cruellement possible. Décapiter un homme à l'épée et lui trancher l'index droit définissaient parfaitement le style de leur nouveau et fanatique dirigeant.

Derek tenta de chasser cette image de son esprit embrumé avant d'écouter sa boîte vocale. Le moment était venu. On lui avait confié une mission, et il la remplirait, afin de montrer une fois pour toutes à ce salaud d'Anglais de quel bois il se chauffait. Lui et les Français le ridiculisaient, le traitaient comme un idiot. Il n'était pas disposé à l'accepter.

Il lança la messagerie et prit son courage à deux mains pour supporter le ridicule accent oxfordien de la voix enregistrée, qui devenait de plus en plus menaçante. À la fin du huitième message, Derek savait ce qu'il lui restait à faire.

Château des Pommes Bleues

25 juin 2005

Tamara Wisdom brossait ses longs cheveux de jais en se regardant dans le gigantesque miroir enchâssé dans un cadre doré. Un vibrant soleil matinal éclaboussait sa chambre, tout aussi luxueuse que celle de Maureen, et où s'épanouissaient, dans de nombreux vases en cristal, des bouquets de roses beige et de lavande. Son lit, un lieu qu'elle occupait rarement toute seule, était drapé de velours pourpre et de brocart.

Elle souriait, en évoquant de manière fugitive les souvenirs torrides de sa nuit. Elle avait ressenti la chaleur de son corps sur sa peau bien après qu'il l'avait quittée, juste avant l'aube. Elle avait mené une vie assez débridée, et l'expérience des passions amoureuses ne lui manquait pas, mais elle n'avait jamais rien connu de tel. Elle comprenait enfin ce dont parlaient les alchimistes, le fameux Grand Œuvre, l'union parfaite, spirituelle et mentale, entre un homme et une femme.

Son sourire disparut lorsqu'elle revint à la réalité, et à ce qui devait être accompli dans la journée à venir.

Au début, cela avait ressemblé à un grand jeu, une sorte de partie d'échecs transcontinentale. Mais, très vite, elle s'était attachée à Maureen. Comme les autres. Le prêtre lui-même n'était pas l'individu rigide et dogmatique qu'ils avaient redouté de rencontrer. À sa façon, c'était un mystique, lui aussi.

Elle était de plus en plus impliquée, ce qui lui posait problème. Au début, jouer les Mata Hari l'avait amusée, mais désormais ce rôle lui inspirait une véritable répugnance. Elle devrait, aujourd'hui, peser soigneusement le pour et le contre, afin d'obtenir les informations qu'elle voulait sans se perdre. Tant pour elle-même que pour la société et pour Roland, elle avait plusieurs objectifs à atteindre. *Concentre-toi sur la vision globale, Tammy*, se dit-elle. *Il y a tout à gagner si tu réussis, et tout à perdre si tu échoues.*

Les règles du jeu avaient changé. Elles devenaient beaucoup plus dangereuses qu'aucun d'entre eux ne l'avait prévu.

Tammy posa sa brosse et aspergea généreusement sa gorge et ses poignets d'un entêtant parfum floral, afin d'être prête à toute éventualité. En sortant de la chambre, elle contempla un instant l'étonnant tableau du peintre symboliste français Gustave Moreau qui ornait le mur : la princesse Salomé, drapée dans ses sept voiles, et portant la tête de Jean-Baptiste sur un plateau.

— *Prends-en de la graine, ma fille,* se murmura-t-elle en partant pour l'étape ultime, et la plus cruciale, de son parcours.

***

Maureen se restaurait dans la salle à manger, seule. Roland le remarqua, et entra dans la pièce.

— Bonjour, mademoiselle Pascal. Vous êtes seule ?

— Bonjour, Roland. Oui. Peter dormait encore et je n'ai pas voulu le déranger.

— Votre amie, miss Wisdom, m'a chargé de vous transmettre un message. Elle réside désormais au château, et aimerait dîner avec vous ce soir, ici même.

— Avec plaisir, répondit Maureen qui désirait également discuter de la réception de la veille avec Tammy. Où est-elle ?

— Elle est partie pour Carcassonne, tôt ce matin. Pour son film, je crois. Elle ne m'a rien dit. Et maintenant, je vais aller chercher monsieur Bérenger. Il serait furieux de vous savoir toute seule à table.

***

Sinclair se présenta dans la salle à manger quelques instants seulement après le départ de Roland.

— Avez-vous réussi à dormir ?

— Bien sûr ! Comment ne pas dormir dans un tel lit ? On a l'impression d'être couchée sur des nuages.

En effet, dès la première nuit, Maureen avait remarqué l'épais matelas de plume que recouvraient des draps du plus doux des cotons égyptiens.

— Superbe ! Et quels sont vos projets, ce matin ?

— Rien avant onze heures. J'ai rendez-vous avec Jean-Claude, vous en souvenez-vous ?

— Absolument. Il vous emmène à Montségur. C'est un lieu très surprenant. Mon seul regret est de ne pas vous y conduire moi-même, surtout pour la première fois.

— Venez avec nous.

— Ma chère amie, s'exclama Sinclair en riant, Jean-Claude me ferait pendre, noyer et écarteler si je cherchais à m'incruster. Depuis vos grands débuts, hier soir, vous êtes devenue une vedette. Tout le monde veut en savoir plus à votre sujet. Quand il aura été vu en votre

203

compagnie, la cote de Jean-Claude dans la région va remonter d'une centaine de points. Et je ne veux pas le priver de ce plaisir. D'ailleurs, quand vous aurez terminé votre petit déjeuner, j'aurai quelque chose d'intéressant à vous montrer moi aussi.

***

Ils se tenaient sur le balcon d'où ils avaient admiré les feux d'artifice la veille au soir. Les fabuleux jardins du château se déployaient devant eux.

— En plein jour, il est plus facile d'apprécier le parc, dit fièrement Sinclair en désignant de la main les trois parties dont il était formé. Vous reconnaissez le motif de la fleur de lys ?

— C'est magnifique, s'exclama Maureen qui admirait sincèrement la sculpturale beauté du paysage, vu d'en haut.

— Ces jardins racontent l'histoire de nos ancêtres beaucoup mieux que je ne saurais le faire. Me ferezvous l'honneur de m'y accompagner ?

Maureen lui prit le bras et se laissa guider. La vaste demeure était immaculée. Jamais l'on n'aurait imaginé que des centaines d'invités plus ou moins éméchés l'avaient parcourue en tous sens la nuit précédente. Une armée de domestiques avait dû travailler sans relâche, pour que ne subsistât aucune trace de leur passage.

Ils traversèrent le patio dallé de marbre, le long du chemin parfaitement dessiné qui menait aux grilles d'entrée du parc. Sinclair sortit une clé de sa poche et la glissa dans un verrou. Il libéra une lourde chaîne et poussa les portes au grillage doré, afin qu'ils puissent pénétrer dans son sanctuaire intérieur.

Une fontaine en marbre rose gazouillait au milieu de l'entrée du jardin. Les rayons du soleil jouaient dans les gouttes d'eau qui ruisselaient sur les épaules d'une statue grandeur nature de Marie-Madeleine, sculptée dans du marbre ivoire. Elle tenait une rose dans sa main gauche. Une colombe était perchée sur sa main droite, tendue. Les fondements de la fontaine étaient décorés des sempiternelles fleurs de lys.

— Vous avez rencontré de nombreuses personnes, hier soir. Et toutes avancent des théories sur la région et le mystérieux trésor. Je suis certain que vous en avez entendu beaucoup, allant du sublime au grotesque.

— Au grotesque surtout, j'avoue, dit Maureen en riant.

— Chacun défend la sienne, mais tous croient, tous savent, devrais-je dire, qu'ici, dans le sud de la France, Marie-Madeleine est notre reine. C'est le seul point sur lequel s'entendent tous les gens qui étaient ici hier soir.

Maureen l'écoutait attentivement. L'excitation de Sinclair, perceptible dans sa voix, était contagieuse.

— Et tous connaissent l'existence de la lignée. La royale descendance de Marie-Madeleine et de ses enfants. Mais rares sont ceux à avoir une idée de toute la vérité. La totalité de l'histoire est réservée aux véritables disciples du Chemin. Le Chemin, tel qu'enseigné par notre Marie-Madeleine, le Chemin, tel qu'enseigné par Jésus-Christ en personne.

— Je ne sais pas si je peux ou non poser cette question, mais est-ce là le but de votre Société des Pommes Bleues ?

— Cet ordre est très ancien, et complexe. Je vous en dirai plus le moment venu. Pour l'instant, contentez-vous de savoir que l'ordre existe pour défendre et perpétuer la vérité. Et la vérité, c'est que Marie-Madeleine était mère de trois enfants.

— Trois ? fit Maureen, stupéfaite.

— Eh oui ! Très peu de gens le savent, car les détails ont été occultés, afin de protéger les descendants. Trois enfants. Une trinité. Et chacun d'entre eux a fondé une lignée de sang royal destinée à modifier la face de l'Europe et même du monde. Ces jardins illustrent les trois dynasties. C'est mon grand-père qui les a créés. J'ai poursuivi et agrandi son œuvre.

Trois chemins différents s'ouvraient dans le jardin principal.

— Venez, dit Sinclair, nous allons commencer par notre ancêtre commune.

Et, devant l'ébahissement de Maureen, il poursuivit :

— Qu'y a-t-il ? Vous êtes étonnée que nous soyons parents ? Parents éloignés, c'est certain, mais nous sommes issus de la même lignée.

— Tout cela vous semble normal, mais pour moi, c'est un choc. Quant au reste du monde, je ne peux pas même imaginer comment il réagirait...

Ils entrèrent dans une roseraie à l'extraordinaire magnificence. Plusieurs espèces de lys étaient plantées tout autour d'une autre statue, et le mélange des parfums, celui que Maureen avait senti la nuit précédente, embaumait l'air ambiant.

Une colombe blanche roucoulait en voletant autour des rosiers. Maureen s'arrêta pour plonger le nez dans une rose épanouie.

— La rose est le symbole de toutes les descendantes féminines de la lignée. Le lys est celui de Marie-Madeleine. Selon notre tradition, la rose convient à chaque femme, mais le lys est réservé à Marie-Madeleine.

Il entraîna Maureen jusqu'au pied de la statue d'une jeune femme aux cheveux épars flottant dans le vent. Maureen n'en croyait ni ses oreilles ni ses yeux, et ce fut d'une voix tremblante qu'elle lui demanda s'il s'agissait de la fille de Marie.

— Mais oui. Je vous présente Sarah-Tamar, la fille unique de Jésus et de Marie-Madeleine. La fondatrice des dynasties royales françaises. Et notre aïeule commune, si l'on veut bien faire l'impasse sur environ mille neuf cents ans.

— C'est tellement incroyable, dit Maureen en se tournant vers Sinclair. Et pourtant, je n'ai aucun mal à l'accepter. Je trouve tout cela étrange, certes, mais cela me semble... vrai.

— Parce que votre âme reconnaît la vérité.

Une colombe roucoula au-dessus de leurs têtes, comme pour approuver les paroles de Sinclair.

— Vous les entendez ? La colombe est le symbole de Sarah-Tamar, l'emblème de son cœur pur. Par extension, elle est devenue celui des cathares.

— Est-ce pour cette raison que les cathares ont été considérés comme hérétiques par l'Église ?

— Oui, c'est une des raisons. Ils pouvaient prouver qu'ils descendaient de Jésus et de Marie-Madeleine, grâce aux objets et aux documents qu'ils possédaient. Leur existence même était une menace pour Rome. Hommes, femmes, enfants, l'Église a tenté de les exterminer tous, pour garder le secret. Mais il y a autre chose. Venez.

Sinclair fit décrire à Maureen un demi-cercle à travers les roses, lui donnant la possibilité d'admirer la beauté du jardin en cette éblouissante matinée d'été. Il lui prit la main, et elle se laissa faire, étonnée de se sentir aussi à l'aise avec cet excentrique étranger. Ils suivirent ensemble le sentier fleuri qui entourait la fontaine de Marie-Madeleine.

— Allons faire la connaissance du petit frère, maintenant.

Son excitation était palpable, et Maureen se demanda comment l'on pouvait vivre avec un secret de cette importance. Elle ne tarderait pas à en faire l'expérience personnelle, se dit-elle, le cœur battant. À la suite de Sinclair, elle entra dans un autre jardin, aux contours plus précis, à l'architecture plus austère.

— On dirait un jardin anglais, fit-elle remarquer.

— Bien vu ! Je vais vous expliquer pourquoi.

La statue d'un jeune homme aux longs cheveux, tenant un calice à la main, trônait au centre de la fontaine centrale. Une eau cristalline coulait du vase sacré.

— Voici Yeshua-David, le plus jeune des fils de Jésus et de Madeleine. Il n'a pas connu son père, car Marie était enceinte de lui lors de la crucifixion. Il naquit à Alexandrie, en Égypte, où sa mère et les siens avaient trouvé refuge avant de gagner la France en bateau.

Maureen s'immobilisa, posa inconsciemment sa main sur son ventre.

— Que se passe-t-il?

— Elle était enceinte. Je l'ai vue. Elle était enceinte sur la Via Dolorosa, et pendant la crucifixion.

Sinclair hocha la tête, puis s'arrêta brusquement. Ce fut au tour de Maureen de l'interroger.

— Qu'avez-vous?

— Vous avez dit la crucifixion? Avez-vous eu une vision de la crucifixion?

Les yeux de Maureen s'emplirent de larmes brûlantes. La gorge serrée, elle avait peur de ne pouvoir parler. Sinclair le perçut, et la considéra avec une grande douceur.

— Maureen, ma très chère, ayez confiance en moi. Je vous en prie, racontez-moi. Vous avez vu Madeleine lors de la crucifixion?

Les larmes ruisselaient maintenant sur les joues de la jeune femme, sans qu'elle éprouvât le besoin de les dissimuler. À défaut d'y trouver la paix, ce serait un soulagement de partager ses secrets avec quelqu'un qui la comprenait.

— Oui, dit-elle. À Notre-Dame.

— Ma chère, très chère Maureen, fit Sinclair en s'approchant d'elle pour essuyer les larmes qui coulaient sur ses joues, savez-vous à quel point c'est exceptionnel?

La jeune femme fit non de la tête. Il poursuivit:

— Dans cette région, nous sommes des centaines à avoir eu des visions de Marie-Madeleine, tout comme moi. Mais elles s'arrêtaient au vendredi saint. À ma connaissance, personne ne l'a vue lors de la crucifixion.

— Pourquoi est-ce aussi important?

— À cause de la prophétie. Nous nous la transmettons depuis des générations. Selon la légende, il existait un livre de prophéties et de révélations, écrit en grec. On l'a attribué à Sarah-Tamar, ce qui lui confère la qualité d'un Évangile. Nous savons que Mathilde de Toscane, duchesse de Lorraine et princesse de la lignée, possédait l'original lorsqu'elle a fait construire l'abbaye d'Orval, au XIe siècle.

— Où est-ce ?

— Dans le Nord, près de la frontière belge d'aujourd'hui. Il y a en Belgique de nombreux lieux qui perpétuent notre tradition, mais c'est à Orval que furent conservées les prophéties de Sarah-Tamar pendant plusieurs années. Nous savons aussi que l'original est ensuite entré en possession des cathares du Languedoc. Hélas ! le livre a disparu, et l'on n'a jamais retrouvé sa trace. Tout ce que nous en connaissons aujourd'hui, ce sont les prophéties de Nostradamus.

La jeune femme hoqueta de surprise, et comprit qu'elle ne cesserait jamais d'être étonnée par la façon dont les fils se reliaient entre eux.

— Mais oui, Nostradamus. Il est célèbre pour ses visions et sa clairvoyance, mais en vérité, il n'a rien prévu du tout. Il s'est contenté de délivrer les prophéties de Sarah-Tamar. On suppose que Nostradamus a eu l'occasion de consulter le texte original lors d'un séjour à Orval. Le livre a disparu peu après. Tirez-en vos propres conclusions.

— Voilà pourquoi Tammy le tient en si peu d'estime ! Nostradamus n'était qu'un vulgaire plagiaire.

— Vulgaire, mais malin. C'est lui qui a créé la forme en quatrains. Il a réécrit les prédictions de Sarah-Tamar de façon à occulter ses véritables sources, et à impressionner ses contemporains. Un sacré lascar, ce vieux Michel ! Et comme il connaissait parfaitement l'alchimie, il a su déchiffrer le document original, qui était très compliqué. Mais il ne nous reste presque rien de Sarah-Tamar, sauf les travaux de Nostradamus et la fameuse prophétie que nous nous transmettons ici.

— Que dit-elle ?

Sinclair se concentra un instant sur les gouttes d'eau qui ruisselaient du calice, puis il ferma les yeux et en récita une partie.

Marie de Nègre choisira le jour de l'Élue. Celle, née de l'agneau pascal lorsque le jour et la nuit sont identiques, Celle, fille de la Résurrection, Celle du Sangre-El, à qui sera remise la clé lorsqu'elle aura vu le Jour Noir du Crâne. Celle qui deviendra la nouvelle Bergère du Chemin.

Sinclair saisit la main de Maureen, muette.

— Le Jour Noir du Crâne. Le Golgotha, la colline de la crucifixion, est appelé le lieu du crâne, et le Jour Noir signifie le vendredi saint. La prophétie annonce que la fille de la lignée qui aura eu une vision de la crucifixion possédera ensuite la clé.

— La clé de quoi ? demanda Maureen, la tête bourdonnante sous cet afflux d'informations.

— La clé qui ouvre le secret de Marie-Madeleine. Son Évangile. Le récit, écrit de sa main, de sa vie et de son temps. Elle l'a caché par des procédés alchimiques. Il ne peut être découvert que si certains critères spirituels sont réunis.

Il désigna la statue du jeune homme tenant le calice.

— Voilà ce que tant de gens cherchent, depuis si longtemps.

Maureen s'efforçait d'ordonner ses pensées. Le calice. Elle sursauta.

— Le calice qu'il a dans la main… C'est le Saint-Graal ?

— Oui. Graal est un terme ancien, dérivé de *Sangre-El*, signifiant le sang de Dieu. Il symbolise évidemment la divine lignée. Mais ils ne cherchaient pas seulement les enfants de la lignée. La plupart des chevaliers du Graal l'étaient eux-mêmes, et ils connaissaient le sens de cet héritage. En fait, ils étaient en quête de la princesse du Graal, celle qu'on appelle l'Élue. Celle qui posséderait la clé qu'ils recherchaient.

— Attendez une minute. Vous prétendez que la quête du Saint-Graal était en fait celle de la femme de votre prophétie ?

— Absolument. Le plus jeune fils, Yeshua-David, est allé à Glastonbury, en Angleterre, avec son grand-oncle, l'homme que l'histoire connaît sous le nom de Joseph d'Arimathie. Ils ont fondé ensemble la première colonie chrétienne de Grande-Bretagne. Ainsi naquirent les légendes du Graal.

Sinclair montra à Maureen une autre statue, plus éloignée, mais située dans le même jardin. Elle représentait un roi, armé d'une gigantesque épée.

— Pourquoi pensez-vous que le roi Arthur était considéré comme le roi d'hier et de demain ? Parce qu'il était de la lignée de Yeshua-David. La noblesse anglaise compte encore de ses descendants, surtout en Écosse.

— Dont vous ?

— Oui, par ma mère. Mais par mon père, je suis de la lignée de Sarah-Tamar, comme vous.

Une sonnerie incongrue résonna soudain. Agacé, Sinclair sortit son téléphone portable et prononça rapidement quelques mots en français avant de raccrocher.

— C'était Roland. Jean-Claude est arrivé.

— Mais je n'ai pas vu le troisième jardin, regretta Maureen, incapable de dissimuler sa déception.

Le visage de Sinclair s'assombrit de façon quasi imperceptible.

— Cela vaut peut-être mieux. La journée est superbe, et ce lieu, fit-il en le désignant de la tête, est le jardin du fils aîné de Marie-Madeleine.

Devant l'incompréhension qu'il lisait dans les yeux de Maureen, Sinclair poursuivit sur le mode énigmatique que les habitants de la région semblaient privilégier.

— Certes, il est beau, à sa façon. Mais il est habité par trop d'ombres pour une aussi radieuse journée.

***

211

Il la raccompagna aux grilles du jardin, et s'y arrêta.

— Le jour de votre arrivée, vous m'avez demandé pourquoi j'étais tellement obsédé par la fleur de lys. Vous le savez, désormais. Le lys est le symbole de Marie-Madeleine. Il représente sa descendance. Trois enfants, comme les trois pétales de la fleur.

Il tendit trois doigts, pour signifier les trois branches.

— La première branche, son fils aîné Jean-Joseph. C'est un personnage très complexe, dont je vous parlerai le moment venu. Contentez-vous de savoir que ses héritiers ont prospéré en Italie. La pétale central, c'est Sarah-Tamar, et le troisième son plus jeune fils, Yeshua-David. Tel est le secret bien gardé de la fleur de lys. Et la raison pour laquelle elle représente la noblesse italienne et française et qu'on la trouve sur des blasons anglais. Les premiers à l'adopter furent les descendants des trois enfants de Marie-Madeleine. Ce fut à l'époque un arcane secret, et un signe de reconnaissance entre ceux qui étaient initiés à ces vérités, et qui voyageaient à travers toute l'Europe.

— Et elle est devenue l'une des représentations les plus répandues au monde, s'étonna Maureen. On la trouve sur des bijoux, sur des tissus, sur des meubles. Cachée, mais à la vue de tous. Et les gens n'ont pas idée de ce qu'elle signifie.

**

Languedoc

25 juin 2005

Maureen s'installa sur le siège passager du cabriolet de Jean-Claude. Ils attendaient que s'ouvrent les grilles électroniques du château lorsque, du coin de l'œil,

Maureen vit un homme qui se déplaçait furtivement le long de la clôture.

— Qu'y a-t-il ? lui demanda Jean-Claude en remarquant son expression intriguée.

— Cet homme, près des grilles. On ne le voit plus maintenant, mais il y était il y a un instant.

— Un jardinier, peut-être, fit Jean-Claude, avec l'insouciance qui le caractérisait. Ou un des vigiles de Bérenger. Qui sait ? Il y a beaucoup de personnel, ici.

— Le château est gardé toute la journée ? s'étonna Maureen, curieuse de tout ce qui concernait la demeure et son propriétaire.

— Oui. On ne les voit pas souvent, mais après tout, leur métier exige de la discrétion.

Mais Maureen n'eut pas le temps de s'appesantir sur le fonctionnement du château, car Jean-Claude se lançait déjà dans le récit de la légende de la famille Pascal, telle qu'il la connaissait.

— Vous parlez un anglais parfait, remarqua Maureen tandis qu'il lui racontait certains des épisodes historiques de la saga.

— Merci. J'ai passé deux ans à Oxford, pour me perfectionner.

La jeune femme était suspendue aux paroles du célèbre historien qui la conduisait, le long des contreforts ocre et escarpés, en direction de Montségur, le majestueux et tragique emblème de l'ultime acte de résistance des cathares.

***

Il y a, sur cette terre, des lieux dont il émane une puissante aura de mystère et de tragédie. Noyés dans les torrents de sang de l'histoire, ces lieux hantent les esprits et les hanteront longtemps après que le visiteur aura retrouvé la paix et la sécurité de son monde habituel. Maureen connaissait quelques-uns de ces endroits. Lorsqu'elle vivait en Irlande, elle avait ressenti cette impression dans des villes comme Drogheda, dont Oliver Cromwell avait fait exterminer toute la population, ou dans des villages décimés par la grande famine de 1840. Durant son séjour en Israël, elle avait escaladé la montagne de Massada pour regarder le soleil se lever sur la mer Morte. Elle avait été indiciblement émue en parcourant les ruines de la forteresse où plusieurs centaines de Juifs, au Ier siècle, avaient préféré se donner la mort plutôt que de se soumettre au joug romain et à l'esclavage.

Lorsque Jean-Claude gara sa voiture dans le parc de stationnement au pied de la colline de Montségur, Maureen eut la certitude qu'elle allait être confrontée à une expérience du même ordre. Malgré la clarté de cette belle journée, le paysage semblait immergé dans les brumes du temps. Elle observa la montagne qui se dressait devant eux tandis que Jean-Claude la guidait jusqu'au sentier qui en permettait l'escalade.

— C'est haut, n'est-ce pas ? Voilà pourquoi je vous ai conseillé de porter de bonnes chaussures.

Heureusement, Maureen, qui aimait la randonnée, ne voyageait jamais sans ses chaussures de marche. Ils entamèrent la longue montée sinueuse, et Maureen regretta de n'avoir pas eu le temps de faire du sport ces derniers temps. Elle ne se sentait pas dans sa forme habituelle. Mais Jean-Claude ne semblait pas pressé et ils progressaient lentement, tandis que le Français, répondant à ses innombrables questions, lui parlait des cathares.

— Que savons-nous précisément de leurs mœurs ? Selon lord Sinclair, presque tout ce qui a été écrit sur eux n'est que pure spéculation.

— C'est la vérité. Ce sont leurs ennemis qui ont rédigé la plupart des récits les concernant, dans le but de les faire passer pour plus hérétiques et agressifs qu'ils ne l'étaient. Comme vous le savez, les gens ne s'indignent pas devant le massacre de parias. Mais si vous vous avisez d'exterminer de bons chrétiens, plus proches du Christ que vous ne l'êtes vous-même, vous risquez d'avoir un problème. Donc, les historiens de l'époque ont forgé beaucoup d'histoires fausses sur les cathares. Nous ne sommes certains que d'un élément. La pierre de touche de la foi cathare était le Notre-Père.

Maureen fit une halte, pour reprendre son souffle.

— Vraiment ? Le Notre-Père que nous récitons aujourd'hui ?

— Oui, le même. Mais en occitan, naturellement. Lors de votre séjour à Jérusalem, êtes-vous allée à l'église du Pater-Noster, sur le mont des Oliviers ?

— Oui !

Maureen connaissait bien cette église, située à Jérusalem Est, et édifiée au-dessus de la grotte où Jésus aurait prononcé le Notre-Père pour la première fois. Dans le très beau cloître, la prière était inscrite en plus de soixante langues, sur des tableaux de mosaïque. Maureen avait photographié le panneau où l'on pouvait la lire en gaélique ancien, pour le montrer à Peter.

— Ici, elle est écrite en occitan. Tout bon cathare la récitait le matin en se levant. Et ce n'était pas une affaire de routine, comme souvent aujourd'hui, mais un authentique acte de foi et de méditation. Les cathares en considéraient chaque phrase comme sacrée. Ici, les gens vivaient en paix, et enseignaient ce qu'ils nommaient le Chemin, des principes de vie tout entiers axés sur l'amour. Et, pour les gens de cette culture, le Notre-Père était l'Écriture sainte par excellence.

— Donc, fit Maureen qui voyait où le Français voulait en venir, si vous représentez l'Église officielle et que vous vouliez éradiquer ce peuple, vous n'avez pas intérêt à ce que l'on sache que ce sont de bons chrétiens.

— Exactement. On les a ainsi accusés de rituels bizarres, pour justifier leur éradication.

215

Jean-Claude fit halte. Ils étaient à mi-chemin du sommet, sur un plateau où s'élevait une dalle de granit surmontée de la croix du Languedoc.

— C'est le monument à la mémoire des martyrs, expliqua Jean-Claude. Il est situé ici, à l'emplacement où fut érigé le bûcher.

Maureen frissonna, en proie au sentiment exaltant de se tenir sur le lieu même d'une tragédie historique. Jean-Claude entreprit de lui raconter l'épopée de l'ultime résistance des cathares.

Vers la fin de l'année 1243, le peuple cathare subissait depuis un demi-siècle les persécutions des armées du pape. Des villes entières avaient été décimées. À Béziers, par exemple, les rues avaient littéralement ruisselé du sang des innocents. L'Église était bien décidée à éradiquer cette prétendue hérésie, à tout prix, et le roi de France lui offrait l'aide de ses troupes, trop heureux de récupérer les territoires des nobles cathares lors de chacune de leurs défaites. Les comtes de Toulouse avaient menacé une fois de trop de créer leur propre État indépendant. Se servir de la colère de l'Église pour les éliminer convenait au roi, qui espérait que l'histoire ne retiendrait pas ces massacres contre lui.

Les derniers chefs du peuple cathare réunirent leurs forces à Montségur, en mars 1244. À l'instar des Juifs de Massada, mille ans auparavant, ils se rassemblèrent pour prier pour leur salut, et firent serment de ne jamais renier leur foi. On a d'ailleurs prétendu que les cathares ont été inspirés par l'exemple des martyrs de Massada. À l'instar des armées romaines, les troupes du pape encerclèrent le lieu, afin d'affamer leurs ennemis, qui ne pouvaient plus se procurer ni vivres ni eau. Mais le siège s'avéra aussi difficile à tenir que celui de Massada, car les deux lieux, situés au sommet de collines abruptes, étaient aussi compliqués à sécuriser l'un que l'autre. Les rebelles des deux cultures trouvaient toujours un moyen de tromper la vigilance de leurs oppresseurs.

Au bout de plusieurs mois de siège, les forces du pape décidèrent qu'il était temps de passer à l'attaque. Elles proposèrent un ultimatum aux chefs de la communauté cathare. S'ils se rendaient et se repentaient de leur hérésie, le peuple serait épargné. S'ils refusaient, ils périraient tous sur le bûcher. On leur accorda deux semaines pour prendre leur décision.

Le jour de l'expiration de ce délai, l'armée du pape alluma le bûcher, et réclama une réponse. Ils obtinrent celle qu'ils voulaient sous une forme qui ne serait jamais oubliée au Languedoc. Deux cents cathares sortirent de la forteresse, vêtus de simples tuniques, et se tenant les mains. Ensemble, ils chantèrent le Notre-Père en occitan en avançant vers le bûcher. Et ils moururent comme ils avaient vécu, en parfaite harmonie avec leur foi.

D'innombrables histoires circulent sur les derniers jours des cathares, plus dramatiques les unes que les autres. La plus mémorable est celle des émissaires français envoyés par l'armée pour discuter avec les cathares au nom du roi de France. Ces émissaires, des mercenaires endurcis, furent invités à pénétrer à l'intérieur des murs de Montségur, et à assister en personne aux enseignements dispensés par les cathares. Selon la légende, ce qu'ils virent et entendirent était si miraculeux que les soldats français demandèrent à se convertir à la foi des purs. Sachant parfaitement que seule la mort les attendait, les Français reçurent le dernier sacrement, le *consolamentum*, et montèrent au bûcher avec leurs nouveaux frères et sœurs.

Maureen essuya une larme en contemplant les rochers escarpés et la dalle funéraire.

— Mais qu'ont-ils donc vu et entendu, ces Français, pour marcher ainsi au martyre ? Le sait-on ?

— Non. Ce ne sont que des hypothèses. Certains prétendent que le Saint-Esprit leur est apparu durant les rituels, et leur a montré que le royaume du ciel les attendait. D'autres disent que c'était à cause de l'infâme trésor des cathares.

217

Ils reprirent leur ascension. La légende de Montségur se déployait pour Maureen.

L'avant-dernier jour du siège, quatre membres du groupe ont été descendus le long de la muraille la plus abrupte de la forteresse, et parvinrent à s'échapper. On suppose qu'ils furent aidés par des complices des émissaires français récemment convertis.

Ils emportaient le légendaire trésor des cathares, dont on ignore toujours la véritable nature. Sans doute était-il léger, et de petite taille, car parmi les rescapés il y avait deux jeunes filles frêles et tous devaient être affaiblis par des mois de captivité et de rationnements. Pour certains, il s'agirait du Saint-Graal, pour d'autres de la couronne d'épines ou même du plus inestimable de tous les trésors, le Livre de l'amour.

— L'Évangile écrit par Jésus lui-même ?

— Oui. D'ailleurs, à partir de cette époque, l'on n'entend absolument plus parler de ce témoignage.

En tant qu'historienne et journaliste, Maureen était comblée.

— Pouvez-vous me conseiller quelques livres ? Existe-t-il des documents que je pourrais consulter pendant mon séjour en France ?

— Sachez, mademoiselle Pascal, que les gens d'ici sont assez particuliers. Leurs secrets et leurs légendes, ils les protègent justement en ne les écrivant pas. Je sais, cela peut paraître difficile à comprendre. Mais regardez autour de vous, ma chère amie. Faut-il des livres, lorsque les lieux racontent si bien l'histoire ?

Ils étaient parvenus au sommet de la colline et les ruines de la forteresse du passé s'offraient à leurs yeux. Devant ces murs de pierre massifs qui semblaient irradier leurs pages épiques, Maureen comprit le point de vue de Jean-Claude. Cependant, elle était déchirée entre son instinct et son besoin, en tant que journaliste, de vérifier ses sources et ses intuitions.

— Pour un homme qui se dit historien, c'est une position assez surprenante, fit-elle remarquer au Français.

— Je me prends peut-être pour un historien, mais certainement pas pour un universitaire, dit-il dans un éclat de rire qui rebondit sur le flanc des montagnes. Il y a une sérieuse différence, surtout ici. Les universitaires n'ont pas leur place partout, mademoiselle Pascal.

L'expression de Maureen la trahit. Elle doutait encore. Il entreprit de la convaincre.

— Comme vous le savez, si vous voulez obtenir les titres les plus prestigieux dans le champ universitaire, il vous suffit de lire les livres qu'il faut, et de publier des articles dans les bonnes revues. Au cours d'une tournée de conférences, j'ai rencontré une Américaine, à Boston. Elle possédait un doctorat en histoire de France, sa thèse avait été consacrée aux hérésies médiévales. On la considère comme une spécialiste du sujet, elle a même écrit un ou deux manuels universitaires. Vous voulez savoir le plus drôle ? Elle n'a jamais mis les pieds en France, ni à Paris ni bien sûr dans le Languedoc. Pire encore, elle trouve cela parfaitement inutile. En chercheur bon teint, elle considère que tout ce qu'elle doit savoir se trouve dans les livres ou les documents qu'elle peut consulter dans la banque de données de son université. Sa connaissance de la doctrine cathare est digne d'une bande dessinée, et deux fois plus ridicule. Mais voilà, elle est reconnue comme l'autorité en la matière et son opinion vaut plus que celle de n'importe lequel d'entre nous, grâce à ses diplômes, et aux titres dont elle fait précéder son nom.

Maureen avait écouté avec attention les arguments de Jean-Claude. Elle s'était toujours considérée comme une universitaire, mais son métier de journaliste l'avait conduite à explorer des territoires moins balisés. Elle n'aurait pas pu écrire sur Marie-Madeleine sans se rendre en Terre sainte, elle avait tenu à se rendre à Versailles et à la Conciergerie pendant qu'elle effectuait ses recherches sur Marie-Antoinette. Aujourd'hui, après quelques jours seulement en Languedoc, elle devait reconnaître que cette culture ne pouvait s'acquérir à distance.

Jean-Claude n'en avait pas terminé.

— Je vais vous donner un exemple. Vous auriez pu lire une cinquantaine de livres sur Montségur, écrits par des historiens. Mais regardez autour de vous. Si vous n'aviez pas gravi ce sentier, si vous n'aviez pas vu de vos yeux le lieu où fut allumé le bûcher, ni touché de vos mains l'épaisseur de ces murs, comment pourriez-vous comprendre quoi que ce soit ? Venez, je vais vous montrer autre chose.

Maureen suivit le Français jusqu'à l'endroit où s'étaient écroulés les murs de l'imprenable forteresse. Il lui montra la falaise escarpée, la pente abrupte, impitoyable, de plusieurs centaines de mètres. Le vent s'était levé, et soufflait dans les cheveux de Maureen tandis qu'elle essayait de se mettre à la place d'une jeune fille cathare du XIIIe siècle.

— C'est par ici que les quatre survivants se sont échappés. Imaginez la scène. Il fait nuit noire. Vous emportez, serrées sur votre cœur, les reliques les plus précieuses de votre communauté, vous êtes épuisée par des mois d'angoisse et de privations. Vous êtes jeune, et terrifiée. Vous savez que vous survivrez peut-être, mais que tous ceux que vous aimez seront brûlés vifs. Et pendant que vous pensez à tout cela, on vous descend le long de la muraille, par un froid glacial, dans le néant du milieu de la nuit. Et vous avez toutes les chances de tomber et de vous rompre le cou.

Maureen soupira, impressionnée. Ici, la légende devenait réalité.

— Et maintenant, poursuivit Jean-Claude, imaginez que vous lisiez tout cela dans un livre, quelque part à New Haven. Cela ferait une sacrée différence, non ?

— Oui, c'est incontestable.

— J'ai oublié un détail. La plus jeune des filles qui s'est échappée cette nuit-là était sans doute votre ancêtre.

Celle qui prit plus tard le nom de Pascal, et que l'on appela la Pascalina jusqu'à sa mort.

Cette abondance d'ancêtres étourdissait Maureen.

— Que sait-on d'elle ?

— Peu de chose. Elle est morte très vieille, au monastère de Montserrat, à la frontière espagnole, où il subsiste quelques traces de sa vie. On sait qu'elle a épousé un réfugié cathare, en Espagne, et qu'elle a eu plusieurs enfants. On a écrit qu'elle avait apporté une offrande inestimable lors de son entrée au monastère, mais la nature n'en a pas été publiquement révélée.

Maureen se pencha pour cueillir une des fleurs sauvages qui s'épanouissaient entre les pierres du mur écroulé et s'approcha du bord de la falaise qu'avait courageusement descendue, pour sauvegarder la mémoire de son peuple, la jeune cathare qui prendrait le nom de Pascalina. Elle y jeta la fleur en disant une courte prière pour celle qui était peut-être son ancêtre. Cela n'avait d'ailleurs pas tellement d'importance. Cette journée, où elle avait appris l'histoire de ces gens magnifiques, où cette terre s'était offerte à elle, l'avait irrévocablement transformée.

— Merci, murmura-t-elle.

Jean-Claude s'éloigna et la laissa seule. Elle s'abîma dans la contemplation éperdue de son passé et de son avenir, intrinsèquement mêlés à cet énigmatique lieu d'histoire.

***

Maureen et Jean-Claude déjeunèrent dans un petit village au pied de Montségur. Comme il le lui avait annoncé, le restaurant servait une nourriture typiquement cathare, à base de poisson et de légumes.

— On prétend à tort que les cathares étaient strictement végétariens. En fait, ils mangeaient du poisson.

Ils respectaient à la lettre les éléments de la vie de Jésus. Et puisque Jésus avait nourri la foule avec du pain et du poisson, ils croyaient pouvoir inclure le poisson dans leur régime.

Maureen appréciait la nourriture, et la compagnie de Jean-Claude. Sinclair avait raison, c'était un brillant historien. Maureen lui avait posé d'innombrables questions pendant leur trajet de retour, et il y avait répondu patiemment et précisément. Lorsqu'ils furent installés à table, Maureen était prête à affronter celles du Français.

Il commença par s'enquérir des rêves et visions de Maureen. Quelques jours plus tôt, de telles questions auraient mis la jeune femme au supplice, mais son court séjour au Languedoc avait suffi à lui ouvrir l'esprit. Ici, des expériences telles que les siennes étaient monnaie courante, et il était réconfortant de pouvoir en parler à des gens qui la comprenaient.

— Aviez-vous des visions, lorsque vous étiez enfant ?

— Non.

— Vous en êtes sûre ?

— En tout cas, je n'en ai aucun souvenir. Cela a commencé quand j'étais à Jérusalem. Mais pourquoi cette question ?

— Pure curiosité. Poursuivez, je vous en prie.

Jean-Claude l'écoutait, l'interrompait de temps à autre pour se faire préciser un détail. Lorsqu'elle aborda le sujet de sa vision à Notre-Dame, il redoubla d'attention. Maureen le remarqua.

— Lord Sinclair pensait également que cette vision avait une signification.

— En effet. Vous a-t-il parlé de la prophétie ?

— Oui ! C'est passionnant ! Mais cela m'inquiète un peu qu'il croie que je suis l'Élue en question. Le trac, sans doute !

— Ne vous faites aucun souci, répondit le Français en riant. Cela vous viendra tout seul. Vous l'êtes, ou vous ne l'êtes pas, et si vous l'êtes cela vous sera révélé très bientôt. Combien de temps comptez-vous rester dans la région ?

— Nous avions prévu d'y passer quatre jours avant de retourner à Paris. Mais je ne suis plus sûre de rien. J'ai tant à apprendre, à voir, par ici. Je vais me laisser guider par mon instinct.

— Vous est-il arrivé quelque chose de particulier, après la soirée de la nuit dernière ? Avez-vous rêvé ?

— Non. J'étais épuisée, j'ai dormi comme une souche. Pourquoi ?

Jean-Claude balaya la question et demanda l'addition. Lorsqu'il reprit la parole, on aurait dit qu'il se parlait à lui-même.

— Eh bien, le champ se rétrécit.

— Quel champ ?

— Si vous devez nous quitter bientôt, il va falloir essayer de déterminer si vous êtes ou non la descendante de la Pascalina, si vous êtes vraiment l'Élue, celle qui nous conduira jusqu'au grand trésor.

Il adressa un clin d'œil joyeux à Maureen, et l'aida à se lever de table.

— Et maintenant, j'ai intérêt à vous raccompagner avant que Bérenger ne me fasse couper la tête.

***

Comment commencer à écrire sur une époque qui a bouleversé le monde ?

J'ai longtemps hésité, car je redoutais le jour où je devrais revivre ces moments. Cela m'arrive en rêve, sans cesse, mais cela vient tout d'un coup sans tourment préalable. Je ne choisis jamais de raviver ces souvenirs-là. Car, bien que j'aie pardonné à tous ceux qui ont joué un rôle dans les souffrances d'Easa, je n'ai rien oublié.

Mais qu'il en soit comme cela doit. Je suis la seule à pouvoir encore raconter ce qui s'est réellement passé durant les Jours obscurs.

223

Certains disent qu'Easa avait tout prévu, dès le début. Ce n'est pas vrai. Cela lui a été destiné, et il l'a vécu dans sa force, et dans son obéissance à Dieu. Il a bu à la coupe qui lui était tendue, avec une bravoure et une dignité inégalées à ce jour, sauf par sa mère. Seule Marie la Grande a entendu l'appel du Seigneur avec la même clarté. Et elle seule y a répondu avec le même courage.

À nous, pauvres de nous, de tenter d'imiter leur exemple.

Arques. L'Évangile de Marie-Madeleine, Livre des Jours obscurs.

Chapitre 12

Carcassonne

25 juin 2005

Tamara Wisdom et Derek Wainwright avaient tout du banal couple de touristes américains s'apprêtant à visiter la ville fortifiée de Carcassonne. Lorsqu'ils se retrouvèrent dans le hall de l'hôtel de Derek, celui-ci embrassa passionnément la jeune femme, qui le repoussa gentiment.

— Nous aurons tout le temps plus tard, Derek.

— C'est promis ?

— Bien sûr, fit-elle en lui passant la main dans le dos pour mieux établir son emprise. Mais tu sais bien que je suis une véritable droguée du boulot. Dès que nous en aurons fini, nous aurons le reste de la journée devant nous, pour nous amuser.

— D'accord. Allons-y. Je vais conduire.

Derek prit la main de Tammy et l'emmena jusqu'à la voiture qu'il avait louée. Il s'inséra dans la circulation et fit le tour des remparts avant de prendre une petite route qui menait dans les collines.

— Tu es certain qu'on ne risque rien ? demanda Tammy.

— Mais oui, ils sont tous partis pour Paris ce matin. Tous sauf...

— Sauf ?

— Rien, répondit-il après avoir hésité un instant. Rien du tout. L'un d'eux est resté dans le Languedoc, mais il a d'autres chats à fouetter, aujourd'hui, et il n'y a aucune chance qu'il nous tombe dessus.

— Tu veux bien t'expliquer ?

— Pas encore, fit le jeune homme en riant. Je prends assez de risques comme ça. Tu sais ce qu'ils me feront, si je suis pris ?

— Non, dis-moi. Tu auras un gage ?

— Tu peux rire, dit-il. Ils ne plaisantent pas, eux…

Et il se passa le doigt sur le cou, mimant l'égorgement.

— Tu ne parles pas sérieusement ?

— Que si. Révéler les secrets de la Guilde à quelqu'un qui n'en est pas membre est puni de mort.

— C'est arrivé ? Ou est-ce simplement une menace du Croquemitaine, pour rendre plus fascinante la société secrète, et mieux contrôler ses membres ?

— Il y a un nouveau Maître de la Loi, ainsi que nous appelons notre chef. C'est un extrémiste.

Tammy réfléchit pendant quelques instants. Des années auparavant, sous l'effet de l'alcool, Derek lui avait avoué son appartenance à la Guilde. Puis il s'était refermé comme une huître et avait refusé d'en parler davantage. La nuit dernière, pendant la réception, elle lui avait arraché quelques informations supplémentaires. En fin de compte, aidé par l'ivresse et le désir qu'il éprouvait pour elle depuis bien longtemps, il lui avait appris que le quartier général de la Guilde se trouvait dans les environs de Carcassonne. C'était en tout cas à ces deux mobiles que Tammy attribuait les indiscrétions de Derek. Il lui avait même proposé de lui montrer le sanctuaire. Mais, s'il fallait prendre au sérieux le châtiment qu'il évoquait, Tammy ne voulait pas avoir une telle responsabilité sur la conscience.

— Écoute, Derek, si c'est vraiment aussi dangereux, je n'insisterai pas. Sincèrement. Si je me décide à mentionner la Guilde dans mon projet, je prétendrai avoir fait appel à une source anonyme. Retournons à Carcassonne, déjeunons tranquillement ; nous serons en sécurité et tu me donneras quelques tuyaux.

Elle lui avait offert une porte de sortie, mais à sa grande surprise il n'en profita pas.

— Que non ! Je vais te montrer ça ! À vrai dire, je suis même impatient de le faire.

— Pourquoi ? questionna Tammy que cet enthousiasme inquiétait.

— Tu verras !

***

Derek gara sa voiture à plusieurs centaines de mètres de l'entrée. Ils marchèrent le long de la route puis empruntèrent une étroite allée non pavée. Cent mètres encore et la chapelle de pierre apparut, celle-là même où les membres de la Guilde avaient célébré leur office la nuit précédente.

— Voilà l'église. Si tu veux, nous y entrerons tout à l'heure.

Tammy acquiesça, curieuse de découvrir où il l'entraînait. Elle connaissait Derek depuis des années, mais il n'avait jamais été plus qu'une simple relation. Et elle comprenait qu'elle n'en savait pas assez sur lui pour jauger ses motivations profondes. Tout d'abord, elle les avait crues primaires, de banales pulsions masculines qu'elle n'aurait aucun mal à gérer. Mais elle sentait chez lui une détermination qu'elle ne lui soupçonnait pas, et qui l'effrayait. Heureusement, Sinclair et Roland savaient où elle était.

Ils parvinrent devant une sorte de longue grange, derrière l'église, et Derek ouvrit la porte avec une clé. L'apparence extérieure du bâtiment ne laissait en rien présager le décor intérieur de la salle de réception de la Guilde, entièrement dorée et aux murs recouverts

227

d'œuvres d'art, exclusivement des copies de toiles de Léonard de Vinci. Deux versions de son *Saint Jean-Baptiste* étaient accrochées au mur face à la porte, de telle façon que c'était la première chose que l'on voyait en entrant.

— Mon Dieu! C'est donc vrai! Vinci était un johannite. Un véritable hérétique.

— C'est une question de point de vue, se récria Derek en riant. Pour la Guilde, ce sont les adeptes du Christ qui sont les hérétiques. Nous l'appelons « L'usurpateur » ou « le mauvais prêtre ».

Du geste, Derek engloba les œuvres qui se trouvaient dans la pièce, et reprit la parole avec emphase.

— Léonard de Vinci fut le Maître de la Loi de son époque, le chef de notre Guilde. Jean-Baptiste était pour lui le seul et véritable Messie, et il croyait que Jésus avait utilisé les femmes pour lui voler sa place.

— Ce serait donc la faute des femmes?

— Oui. Notre tradition se fonde sur cette base. Salomé et Marie-Madeleine auraient tramé la mort de notre Messie dans le but de lui substituer leur faux prophète. La Guilde les considère toutes les deux comme des prostituées. Depuis toujours, et pour toujours.

— Et tu y crois, toi? Bon sang, Derek, jusqu'où es-tu impliqué dans cette théorie? Et comment as-tu pu me le cacher?

— Nous sommes des spécialistes du secret. Quant à nos croyances, j'ai été élevé dedans et j'ai étudié les textes pendant des années. Ils sont très convaincants, tu sais.

— Qu'est-ce qui est convaincant?

— Les matériaux que nous possédons. Un surtout, que nous appelons *Le Vrai Livre du Saint-Graal*. Il nous a été transmis par les premiers disciples de Jean-Baptiste, à l'époque romaine. On y trouve tous les détails sur les événements qui ont causé la mort de Jean. Je suis certain que ça te passionnera.

— Je pourrais le voir?

— J'en ai un exemplaire dans ma chambre, à ta disposition.

Le sous-entendu était plus que manifeste, Tammy ne
s'y trompa guère, mais s'efforça de cacher sa colère.
Elle devinait sans peine ce que Derek exigerait en
échange du précieux document. La jeune femme remit
ce souci à plus tard, et s'intéressa aux autres tableaux.

— As-tu remarqué qu'ils ont une particularité
commune ?

— Autre que celle d'être de Léonard de Vinci ? Non.
Au début j'ai cru qu'ils représentaient tous Jean-Baptiste,
mais c'est faux. Là-haut, on dirait un détail de *La Cène*,
mais à la lumière de ce que tu viens de m'apprendre,
cela n'aurait aucun sens. Pourquoi auriez-vous une
copie de ce tableau si la Guilde considère Jésus comme
un usurpateur et Marie-Madeleine comme responsable
de la mort de Jean ?

— Voilà pourquoi, dit Derek en levant la main droite,
l'index pointé vers le ciel, le pouce recourbé et les trois
autres doigts repliés vers le bas.

Tammy le regarda, et s'aperçut que l'un des apôtres
représentés sur le tableau de De Vinci faisait le même
geste et qu'il brandissait sa main de façon presque menaçante devant le visage de Jésus.

— Que signifie ce geste ? je l'ai déjà remarqué, sur le
tableau de Jean-Baptiste qui est au Louvre. Celui-là,
ajouta Tammy en désignant une des copies. Je suppo-
sais que le doigt levé faisait référence au ciel.

— Allons, Tammy, tu sais bien que notre ami Léonard
a toujours brouillé les pistes. Il s'agit du geste que nous
appelons le « Souviens-toi de Jean », et il a de multiples
sens. Regarde bien, les doigts forment la lettre J, l'initiale de Jean. L'index droit levé représente le chiffre Un.
Le geste signifie donc que Jean est le premier Messie.
Une dernière chose, sur ce geste, et peut-être la plus
importante : la relique.

— Vous possédez une relique de Jean ?

— Dommage qu'elles ne soient pas ici, je te les aurais montrées, mais le Maître de la Loi ne s'en sépare jamais. Nous possédons les os de l'index droit de Jean, ce doigt qui est notre mot de passe depuis mille ans. Les chevaliers et les nobles se reconnaissaient ainsi discrètement. Nous l'utilisons encore. Et le doigt de Jean participe à nos cérémonies d'initiation, ainsi que sa tête.

— Ne me dis pas que vous avez la tête de Jean ?

— Mais si ! Le Maître de la Loi la fait reluire chaque jour. Elle est au centre de tous nos rituels.

— Comment pouvez-vous être sûrs que ce soit la sienne ?

— La tradition. On se la transmet depuis longtemps. Son histoire est fascinante, tu la liras dans *Le Vrai Livre du Saint-Graal*. Tiens, regarde, voilà encore l'index. On le retrouve dans chaque tableau.

Malgré l'importance du sujet dont ils discutaient, Tammy remarqua que la faculté d'attention de Derek semblait limitée et qu'il sautait du coq à l'âne. Était-ce intentionnel ? Respectait-il un programme ? Jusqu'alors, elle ne l'avait pas crédité d'une grande intelligence mais il lui semblait tout d'un coup qu'elle l'avait largement sous-estimé. L'esprit en alerte, la jeune femme s'efforça de paraître insouciante malgré le sentiment de crainte qui l'envahissait. Ce type était-il un fanatique ? Comment n'avait-elle pas perçu la profondeur de son implication ? Quel risque courait-elle en sa compagnie ?

Il continuait à lui montrer les tableaux et à lui faire remarquer le fameux geste. Sur l'une des toiles, Jean-Baptiste lui-même le faisait. Dans *La Cène*, c'était un des apôtres, Thomas, manifestement très en colère.

— Plusieurs des apôtres étaient des disciples de Jean avant que Jésus ne se manifeste. Sur ce tableau, une des versions de *La Cène*, Jésus annonce que l'un d'entre eux le trahira. Thomas le confirme, et lui dit pourquoi en faisant le geste du « Souviens-toi de Jean ». « Tu connaîtras, dit-il au faux prophète, le même sort que

Jean. Tu seras martyrisé, tout comme lui, et ce sera un juste retour des choses. »

Cette interprétation surprenante de l'une des œuvres les plus connues au monde bouleversait Tammy, qui ne put résister à lui poser encore une question.

— Tu ne crois donc pas à la présence de Marie-Madeleine à côté du Christ, lors de ce dernier souper.

En guise de réponse, Derek cracha par terre.

— Voilà ce que je pense de cette théorie, et de ceux qui y croient.

Le jeune Américain poursuivit avec deux versions de *La Madone au Rocher* la leçon d'histoire de l'art qu'il dispensait à Tammy.

— Regarde le tableau de droite. On avait commandé à Léonard de Vinci un tableau représentant la Vierge et l'Enfant, pour la fête de l'Immaculée Conception. Apparemment, la toile ne fut pas appréciée par la Confrérie de l'Immaculée Conception, qui la refusa. Mais pour la Guilde, c'est un classique et nous en possédons tous une copie chez nous.

Au centre du tableau, la Vierge entourait un enfant de son bras droit tandis qu'elle posait le bras gauche sur la tête d'un autre enfant, assis en dessous d'elle. Un ange observait la scène.

— Tout le monde pense que c'est Marie, mais c'est faux. Le titre original du tableau était *La Madone au rocher*, et non *La Vierge au Rocher*. Regarde bien. C'est Élisabeth, la mère de Jean-Baptiste.

— Qu'est-ce qui te le prouve ?

— Tout d'abord, la tradition de la Guilde. Nous le savons, rétorqua l'Américain avec une arrogante suffisance. Et aussi l'histoire de l'art. Un énorme conflit a surgi entre Vinci et la Confrérie au sujet du paiement de cette toile. Donc, il leur a fait croire qu'il leur donnait la scène traditionnelle qu'ils avaient commandée. Mais en réalité, il a peint une version conforme à notre philosophie, pour se moquer d'eux. Il aimait s'amuser, tu sais. Beaucoup de ses tableaux sont de véritables défis à l'Église officielle, et il tirait toujours son épingle du jeu, parce qu'il était beaucoup plus intelligent que ces crétins de papistes.

Tammy, surprise par le fanatisme de Derek, qu'elle n'avait jamais eu l'occasion de soupçonner, se sentait de plus en plus mal à l'aise. Elle s'assura que son téléphone portable était bien dans sa poche et qu'elle pourrait lancer un appel de détresse en cas de besoin. Mais son instinct d'auteur et de réalisatrice était en éveil. Ce qu'elle tenait, c'était de l'or en barre. Oserait-elle s'en servir ?

Derek était lancé sur son idole, Léonard de Vinci.

— Savais-tu que *La Joconde* est en fait un autoportrait ? Il s'est peint lui-même, et a transformé le portrait en cette Mona Lisa que nous connaissons. Pour s'amuser. Il serait sûrement ravi de voir les milliers de gens qui font la queue pendant des heures pour la voir. Il haïssait les femmes, à cause de sa mère. Il a même édicté des règles encore plus restrictives pour les femmes pendant qu'il dirigeait notre Guilde, afin de lès punir toutes de la détestable enfance qu'il avait eue. Son amendement est dans *Le Vrai Livre*, tu le verras.

Sa mère naturelle, poursuivit Derek, l'avait abandonné dès l'enfance, et il eut à subir les mauvais traitements d'une belle-mère odieuse. En fait, et selon les documents d'époque, les relations de Léonard de Vinci avec les femmes ont toujours été négatives, ou traumatisantes. Les historiens font largement état de son aversion pour la gent féminine, et rapportent aussi qu'il a été arrêté pour sodomie. Mais il salit définitivement sa réputation en s'attachant les services d'un jeune apprenti de dix ans, dont il fit son compagnon durant plusieurs années. Sa vie privée était certes scandaleuse, mais il n'eut jamais d'ennuis avec les autorités car il peignait pour l'Église et comptait parmi ses protecteurs des hommes riches et puissants, qui s'interposaient en sa faveur.

Chaque fois qu'il devait peindre une femme, comme la Mona Lisa, il s'en tirait par une plaisanterie, pour s'amuser. C'est ainsi qu'il supportait de peindre des sujets qui ne lui plaisaient pas. Il ne respectait qu'une seule femme, poursuivit Derek en se retournant vers *La Madone au Rocher*, Élisabeth, épouse et mère parfaite. La véritable Madone. Regarde, la voici, avec son enfant dans les bras. On voit bien que c'est Jean.

Tammy hocha la tête. On ne pouvait nier que l'enfant blotti dans les bras de la femme était bien Jean-Baptiste.

— Et maintenant, regarde la main gauche d'Élisabeth. Elle repousse l'Enfant Jésus, pour bien montrer qu'il est inférieur à son fils. Vinci a même peint Jésus en dessous de Jean, pour que ce soit encore plus clair. Et enfin, observe les yeux de l'ange Uriel. Qui regarde-t-il avec adoration ? Et sur le premier tableau, que fait-il ? Il montre Jean du doigt, et il fait aussi le geste symbolique du « Souviens-toi de Jean ».

La Confrérie de l'Immaculée Conception n'apprécia pas du tout le message johannite du tableau. Ils en commandèrent un autre à Vinci, et exigèrent que Marie et Jésus soient auréolés d'un halo et que l'ange ne désigne pas Jean. Observe attentivement, et tu vas voir qu'ils ont obtenu satisfaction, si l'on peut dire. Marie et Jésus ont une aura, mais Jean aussi. Et il a mis une crosse baptismale dans la main de Jean, pour signifier son identité et lui donner de l'autorité. Sur les deux toiles, Jésus accorde sa bénédiction à Jean. Alors, à ton avis, qui Vinci révérait-il comme le véritable Messie ?

— Jean-Baptiste, c'est manifeste, déclara honnêtement Tammy.

— Évidemment. Uriel affirme la supériorité de Jean, tout comme sa mère. Dans notre tradition, nous vénérons Élisabeth exactement comme les chrétiens dupés vénèrent la mère de Jésus. Dans nos familles, les filles sont élevées à l'image d'Élisabeth, afin de devenir des Filles de la Loi.

— Ce qui signifie ? demanda Tammy.

— Que les femmes se tiennent à leur place, répliqua Derek avec un sourire, et en se rapprochant de la jeune femme. Et leur place, c'est d'obéir aux hommes, et de les servir, leur vie durant. Mais leur sort est plus enviable que tu ne pourrais le croire. Lorsqu'elles accouchent d'un fils, elles reçoivent le titre d'Élisabeth, et on les traite en reines. Si tu voyais les diamants qui ont été offerts à ma mère lors de chacune de nos naissances… Crois-moi, si tu savais la vie privilégiée qu'elle mène, tu n'éprouverais pas la moindre pitié pour elle !

— Et tu approuves ? Tu penses que les femmes sont inférieures ?

Tammy ne voulait pas montrer sa nervosité croissante, elle tentait donc de discuter.

— Je te l'ai déjà dit, c'est la façon dont j'ai été élevé. Ça me convient très bien.

Tammy secoua la tête et partit d'un rire nerveux et ironique à la fois.

— Qu'est-ce qui t'amuse ?

— Je pensais à cette pièce, dédiée à l'hérésie de Vinci, et je la comparais à celle de Sinclair, avec son hérésie Botticelli. Ça pourrait s'appeler Renaissance, combat à mort : Leonardo contre Alessandro.

— Ce serait drôle si ce n'était pas aussi furieusement sérieux, fit Derek sans rire. La rivalité entre les descendants de Jésus et ceux de Jean-Baptiste a fait couler des torrents de sang. Et les problèmes ne sont encore pas résolus, loin de là !

Tammy regarda Derek, et feignit l'étonnement. Elle ne voulait pas qu'il sache qu'elle avait très bien compris où il voulait en venir.

— Les descendants de Jean ?

— Évidemment ! Ne me dis pas que tu l'ignorais ?

— Mais si, fit Tammy, fidèle à son personnage. Explique-moi, je t'en prie.

— Tu ne savais pas que Jean avait eu un fils ? Ce sont ses descendants qui ont fondé notre Guilde. C'est une longue histoire. La moitié d'entre eux s'est finalement vendue aux papistes, et aux disciples du Christ ; comme par exemple les Médicis, ajouta-t-il avec une moue de dégoût en prononçant le nom de la plus célèbre des familles italiennes. Même Vinci a fini par se mettre au service de l'ennemi, à la fin de sa vie, bien que nous pensions qu'il a été retenu en France contre sa volonté. Mais l'autre moitié, le noyau dur, a fondé notre Guilde. En fait, tu contemples de tes propres yeux un arrière-arrière-petit-fils de Jean-Baptiste.

***

Tammy redoutait l'inévitable : se retrouver dans la chambre de Derek, et le pire restant à venir. Mais comment y échapper ? Il fallait qu'elle mette la main sur ce pseudo *Vrai Livre du Saint-Graal*, et qu'elle en sache plus sur ces prétendus descendants de Jean. On lui offrait l'occasion d'être la première personne extérieure à la Guilde à détenir ces informations, elle n'allait pas la refuser. Parmi les gens qu'elle fréquentait, nul n'avait jamais imaginé que cette histoire remontait si loin. Ce livre, il le lui fallait ! Pour son film, pour ses amis des Pommes Bleues, et surtout pour Roland. Ce dernier ne se douterait bien entendu jamais de l'étendue du sacrifice consenti par Tammy pour obtenir ce document, elle inventerait à son intention une histoire plausible. Comme le chauffeur du château passait la prendre en fin d'après-midi, elle aurait le temps d'élaborer son mensonge pendant le trajet de retour vers Arques.

Avant de rentrer à l'hôtel de Derek, Tammy insista pour aller déjeuner et ne cessa, durant le repas, de commander le fameux vin rouge rubis de la région et de servir copieusement Derek. Elle l'avait vu prendre des

235

médicaments pour lutter contre sa gueule de bois de la nuit précédente et nourrissait le fragile espoir que le mélange de ces drogues et du vin aurait raison de lui.

Au cours du repas, Derek lui avoua qu'il lui racontait les secrets de la Guilde dans le but qu'elle les expose dans son film ou dans un livre. Il ne témoignerait jamais en personne, car, même s'il respectait son programme, il n'était pas fou, mais il voulait que quelqu'un révèle la vérité sur la Guilde.

— Mais pourquoi ? lui demanda Tammy, qui ne comprenait pas sa stratégie.

Derek était manifestement immergé dans cette société secrète, il avait été imprégné de ses enseignements. Grâce à la Guilde, sa puissante famille avait accumulé des richesses. Pourquoi trahirait-il ?

— Écoute-moi bien, Tammy. Je suis prêt à te dire beaucoup de choses, et notamment au sujet de graves délits. Et même de crimes de sang. Mais si tu me cites, tu me condamnes à mort.

— Je ne comprends toujours pas. Pourquoi retournes-tu ta veste contre une organisation qui est si importante pour toi et pour ta famille ?

— À cause du nouveau Maître de la Loi. Cromwell. C'est un salaud, un dangereux cinglé, il nous entraînera dans l'abîme. C'est par loyauté que je parle. Notre seul espoir de sauver la Guilde est de l'écarter de sa direction avant qu'il n'ait provoqué de trop graves dégâts. C'est lui que je désire mettre en péril, pas la Guilde. Il faut que tu le montres comme un fanatique, un extrémiste, un fou.

— Pourquoi moi ?

L'inquiétude de Tammy allait croissant. Tout cela allait beaucoup plus loin qu'elle ne l'avait prévu, et se révélait plus sordide encore.

Derek lui caressa le bras du bout des doigts.

— Parce que tu es ambitieuse, et que je te fournirai des informations exclusives, pour un livre et pour un film. Et aussi parce que je dispose de fonds illimités, supérieurs au produit national brut de beaucoup de nations indépendantes, et que tu sais que je financerai tes projets, quel que soit leur prix.

— Évidemment, fit doucement Tammy qui posa sa main sur celle de l'Américain en refoulant sa nausée, car elle n'avait pas le choix.

Derek ne lui avait pas tout dit : en fait, la délégation américaine de la Guilde fomentait le projet de prendre le pouvoir sur l'organisation. Pour y parvenir, il fallait donner un grand coup de balai en Europe, afin d'éliminer les obstacles que représentaient les actuels dirigeants. Il était prévu que son père, Éli Wainwright, soit élu nouveau Maître de la Loi, et que Derek lui succède un jour. À condition de neutraliser les tenants européens du pouvoir.

Le jeune homme eut un sourire rusé de prédateur. Il se servait de Tammy depuis longtemps. Si elle s'imaginait devoir les confidences qu'il lui avait faites à ses charmes féminins, elle n'était qu'une pauvre idiote, qui méritait d'être utilisée comme il en avait l'intention. Ce qui ne l'empêcherait pas de terminer agréablement l'après-midi. Cette petite garce le faisait lanterner depuis assez longtemps.

***

Tout en rassemblant ses affaires éparpillées dans la pièce, Tammy s'efforçait de ne pas réveiller Derek. Bon sang ! Elle n'avait qu'une envie : quitter cette chambre au plus vite et se retrouver au château, en sécurité, pour prendre une bonne douche. Une question lui traversa l'esprit : combien de temps lui faudrait-il pour effacer de sa peau les torrents de boue que le fanatisme de la Guilde y avait déversés ?

Elle avait eu de la chance, le pire avait été évité. Ses calculs s'étaient avérés justes et Derek s'était écroulé sous l'effet du mélange de vin et de médicaments.

Au début, c'était tangent ; on aurait juré que l'Américain n'avait pas assez de mains pour la peloter outrageusement, mais elle avait habilement réussi à orienter de nouveau ses pensées sur son obsession principale : la chute de son rival, John Simon Cromwell. Elle lui avait fait observer que s'il voulait qu'elle s'associe à son dangereux projet, elle devait disposer du maximum d'informations possible, et Derek lui avait donné ce qu'il avait promis, et encore davantage : des documents, des secrets, et même la description horrifique d'un meurtre odieux qui avait eu lieu à Marseille, quelques années auparavant.

En écoutant ce récit du brutal assassinat d'un Languedocien, Tammy avait fait appel à toute sa force intérieure pour ne pas vomir. L'homme avait été décapité et mutilé : on lui avait coupé l'index droit, pour signifier la vengeance de la Guilde. Un tel acte aurait révulsé Tammy de toute façon. Mais en plus, elle connaissait l'homme en question : c'était l'ancien grand maître de la Société des Pommes Bleues. Derek ne devant pas savoir qu'elle avait identifié la victime, elle avait donc réussi à conserver un visage impassible.

En ramassant son sac, elle fit tomber une lampe de table, qui se fracassa au sol. Derek se réveilla.

— Eh, grommela-t-il, où tu vas ?

— La voiture de Sinclair est arrivée pour me ramener à Arques. J'ai rendez-vous là-bas pour dîner ; avec Maureen.

Il essaya de se redresser, se prit la tête à deux mains et grogna misérablement avant de retomber sur le dos.

— Bon sang ! j'avais oublié de t'en parler, de celle-là !

— Oublié quoi ?

— Elle risque d'avoir des problèmes, aujourd'hui.

— Quels problèmes ?

— Elle est sortie avec Jean-Claude de La Motte, non ?

Derek roula sur le côté tandis que Tammy acquiesçait, sans comprendre où il voulait en venir.

— Réveille-toi, ma fille ! Jean-Claude est des nôtres. Enfin, je devrais plutôt dire « des leurs ». C'est le bras droit de notre taré Maître de la Loi, et le chef de la section française. Depuis une éternité. Son vrai nom n'est même pas Jean-Claude, mais Jean-Baptiste. Il ne lui fera sans doute pas de mal. Enfin, pas encore. Ils ont trop envie qu'elle trouve le prétendu trésor pendant son séjour. Et nous savons tous les deux qu'elle dispose d'un temps limité.

Tammy avait la tête qui lui tournait. Elle n'arrivait pas à digérer aussi rapidement la supercherie de Jean-Claude, un ami de longue date de Sinclair et de Roland, qui lui faisaient entièrement confiance. Depuis combien de temps les avait-il infiltrés ? Et une angoisse encore plus grande la tourmentait. Elle tenta de cacher ses craintes et interrogea Derek avec un calme qu'elle était loin d'éprouver.

— Selon l'histoire, l'Élue est éliminée avant que le trésor ne soit découvert. Pourquoi serait-ce différent cette fois-ci ? Si Jean… Baptiste et votre chef croient que Maureen est la femme de la prophétie, pourquoi ne se débarrasseraient-ils pas d'elle avant qu'elle ne remplisse son rôle ? Comme ils l'ont fait avec Jeanne et Germaine ?

— Parce qu'ils veulent qu'elle les conduise au livre de Madeleine avant, afin de le détruire une fois pour toutes. Ensuite, je ne donne pas cher de ta copine ! Elle n'aura sûrement pas le temps d'écrire une seule ligne.

— Pourquoi me dis-tu tout cela ?

— Parce que je veux que Jean-Baptiste plonge, lui aussi. Et que j'imagine que lorsque Sinclair sera au courant, il me rendra le service de supprimer ce gêneur de Français pour moi.

Tammy aurait voulu lui jeter au visage que Sinclair et ses amis n'étaient pas des monstres cruels, comme lui et ceux de la Guilde. Mais elle préféra se taire, et s'en aller.

Derek la retint.

— En attendant, si j'étais toi, je dirais à la rousse de quitter le Languedoc en courant.

Tammy, la main sur la poignée de la porte, se retourna vers l'Américain pour lui poser une dernière question, et mesurer à quel point elle s'était trompée sur lui, depuis tant d'années.

— Et toi, Derek, que penses-tu de tout ça ? dit-elle doucement.

— Je m'en fiche complètement, fit-il du ton de suprême ennui de celui qui n'a qu'une envie : retomber dans son sommeil d'alcoolique. Ta copine a l'air assez sympathique, mais c'est un suppôt de Jésus, donc mon ennemie naturelle. C'est comme ça. Tu ne comprends sans doute pas, mais nos croyances sont enracinées dans le temps. Quant à la découverte du manuscrit de la putain, tout le monde a l'air de croire que cette fois-ci sera la bonne, parce que cette fille répond à toutes les exigences de la prophétie. Mais je m'en moque, personnellement. Quelle importance ?

Il se releva sur le coude, la regarda en face.

— Ce qui est amusant, tu vois, c'est que personne, absolument personne, n'en veut de ce manuscrit. Le Vatican ne l'authentifiera pas, à cause de son contenu, et les autres courants de la chrétienté non plus. Les historiens n'en voudront pas, parce qu'il ferait passer pour des imbéciles tous les universitaires et autres spécialistes de la Bible. Il y a donc toutes les chances pour que nos ennemis l'enterrent avant que quiconque n'en connaisse la teneur. Ils résoudront alors le problème sans qu'on ait à se donner le moindre mal. Voilà comment je vois les choses.

Il bâilla largement, comme si la question était trop futile pour qu'on lui accordât plus d'attention, et se remit sur le dos.

— Nous, bien sûr, nous méprisons ce document, parce qu'il renferme certainement des mensonges sur Jean-Baptiste. Et parce qu'il est de la main d'une putain.

***

Quitter cet hôtel, s'éloigner de Derek et de l'odieuse philosophie de la Guilde, voilà tout ce à quoi aspirait Tammy. Mais il y avait une urgence : savoir où était Maureen. Elle agrippa son téléphone portable et composa le numéro de Roland.

La liaison était très mauvaise, mais elle reconnut l'accent occitan de son ami. Elle hurla pour se faire entendre.

— Maureen ! Sais-tu où est Maureen ?

Bon sang ! Elle n'entendait rien ! Elle hurla encore une fois.

— Je ne t'entends pas, Roland ! Crie, je t'en prie !

— Elle est ici. Maureen est ici.

— Tu en es sûr ?

— Mais oui, elle te cherchait, elle...

La liaison s'interrompit. Ça vaut mieux, se dit Tammy, je ne veux pas parler à Roland avant d'avoir eu le temps de réfléchir. Puisque Maureen était au château, et en sécurité, elle avait le temps de retrouver ses esprits. Et, avant le dîner, elle s'entretiendrait avec Sinclair, afin d'établir un plan de bataille.

Elle vérifia l'heure sur son portable. Il lui restait une demi-heure avant son rendez-vous avec le chauffeur, aux portes de la ville. Si ses jambes flageolantes voulaient bien la porter, elle pouvait y aller à pied, ce n'était pas loin. Elle se mit en marche, en songeant aux horreurs que lui avait révélées Derek. Cette évocation la rendit si malade qu'elle sentit son estomac se retourner et n'eut que le temps de se cacher dans les buissons du jardin d'un petit hôtel avant de vomir tripes et boyaux.

***

Château des Pommes Bleues

25 juin 2005

Maureen se sentait coupable de négliger Peter. Mais lorsqu'elle rentra de sa promenade avec Jean-Claude, elle ne le trouva pas.

— Je n'ai pas vu l'abbé depuis ce matin, lui déclara Roland. Il a pris son petit déjeuner assez tard, puis je l'ai vu partir au volant de votre voiture de location. Peut-être est-il allé à l'église ? C'est dimanche.

Maureen hocha la tête sans rien dire. Peter avait l'habitude de voyager, et parlait très bien français. Rien d'inquiétant à ce qu'il ait voulu aller tout seul à la messe, ou visiter la région.

Il était prévu qu'elle dîne au château avec Tammy, ce dont elle se réjouissait, mais pas au risque de blesser Peter.

— Roland, avez-vous un moyen de joindre Tamara Wisdom ? J'ai oublié de lui demander si elle avait un téléphone portable.

— Elle en a un. Je peux essayer de la contacter, si vous voulez. D'ailleurs j'ai une question à lui poser de la part de lord Sinclair. Quelque chose vous tracasse ?

— Non. Je me demandais simplement si cela l'en-nuierait que Peter dîne avec nous.

— Certainement pas, mademoiselle Pascal. Je pense même qu'elle suppose qu'il sera avec vous. Elle m'a demandé de dresser la table pour quatre, à huit heures.

Maureen regagna sa chambre après avoir remercié Roland. En chemin, elle frappa à la porte de la chambre de Peter, mais n'obtint aucune réponse. Elle l'entrouvrit et passa la tête à l'intérieur. Les affaires de Peter étaient rangées à côté de son lit : sa Bible reliée de cuir, son chapelet de perles de cristal.

Une fois dans sa chambre, Maureen sortit le plus gros de ses cahiers de moleskine. Elle voulait écrire ses impressions sur Montségur tant qu'elles étaient bien présentes à sa mémoire. Mais en déliant l'élastique qui fermait le cahier, ce furent les images d'un autre martyre qui lui vinrent à l'esprit.

**

Lors de son séjour en Terre sainte, Maureen avait escaladé les montagnes abruptes de la région de la mer Morte, au lever du soleil. Elle avait grimpé le long d'un sentier sinueux, en compagnie d'autres pèlerins, sans bien comprendre ce qui l'incitait à entreprendre cette fatigante randonnée. Malgré l'heure matinale, la chaleur était déjà écrasante. Ses compagnons étaient tous juifs, et leurs motivations étaient évidentes. Mais Maureen n'avait aucune raison de se réclamer de leur héritage, ni de leur religion.

Elle fit plusieurs haltes, pour admirer les lumières et les couleurs qui jouaient dans l'étrange paysage lunaire, et étincelaient sur les cristaux de sel des eaux dormantes. Leur beauté presque douloureuse lui donna la force nécessaire pour bander ses muscles et reprendre son ascension.

Des bribes de conversation lui parvenaient. Elle ne comprenait pas l'hébreu, mais la passion qui habitait les pèlerins était évidente. Elle se demanda s'ils parlaient des martyrs de Massada, qui avaient préféré mourir plutôt que se rendre et livrer leurs femmes et leurs enfants à l'esclavage de Rome.

Parvenue au sommet, elle parcourut les vestiges de l'ancienne forteresse, dont il ne restait que murs écroulés et pièces en ruine. Le site était assez grand pour qu'elle se retrouve bientôt seule, à bonne distance des pèlerins qui exploraient d'autres parties du lieu sacré. Tout était immobile et plongé dans un silence de mort, aussi tangible que les pierres. Impressionnée, enfermée dans ses sensations, elle contemplait presque distraitement les vestiges d'une mosaïque romaine. Et elle la vit.

Comme les précédentes visions, celle-ci lui apparut brusquement, sans le moindre avertissement. Sans se rappeler comment, elle sut que l'enfant était là, qu'il y avait une présence, à ses côtés. À quelques mètres, une fillette de quatre ou cinq ans, les vêtements déchirés, le visage ruisselant de larmes mêlées à de la boue, l'observait de ses immenses yeux noirs. Elle ne prononça pas un seul mot, mais Maureen sut qu'elle s'appelait Hannah, et qu'elle avait été le témoin d'événements dont tout enfant devrait être protégé.

Maureen eut aussi la certitude que la fillette avait survécu à l'indicible tragédie de Massada, pour devenir la gardienne de cette mémoire, et transmettre la vérité sur le sort de son peuple.

Le temps semblait s'arrêter, lors de ses visions. Elle n'aurait pu dire combien de temps l'enfant resta près d'elle. Quelques minutes ? Quelques secondes ? Ou l'éternité ?

Un peu plus tard, Maureen s'entretint avec un guide israélien, un homme jeune et sympathique. Elle se surprit à lui parler de sa rencontre avec la fillette. Le guide haussa les épaules. À son avis, il n'y avait là rien d'extraordinaire, dans un site aussi chargé d'émotions. Et il lui raconta une légende, selon laquelle une femme et ses enfants avaient échappé au massacre en se cachant dans une grotte, afin de pouvoir dire la vérité sur ce qui s'était passé.

La petite Hannah, se dit Maureen, devait être l'un de ces enfants.

Elle s'était bien souvent demandé pourquoi ces visions lui étaient apparues, à elle qui s'en sentait indigne, qui ne méritait pas que lui soient ainsi révélés les mystères de l'histoire la plus sacrée du peuple juif. Mais à la suite de sa visite de Montségur, les éléments se mettaient en place et l'image globale se précisait. La petite Hannah et la Pascalina cathare étaient parentes, d'esprit sinon de sang. Elles étaient les enfants chargées de transmettre l'histoire et la vérité aux générations futures. Leur destin était de devenir les détentrices sacrées de savoirs qui ne devaient pas se perdre. Elles incarnaient l'histoire et la survie de la race humaine, et leurs expériences ne connaissaient pas de frontières, car leurs récits appartenaient à tous les peuples, quelles que soient leur ethnie, leur religion.

Grâce à elles, les peuples pourraient peut-être se rassembler, dans la conscience commune de ne constituer qu'une seule et même tribu.

Maureen referma son journal en murmurant un remerciement qui s'adressait à Hannah et à Pascalina.

***

Tammy se précipita dans les couloirs du château en espérant ne croiser personne avant d'avoir pris une douche. Elle était épuisée, et se sentait souillée. Mais Roland l'intercepta au moment où elle allait entrer dans sa chambre.

Il lui en ouvrit la porte et la suivit à l'intérieur.

— Tout va bien ? lui demanda-t-il, très inquiet.

— Mais oui, très bien.

Pendant le trajet en voiture, Tammy avait imaginé le discours qu'elle servirait à Roland, mais ses résolutions fondirent lorsqu'elle leva les yeux sur le bon géant. Elle se sentait si soulagée d'être de retour, en sécurité, avec lui, qu'elle se jeta dans ses bras et se mit à sangloter.

— Tamara, que s'est-il passé ? fit-il, stupéfait par cette faiblesse qu'il n'avait jamais soupçonnée. Il t'a fait du mal ? Il faut me le dire.

— Non, il ne m'a rien fait, mais…

Tammy tenta de se calmer, elle cessa de pleurer, regarda Roland.

— Mais quoi ? Parle !

— Roland, murmura-t-elle en caressant le visage anguleux et massif qu'elle avait appris à aimer, Roland, tu avais raison au sujet du meurtre de ton père. Et maintenant, je crois que je peux le prouver.

**

Easa était l'enfant annoncé par la prophétie, tout le monde le savait. Et la prophétie lui prévoyait un destin qui devait être précisément accompli. Easa l'accepta. Il ne le fit pas pour sa gloire personnelle mais pour que son rôle de Messie soit plus facilement compris et adopté par les enfants d'Israël. Plus la vie d'Easa correspondrait exactement aux termes de la prophétie, plus fort serait le peuple lorsqu'il serait parti.

En dépit de tout ce que nous savions, nous ne nous attendions pas à ce qui suivit.

Easa entra à Jérusalem à dos de mule, comme l'avait annoncé le prophète Zacharie. Nous le suivions, en chantant des psaumes. Une foule immense se joignit à nous dans les rues de la ville. L'air semblait empli de joie et d'espoir. Les compatriotes de Simon, les zélotes, vinrent à notre rencontre. Et même des représentants du groupe des ésséniens, qui vivaient en reclus dans le désert, avaient rompu leur isolement pour nous accompagner.

Les enfants d'Israël se réjouissaient, car l'élu était venu, et les libérerait de Rome, de l'oppression, de la pauvreté, de la misère. Le fils de la prophétie était devenu un homme, le Messie. Et la force de notre nombre habitait nos cœurs.

**Arques. L'Évangile de Marie-Madeleine,
Livre des Jours obscurs.**

Chapitre 13

Château des Pommes Bleues

25 juin 2005

Lorsqu'il y avait des invités, les dîners au château étaient toujours raffinés, et ce soir ne ferait pas exception. Bérenger Sinclair n'avait ménagé ni son personnel de cuisine ni sa cave et le repas était digne d'un festin médiéval, en qualité comme en quantité. La conversation se révéla tout aussi roborative. En comédienne consommée, Tammy avait repris ses esprits. Impertinente, aguichante, elle était parfaitement fidèle à ce que l'on attendait d'elle.

Quant à Maureen, elle était heureuse d'entendre Sinclair et Tammy discuter avec Peter, dont elle savait qu'au cours d'une discussion portant sur la théologie, il ne serait pas à court d'arguments. Elle en avait souvent fait l'expérience.

Sinclair enfourcha son cheval de bataille.

— L'histoire nous enseigne que le Nouveau Testament, tel que nous le connaissons aujourd'hui, fut élaboré lors du concile de Nicée. L'empereur Constantin et son concile avaient le choix entre plusieurs Évangiles. Ils en sélectionnèrent quatre seulement, et ces quatre-là furent considérablement modifiés. Cet acte de censure a changé le cours de l'histoire.

— Ce qui conduit à s'interroger sur tout le reste de ce qu'il a décidé de nous cacher, renchérit Tammy.

Cet argument, mille fois entendu, ne gênait aucunement Peter. Il étonna ses deux adversaires potentiels par sa réponse.

— Et ce n'est pas tout. N'oubliez pas que nous ne sommes même pas certains de l'identité des auteurs des quatre Évangiles en question. Nous ne sommes à peu près sûrs que d'une chose : c'est qu'ils n'ont pas été écrits par Matthieu, Marc, Luc et Jean. Ils ont été attribués aux évangélistes au cours du IIe siècle et certains vont jusqu'à dire que ce ne sont pas des hypothèses sérieuses. Mieux encore : malgré l'immense documentation réunie au Vatican, on ne peut affirmer avec certitude en quelle langue les Évangiles d'origine ont été écrits.

— Je croyais que c'était en grec, intervint Tammy.

— Les premières versions que nous possédons sont en grec, en effet. Mais ce sont probablement des traductions de textes antérieurs. Bref, nous ne sommes sûrs de rien.

— La question de la langue d'origine a-t-elle vraiment de l'importance ? Sauf en ce qui concerne d'éventuelles erreurs de traduction ?

— Oui, Tammy. La langue d'origine identifie et localise l'auteur. Si les Évangiles originaux étaient écrits en grec, cela signifierait qu'ils ont été rédigés par des auteurs hellénisés, c'est-à-dire sous l'influence de la culture grecque à laquelle n'avait accès que l'élite intellectuelle. Ce n'est pas l'idée que nous nous faisons des apôtres, donc nous penchons pour une langue vernaculaire, comme l'araméen ou l'hébreu. Si nous avions la certitude que les originaux étaient écrits en grec, cela nous forcerait à reconsidérer la nature des premiers disciples de Jésus.

— Les Évangiles gnostiques que l'on a retrouvés en Égypte étaient écrits en copte, ajouta Tammy.

— Ce sont des textes découverts en langue copte, la reprit aimablement Peter, pour beaucoup écrits en grec à l'origine, puis traduits et copiés.

— Quelles conclusions peut-on tirer de cela ? demanda Maureen.

— Nous savons qu'il n'y avait pas d'Égyptiens parmi les premiers disciples, donc nous en déduisons que certains d'entre eux sont allés exercer leur ministère en Égypte et que le christianisme s'y est implanté dès lors. D'où l'existence des chrétiens coptes.

— Mais alors, à propos des quatre Évangiles, de quoi pouvons-nous être certains ?

La curiosité de Maureen était en éveil, car, focalisée comme elle l'était sur l'histoire de Marie-Madeleine, elle n'avait pas disposé d'assez de temps, durant ses recherches, pour creuser les énigmes posées par le Nouveau Testament.

— Nous savons que le premier est l'Évangile de Marc, et que celui de Matthieu en est une copie quasi intégrale, avec six cents entrées identiques. Luc ne s'en écarte guère, mais il offre quelques points de vue nouveaux. Quant à l'Évangile de Jean, c'est le plus mystérieux de tous : politiquement et socialement, il défend des opinions radicalement différentes des trois autres.

— Il y a des gens qui croient que c'est Marie-Madeleine qui a écrit le quatrième Évangile, celui qui est attribué à Jean, ajouta Maureen. Au cours de mes recherches, j'ai interrogé un grand érudit qui défend cette thèse. Je ne suis pas forcément d'accord avec lui, mais l'idée est intéressante.

Ce fut au tour de Sinclair de réagir, et il le fit avec véhémence.

— Non, je n'y crois absolument pas. La version de Marie-Madeleine est quelque part, on la trouvera un jour.

— Le quatrième Évangile est le grand mystère du Nouveau Testament, reprit Peter. Plusieurs thèses s'affrontent, dont celle du Vatican : il aurait été écrit par plusieurs personnes, durant un certain laps de temps, dans le but de donner une version déterminée de la vie de Jésus.

— Mais, s'interposa Tammy, qui était passionnée par le sujet et avait participé à de nombreuses discussions depuis des années, il y a tellement de chrétiens traditionnels qui se bouchent les oreilles et ignorent tout de ces doutes ! Ils ne veulent pas connaître l'histoire, ils se contentent de croire aveuglément à ce que l'Église leur raconte. L'Église ou ses prêtres.

— Non ! Non ! répondit Peter. Vous faites une grave erreur. Ce n'est pas de l'aveuglement, c'est de la foi. Pour les gens de foi, les faits n'ont aucune importance. Trop de gens confondent foi et ignorance.

Sinclair ne put retenir un rire ironique.

— Je parle très sérieusement, poursuivit Peter. Les hommes et les femmes de foi croient que le Nouveau Testament est d'inspiration divine, peu leur importe l'identité des auteurs, ou la langue d'origine. Ces auteurs étaient guidés par Dieu. De même que ceux, quels qu'ils soient, qui ont pris la décision de diffuser les Évangiles aux conciles de Nicée ou de Constantinople. Et ainsi de suite. C'est une question de foi, de croyance, l'histoire n'y a rien à voir. Et la foi ne se discute pas.

Personne ne répliqua, car tous attendaient que le prêtre continue.

— Croyez-vous que je ne connaisse pas l'histoire de mon Église ? Bien sûr que si, et c'est pourquoi les recherches de Maureen et vos opinions ne m'offusquent pas du tout. D'ailleurs, à ce propos, savez-vous que certains érudits prétendent que l'Évangile de Luc a été écrit par une femme ?

— Vraiment ? s'étonna Sinclair. Je n'en ai jamais entendu parler. Et cette idée ne vous heurte pas ?

— Pas le moins du monde. Aux débuts du christianisme, et dans sa perpétuation, les femmes ont joué un rôle très important. Nous ne le nions pas. Et nous n'aurions aucune raison de le faire. Prenez l'exemple

252

de la grande Claire d'Assise, qui a su préserver l'ordre franciscain après la mort précoce de François. Je suis navré de vous priver d'une discussion passionnante, poursuivit Peter en observant l'étonnement qui se lisait sur les visages de Tammy et de Sinclair, mais j'ajouterai que je crois personnellement que Marie-Madeleine mérite le titre d'apôtre des apôtres.

— Vous ? fit Tammy, incrédule.

— Parfaitement. Dans les Actes, Luc a précisé les conditions requises pour être un apôtre : avoir fait partie du ministère de Jésus de son vivant, avoir assisté à la crucifixion, et à la Résurrection. Si l'on prend ces exigences à la lettre, seule Marie-Madeleine remplit toutes ces conditions. Les apôtres hommes n'ont pas assisté à la crucifixion, ce qui est assez embarrassant. Et Marie-Madeleine est la première personne à qui Jésus est apparu quand il s'est relevé.

Maureen avait beaucoup de mal à se retenir de rire devant les visages perplexes de Sinclair et de Tammy, qui ne s'étaient certainement pas attendus à ce que Peter fasse preuve d'une telle ouverture d'esprit, et d'une telle intelligence.

— Les seules autres personnes qui remplissent techniquement ces conditions sont les autres Marie : la Vierge, Marie-Salomé et Marie-Jacobi, dont la présence est attestée tant au pied de la Croix qu'au bord du Sépulcre le jour de la Résurrection.

Lorsque Maureen croisa le regard de Peter, elle ne put se retenir plus longtemps, et partit d'un grand rire joyeux.

— Pourquoi ris-tu ? lui demanda Peter, espiègle.

— Pardon !

La jeune femme se cacha un instant derrière son verre et but une gorgée de vin.

— C'est juste que… Peter a une certaine tendance à prendre les gens par surprise, et ça m'amuse toujours de l'entendre.

— Je dois reconnaître que je ne m'attendais pas à ça, mon Père, avoua Sinclair.

— À quoi vous attendiez-vous donc, lord Sinclair ?

— Acceptez toutes mes excuses par avance, mon Père ! Je croyais que j'aurais affaire à un chien de garde du Vatican, doctrinaire et borné.

— Vous avez donc négligé un point important, lord Sinclair. Je ne suis pas seulement un prêtre. Je suis un jésuite. Et un jésuite irlandais, qui plus est.

— Touché ! fit Sinclair en levant son verre à l'adresse de Peter.

La Société de Jésus à laquelle appartenait Peter avait la réputation de former des érudits. Cet ordre était le plus important en nombre de tous les ordres du catholicisme, et les conservateurs de l'Église catholique romaine n'appréciaient pas l'influence qu'il exerçait depuis des siècles, ni sa suprématie. Les jésuites étaient surnommés « les Fantassins du Pape ». Pourtant, selon les rumeurs qui couraient depuis longtemps, les jésuites élisaient leur propre chef, et n'en référaient au souverain pontife que pour respecter les formes.

— Au sein de votre ordre, demanda Tammy, d'autres prêtres partagent-ils vos opinions, à propos notamment du rôle des femmes ?

— Il est toujours imprudent de généraliser. Comme l'a fait remarquer Maureen, les gens ont tendance à stéréotyper les membres du clergé, en imaginant que nous sommes des tenants farouches de la pensée unique. C'est absolument faux. Nous sommes des humains comme les autres, et nous sommes nombreux à être très instruits et à posséder un cerveau qui fonctionne, tout en restant très attachés à notre foi. Chacun tire ses conclusions personnelles. Les sujets de Marie-Madeleine et de l'authenticité des quatre Évangiles ont fait l'objet d'innombrables débats. Les apôtres mâles ont dû trouver très gênant que Jésus confie la perpétuation de sa mission à cette femme, quel qu'ait été son rôle dans son ministère et dans sa vie. Elle n'était qu'une femme, en un temps où les femmes n'étaient pas considérées comme les égales des hommes. En dépit de toutes leurs réticences, les évangélistes ont été obligés d'en faire état, car c'était la vérité. Et même si les auteurs des Évangiles ont pris des libertés avec d'autres faits, ils ne pouvaient modifier l'un des éléments essentiels de la résurrection de Jésus, à savoir que c'est à Marie-Madeleine qu'il est apparu en premier lieu. Il n'apparaît pas aux apôtres mâles, mais à elle. Les évangélistes n'avaient pas le choix. Ils l'ont écrit parce que c'était la vérité.

Tammy admirait de plus en plus Peter, et cette admiration se lisait sur son visage expressif.

— Vous seriez donc prêt à envisager la possibilité que Marie-Madeleine soit au premier rang des disciples ? Et même qu'elle ait été plus encore ?

— Je suis prêt à envisager tout ce qui nous rapproche d'une meilleure compréhension de la nature du Christ, Notre Seigneur et Notre Sauveur.

***

Maureen passait une soirée merveilleuse. Peter était son fidèle conseiller, son ami, et elle éprouvait une sincère admiration pour Sinclair, qui la fascinait. Que son cousin et l'excentrique Écossais trouvent un terrain d'entente ne pouvait que la ravir. Peut-être pourraient-ils, ensemble, l'aider à démêler l'écheveau des rêves et des visions qui la tourmentaient.

À la fin du repas, Peter, qui avait passé la journée à visiter la région, se déclara épuisé et se retira. Tammy l'imita, afin, dit-elle, de travailler au commentaire de son film. Maureen avait Sinclair pour elle toute seule. Sa volonté affermie par le vin et la conversation, elle en profita pour le pousser dans ses retranchements.

— Je trouve que le moment est venu de tenir votre promesse, déclara-t-elle.

— Quelle promesse, ma chère amie ?

— Je veux voir la lettre de mon père.

Sinclair réfléchit quelques instants. Après avoir hésité, il céda.

— Très bien. Venez avec moi.

***

Maureen suivit Sinclair le long d'un couloir, jusqu'à une porte fermée qu'il ouvrit à l'aide d'une clé prélevée sur l'imposant trousseau qu'il avait en poche. Il fit entrer Maureen dans son bureau tout en allumant la lumière qui éclaira un immense tableau, face à la porte.

— Cowper ! s'écria Maureen, enchantée. C'est mon tableau !

— *Lucrèce Borgia règne au Vatican en l'absence du pape Alexandre VI.* Je vous avoue que je l'ai acheté après avoir lu votre livre. Non sans peine, car la Tate Gallery ne voulait pas s'en séparer, mais quand je veux quelque chose, je peux me montrer très obstiné.

Maureen s'approcha respectueusement du tableau, et admira les couleurs et les formes créées par l'auteur, un artiste anglais du XIXe siècle, Frank Cadogan Cowper. Il représentait Lucrèce Borgia sur le trône du Vatican, entourée d'une marée de cardinaux en robe pourpre. Elle avait eu l'occasion de voir ce tableau en son précédent domicile, à Londres, et il l'avait frappée comme l'éclair. Cette simple toile justifiait les centaines d'années de diffamation qu'avait subies la fille du pape, accusée de tous les péchés imaginables, dont le meurtre et l'inceste. Lucrèce Borgia avait été punie par les historiens du Moyen Âge parce qu'elle avait eu l'audace de s'asseoir sur le trône sacré de saint Pierre, et d'émettre des instructions papales en l'absence de son père.

— Le personnage de Lucrèce est la pierre angulaire de mon livre. L'incarnation même de la manière dont on a rabaissé les femmes dans l'histoire, et dont on a dénié leur pouvoir, expliqua la jeune femme à Sinclair.

Au cours de ses recherches, elle avait découvert que les dévastatrices accusations d'inceste avaient été lancées contre Lucrèce par son premier mari, un bon à rien, violent, que la rupture de leur mariage avait ruiné. Il avait lancé la rumeur que Lucrèce voulait une annulation parce qu'elle entretenait des relations sexuelles avec son père et son frère. Ces infâmes mensonges, perpétués par les ennemis de la puissante et enviée famille des Borgia, s'étaient répandus pendant des siècles.

— Ils sont de la lignée, vous savez.

— Les Borgia ? Mais comment ?

— Par la branche de Sarah-Tamar. Leurs ancêtres étaient des cathares qui avaient trouvé refuge en Espagne, au monastère de Montserrat. Ils se sont intégrés, ont vécu en Aragon, et pris le nom de Borgia avant d'émigrer en Italie. Ils n'ont pas choisi cette destination par hasard et leur ambition était bien connue. César Borgia était décidé à s'asseoir sur le trône et à rendre Rome à ceux qu'il considérait comme ses véritables maîtres.

Stupéfaite par ces révélations, Maureen secoua la tête, incrédule.

— Ne prenons pour preuve de son ascendance cathare que le simple fait d'installer sa fille sur le trône. Selon le Chemin, les femmes sont les égales des hommes en tous les domaines, y compris dans la conduite spirituelle. En le déclarant à la face de tous, César a provoqué la chute de sa fille. Et, malheureusement, le seul souvenir que l'histoire ait transmis des Borgia est celui de malfaisants intrigants.

— En effet, approuva Maureen. Selon certains auteurs, ils sont même la première famille de ce qu'on appellerait aujourd'hui le crime organisé. C'est horriblement injuste.

— Et en outre absolument faux.

— Quant à la question de la lignée, elle crée une nouvelle strate historique, incontestablement.

— Verriez-vous une piste s'ouvrir à vous, par hasard ? fit Sinclair malicieusement.

— J'ai l'impression de voir aboutir vingt ans de recherches. C'est fascinant. J'ai hâte de poursuivre, et de connaître la suite.

— Je comprends. Mais commençons par découvrir un chapitre de votre propre vie. C'est le moment.

Maureen se raidit. Elle avait tant insisté, supplié. C'était la première des raisons pour lesquelles elle était venue en France. Mais elle n'était plus aussi sûre de sa volonté de savoir.

— Vous vous sentez bien ? lui demanda Sinclair l'air inquiet.

— Oui, oui. Mais… maintenant que je… je me sens très nerveuse, c'est tout.

Sinclair lui désigna une chaise et Maureen s'y laissa tomber avec reconnaissance. Puis, avec une autre clé, il ouvrit un placard encastré et en sortit une chemise.

— J'ai découvert cette lettre dans les archives de mon grand-père, il y a des années. Lorsque j'ai entendu parler de vos travaux, lu votre livre, vu votre photo et la bague, une sonnette d'alarme a résonné dans ma tête. Je connaissais l'existence de descendants des Pascal en France, et je me souvenais également d'un Pascal américain, considéré comme un personnage important. Mais je ne savais plus pourquoi avant d'avoir lu cette lettre.

Sinclair posa la chemise sur la table, devant Maureen, et l'ouvrit, découvrant une feuille de papier jaunie, à l'encre délavée.

— Préférez-vous que je vous laisse seule ?

— Non.

Maureen avait levé les yeux sur lui, n'avait lu que douceur et compréhension sur son visage. Elle poursuivit :

— Je vous en prie, restez avec moi.

Sinclair acquiesça, tapota gentiment la main de la jeune femme et s'assit en face d'elle. Maureen prit la lettre et commença sa lecture. La lettre était adressée à un certain monsieur Gélis.

— Monsieur Gélis ? Mais je croyais que la lettre avait été écrite à votre grand-père !

— Non. Elle se trouvait dans ses dossiers, mais elle avait été envoyée à quelqu'un d'ici, membre d'une vieille famille cathare.

Maureen songea un instant qu'elle avait déjà entendu ce nom, mais elle ne s'attarda pas. La lettre requérait toute son attention.

Cher monsieur Gélis,

Je vous prie de bien vouloir m'excuser, mais je ne sais vers qui me tourner. J'ai entendu dire que les questions spirituelles n'avaient pas de secret pour vous. Et aussi que vous étiez un bon chrétien. J'espère qu'il en est ainsi. Des cauchemars, des visions de Notre-Seigneur sur la Croix me tourmentent depuis des mois. Il m'a visité, Il m'a donné ses souffrances.

Ce n'est pas pour moi que je vous écris, mais pour ma petite Maureen, ma fille. Elle hurle la nuit, et me décrit les mêmes cauchemars. C'est une très jeune enfant. Comment cela peut-il lui arriver ? Comment puis-je y mettre un terme avant qu'elle n'éprouve les mêmes souffrances que moi ?

Voir ma fille dans cet état m'est intolérable. Sa mère m'en rend responsable, et menace de m'enlever mon enfant pour toujours. Aidez-moi, je vous en supplie. Dites-moi ce que je dois faire pour sauver ma petite fille.

Soyez remercié,

Édouard Pascal.

Aveuglée par des larmes brûlantes, Maureen reposa la lettre sur la table, et laissa libre cours à ses sanglots.

***

Sinclair proposa à Maureen de rester avec elle, mais elle déclina son offre. Bouleversée jusqu'au tréfonds de son âme, elle avait besoin d'être seule. Elle envisagea un instant de réveiller Peter, mais y renonça. Il fallait d'abord qu'elle réfléchisse. Son cousin avait récemment laissé échapper qu'il « avait promis à sa mère de ne pas laisser la même chose se reproduire », ce qui l'inquiétait. Peter avait toujours été sa référence, la figure masculine et rassurante de sa vie. Instinctivement, elle lui faisait confiance, et savait qu'il ne ferait jamais rien qu'il ne considérât comme de son intérêt. Mais il était possible que Peter ait été induit en erreur. Après tout, il ne connaissait de l'enfance de Maureen, dont il refusait toujours de parler en termes concrets, que ce que lui en avait raconté la mère de sa cousine.

Sa mère. Maureen s'assit sur son lit, s'adossa aux oreillers. Bernadette Healy avait été une femme dure et intolérante, ainsi du moins s'en souvenait-elle. Pour seuls indices qu'elle ait pu être différente en d'autres époques de sa vie, Maureen n'avait que quelques photos : des clichés de sa mère, en Louisiane, son bébé dans les bras, radieuse en sa maternité.

Elle s'était bien souvent interrogée sur ce qui avait pu transformer cette jeune mère heureuse en la femme froide et autoritaire qu'elle avait connue. Lorsqu'elles s'étaient installées en Irlande, Maureen avait été élevée principalement par son oncle et sa tante, les parents de Peter. Sa mère l'avait mise en sûreté dans l'anonymat d'une communauté rurale perdue dans l'ouest de l'Irlande, puis était retournée exercer son métier d'infirmière à Galway.

Maureen ne voyait que rarement Bernadette, lorsque celle-ci, poussée par son sens du devoir, venait passer quelques jours à la ferme. Leurs relations n'avaient rien de naturel, car Maureen en était venue à considérer sa mère comme une étrangère. Sa famille, c'était désormais celle de Peter et de ses turbulents et nombreux frères et sœurs. Tante Ailish, la mère de Peter, se substituait à l'autorité maternelle. C'est dans cet environnement que Maureen avait acquis son enthousiasme et son sens de l'humour. Sa tendance à la réserve, à l'ordre et à la prudence lui venait de sa mère.

Parfois, en général à la suite d'une des catastrophiques visites de Bernadette, Ailish prenait sa nièce à part.

Ne juge pas ta mère trop durement, Maureen, lui disait-elle doucement. *Bernadette t'aime. Sa malédiction est peut-être de t'aimer trop. Mais elle a eu la vie dure, et elle a changé. Tu comprendras quand tu seras plus grande.*

Le destin avait privé Maureen de toute possibilité d'apprendre à connaître sa mère. Atteinte de lymphome lorsque Maureen n'avait pas encore quinze ans, Bernadette mourut très vite. Peter, qui avait été appelé à son chevet, lui administra les derniers sacrements, et l'entendit en confession. Depuis, il portait sur ses épaules le poids des bouleversantes révélations de sa tante, mais refusait de s'en ouvrir à Maureen, en se réfugiant derrière le secret de la confession.

Voilà qu'une nouvelle pièce prenait sa place dans le puzzle. Maureen allait devoir essayer de comprendre le sens de la lettre de son père, et de l'héritage complexe qu'il lui avait légué. Elle résolut de dormir avant d'en discuter avec Peter le lendemain matin.

***

261

Carcassonne

25 juin 2005

Derek Wainwright dormait comme une souche. Le cocktail de médicaments et de vin rouge, la fatigue et l'angoisse, avait suffi à le plonger dans l'oubli.

Moins profondément endormi, il aurait peut-être été alerté par le bruit de pas, de l'ouverture de sa porte ou par le murmure entonné par son agresseur.

Neca eos omnes. Neca eos omnes. Deus suos agnoscet.

Tuez-les tous. Tuez-les tous. Dieu reconnaîtra les siens.

Au moment où le cordon écarlate s'enroula autour de son cou, il était trop tard pour Derek Wainwright. Contrairement à Roger-Bernard Gélis, il n'aurait pas la chance de mourir avant le commencement du rituel.

***

Château des Pommes Bleues

Des coups furent frappés à la porte de Maureen, qui gémit. Elle ne se sentait pas la force de parler à Sinclair ou à Peter. La voix féminine qu'elle entendit la soulagea.

— Reenie ? C'est moi.

Maureen ouvrit à Tammy, qui lui jeta un coup d'œil rapide avant de maugréer :

— Tu as une mine épouvantable !

— Grand merci ! Je me sens parfaitement bien.

— Tu veux qu'on en parle ?

— Pas encore. Il faut que je fasse le point.

Tammy hésita, et l'attention de Maureen s'éveilla en constatant que pour la première fois elle lisait de l'angoisse sur le visage de Tamara Wisdom.

— Que se passe-t-il, Tammy ?

— Je m'en veux de te faire ça alors que tu es bouleversée, soupira Tammy en glissant la main dans ses longs cheveux, mais il faut absolument que je te parle.

— Viens t'asseoir, alors.

— Non. Il faut que tu viennes avec moi. Je dois te montrer quelque chose.

— D'accord.

Sans discuter, Maureen suivit Tammy dans les labyrinthiques couloirs du château des Pommes Bleues. Après tous les événements de la soirée, elle ne pensait plus pouvoir être étonnée par quoi que ce soit. Elle se trompait.

***

Les jeunes femmes entrèrent dans la pièce où Sinclair avait montré à Peter et à Maureen les cartes de la région, et les avait comparées aux constellations. Tammy désigna à son amie un canapé en cuir, devant lequel était installé un grand écran de télévision, saisit la télécommande et prit place à ses côtés avant de se lancer dans son explication.

— Je veux te montrer quelques extraits sur lesquels j'ai travaillé pour mon prochain documentaire. Ils concernent la lignée. Écoute-moi attentivement, car c'est très important, et tu verras que cela te concerne aussi, toi et ton rôle dans l'histoire.

Comme tu le sais, l'énigme de Jésus et de Marie-Madeleine est à l'origine de l'existence de nombreuses sociétés secrètes. Elles entretiennent les rumeurs sur la lignée et se livrent à des rituels ultra-secrets.

Tammy appuya sur une touche et un diaporama apparut sur l'écran. Il défilait lentement, image par image, les premières étant des reproductions de tableaux de maîtres de la Renaissance et de l'époque baroque qui représentaient Marie-Madeleine.

— Parmi ces groupements, il y a des fanatiques, mais aussi des gens bien, et d'une haute spiritualité. Sinclair fait partie des gentils, donc tu es en terrain sûr. Attends, je m'explique. Dans mon film, je voulais exposer le plus largement possible la profondeur et la variété des racines de la lignée dans le monde occidental. Il s'agissait donc de montrer un large éventail des descendants, passés et présents, célèbres ou non, voire anonymes.

Les portraits de personnages historiques se succédaient sur l'écran tandis que Tammy parlait.

— Certains d'entre eux vont t'étonner. Charlemagne, le roi Arthur, Robert de Bruce, saint François d'Assise.

— Tu as bien dit François d'Assise ?

— Absolument ! Sa mère, dame Pica, était née à Tarascon. Une pure cathare de la noble famille Bourlemont, issue de la lignée de Sarah-Tamar. C'est pour cela qu'on l'a appelé François. À sa naissance, il avait reçu le prénom de Giovanni, mais ses parents trouvaient qu'il ressemblait tellement à sa mère qu'ils l'ont rebaptisé du prénom le plus français possible. Es-tu allée à Assise ?

Maureen secoua la tête, bouleversée par cette nouvelle avalanche de révélations. Sans rien dire, elle contempla, fascinée, les images du village d'Assise, patrie de l'ordre des Franciscains, qui défilaient sur l'écran.

— Tu devrais y aller. C'est l'un des endroits les plus magiques de cette terre. Et l'esprit de saint François et de sa compagne, sainte Claire, y est encore très présent. Je crois qu'ils ont réitéré l'histoire de Jésus et de Marie-Madeleine. Observe les œuvres d'art dans la basilique de Saint-François. Giotto, un contemporain de François, a consacré une chapelle entière à Marie-

Madeleine. Sur une fresque, on la voit aborder les rivages de France après la crucifixion. C'est évidemment intentionnel. D'ailleurs, les thèses cathares sont très proches de celles que nous attribuons aux Franciscains. Regarde ce portrait de saint François recevant les stigmates venus du ciel. Il est le seul saint à présenter les cinq marques des stigmates. Pourquoi ? À cause de la lignée. Il descend de Jésus-Christ. Tout le monde n'est pas d'accord sur le fait que tout stigmatisé authentique soit automatiquement de la lignée. Mais l'essentiel, dans le cas de François, c'est qu'il porte les cinq marques. Et que personne d'autre ne les ait jamais portées.

— Les deux paumes, les deux pieds, cela fait quatre… énuméra Maureen. Quoi encore ?

— Le flanc droit. Là où le centurion a transpercé Jésus de sa lance. Mais il faut que je te donne une précision : les authentiques stigmates n'apparaissent pas sur les paumes, mais sur les poignets. Contrairement à la croyance populaire, le Christ n'a pas été cloué par les mains, mais à travers les os du poignet. Les mains n'auraient pas supporté le poids de son corps. On a pu authentifier des stigmates apparus sur les mains, comme dans le cas du Padre Pio, mais ce qui suscite le véritable intérêt de l'Église, ce sont les marques aux poignets. Ce qui explique l'importance de François. Les artistes, dont Giotto, peignent les stigmates sur les mains, pour obtenir un effet plus dramatique, mais les récits historiques prouvent le contraire. François était marqué des cinq stigmates, y compris aux poignets.

Tammy fit avancer le diaporama et passa à l'image suivante : la statue dorée de Jeanne d'Arc située place des Pyramides à Paris, à laquelle succéda une autre représentation de Jeanne, la statue du jardin de Saunière qu'ils avaient vue deux jours auparavant.

— Te rappelles-tu que Peter m'a interrogée au sujet de cette statue ? Il a dit que Jeanne d'Arc était

considérée comme le symbole du christianisme traditionnel. Tu vas voir que ce n'est pas ça du tout...

Tammy cliqua pour faire apparaître un portrait de
Jeanne brandissant sa célèbre bannière portant les
noms : Jésus-Marie.

— Les chrétiens ont longtemps cru que la devise de
Jeanne était une référence au Christ et à sa mère. Mais
c'est faux, c'est une référence à Jésus et à Marie-
Madeleine ; elle a donc relié les deux noms par un trait
d'union, pour bien montrer leur lien. Jésus et son
épouse, les ancêtres de Jeanne.

— Mais je croyais que c'était une petite paysanne.
Une... bergère.

En prononçant ce mot, Maureen s'interrompit,
comme frappée par la foudre.

— Une bergère, oui. En effet. Et son nom ? Pense un
instant à son nom. D'Arc, alors qu'elle est née à
Domrémy. Jeanne d'Arques, en référence à la lignée. Et
à son périlleux héritage. Berry t'a parlé de la prophétie, n'est-ce pas ? De l'Élue ?

— Oui, il m'en a parlé. Je ne pense pas que le monde
soit prêt à entendre cela. Je ne pense pas y être prête,
moi non plus.

— Il faut que tu continues à m'écouter. Voici la fin
de l'histoire de Jeanne, elle est essentielle. Que sais-tu
d'elle ?

— La même chose que tout le monde, je suppose.
Elle a lutté pour remettre le dauphin sur le trône de
France, elle a livré bataille contre les Anglais. Elle a été
brûlée vive sur le bûcher, comme sorcière, alors que
tout le monde savait qu'elle n'en était pas une.

— Elle a été brûlée vive parce qu'elle avait des visions.

Constatant l'incrédulité de Maureen, qui n'arrivait
plus à la suivre, Tammy insista.

— Jeanne voyait des apparitions divines, elle appartenait à la lignée. Elle était l'Élue, et tout le monde le
savait. Elle allait accomplir la prophétie. Ses visions

allaient la conduire jusqu'à l'Évangile de Madeleine. Voilà pourquoi on l'a réduite au silence pour toujours.

— Jeanne était née le même jour que moi ?

— Absolument, même si l'on a volontairement falsifié les registres pour protéger sa double identité de bâtarde royale et de princesse du Graal.

— Comment le sais-tu ? Est-ce attesté quelque part ?

— Oui. Mais cesse de penser en universitaire. Lis entre les lignes, tout est écrit. Et ne méprise pas la légende locale. Tu es irlandaise, tu connais le pouvoir de la tradition orale. En cela, les cathares ressemblaient aux Celtes. Pas seulement en cela, d'ailleurs, il y a de profondes similitudes entre les deux cultures, qui se sont mélangées en France et en Espagne. On protège ses traditions en évitant de les consigner par écrit, pour ne fournir aucune preuve à ses ennemis. Mais si tu grattes un peu sous la surface des choses, la légende de Jeanne l'Élue est dominante.

— Mais elle a été exécutée par les Anglais...

— Faux ! Les Anglais l'ont arrêtée mais c'est le clergé français qui a instruit son procès et l'a condamnée à mort. Le prêtre qui l'a harcelée s'appelait Cauchon, ce qui fait beaucoup rire les Français. Bref, c'est ce porc qui lui a arraché des aveux et en a donné une version si déformée qu'elle a été condamnée. Cauchon devait se débarrasser de Jeanne avant qu'elle n'accomplisse la prophétie, car elle était l'Élue.

Maureen se taisait, captivée. Tammy n'en avait pas fini.

— Jeannette n'a pas été la dernière bergère à mourir. Tu te rappelles la statue de la sainte que nous avons vue à Rennes-le-Château ? Celle qui avait des roses dans son tablier ?

— Sainte Germaine. J'ai rêvé d'elle cette nuit-là.

— Elle aussi était une fille de l'équinoxe et de la Résurrection. On la représente avec un agneau pascal, pour une raison évidente, et aussi avec un jeune bélier, qui symbolise la date de sa naissance dans le zodiaque.

Maureen se souvenait fort bien de la statue. Le visage solennel de la jeune bergère l'avait émue.

— La mère de Germaine était une fille de la lignée, et de haut rang, la Marie de Nègre de son époque. Elle est morte mystérieusement, peu après la naissance de Germaine, qui a été élevée par une belle-famille criminelle qui l'a assassinée dans son sommeil avant ses vingt ans. Écoute-moi bien, Maureen, insista Tammy en prenant la main de son amie, cela fait plus de mille ans que des gens sont prêts à tuer pour empêcher que ne soit mis au jour l'Évangile de Marie-Madeleine. Tu comprends ce que je suis en train de te dire ?

Maureen commençait à prendre conscience de la gravité de la situation. Elle frissonna en écoutant les derniers mots de Tammy.

— Et il y a toujours des gens qui tueraient pour empêcher la prophétie de s'accomplir. Si ces gens-là te prennent pour l'Élue, tu cours un grave danger.

***

Prévoyante, Tammy avait apporté une bouteille du vin rouge local. Elle remplit le verre de Maureen et les deux jeunes femmes burent en silence pendant quelques instants.

Ce fut Maureen qui prit la parole la première, sur un ton accusateur.

— Tu en savais bien plus que tu ne me l'as laissé croire à Los Angeles, n'est-ce pas ?

— Je suis vraiment désolée, Maureen, je ne pouvais encore tout te dire.

Et je ne peux toujours pas, songea-t-elle tristement avant de poursuivre :

— Je ne voulais pas t'effrayer. Tu ne serais pas venue, nous ne pouvions pas prendre ce risque.

— Vous ? Tu parles de Sinclair et de toi ? Serais-tu membre de sa Société des Pommes Bleues ?

— Ce n'est pas aussi simple. Je te le jure, Sinclair fera tout pour te protéger.

— Parce qu'il me prend pour sa princesse tant attendue ?

— Oui, mais aussi parce qu'il t'aime beaucoup. Je m'en suis aperçue. Berry se sent responsable, lui aussi. Il t'a désignée pour le sacrifice, comme l'agneau pascal, quand il t'a annoncée dans cette foutue robe ! Il était si exalté qu'il n'a pas réfléchi aux conséquences de son acte.

Maureen but une autre gorgée de vin.

— Alors, que me suggères-tu ? Je suis en territoire étranger, Tammy. Faut-il que je m'en aille ? Que j'oublie tout ce qui s'est passé et que je reprenne ma petite vie comme si de rien n'était ? Bien sûr, pourquoi pas ? ajouta-t-elle avec un rire ironique.

— Tu ferais peut-être bien, au nom de ta sécurité. Berry peut vous faire quitter la région discrètement, Peter et toi. Ça le consternerait, mais si tu le lui demandais, il le ferait.

— Et après ? Je rentre à Los Angeles, je passe le reste de ma vie hantée par des visions et des cauchemars ? Je n'arrive plus à travailler, parce que je ne peux plus regarder l'histoire avec les mêmes yeux, mais je n'ose pas aller de l'avant, par crainte des assassins tapis dans l'ombre, prêts à me trucider ? Qui sont ces gens ? Pourquoi est-il si important pour eux que la prophétie ne s'accomplisse pas ?

Tammy se leva et arpenta nerveusement la pièce.

— Plusieurs factions ont tout intérêt à ce que les vérités de Marie-Madeleine ne soient jamais révélées. L'Église traditionnelle, d'abord. Mais le danger ne viendra pas d'elle.

— Qui alors ? Allons, Tammy ! J'en ai assez de ces énigmes, et de ces petits jeux. Quelqu'un me doit une explication, et vite.

— Tu l'auras demain matin. Mais ce n'est pas à moi de te la donner.

— Alors, où est Sinclair ? Je veux lui parler. Maintenant.

— Je crains que ce ne soit pas possible. Il est parti peu après que tu eus quitté son bureau. Je ne sais pas où il est allé. Il a prévenu qu'il rentrerait très tard. Il te dira tout demain matin, je te le promets.

Mais, lors du retour au château de Bérenger Sinclair, la face du monde avait changé.

L'arrivée d'Easa à Jérusalem fut surveillée par toutes les autorités de la ville, des prêtres du Temple à la garde de Pilate. Les Romains étaient sur le qui-vive, à cause des fêtes de Pâques. Ils redoutaient un soulèvement ou une émeute, provoqués par une résurgence du sentiment national juif. Et comme des zélotes nous accompagnaient, Pilate ne pouvait agir.

Parmi les nôtres, certains avaient des frères dans la caste des prêtres. Ils nous annoncèrent que le grand prêtre Caïphe, le beau-fils d'Anne, qui nous méprisait tant, avait réuni son conseil pour discuter du « Nazaréen changé en Messie ».

J'ai déjà parlé de cet Anne par le passé, et j'en dirai plus ici sur ses actes. Mais en accompagnant mes mots d'un avertissement : ne condamnez pas le grand nombre à cause des actions d'un seul. La caste des prêtres est, comme les autres, constituée d'hommes qui ont le cœur pur et l'esprit de justice, et d'autres qui en sont dénués. Il s'en trouva pour exécuter les ordres d'Anne, durant les Jours obscurs, des prêtres comme des hommes. Certains parce qu'ils obéissaient au Temple, et qu'ils étaient des hommes justes et bons, comme mon propre frère lorsqu'il fit son terrible choix.

Notre peuple était trompé par des dirigeants corrompus, aveuglé par ceux dont la charge était de le guider. Certains s'opposèrent à nous car ils craignaient de voir couler encore le sang juif et qu'ils voulaient que le peuple célèbre Pâques en paix. Je ne peux pas leur reprocher leur choix.

Faut-il condamner ceux qui n'ont pas vu la lumière? Non. Easa nous a appris qu'il ne faut pas les rejeter, qu'il faut leur pardonner.

Arques. L'Évangile de Marie-Madeleine, Livre des Jours obscurs.

Chapitre 14

Château des Pommes Bleues

25 juin 2005

Maureen regagna sa chambre, le cœur lourd de crainte et d'angoisse. Elle était plongée dans cette histoire jusqu'au cou et ne savait pas quoi faire. Elle se déshabilla lentement, en s'efforçant de réfléchir malgré son cerveau embrumé par l'anxiété et un léger excès de vin rouge. *À quoi bon me coucher?* se disait-elle, *je ne fermerai pas l'œil de la nuit.*

Mais, lorsqu'elle s'allongea enfin dans le lit somptueux et si confortable, le sommeil réclama son dû en quelques minutes. Le sommeil, et aussi le rêve.

La petite femme au voile rouge suivait tranquillement dans l'obscurité. Son cœur battait à un rythme rapide et elle tentait de ne pas se laisser distancer par les deux hommes qui la précédaient à grandes foulées. C'était tout ou rien. Un risque considérable pour chacun d'eux, mais, en ce qui la concernait, le plus important de sa vie.

Ils dévalèrent les escaliers extérieurs, dangereusement exposés, en priant pour que les gardes de nuit aient été écartés comme on le leur avait promis.

En approchant de l'entrée souterraine, ils se regardèrent, soulagés. Il n'y avait pas de vigiles. Un homme resta dehors, pour surveiller les environs. L'autre, qui connaissait les couloirs de la prison, continua de guider la femme. Il s'arrêta devant une lourde porte et sortit la clé dissimulée dans les plis de sa tunique.

Il regarda la femme, lui parla d'un ton pressant. Ils savaient qu'ils disposaient de très peu de temps avant d'être découverts, elle surtout.

L'homme ouvrit la porte et s'effaça pour laisser entrer la petite femme, puis il referma la porte derrière elle, afin de préserver son intimité avec le prisonnier.

Elle ne savait pas à quoi elle s'était attendue, mais certainement pas à ce spectacle. Comme on l'avait traité avec cruauté, le bel homme qu'elle aimait ! Ses vêtements étaient déchirés, son visage portait la trace de nombreux coups. Cependant, malgré ses blessures, son sourire était empreint de chaleur et d'amour pour la femme qui se jeta dans ses bras.

Il ne la retint contre lui qu'un bref instant, car le temps jouait contre eux. Puis il la saisit par les épaules et lui dicta ses instructions. Elle hochait la tête, pour lui affirmer qu'elle comprenait et que tous ses désirs seraient exaucés. Pour terminer, il posa sa main sur son ventre et lui donna une ultime directive. Lorsqu'il eut fini, elle tomba dans ses bras pour la dernière fois, en essayant courageusement d'étouffer les sanglots qui ébranlaient son corps tout entier.

***

Maureen était secouée des mêmes sanglots. Elle pleurait, le visage enfoui dans les oreillers pour que personne ne l'entende. La chambre de Peter était la plus proche de la sienne et elle ne voulait en aucun cas attirer son attention.

Ce rêve était le pire de tous. Si réel, si vivant. Elle ressentait chaque instant de souffrance, comprenait l'urgence des instructions reçues. Et elle savait pourquoi. Il s'agissait des ultimes instructions de Jésus à Marie-Madeleine, la veille du vendredi saint.

Une de ces instructions lui avait été donnée à elle, Maureen ; elle avait entendu la voix de l'homme dans son oreille, mais était-ce son oreille ou celle de Madeleine ? Bien que regardant Marie-Madeleine de l'extérieur, elle ressentait intérieurement toutes ses perceptions. Et elle avait entendu la dernière instruction.

« Parce que le moment est venu. Va, et perpétue notre message. »

Assise dans son lit, Maureen tentait de mettre de l'ordre dans ses idées. Désormais, elle agissait par instinct, et par quelque chose d'autre, indéfinissable, qui n'avait ni logique ni raison. Quelque chose qui parlait dans son cœur, et à quoi elle devait se fier, sans l'analyser.

La nuit languedocienne, noire et soyeuse, était éclairée par des rayons de lune qui pénétraient dans sa chambre. Ils illuminèrent le beau visage de la *Marie-Madeleine au désert* de Ribera, et son regard tourné vers le ciel en quête d'un divin guide. Maureen décida de suivre le conseil que semblait lui donner Madeleine. Pour la première fois depuis l'âge de huit ans, elle pria pour être guidée.

***

Elle n'aurait su dire combien de temps après elle entendit la voix. Quelques secondes ? Quelques minutes ? Cela n'avait aucune importance. Elle l'entendit, et la reconnut. C'était le même chuchotement féminin qu'au Louvre, qui l'appelait, la guidait. Cette fois, la voix l'appelait par son nom.

« Maureen… Maureen… », murmurait-elle, pressante.

Elle enfila à la hâte vêtements et chaussures, pour

ne pas perdre le contact avec le guide éthéré qui la menait. Elle ouvrit doucement la porte en priant pour qu'elle ne grinçât pas. Comme Marie-Madeleine dans son rêve, il était essentiel qu'on ne la vît pas. Pas encore. Elle devait accomplir seule la tâche qui lui incombait.

Le cœur battant, Maureen traversa le château endormi. Sinclair était absent, les autres dormaient. En approchant de l'entrée principale, elle se figea soudain en se souvenant de l'alarme. La porte était codée ; un matin, elle avait vu Roland taper le code sur un cadran, mais n'avait pas repéré les chiffres. Il avait tapé trois fois, elle en était certaine. Donc le code était à trois chiffres.

Elle s'arrêta devant le panneau et s'efforça de penser comme Sinclair. Quel code utilisait-il ? Elle crut avoir trouvé : le 22 juillet, le jour de la fête de Marie-Madeleine, et frappa 2-2-7 sur le cadran. Sans résultat. Une lampe rouge s'alluma et un bref signal sonore retentit, la faisant sursauter. *Mon Dieu ! Je vous en supplie ! Faites que cela n'ait réveillé personne*, murmura-t-elle.

Dans le silence revenu, elle reprit ses réflexions. Elle savait n'avoir pas droit à de nombreuses erreurs. L'alarme se déclencherait sans aucun doute si elle composait plusieurs codes erronés de suite. Elle adressa une nouvelle supplique au ciel, murmura : *Aidez-moi, je vous en prie*, sans savoir ce qu'elle espérait. Que la voix lui réponde ? Qu'elle lui donne le numéro ? Que la porte s'ouvre, comme par enchantement ? Elle patienta quelques minutes, mais rien ne se produisit.

Allons, Maureen, ne sois pas bête ! Réfléchis !

Et soudain, elle entendit. Non pas la voix éthérée de son guide, mais celle de Sinclair, le soir de son arrivée au château.

— Ma chère amie, vous êtes l'agneau pascal, avait-il déclaré.

Elle frappa les trois chiffres 2-2-3, la date de son propre anniversaire, et le jour de la Résurrection.

Deux bips discrets, un éclair vert, quelques paroles en français. Maureen n'attendit pas de savoir si elle avait réveillé quelqu'un. Elle ouvrit la porte et se précipita dehors, sur l'allée pavée éclairée par la lune.

***

Elle savait exactement où elle allait, tout en ignorant ce qui la guidait. La voix n'était plus audible, mais elle n'en avait pas besoin. Quelque chose d'autre l'avait remplacée, qui émanait d'elle-même, et qu'elle suivait sans discuter.

Elle fit rapidement le tour de la demeure, par la route que Sinclair lui avait fait prendre lors de sa première visite des lieux, puis emprunta un sentier, envahi de broussailles, impraticable par une nuit sombre. Mais la lune éclairait son chemin et elle aperçut bientôt la Folie de Sinclair, la tour qu'Alistair Sinclair avait fait construire au beau milieu du domaine, sans raison apparente.

Il y en avait une cependant, et désormais Maureen la connaissait. C'était un poste de guet, comme la tour Magdala de Bérenger Saunière, à Rennes-le-Château. Les deux hommes voulaient pouvoir surveiller la région le jour où leur Marie aurait décidé de révéler ses secrets. Les deux tours donnaient sur la zone où l'on supposait que le trésor était caché. En s'en approchant, Maureen, le cœur brisé, se rappela qu'elle était fermée à clé. Sinclair avait utilisé une clé pour lui en ouvrir la porte.

Oui. Mais avait-il refermé lorsqu'ils étaient partis ? Maureen fouilla dans sa mémoire. Ils étaient plongés dans une grande conversation et elle n'avait pas le souvenir qu'il eût verrouillé la porte derrière eux. Aurait-il pu oublier, dans le feu de la discussion ? Était-il revenu plus tard, pour réparer sa négligence ? Ou l'avait-il refermée machinalement ?

277

Elle n'eut pas à se poser bien longtemps la question. Dès qu'elle en fut assez proche, Maureen vit que la porte était grande ouverte.

Elle exhala un profond soupir de soulagement et de gratitude. *Merci*, dit-elle au ciel au-dessus de sa tête. Elle ne savait pas s'il s'agissait d'une intervention divine ou d'un oubli de Sinclair, mais peu importait, elle pouvait entrer.

Maureen grimpa prudemment les marches. L'intérieur de la tour était plongé dans une profonde obscurité, elle n'y voyait goutte. Refoulant sa tendance à la claustrophobie et luttant contre sa peur, elle se remémorait les paroles de Tammy : Sinclair et Saunière avaient fait bâtir leurs tours selon les règles de la numérologie spirituelle. Elle compta les marches, et sut qu'elle trouverait la porte après la vingt-deuxième. Elle n'eut plus qu'à l'ouvrir pour que le clair de lune inonde la cage d'escalier.

Immobile, debout sur le chemin de ronde, Maureen contempla la splendeur de la nuit, et se contenta d'attendre. Puisqu'elle était venue jusque-là, elle était sûre que le voyage n'était pas terminé. Le clair de lune illumina quelque chose qu'elle n'avait pas vu le jour où elle était venue avec Sinclair. Un cadran solaire, semblable à celui qu'ils avaient vu à Rennes-le-Château, était sculpté sur le mur de pierre. Elle y passa la main, mais les symboles qu'elle y distinguait ne lui étaient pas assez familiers pour qu'elle pût être sûre que le cadran était identique au premier, ou simplement similaire. En retournant à sa veille, elle crut apercevoir quelque chose à l'horizon. Et continua d'attendre.

Une sorte d'éclair, à la périphérie de son champ de vision, l'alerta. Elle cligna les yeux, comme elle l'avait fait la première fois qu'elle était venue avec Sinclair. Son œil fut attiré par une sorte de point de lumière flottant et intangible, à l'horizon. Elle se concentra sur lui, le suivit du regard, et il s'arrêta sur une forme indiscernable. Un rocher ? Une construction ?

Mais non ! La tombe ! La lumière flottait sur le tombeau de Poussin. *Évidemment,* se dit Maureen, *caché en pleine lumière, comme tout l'est ici.*

Le point de lumière grossissait, s'opacifiait, prenait une vague forme humaine, et dansait maintenant à travers champs, tantôt s'approchant d'elle, tantôt s'éloignant. Il l'appelait, lui montrait le chemin. Fascinée, elle l'observa pendant de longues minutes, et prit enfin la décision qui s'imposait : le suivre.

Maureen laissa la porte du chemin de ronde ouverte, pour que la lune éclaire les marches qu'elle dévala en toute hâte. Dès qu'elle fut dehors, elle s'immobilisa : comment arriver jusqu'à la tombe dans l'obscurité ? Il n'y avait pas de sentier, aucun moyen d'y arriver directement de là où elle se trouvait, car le terrain était rocailleux, et envahi par la végétation.

Il n'y avait qu'une seule façon de rejoindre la tombe : sortir du parc et suivre la route pour contourner le château. Elle allait devoir franchir les grilles de l'entrée principale, et emprunter une route où n'importe qui pourrait la voir. Sans plus hésiter, la jeune femme fit demi-tour en direction des grilles. La demeure était plongée dans l'obscurité, aucune lumière ne brillait aux fenêtres. Rassurée, elle atteignit son but sans encombre. Heureusement, les portes du domaine, munies d'un système de détection des mouvements, s'ouvraient automatiquement de l'intérieur. Elle se précipita dehors, supposant qu'à cette heure de la nuit, il n'y aurait pas beaucoup de voitures. En effet, seule l'immobilité et un silence presque inquiétant l'accueillirent, menaçant de la submerger. Elle n'entendait que son cœur, qui battait follement dans sa poitrine.

En prenant soin de se tenir sur le bord de la route, elle se mit en marche.

Un bruit soudain la fit sursauter. Elle s'efforça de ne pas céder à la panique. Un moteur de voiture. L'acoustique de cette région montagneuse l'empêchait de déterminer de quelle direction il venait. Elle préféra se jeter derrière des buissons dont elle espéra qu'ils seraient assez épais pour la dissimuler. Parfaitement immobile, elle regarda passer la voiture rapide, dont les phares éclairaient violemment la route. Le conducteur pensait sans doute à autre chose : il ne ralentit pas en dépassant la femme aux cheveux roux tapie dans les broussailles.

Lorsqu'elle fut certaine que le véhicule était assez loin, Maureen se releva, brossa ses vêtements de la main et se remit en marche. En jetant un coup d'œil sur le château, maintenant assez éloigné, elle eut l'impression de voir une fenêtre éclairée. Mais elle ne connaissait pas assez bien les lieux pour savoir de quelle chambre il s'agissait, et ne s'attarda pas davantage.

Elle reconnut le virage et soudain, en haut de la montée, aperçut la tombe éclairée par la lune. *Et in Arcadia Ego*, murmura intérieurement Maureen. *Nous y voilà.*

Elle chercha le sentier manifestement dissimulé que Peter et elle avaient découvert quelques jours plus tôt, et eut la chance de le retrouver. La chance, sa mémoire, ou peut-être quelque chose d'autre ? Quelques instants plus tard, elle se tenait devant la tombe figée depuis des siècles en un silencieux hommage à un héritage venu d'un lointain passé, qui attendait d'être révélé.

Que faire, maintenant ? Maureen observait les alentours, saisie soudain de doutes. Les paroles de Tammy lui revinrent à l'esprit : « Alistair a fait creuser chaque centimètre carré de cette terre, et Sinclair a eu recours à toute la technologie imaginable. »

Et il n'y avait pas qu'eux ! Des hordes de chasseurs de trésor avaient fouillé les environs, inlassablement. Personne n'avait rien trouvé. Pourquoi aurait-elle cette chance ? De quel droit se considérait-elle comme diffé-rente ?

Puis elle l'entendit. La voix de son rêve. Sa voix. « Parce que le moment est venu. »

Un bruissement dans les buissons la fit sursauter de frayeur. Elle recula, trébucha, et tomba, la main droite sur une pierre aiguisée qui entama sa chair. Mais elle n'avait pas le temps de penser à la douleur, elle avait trop peur. Qui avait fait ce bruit ? Elle se figea dans une parfaite immobilité, incapable même de respirer. Le bruissement se fit entendre de nouveau, et deux colombes prirent leur envol dans la nuit languedo-cienne.

La jeune femme inspira profondément et se releva. Puis elle marcha vers les broussailles enchevêtrées, qui dissimulaient un gros amas de rochers. De la main, elle les écarta, pour voir ce qu'il y avait derrière. Rien. De la rocaille. Elle appuya plus fort contre les pierres, sans rien ébranler. Elle resta un instant sur place, pour se reposer. Le sang battait dans sa main, à la place de la coupure, et coulait le long de sa paume. Au moment où elle levait la main, pour mieux voir la blessure, un rayon de lune tomba sur sa bague et fit étinceler le motif gravé sur le cuivre.

Sa bague. Elle enlevait toujours ses bijoux avant de se coucher, mais ce soir, trop épuisée, elle s'était endor-mie en la gardant au doigt. Le dessin circulaire des étoiles. « Tel en haut, tel en bas. » À l'arrière de la pierre tombale, il y avait le même dessin.

Maureen contourna le monument en courant et écarta les branchages pour accéder à l'image gravée, qu'elle caressa de la main. Le sang ruissela de sa paume dans le cercle intérieur. Retenant son souffle, elle s'im-mobilisa, et attendit.

Il ne se passa rien. Des minutes s'écoulèrent lente-ment, jusqu'à ce que Maureen eût l'impression d'être enfermée dans un grand vide, comme si tout l'air de la nuit avait été aspiré. Et dans cet instant de bouleversant silence, un bruit retentit dans la nuit. Au loin, une cloche sonnait. Celle peut-être de l'église qui se dressait en haut de la colline de Rennes-le-Château. Le son, profond, grave, vibra dans le corps de Maureen. Elle n'avait sans doute jamais rien entendu de si sacré, ou alors de si hérétique. Toujours était-il que l'incongruité de cette cloche sonnant en pleine nuit relevait de la plus formidable étrangeté.

Après avoir ébranlé la nuit, le tintement de la cloche fut suivi, un instant plus tard, par un craquement sinistre, venu des rochers qui se trouvaient derrière elle, du côté des buissons d'où s'étaient envolées les colombes. La pâle lumière de la lune les éclairait. L'endroit avait changé. À la place des rocs impénétrables et du mur de broussailles s'ouvrait une trouée dans le flanc de la montagne, et la brèche invitait Maureen à entrer.

Elle avança d'un pas hésitant vers cette cavité à peine ouverte, le corps secoué par des tremblements convulsifs. En s'approchant de la trouée, assez grande pour qu'elle s'y tienne debout, elle aperçut une faible lueur, à l'intérieur. Maureen refoula sa peur et s'aventura dans le sein béant de la montagne.

Un coffre, ancien, très abîmé, reposait sur le sol. Maureen l'avait vu en rêve, à Paris. La vieille femme le lui avait montré, le lui avait désigné. C'était le même, elle l'aurait juré. Autour du coffre flottait une étrange et surnaturelle clarté. Maureen s'agenouilla, posa respectueusement ses mains sur le bois. Il n'y avait pas de serrure. Elle glissa lentement ses doigts le long du couvercle pour le soulever, si absorbée qu'elle n'entendit pas que l'on marchait derrière elle. Puis elle ne fut plus consciente que de la douleur aveuglante qui émanait de l'arrière de sa tête, avant de sombrer dans le néant.

***

Rome

26 juin 2005

Si l'évêque Magnus O'Connor s'était attendu à être accueilli en héros par le conseil du Vatican, il allait subir une amère déception. Les visages des hommes assis autour de la table ancienne et cirée étaient impassibles, et leurs lèvres serrées. Le cardinal DeCaro l'interrogeait avec sévérité.

— Auriez-vous la bonté d'expliquer à ce Conseil pourquoi le premier homme depuis saint François d'Assise à porter les cinq stigmates n'a pas été pris au sérieux ?

O'Connor suait à grosses gouttes. Il fouilla ses poches pour en extraire un mouchoir et essuyer son visage ruisselant de transpiration. Lorsqu'il voulut répondre, il le fit d'une voix un peu moins ferme qu'il ne l'aurait espéré.

— Mais, Votre Grâce, Édouard Pascal était sujet à des transes violentes. Il hurlait, il pleurait, prétendait qu'il avait des visions. Il a été décidé qu'il s'agissait des élucubrations d'un esprit dérangé.

— Et qui a pris cette décision officielle ?

— Moi, Votre Grâce. Mais vous devez comprendre que cet homme était un vulgaire paysan, un Cajun de Louisiane…

DeCaro ne pouvait plus cacher son irritation. Les explications de l'évêque ne l'intéressaient pas. Les enjeux étaient trop importants, ils devaient réagir sans tarder. Son ton se durcit, ses questions devinrent très précises.

— Décrivez ces visions, pour ceux qui n'ont pas eu l'occasion de lire le dossier.

— Il voyait Notre-Seigneur avec Marie-Madeleine, des visions très embarrassantes. Il divaguait à propos de leur… union, il parlait d'enfants. Après les… les stigmates, il délirait de plus en plus.

Les membres du Conseil s'agitaient sur leurs sièges, chuchotaient, se consultaient. DeCaro poursuivit son interrogatoire.

— Qu'est devenu cet homme ?

— Ses illusions le tourmentaient si violemment qu'il a… mis fin à ses jours. Il s'est tiré une balle dans la tête.

— Et après sa mort ?

— Il s'était suicidé, nous ne pouvions pas accepter qu'il soit enterré en terre consacrée. Nous avons scellé son dossier, et nous l'avons oublié. Jusqu'à… jusqu'à ce que sa fille se signale à notre attention.

Le cardinal DeCaro hocha la tête et leva un dossier rouge qui se trouvait devant lui. Puis s'adressant au Conseil, il ajouta :

— Eh oui ! Passons maintenant au problème de sa fille.

***

Nombreux seront choqués que je compte une Romaine, Claudia Procula, petite-fille d'Auguste César et fille adoptive de l'empereur Tibère, parmi nos disciples. Ce n'est pas son statut de Romaine qui en fit une des nôtres. Mais Claudia était la femme de Ponce Pilate, le procurateur qui a condamné Easa à mourir sur la Croix.

À l'époque des Jours obscurs, et parmi ceux qui nous ont alors aidés, Claudia Procula a pris autant et même plus de risques que quiconque. Car elle avait beaucoup plus à perdre.

En cette nuit où nos routes se sont croisées, à Jérusalem, nous sommes devenues liées, de cœur et d'esprit. Et nous le sommes restées, en tant qu'épouses, en tant que mères, en tant que femmes. J'ai lu dans ses yeux que, le moment venu, elle deviendrait une fille du Chemin. Je l'ai vu, cet éclair de lumière qui accompagne la conversion lorsqu'un homme ou une femme reconnaissent Dieu pour la première fois.

Le cœur de Claudia était empli d'amour et de pardon. Qu'elle ait pu se tenir aux côtés de Ponce Pilate malgré ce qu'elle savait prouve sa loyauté. Elle a souffert pour lui jusqu'à la fin, comme seule une femme qui aime sincèrement le peut. Et je suis bien placée pour le savoir.

L'histoire de Claudia est encore inconnue. J'espère lui faire justice.

Arques. L'Évangile de Marie-Madeleine, Livre des Jours obscurs.

Chapitre 15

Château des Pommes Bleues

27 juin 2005

Maureen avait la bouche desséchée, il lui semblait que son crâne pesait des tonnes. Où était-elle ? Elle essaya de se relever, mais elle avait affreusement mal à la tête. Cette douleur mise à part, elle se sentait bien. Elle était dans un lit confortable. Elle était au château. Mais comment y était-elle revenue ?

Rien n'était clair, dans sa tête. Elle se dit qu'en plus d'avoir été assommée, elle avait peut-être été droguée. Mais par qui ? Et où était Peter ?

Des voix se firent entendre derrière la porte. Des voix d'hommes, inquiètes, furieuses. Elle tenta de les identifier, reconnut l'accent occitan de Roland, puis l'accent irlandais de Peter. Maureen voulut appeler, mais ne put émettre qu'un faible croassement. Il suffit cependant à attirer leur attention et les deux hommes se précipitèrent dans sa chambre.

***

Lorsqu'il entendit le faible bruit venant de la chambre de Maureen, Peter fut plus soulagé qu'il ne l'avait jamais

287

été de sa vie. Il écarta Roland et dépassa Sinclair, afin d'être le premier à entrer dans la pièce. Les deux autres le suivirent. Maureen avait les yeux ouverts. Elle avait l'air égaré, mais elle était incontestablement consciente. Sa tête, bandée par le médecin qui avait soigné sa blessure, lui donnait l'apparence d'une victime de guerre.

— Maureen ! Dieu merci ! Tu m'entends ? s'écria Peter en lui prenant la main.

La jeune femme voulut hocher la tête. Mal lui en prit. Le vertige l'accabla, troubla sa vision.

Sinclair s'approcha du lit, abandonnant Roland qui se tenait silencieusement au fond de la chambre.

— Essayez de ne pas bouger. Le médecin a recommandé que vous restiez aussi immobile que possible.

Il s'agenouilla à côté de Peter, pour se rapprocher de Maureen. Son visage exprimait l'intense inquiétude qui l'habitait.

Maureen cligna des yeux, pour indiquer qu'elle avait compris. Elle voulut parler, mais s'aperçut qu'elle ne le pouvait pas. Elle réussit cependant à murmurer :

— De l'eau ?

Sinclair prit un bol en cristal sur la table de nuit, et s'efforça de répondre sur un ton badin.

— Pas encore. Ordre de la faculté. Mais vous avez droit à quelques morceaux de glace. Si vous les supportez, nous augmenterons les doses.

Peter et Sinclair s'occupèrent ensemble de Maureen, le premier la souleva doucement tandis que le second lui glissait de petits glaçons dans la bouche avec une cuiller.

Un peu réhydratée, Maureen tenta une nouvelle fois de parler.

— Que… ?

— Que t'est-il arrivé, tu veux dire ?

Peter jeta un coup d'œil rapide à Sinclair et à Roland avant de poursuivre.

— Nous te raconterons tout quand tu te seras reposée. Roland, ici présent, est ton héros. Et le mien.

Croisant le regard de Maureen, Roland lui adressa un petit salut solennel. La jeune femme avait appris à apprécier le bon géant, et lui était infiniment reconnaissante. Mais elle n'avait pas encore posé la question essentielle, elle n'avait pas la réponse qui comptait plus que tout. Sinclair lui offrit une autre cuillerée de glaçons, et elle put dire un autre mot.

— Le coffre ?

Sinclair sourit, pour la première fois depuis plusieurs jours.

— Il est en sécurité. Ici, au château. On l'a enfermé dans mon bureau.

— Qu'est-ce…

— Ce qu'il y a dedans ? Nous ne le savons pas encore. Nous ne l'ouvrirons pas sans vous, Maureen. C'est à vous qu'il a été remis, son contenu ne sera révélé qu'en votre présence.

Maureen, rassurée, ferma les yeux. Maintenant qu'elle savait qu'elle n'avait pas échoué dans sa mission, elle pouvait se laisser glisser dans la chaleur d'un sommeil réparateur.

***

Lorsque Maureen s'éveilla de nouveau, Tammy était à son chevet, assise dans un fauteuil de cuir rouge.

— Salut, ma belle ! s'écria-t-elle en posant le livre qu'elle lisait. Infirmière Tammy, à votre service. Que puis-je vous offrir ? Margarita ? Piña Colada ?

Maureen aurait aimé sourire, mais elle ne pouvait pas encore.

— Quelques glaçons, peut-être ? Ah ! je vois un pouce se lever. Allons-y.

Tammy s'empara du bol et s'approcha de Maureen, pour lui glisser quelques morceaux de glace dans la bouche.

— Délicieux, non ? Et tout frais ! Préparés de ma blanche main !

Maureen réussit cette fois à ébaucher un sourire, mais c'était encore douloureux. Après avoir ingurgité plusieurs cuillerées de glaçons, elle se sentit la force de parler, et même, mieux encore, de penser. Elle ressentait encore des élancements dans la tête, mais le vertige s'effaçait et la mémoire lui revenait.

— Que m'est-il arrivé ?

Toute trace de bonne humeur s'effaça du visage de Tammy. Elle se rassit à côté de Maureen.

— Nous espérons que tu nous raconteras la première partie. Et nous te dirons la seconde. Pas tout de suite, naturellement, quand tu auras la force de parler. Mais la police...

— La police ? croassa Maureen.

— Ne t'énerve pas ! Je n'aurais pas dû t'en parler. Tout va bien, maintenant, tu n'as pas besoin d'en savoir plus.

— Si. Je veux savoir ce qui est arrivé.

Maureen retrouvait la voix, et ses forces.

— D'accord. Je vais chercher les garçons.

***

Sinclair, Peter, Roland et Tammy pénétrèrent dans sa chambre à la suite l'un de l'autre.

— Maureen, dit Sinclair en s'asseyant sur la seule chaise qui se trouvait à côté de son lit, je ne sais comment vous exprimer mes regrets. Je vous ai fait venir ici, je vous ai mise en danger. Mais je n'aurais jamais imaginé qu'une chose pareille vous arriverait. Ici, sur le domaine, j'étais certain d'assurer votre sécurité. Nous n'avions pas prévu que vous sortiriez seule, en pleine nuit.

— Tu te rappelles ce que je t'ai dit, Maureen, sur les gens prêts à tout pour t'empêcher de découvrir le trésor ?

Maureen hocha légèrement la tête, de façon à être comprise sans risquer de nouveaux vertiges.

— Qui sont-ils ?

— La Guilde de la Loi. Ce sont des fanatiques, qui opèrent en France depuis des siècles. Leur programme est complexe. Mieux vaut attendre que vous soyez complètement rétablie pour vous l'expliquer.

Maureen voulut protester, mais Peter vint à la rescousse de Sinclair.

— Il a raison, Maureen, tu es encore fragile. Laissons les détails sordides pour plus tard.

— Vous avez été suivie. Ils surveillent le moindre de vos mouvements depuis votre arrivée en France.

— Mais comment ?

Sinclair, la mine épuisée, se pencha vers Maureen, qui remarqua ses profonds cernes bleus, conséquence de l'inquiétude et du manque de sommeil.

— À cause de moi, ma chère Maureen. Nous étions infiltrés. Je n'avais pas le moindre soupçon, mais l'un des nôtres était une taupe, un traître qui nous a dupés pendant des années.

Le chagrin et la honte marquaient le visage de Bérenger Sinclair. Mais son expression, pour misérable qu'elle fût, ne pouvait rivaliser avec la rage froide qui se lisait sur les traits de Roland. Ce fut à ce dernier que Maureen adressa sa question suivante.

— Qui est-ce ?

— De La Motte, cracha l'Occitan, qui continua dans sa langue, entraîné par la violence de son émotion.

Sinclair poursuivit à sa place :

— Jean-Claude. Mais ne craignez pas d'avoir été trahie par quelqu'un de votre sang, Maureen. Ce n'est pas un vrai Pascal. Là encore, il a menti. Qu'il soit maudit ! Je lui faisais confiance, sinon je ne lui aurais jamais permis de s'approcher de vous. Quand il est venu vous chercher, hier, il a déposé un de ses espions dans la propriété.

Maureen repensait à son charmant compagnon de promenade, si respectueux et si disert. Était-il possible que ce même homme ait projeté de lui nuire ? C'était difficile à imaginer. Un autre point restait obscur. Elle s'efforça d'articuler une phrase complète.

— Comment pouvaient-ils savoir à quel moment ?

Roland, Sinclair et Tammy se regardèrent d'un air de culpabilité collective. Tammy leva la main, avec une emphase feinte…

— C'est moi qui vais le lui dire.

À genoux à côté du lit de Maureen, elle leva les yeux sur Peter, pour l'inclure dans l'explication qu'elle s'apprêtait à fournir.

— Cela fait partie de la prophétie. Tu te souviens de l'étrange cadran solaire de Rennes-le-Château ? Il indique l'alignement astrologique dont il est question dans la prophétie. Un alignement qui ne se produit qu'une fois tous les vingt-deux ans, et qui ne dure que deux jours et demi.

— Et tous les vingt-deux ans, les gens d'ici surveillent constamment la zone, et guettent tout signe d'activité inhabituel. C'est la raison d'être des tours de guet, celle de Saunière comme la mienne, reprit Sinclair. Et c'est là que j'étais la nuit dernière. En fait, j'ai dû vous rater de très peu. Au bout de quelques heures, j'ai décidé d'aller à la tour de Rennes-le-Château, comme on le fait toujours dans ma famille. De la Magdala, j'ai vu un étrange phénomène lumineux dans la région d'Arques, et j'ai su qu'il fallait que je rentre de toute urgence chez moi. J'ai appelé Roland sur son portable, mais il s'était déjà lancé à votre recherche. Il y a des capteurs tout autour de la tombe, et dès qu'un mouvement est signalé, Roland est prévenu, dans ses appartements. Il était particulièrement vigilant cette nuit, tant à cause de l'alignement que parce que Tammy avait appris que nos adversaires étaient plus proches que nous le pensions. Lorsqu'un signal a retenti près de la sépulture, Roland est sorti immédiatement. Il a pris sa voiture, et il est arrivé sur place quelques instants après que vous aviez été attaquée. Quant à votre agresseur, disons qu'aujourd'hui, il est en bien plus mauvais état que vous. Et qu'il ne quittera l'hôpital que pour aller soigner ses os brisés en prison.

C'était donc pour cela que la porte de la tour était ouverte, se dit Maureen, *Sinclair venait d'en partir*.

— Jean-Claude connaissait les dates aussi bien que nous. Jusqu'à hier, il faisait partie de notre noyau dur, poursuivit Sinclair. Lorsque nous avons entendu parler de vous, et de vos travaux au cours des deux ans précédant l'alignement, nous avons eu la quasi-certitude que le moment était venu. À condition de vous faire venir ici pendant la durée de la configuration.

Peter posa la question qui taraudait Maureen.

— Une minute, s'il vous plaît ! Depuis combien de temps étiez-vous au courant ?

Ce fut au tour de Tammy, les yeux rougis par l'angoisse et le manque de sommeil, d'exprimer sa confusion.

— Pardon, Maureen, commença-t-elle d'une voix tremblante. Je n'ai pas été franche avec toi, je suis vraiment désolée. Lorsque nous nous sommes rencontrées, à Los Angeles, il y a deux ans, je t'ai regardée, j'ai vu ta bague, je t'ai écoutée me raconter en toute innocence ce qui t'arrivait. Je n'ai rien fait, à l'époque, mais je me suis débrouillée pour rester dans ton orbite. Quand ton livre est sorti, j'en ai envoyé un exemplaire à Berry. Nous sommes de grands amis, depuis des années, et je savais ce qu'il cherchait. Ce que nous cherchions tous.

Peter, qui avait commencé à apprécier Tammy, enrageait qu'elle ait utilisé Maureen à son insu.

— Vous lui avez menti du début à la fin.

— Il a raison, dit Tammy, en larmes. Et j'en suis désolée. Plus désolée encore que vous ne le croyez.

Roland passa un bras protecteur autour des épaules de la jeune femme, mais ce fut Sinclair qui prit sa défense.

— Ne la jugez pas trop durement. Je comprends que vous n'appréciez pas son comportement, mais elle avait ses raisons d'agir ainsi. Et elle a pris des risques que vous n'imaginez pas. Tamara est un soldat du Chemin.

Maureen essayait de digérer toutes ces révélations, les mensonges, les tromperies délibérées, ces années de rêves et d'étranges prophéties. Dans l'état où elle se trouvait, c'en était trop pour elle. Peter le lut sans doute sur son visage, car il s'empressa de mettre un terme à la conversation.

— Cela suffit, maintenant. Quand tu seras rétablie, ils te diront le reste.

Maureen ne protesta pas. Cependant, il demeurait une question essentielle, qui exigeait une réponse.

— Quand ouvrirons-nous le coffre ?

Elle était sincèrement étonnée qu'ils ne l'aient pas encore fait. Ces gens avaient consacré une grande partie de leur vie à sa quête. En ce qui concernait les Sinclair, ils avaient dépensé des fortunes, depuis des générations. Bien qu'ils la considèrent comme l'Élue, elle n'avait pas l'impression de mériter de savoir avant eux. Mais Sinclair avait exigé que personne ne touche à ce coffre avant que Maureen ne soit prête et Roland montait la garde personnellement dans le bureau, toutes les nuits.

— Dès que vous pourrez descendre, répondit le châtelain.

Roland se tordait les mains, l'air embarrassé. Tammy le remarqua et s'enquit des raisons de son trouble. L'Occitan s'approcha de Maureen.

— Le coffre, dit-il. C'est une relique sacrée, mademoiselle. Je pense... Je crois que si vous le touchiez, il pourrait peut-être guérir vos blessures.

— Vous pourriez avoir raison, répondit Maureen,

profondément touchée par l'intensité de sa foi. Voyons si je peux me lever.

— Es-tu sûre de vouloir essayer aujourd'hui, intervint Peter, inquiet. Le couloir est très long, et il y a plusieurs volées de marches.

Roland sourit à Peter, puis à Maureen.

— Vous n'aurez pas à marcher, mademoiselle.

La jeune femme lui rendit son sourire. Roland la souleva dans ses bras sans effort apparent.

***

Le père Peter Healy suivit en silence le géant qui portait la forme encore inerte de sa cousine dans les longs couloirs du château. De sa vie il ne s'était senti aussi impuissant. La situation lui échappait complètement. Il avait le sentiment que Maureen avait atteint un rivage où il ne pourrait la suivre. Pour découvrir le coffre, il avait fallu une sorte d'intervention divine. Il le lisait dans le cœur de sa cousine, et savait que les autres le comprenaient aussi. Il avait le pressentiment que l'immense demeure allait être le théâtre d'événements formidables qui auraient d'incalculables conséquences sur tous ceux qui y étaient réunis.

L'état de santé de Maureen était préoccupant. En examinant sa blessure, le médecin, stupéfait, avait déclaré que c'était un miracle qu'elle y eût survécu. Et Peter se demandait s'il ne fallait pas prendre le mot à la lettre. Peut-être Roland avait-il eu raison. Lorsque Peter avait plaidé pour que sa cousine soit hospitalisée, Roland, et non Sinclair, s'était opposé à cette suggestion. Le géant insistait pour que l'on n'éloignât pas la jeune femme du coffre. Qu'elle eût survécu était si extraordinaire que la proximité de la relique avait peut-être déjà joué un rôle de divin intercesseur.

295

Tandis qu'ils s'approchaient du bureau de Sinclair, Peter s'aperçut qu'il serrait si fort son chapelet que la chaîne lui coupait la main.

***

Le coffre était par terre, à côté d'un somptueux divan aux coussins de velours, où Roland déposa doucement Maureen, qui le remercia à voix basse. Tammy et Peter prirent place à côté d'elle, Sinclair et Roland restèrent debout.

Personne ne bougea lorsque Maureen se pencha lentement en avant, posa ses mains sur le couvercle et ferma les yeux. De ses paupières closes, des larmes ruisselaient sur ses joues. Elle ouvrit enfin les yeux, et contempla les visages qui l'entouraient.

— Ils sont là, murmura-t-elle. Je le sens.

— Êtes-vous prête ? lui demanda Sinclair.

Maureen lui répondit d'un sourire calme et profond qui transforma son visage. Elle n'était plus Maureen Pascal mais une femme qui irradiait de lumière intérieure et de paix. Plus tard, quand Bérenger Sinclair évoquerait ce moment, il dirait qu'il avait vu Marie-Madeleine elle-même.

Maureen adressa à Tammy un sourire radieux. Elle prit la main de son amie et la serra un instant. En une fraction de seconde, Tammy sut qu'elle était pardonnée. Ils avaient tous été conduits ici pour servir une cause divine, et tous maintenant le savaient. Cette connaissance les transformait, et créait entre eux un lien pour l'éternité. Tammy, le visage dans les mains, pleurait en silence.

Sinclair et Roland, agenouillés devant le coffre, consultèrent Maureen du regard. Lorsqu'elle hocha la tête, les deux hommes glissèrent leurs doigts sous le couvercle et se préparèrent à une sérieuse résistance.

Mais les gonds avaient été préservés de la rouille et le couvercle se souleva sans difficulté. Si facilement, même, que Roland perdit presque l'équilibre. Personne n'y prêta la moindre attention. Les regards étaient fixés sur les deux grandes jarres en argile qui reposaient dans le coffre.

***

La tension de Peter, assis à côté de Maureen, était perceptible. Ce fut cependant lui qui parla le premier.

— Ces jarres… Elles sont presque identiques à celles qui renfermaient les manuscrits de la mer Morte.

Roland, à genoux près du coffre, passa respectueusement la main au sommet d'une des jarres.

— Intacte, murmura-t-il.

— Oui, dit Sinclair. Et regardez, il n'y a pas de poussière, aucun signe d'érosion ni d'usure. On dirait que ces jarres ont été suspendues dans le temps.

— Elles sont scellées, fit observer Roland.

Maureen caressa une jarre et sursauta comme si elle avait reçu une décharge électrique.

— Est-ce que cela pourrait être de la cire ?

— Attendez, intervint Peter. Il faut en discuter. Si ces jarres contiennent ce que vous espérez, ce que vous croyez, nous n'avons pas le droit de les ouvrir.

— Vraiment ? répliqua Sinclair d'un ton sec. Qui en aurait donc le droit ? L'Église ? Ces jarres ne quitteront pas ces lieux avant que nous n'ayons soigneusement inventorié leur contenu. Et je n'accepterai certainement pas qu'elles finissent dans les caves du Vatican, où nul ne les verra pendant encore deux mille ans.

— Ce n'est pas ce que je voulais dire, répondit Peter en s'efforçant de paraître plus calme qu'il ne l'était. Mais si des documents sont scellés dans ces jarres depuis deux mille ans, les exposer à l'air pourrait les

297

endommager et même les détruire. Je suggère simplement de trouver un terrain neutre, en demandant peut-être l'aide du gouvernement français, pour les ouvrir en toute sécurité. Si nous les abîmons, ce serait un crime, littéralement et spirituellement.

Le dilemme de Sinclair était visible. La simple idée de risquer d'endommager le contenu des jarres était intolérable. Mais il avait à sa portée ce dont il avait rêvé toute sa vie, et résister à la tentation était un supplice. D'autre part, il se méfiait d'instinct de tous ceux qui n'étaient pas de la lignée. Roland résolut la question à sa place, en s'agenouillant devant Maureen.

— C'est à vous de prendre cette décision, mademoiselle Pascal. Je crois que c'est Elle qui vous a amenée jusqu'ici, et qu'Elle nous fera connaître sa volonté par votre bouche.

Maureen ouvrit la bouche pour répondre, mais un vertige la saisit. Peter et Tammy se précipitèrent pour la soutenir. Elle sombra dans un néant de quelques secondes, dont elle sortit après avoir vu la réponse, claire comme de l'eau de roche. Lorsqu'elle parla, ce fut sur le ton du commandement.

— Ouvrez les jarres, Roland.

Les mots sortaient de sa bouche, mais ce n'était pas sa voix qui les prononçait.

**

Sinclair et Roland soulevèrent prudemment les jarres et les posèrent sur une grande table en acajou.

Roland se tourna avec déférence vers Maureen.

— Laquelle devons-nous ouvrir en premier ?

Soutenue par Peter et Tammy, Maureen posa un doigt sur l'une d'elles. Elle n'aurait pu expliquer son choix, mais elle savait que c'était le bon. Roland glissa ses doigts autour du sceau, et Sinclair lui passa un coupe-papier ancien, qu'il prit sur son bureau. Le géant entreprit de rompre le cachet de cire. Tammy le fixait, les yeux exorbités.

Peter n'osait bouger. Il était le seul parmi eux à connaître les précautions dont on s'entourait pour travailler sur des documents ou des objets du passé. Le risque était colossal. Même les jarres méritaient tout leur respect.

Comme pour ponctuer ses réflexions intimes, un craquement sinistre se fit entendre. Le coupe-papier de Sinclair avait ébréché le couvercle de la première jarre en faisant sauter le cachet. Peter émit un gémissement et se prit la tête dans les mains.

— J'ai de trop grandes mains, mademoiselle, dit Roland à Maureen.

Cette dernière s'approcha, les jambes flageolantes, et plongea la main dans la jarre abîmée.

Lentement, comme dans un rêve, elle en sortit deux livres, écrits sur un papier très ancien. L'encre noire se détachait sur les pages jaunies. L'écriture était petite, précise et parfaitement lisible.

Peter se pencha au-dessus de Maureen, incapable de contenir plus longtemps son intense curiosité.

— C'est du grec, dit-il à Maureen d'une voix brisée par l'émotion.

— Tu peux le lire ? lui demanda la jeune femme, éperdue.

La réponse à sa question s'inscrivit sur le visage livide de Peter. Chacun comprit à cet instant que le père Healy ne verrait plus jamais le monde avec les mêmes yeux.

— « Je suis Marie, qu'on appelle Madeleine, traduisit-il lentement. Et… »

Il s'interrompit, non pour ménager ses effets mais parce qu'il ne savait pas s'il pourrait continuer. Un regard sur Maureen le persuada qu'il n'avait pas d'autre choix que de poursuivre.

— « … Et je suis la fidèle épouse de Jésus, qu'on appelle le Messie, fils de la maison royale de David. »

Chapitre 16

Château des Pommes Bleues

28 juin 2005

Peter consacra toute la nuit à travailler sur les traductions. Maureen refusa de quitter la pièce ; de temps en temps, elle se reposait sur le divan, où Roland avait posé quelques oreillers supplémentaires et une couverture. Confiante, Maureen lui souriait en le voyant s'affairer autour d'elle. Elle se sentait étrangement bien, et même forte ; elle n'avait plus du tout mal à la tête.

Pour ne pas déranger Peter, elle restait sur le canapé. Sinclair s'agitait pour deux, sans que Peter s'en formalisât. Maureen supposait qu'il ne le remarquait même pas. Le prêtre était entièrement absorbé par la nature sacrée de son travail de scribe.

Tammy passait de temps à autre, pour voir où il en était. Elle ne prit congé que très tard, à la même heure que Roland. Maureen, qui les avait observés toute la journée, en déduisit que ce n'était pas une coïncidence. Elle se souvenait de la nuit, après la réception, lorsqu'elle avait entendu Tammy et un homme à l'accent occitan parler dans le couloir. Il se passait quelque chose, entre ces deux-là, mais c'était récent. Maureen n'avait pas l'impression qu'il s'agissait d'une liaison ancienne. Quand tout ceci serait fini, elle tirerait les vers du nez à Tammy. Elle voulait connaître toute la vérité sur les relations entre les habitants des Pommes Bleues.

Elle reporta vite son attention sur les manuscrits lorsque Sinclair s'écria soudain :

— Mon Dieu ! Regardez ça !

Il était penché sur l'épaule de Peter, qui gribouillait fiévreusement sur des blocs la traduction littérale des textes écrits en grec. Le sens n'apparaîtrait pas d'un coup. Il fallait d'abord tout traduire. Ensuite seulement le prêtre pourrait mettre à l'épreuve sa connaissance des langues pour en donner une transcription plus moderne.

— Qu'y a-t-il ? demanda Maureen.

— Il faut que tu voies ça. Viens, si tu peux, je n'ose pas déplacer le manuscrit, lui répondit Peter.

Maureen se leva lentement ; en dépit de sa miraculeuse guérison, elle avait encore conscience de sa blessure à la tête. Elle s'approcha de la table et prit place à la droite de Peter. Sinclair lui désigna un des manuscrits.

— Regardez, à la fin de chaque grand segment, appelons-les des chapitres, on trouve le même signe. On dirait un sceau sur de la cire.

La jeune femme suivit le doigt de Sinclair, qui s'immobilisa au-dessus du symbole en question, les neuf points entourant un cercle central. Le dessin désormais familier de la bague de Maureen.

— Le sceau personnel de Marie-Madeleine, dit Sinclair avec révérence.

Maureen rapprocha sa bague du sigle. Ils étaient identiques. En fait, on aurait pu affirmer qu'une seule et même bague avait gravé le symbole.

***

Lorsque le soleil se leva sur les Pommes Bleues, le premier livre du récit de Marie-Madeleine était presque entièrement traduit. Peter avait travaillé comme un possédé. Il ne s'était interrompu que pour boire quelques gorgées de la tasse de thé que lui avait apportée Sinclair. Sa pâleur était effrayante.

— Peter, lui dit Maureen, inquiète, fais une pause. Il faut que tu dormes pendant quelques heures.

— Non. C'est impossible. Je ne peux pas m'arrêter maintenant. Tu ne le comprends pas, parce que tu ne sais pas encore ce que je sais. Il faut que je continue. Il faut que je prenne connaissance de tout ce qu'elle a dit.

D'un commun accord, ils avaient décidé d'attendre que Peter soit satisfait de sa traduction avant d'en commencer la lecture. Bien que l'attente fût un supplice, ils respectaient tous le savoir de Peter, et l'énorme responsabilité qui lui incombait. Le prêtre était pour l'instant le seul à connaître le contenu des manuscrits.

— Je ne peux pas m'en séparer, poursuivit-il, les yeux brillant d'une fièvre que Maureen ne lui connaissait pas.

— Quelques minutes seulement. Viens dehors avec moi, prendre un peu d'air. Ça te fera du bien. Et quand tu reviendras, on te fera servir ton petit déjeuner ici.

— Non. Pas de nourriture. J'ai besoin de jeûner jusqu'à ce que les traductions soient terminées. Il m'est impossible de m'arrêter maintenant.

Sinclair comprenait l'impatience fébrile de Peter, mais constatait aussi son état d'épuisement physique. Il choisit une autre tactique.

— Père Healy, vous avez accompli un travail colossal, mais si vous vous surmenez, la qualité de votre traduction pourrait en souffrir. Je vais demander à Roland de monter la garde ici, pendant que vous faites une pause.

Sinclair sonna Roland. Peter regarda le visage inquiet de Maureen. Il céda.

— Bon, dit-il. Juste cinq minutes, pour respirer un peu.

***

303

Sinclair leur ouvrit les portes des jardins de la Trinité. Une colombe voletait sur les rosiers, la fontaine de Marie-Madeleine gazouillait au soleil du matin.

Peter parla en premier, d'une voix douce et emplie d'appréhension.

— Que se passe-t-il, Maureen ? Pourquoi sommes-nous ici ? Pourquoi nous ? On dirait un rêve, ou… un miracle. As-tu le sentiment d'être dans le réel, toi ?

— Oui. Je ne pourrais pas l'expliquer, mais je ressens une grande sérénité. Comme si tout cela avait été écrit. Et tu en fais partie comme moi, Peter. Ce n'est pas un hasard si tu m'as accompagnée, si tu enseignes les langues de l'antiquité, si tu sais traduire le grec. Tout cela était… orchestré.

— J'ai tout à fait l'impression de jouer un rôle dans quelque chose d'essentiel. Mais je ne sais vraiment pas lequel, ni pourquoi il m'a été attribué.

Maureen se pencha sur une rose, pour en respirer le capiteux parfum. Puis elle releva les yeux sur Peter.

— Depuis combien de temps tout ceci est-il à l'œuvre ? Est-ce que cela a été préparé avant notre naissance ? Ou bien avant encore ? A-t-il été planifié que ton grand-père travaille à la bibliothèque Nag Hammadi, pour que tu sois prêt le jour venu ? Ou bien est-ce écrit depuis deux mille ans, depuis que Marie a caché son Évangile ?

Peter réfléchit avant de répondre sur un ton hésitant.

— Tu sais, avant la nuit dernière, ma réponse aurait été bien différente…

— Pourquoi ?

— À cause d'Elle, et de ce qu'elle a écrit. Elle parle exactement comme tu viens de le faire, c'est stupéfiant. Elle dit que certaines choses sont décidées par Dieu, que certaines personnes sont destinées à jouer un rôle particulier. Maureen ! C'est incroyable ! Je suis en train de lire un récit de première main sur Jésus et les apôtres, écrit par quelqu'un qui parle d'eux comme de simples êtres humains. Il n'existe rien de comparable à ce... à cet Évangile, car il faut l'appeler comme ça, dans toute la littérature de l'Église. Je m'en sens tellement indigne.

— Bien sûr que tu en es digne, protesta Maureen. Tu as été choisi. Réfléchis au nombre d'interventions divines qu'il a fallu pour que nous soyons ici ensemble, au bon moment, et que nous puissions raconter cette histoire.

Pour la première fois, le visage de Peter reflétait une profonde angoisse et Maureen comprit qu'il luttait contre de puissants démons intérieurs.

— Quelle histoire vais-je raconter, moi ? Si ces Évangiles sont authentiques...

— Comment peux-tu en douter ? l'interrompit Maureen, incrédule. Après tout ce que nous avons subi pour en arriver là ? ajouta-t-elle en touchant la blessure derrière sa tête.

— Pour moi, Maureen, c'est maintenant une question de foi. Les manuscrits sont parfaitement intacts. Il n'y manque pas un seul mot. Les jarres n'étaient même pas poussiéreuses. Comment est-ce possible ? De deux choses l'une : ou ce sont des faux, ou c'est une preuve de la volonté divine.

— Qu'en penses-tu personnellement ?

— Je viens de passer des heures à traduire des textes stupéfiants. Presque tout ce que j'ai lu est pour ainsi dire hérétique. Pourtant on y découvre un Jésus magnifique et bouleversant d'humanité. Mais ce que je pense n'a pas d'importance. Il faudra que les manuscrits soient authentifiés au moyen des techniques les plus modernes pour que le monde les accepte.

Peter s'interrompit, et prit le temps d'intégrer ces nouvelles données.

— Si leur authenticité est prouvée, tout le système de croyances de la race humaine, depuis deux mille ans, sera à remettre en cause. Ainsi que tout ce qu'on m'a appris, tout ce en quoi j'ai cru.

Maureen regarda cet homme, son cousin, son meilleur ami, qu'elle avait toujours considéré comme un roc, comme un exemple de rigueur et d'intégrité. Et qui était aussi un croyant ardent, et un prêtre loyal envers son Église.

— Que vas-tu faire ? lui demanda-t-elle simplement.

— Je n'ai pas eu le temps d'y réfléchir. Il faut d'abord que je lise la totalité des manuscrits, pour voir à quel point ils contredisent, ou je l'espère, confirment les Évangiles que nous connaissons. Je n'en suis pas encore à la crucifixion, ni à la Résurrection.

Maureen comprit alors pourquoi Peter éprouvait une telle répugnance à se séparer des manuscrits avant d'en avoir achevé la traduction. S'il était authentifié, le récit de Marie-Madeleine sur les événements survenus après la crucifixion pouvait anéantir les croyances d'un tiers de la population du monde. Le christianisme était fondé sur le postulat de la résurrection de Jésus d'entre les morts, au troisième jour. Selon les Évangiles, Marie-Madeleine avait été le premier témoin de ce miracle, sa version était capitale.

Au cours de ses recherches, Maureen avait appris que les théoriciens qui considéraient Marie-Madeleine comme l'épouse de Jésus affirmaient aussi que Jésus n'était pas le fils de Dieu, et qu'il ne s'était pas relevé d'entre les morts. Il existait de nombreuses hypothèses au sujet de la survie de Jésus : certains disaient que son corps physique avait été emporté par ses disciples. Personne jamais n'avait avancé de théorie selon laquelle Jésus aurait été à la fois marié et fils de Dieu. Pour une raison ou une autre, ces deux circonstances avaient toujours été perçues comme s'excluant l'une l'autre. Ainsi peut-être s'expliquait le fait que l'existence de Marie-Madeleine en tant que premier apôtre ait toujours été considérée comme une menace par l'Église.

Peter avait certainement réfléchi à toutes ces questions durant ces dernières heures.

— Cela dépendra de la position officielle de l'Église, répondit-il enfin.

— Et s'ils nient ? Choisiras-tu l'institution, ou la vérité que tu connais, dans ton cœur ?

— J'espère que l'un n'exclura pas l'autre. Mais c'est peut-être exagérément optimiste. Si cela se produit, alors le moment sera venu.

— Le moment de quoi ?

— *Elige magistrum*. Choisis ton maître.

***

Lorsqu'ils rentrèrent au château, Maureen parvint à convaincre Peter de prendre une douche avant de se remettre au travail. Elle-même regagna sa chambre pour se rafraîchir, et mettre de l'ordre dans ses idées. L'épuisement la guettait, mais elle ne pouvait encore y céder. Pas avant de connaître le contenu des manuscrits.

Au moment où elle s'essuyait le visage dans une élégante serviette rouge, on frappa à sa porte.

Tammy bondit dans la pièce.

— Salut ! J'ai raté un épisode ?

— Non. Peter nous lira le premier livre dès qu'il considérera la traduction comme satisfaisante. Selon lui, c'est stupéfiant. Je n'en sais pas plus.

— Où est-il ?

— Dans sa chambre. Il se repose un peu. Il a fallu que nous insistions pour qu'il quitte les manuscrits. Il vit un moment très difficile, bien qu'il ne le reconnaisse pas publiquement. C'est une immense responsabilité, pour lui. Peut-être même un grand risque.

— Il y a quelque chose que je n'arrive vraiment pas à comprendre, s'emporta Tammy en s'asseyant au bord du lit de Maureen. Pourquoi ça gêne tellement les gens, l'idée que Jésus ait pu être marié, et avoir des enfants ?

307

En quoi cela altère-t-il son message ? Pourquoi serait-ce une menace pour les chrétiens ?

Tammy s'exprimait avec passion. Manifestement, elle se posait ces questions depuis longtemps.

— Et ce fameux passage de l'Évangile de Marc, celui qu'on lit durant les cérémonies de mariage ? « Au commencement, Dieu créa l'homme et la femme. L'homme quittera sa mère et son père, et s'unira à son épouse. Et ils ne feront plus qu'une chair, car ils ne seront plus deux, mais un seul. »

— Je ne m'attendais pas à t'entendre me citer les Évangiles, s'étonna Maureen.

— Marc, chapitre 10, verset 6 à 8. Les gens ne cessent de brandir les Évangiles contre nous, pour réduire l'importance de Marie-Madeleine. Alors, j'ai cherché les versets qui vont dans notre sens. Et c'est bien ce que prêche Jésus dans cet Évangile. Trouve-toi une femme, et reste avec elle. Pourquoi prêcherait-il une chose qui ne serait pas admissible pour lui personnellement ?

— Bonne question, répliqua Maureen. À mon avis, que Jésus se soit marié le rend encore plus accessible.

— On parle de Dieu le Père. Alors pourquoi le Christ, son fils, fait à son image, n'aurait-il pas d'enfants à son tour ? En quoi cela entacherait-il sa divinité ? Je ne comprends tout simplement pas.

Maureen secoua la tête. Elle n'avait aucune réponse à fournir.

— Je suppose que c'est à l'Église de répondre à cette question. Et aux individus, selon leur foi.

***

En début de soirée, Peter déclara qu'il avait terminé la traduction du premier livre.

Sinclair se leva.

— Si vous êtes prêt, mon Père, je vais faire appeler Roland et Tamara.

— Oui, qu'ils viennent. Parce que le moment est venu.

Sur ces mots, il regarda Maureen qui lut dans ses yeux un indicible mélange d'ombre et de lumière.

Tamara et Roland ne tardèrent pas à les rejoindre dans le bureau de Sinclair. Lorsqu'ils se furent tous réunis autour de lui, Peter leur déclara qu'il lui restait quelques points obscurs, qu'il ne pourrait éclaircir qu'avec du temps, et l'aide d'autres experts. Mais, poursuivit-il, ce dont il disposait d'ores et déjà permettait de comprendre la véritable personnalité de Marie-Madeleine et son rôle dans la vie de Jésus-Christ. Puis il commença sa lecture par ces mots :

— Elle appelle cette partie la Grande Époque :

« Je m'appelle Marie, dite Madeleine, princesse de la tribu royale de Benjamin et fille des nazaréens. Je suis la fidèle épouse de Jésus, le Messie du Chemin, qui était fils de la maison royale de David et descendait de la caste des prêtres d'Aaron.

On a beaucoup écrit sur nous. On écrira encore plus à l'avenir. Beaucoup de ceux qui écriront ne connaissent pas la vérité et n'étaient pas présents pendant la Grande Époque. Les mots que je confie à ces pages sont la vérité devant Dieu. Ce qui est arrivé durant ma vie, durant la Grande Époque, durant les Jours obscurs, et après.

Je lègue ces mots aux enfants de l'avenir, pour que, le moment venu, ils les trouvent et soient instruits de la vérité sur ceux qui ont ouvert le Chemin. »

Ainsi commença de se déployer sous leurs yeux l'histoire de la vie de Marie-Madeleine, dans ses détails les plus surprenants et les plus inattendus.

Chapitre 17

Galilée

26 apr. J.-C.

La poussière était fraîche et douce entre les orteils de Marie. Elle regarda ses pieds, parfaitement consciente de la saleté de ses jambes nues. Elle s'en moquait complètement. D'ailleurs, ce n'était que l'un des détails du désordre de son apparence improbable. Ses longs cheveux auburn dénoués flottaient jusqu'à sa taille en boucles sauvages, et sa tunique n'était pas ceinturée.

Quelques instants auparavant, alors qu'elle tentait de s'échapper de la maison sans être vue, elle n'avait pu éviter le regard désapprobateur de Marthe.

— Tu vas sortir dans cette tenue ?

Marie avait souri, sans s'inquiéter d'avoir été découverte.

— Je vais au jardin. Et il est entouré de murs. Personne ne me verra.

— Une femme de ton rang et de ta position ne se roule pas dans la poussière comme une servante aux pieds nus. C'est inconvenant.

La désapprobation de Marthe était plus formaliste que sincère. Elle était habituée aux libertés que prenait sa jeune belle-sœur. Marie était la plus exquise des créatures de Dieu et Marthe la chérissait. De plus, la jeune fille avait, hélas ! bien peu d'occasions de se laisser aller à ses fantaisies. Sa vie était assombrie par de lourdes responsabilités, qu'elle assumait avec dignité et courage. Si Marie pouvait profiter d'un de ses rares instants de liberté pour se promener dans les jardins, lui interdire ce petit plaisir aurait été trop injuste.

— Ton frère sera de retour avant le coucher du soleil, lui rappela cependant Marthe.

— Je sais. Ne t'inquiète pas, il ne me verra pas. Et je reviendrai à temps pour t'aider à préparer le repas.

La jeune fille embrassa la femme de son frère sur la joue et courut vers l'intimité qu'elle trouverait dans le jardin. Marthe la regarda s'éloigner en souriant tristement. Marie était si minuscule, son ossature était si fragile, qu'on la traitait facilement comme un bébé. Pourtant, elle n'était plus une enfant, songeait Marthe, mais une jeune femme en âge de se marier, et une femme tout à fait consciente du sérieux du destin qui lui était réservé.

En entrant dans le parc, Marie ne pensait guère au destin. Demain serait bien assez tôt pour cela. Elle leva la tête, pour s'emplir les narines de l'odeur piquante du mois d'octobre mêlée à la brise de la mer de Galilée. Au loin s'élevait le mont Arbel, fort et rassurant dans le soleil de l'après-midi. Marie considérait cet amas rocheux d'un rouge profond, auprès duquel elle était née, comme sa montagne personnelle. Elle lui avait tellement manqué ! La famille était le plus souvent installée dans leur autre maison, à Béthanie, car la proximité de Jérusalem était importante pour le travail de son frère. Mais Marie aimait la beauté de la Galilée, et s'était montrée enchantée lorsque son frère lui avait annoncé qu'ils y passeraient l'automne.

Comme elle les chérissait ces moments de solitude sous les oliviers, au milieu des fleurs sauvages ! Elle était si rarement seule qu'elle savourait chacun de ces instants volés. Ici, elle pouvait se gorger en toute tranquillité de la beauté de Dieu, ici, enfin, elle se libérait des contraintes qui étaient imposées par la tradition à toute fille de sa condition.

Un jour, son frère l'avait surprise dans son refuge, et lui avait demandé ce qu'elle avait fait pendant toutes les heures où elle avait disparu.

— Rien ! Absolument rien !

Lazare avait regardé sévèrement sa petite sœur, puis s'était radouci. Qu'elle ait raté le déjeuner l'avait mis en colère, mais sa fureur s'était changée en peur. C'était plus qu'une simple inquiétude fraternelle. Il aimait profondément son exquise et intelligente jeune sœur, mais il était aussi son gardien. Sa santé, son bien-être étaient ses priorités absolues. La protéger à tout prix, tel était le devoir sacré qu'il avait à remplir vis-à-vis de sa famille, de son peuple et de son Dieu.

Lorsqu'il l'avait découverte, couchée dans l'herbe, les yeux fermés et parfaitement immobile, il avait connu un moment de pure terreur. Mais Marie avait bougé, comme si elle avait senti sa panique. De la main, elle s'était protégé les yeux de l'éblouissant soleil et avait regardé son frère. Il semblait prêt à tuer.

La colère de Lazare était retombée lorsqu'elle lui avait parlé. Il commençait à comprendre, pour la première fois, à quel point elle avait besoin de ces rares moments de solitude. En tant que fille unique de la descendance de Benjamin, son destin était tracé dès sa naissance. Le sang royal et la prophétie lui accordaient ce privilège. Sa petite sœur fonderait une dynastie, comme l'avaient prévu les plus grands prophètes d'Israël – et nombreux étaient ceux qui considéraient son mariage comme rien moins que la volonté de Dieu.

Un fardeau si lourd, sur de si frêles épaules ! avait songé Lazare en l'écoutant. Pour une fois, Marie parlait ouvertement et laissait libre cours à ses émotions. Son frère comprit enfin la crainte que lui inspirait cette prédestination, et en ressentit un élan de culpabilité.

Aussi étrange que cela soit, il s'autorisait rarement à la considérer comme une personne humaine. Elle était un bien précieux, à protéger de tous les dangers, et il avait admirablement accompli sa tâche, avec le soin le plus extrême. Mais il l'aimait aussi. Il s'en était rendu compte après avoir rencontré Marthe, quand il s'était enfin autorisé à éprouver des émotions.

Lazare n'était qu'un enfant lorsqu'il avait perdu son père. Trop jeune, sans doute, pour endosser les responsabilités de la dynastie familiale en plus de ses obligations de propriétaire terrien. Mais le jeune homme avait juré à son père mourant qu'il ne s'y déroberait pas. Il le devait à la maison de Benjamin, il le devait à son peuple, il le devait au Dieu d'Israël.

Il n'avait jamais failli à cette myriade d'obligations, dont la principale était de prendre soin de Marie. Pour s'y conformer, il menait une vie exemplaire et dénuée de plaisirs. L'éducation de sa sœur avait été en tous points digne de son rang et de sa destinée à venir. Mais son sens du devoir l'éloignait de toute émotion. Les sentiments étaient un luxe dangereux, qu'il ne s'autorisait pas.

Jusqu'au jour béni où Dieu lui avait amené Marthe.

Elle était la fille aînée d'une des plus nobles familles d'Israël. Le mariage avait été arrangé, mais Lazare avait eu à choisir entre trois sœurs. Au début, son choix s'était porté sur Marthe pour des raisons pratiques. Étant la plus âgée, elle était la plus raisonnable, et la mieux apte à tenir une maison. Les cadettes étaient frivoles et gâtées, et il craignait qu'elles n'exercent une mauvaise influence sur sa sœur. Les trois filles étaient jolies, mais la beauté de Marthe était plus sereine, et lui apportait une paix inconnue jusqu'alors.

Ce mariage de raison se transforma en grand amour, et Marthe sut ouvrir le cœur de Lazare. Quand la mère de Lazare mourut subitement, privant la petite Marie d'influence maternelle, Marthe n'eut aucun mal à endosser ce rôle.

Lorsqu'elle s'installa à l'ombre de son arbre préféré, Marie pensait à Marthe. Le lendemain, arrivait le grand prêtre Anne et les préparatifs du mariage allaient commencer. Elle n'aurait plus de sitôt l'occasion de s'échapper sans escorte, autant en profiter au maximum, se disait-elle. Car il n'allait plus tarder, comme tous le savaient, le jour où elle devrait quitter sa maison bien-aimée pour suivre son futur mari dans les terres du Sud. Son époux !

Easa.

La pensée de celui qui lui était destiné emplit le cœur de Marie de joie. N'importe quelle femme lui aurait envié le rôle qui l'attendait : celui de future reine. Mais ce qui faisait exulter Marie, c'était l'homme, et non son titre de roi. On l'appelait Yeshua, fils aîné et héritier du trône de David. Pourtant Marie lui donnait toujours le surnom de son enfance, Easa, au grand dam de son frère et de Marthe.

— Marie, ce n'est pas convenable d'appeler notre futur roi, le chef élu de notre peuple, par un surnom enfantin, l'avait grondée Lazare lors du dernier séjour d'Easa.

— Elle, elle peut, avait rétorqué une voix douce et profonde qui s'imposait sans effort.

Lazare s'était retourné brusquement et avait reconnu Yeshua, le Fils du Lion, debout derrière lui.

— Marie me connaît depuis l'enfance, elle m'a toujours appelé Easa. Et je ne voudrais pas que cela change, surtout pas.

Le frère de Marie était mortifié, mais Easa le gratifia d'un sourire empreint d'une telle magie, d'une chaleur si communicative qu'il en était irrésistible. La soirée s'acheva très agréablement. Tous ceux qu'aimait Marie s'étaient rassemblés autour d'Easa, et écoutaient ses sages paroles.

Allongée sous le plus haut des deux oliviers, Marie s'assoupit tandis que dansaient sous ses paupières les images de son futur mari.

***

315

Marie sentit une ombre planer sur son visage et fut prise de panique. La nuit tombait! Lazare allait être furieux.

Mais en secouant la tête pour s'éclaircir les idées, elle réalisa qu'on était en plein jour et que le soleil brillait sur le mont Arbel. Relevant les yeux, elle eut un hoquet de surprise et se releva d'un bond pour se jeter, avec l'exubérance heureuse d'une jeune fille amoureuse, dans les bras de l'homme qui se tenait devant elle.

— Easa!

Il l'enlaça tendrement avant de reculer pour mieux la voir.

— Ma petite colombe, dit-il en l'appelant du surnom qu'il lui avait donné quand elle était enfant, est-ce possible que tu sois chaque jour plus belle que la veille?

— Easa! Mais je ne savais pas que tu venais, personne ne...

— Personne ne le sait. Ce sera une surprise pour tout le monde. Mais je voulais assister aux préparatifs de mon mariage.

Il la gratifia de son magnifique sourire. Marie le dévisagea, s'émerveillant des profonds yeux noirs sertis dans les hautes pommettes. C'était le plus bel homme qu'elle ait jamais vu, le plus bel homme du monde.

— Mais mon frère dit que tu n'es pas en sécurité, ici.

— Ton frère est un grand homme qui s'inquiète trop, la rassura Easa. Dieu nous protégera.

Marie se rendit subitement compte de sa tenue en désordre. Ses longs cheveux étaient emmêlés, parsemés de brins d'herbe et de paille, ses bras et ses jambes étaient nus et sales. Elle n'avait rien, mais vraiment rien d'une future reine! Elle se lançait dans des excuses embarrassées lorsque Easa l'arrêta en riant.

— Ne t'en fais pas, ma colombe. Je suis venu te voir, toi, pas tes robes ou tes parures.

Et, riant toujours, il entreprit d'enlever les brins d'herbe de sa chevelure. Souriante elle aussi, Marie ajusta sa tunique et se frotta les jambes.

— Lazare ne verrait pas les choses du même œil, crois-moi !

Son frère ne plaisantait pas avec le protocole. Il serait hors de lui s'il savait que sa sœur était dans le jardin, seule et dans une tenue négligée. Surtout devant le futur roi davidique !

— Je m'occupe de Lazare. Mais soyons prudents. Pars devant, et ne dis pas que tu m'as vu. Je vais sortir par-derrière et revenir ce soir, après avoir été dignement annoncé. Ainsi, ton frère et Marthe seront prévenus de mon arrivée.

— À ce soir, alors, dit Marie prise d'un subit accès de timidité.

Puis elle s'en retourna vers la maison.

— Fais semblant d'être étonnée, lui cria Easa en riant tandis qu'il regardait sa future épouse courir dans le jardin pour rentrer chez son frère.

***

Le jour et la nuit suivants s'inscriraient en lettres de feu dans la mémoire de Marie. Ils seraient ses dernières heures d'insouciance, de jeunesse, d'amour et de bonheur.

Comme prévu, Anne se présenta le lendemain, mais le plan qu'il avait ourdi n'était, lui, pas prévu du tout. Le climat politique et spirituel de Jérusalem était très instable et les Romains se faisaient de plus en plus menaçants. Réunis en conseil extraordinaire, les prêtres avaient choisi un nouveau roi. Ce conseil avait considéré que Yeshua ne possédait pas les qualités requises pour remplir la tâche sacrée.

Dès l'arrivée du prêtre et de son escorte, Marthe et Marie avaient été éloignées de la pièce où ils se tenaient, mais la jeune fille voulait entendre les hommes les plus puissants de son peuple discuter de son avenir. Easa lui avait souri, mais elle avait lu dans son regard une

317

lueur de doute qu'elle n'avait encore jamais vue. Et qui la terrifiait. Faisant fi de l'avis de Marthe, Marie se cacha dans le couloir, et écouta.

Ils parlaient fort, certains criaient, se coupaient la parole. La conversation était difficile à suivre. La voix âpre et rugueuse était celle d'Anne.

— C'est de ta faute. Il ne fallait pas t'allier aux zélotes. Les Romains ne nous autoriseront jamais à nouer un lien quelconque avec toi, à cause des assassins et des révolutionnaires qui te soutiennent. Cela reviendrait à les inciter à massacrer notre peuple.

La voix calme et mélodieuse qui répondit était celle d'Easa.

— J'accueille tout homme qui choisit de me suivre pour chercher le royaume de Dieu. Les zélotes reconnaissent que je descends de David. Je suis leur chef légitime. Et le tien.

— Tu ne comprends pas ce que nous affrontons, aboya Anne. Pilate, le nouveau procurateur, est un barbare. Il fera couler autant de sang qu'il voudra pour faire taire nos revendications les plus minimes. Il déploie son drapeau païen dans les rues de la ville, il frappe nos monnaies à l'effigie de ses idoles, dans le simple but de nous rappeler que nous sommes impuissants. Il n'hésiterait pas à éliminer n'importe lequel d'entre nous s'il supposait que nous favorisons la rébellion contre Rome au sein du Temple.

— Le tétrarque nous soutiendra, dit Easa. Il pourrait intervenir auprès du procurateur.

— Hérode Antipas ? Il ne s'intéresse qu'à ses plaisirs, et Rome beurre son pain. Il ne se rappelle qu'il est juif que lorsque cela sert ses ambitions.

— Son épouse est une nazaréenne.

La réponse d'Easa suscita le silence. Il avait reçu les enseignements libéraux du peuple nazaréen, dont sa mère était un des guides spirituels. Les nazaréens observaient la loi religieuse moins strictement que les Juifs du Temple. Par exemple, ils acceptaient les femmes dans leurs cérémonies rituelles et en avaient même reconnu certaines comme prophètes. Ils autorisaient également les gentils à entendre leurs enseignements et à participer à leurs offices.

Anne avait beau prétendre que le conseil avait retiré son soutien à Easa à cause de la faction zélote, chacun savait que ce n'était qu'un écran de fumée. En vérité, l'enseignement d'Easa était trop révolutionnaire, et trop influencé par les nazaréens. Les prêtres du Temple se sentaient incapables de le maintenir sous leur coupe.

En soulevant la question de la qualité de nazaréenne de la femme d'Hérode, Easa avait lancé un défi aux prêtres du Temple. Il suivrait son chemin de roi davidique et de Messie sans eux, en tant que nazaréen. C'était un choix extrêmement dangereux, qui pourrait diminuer le pouvoir des prêtres du Temple, mais pourrait aussi nuire à Easa si le peuple lui retirait son soutien pour se retourner vers ses chefs traditionnels.

Anne ne se le tint pas pour dit. Au contraire, il éleva la voix.

— « Elle est l'Épouse, et il est l'Époux. »

Le silence se fit dans la pièce. Marie, la bouche sèche, se recroquevilla dans sa cachette. Anne citait le Cantique des cantiques, le poème écrit par le roi Salomon pour célébrer l'union des nobles familles d'Israël. En l'occurrence, c'était une référence évidente au mariage de Marie et d'Easa. Pour qu'un roi régnât sur son peuple, la tradition exigeait que son épouse fût d'aussi royal lignage. Marie, benjamite descendante du roi Saül, était la première princesse de sang d'Israël. Et, en tant que telle, promise dès l'enfance à Yeshua, le Fils du Lion de Judée. Les tribus de Judée et de Benjamin s'unissaient depuis l'Antiquité, depuis que la fille de Saül, Mikal, avait épousé David.

Mais, selon la loi, pour devenir roi, il fallait une reine de lignage royal. Anne soulevait une question qui était une menace directe contre son mariage.

Le frère de Marie parla ensuite. Lazare contrôlait parfaitement ses émotions en toutes circonstances, et il fallait très bien le connaître pour entendre l'angoisse qui l'étreignait.

— Anne, ma sœur est promise à Yeshua selon la Loi. Les prophètes l'ont désigné comme le Messie de notre peuple. Je ne vois pas comment nous pourrions nous écarter de la volonté de Dieu.

— Tu oses me dire, à moi, quel est le choix de Dieu ? tonna le prêtre.

Marie se désolait. Son frère était un homme pieux. Offenser le grand prêtre allait le mortifier.

— Nous, nous croyons que Dieu a choisi un autre homme. Un défenseur rigoureux de la Loi, un homme qui soutiendra tout ce qui est sacré pour notre peuple sans que les Romains en prennent ombrage.

— Et qui est cet homme ? demanda doucement Easa.

— Jean.

— Le Baptiste ? fit Lazare, incrédule.

— C'est un parent du Lion, intervint une voix que Marie ne connaissait pas, peut-être celle de Caïphe, le beau-fils d'Anne.

— Ce n'est pas un David, reprit Easa.

— Non, répondit Anne. Mais sa mère descend de la caste des prêtres d'Aaron et son père est un zadokite. Le peuple pense qu'il est l'héritier du prophète Élie. Cela suffira pour qu'il le suive, s'il est bien marié.

La boucle était bouclée. Anne était venu organiser le mariage de Marie avec le candidat des prêtres. Elle n'était que le détail pratique dont ils avaient besoin pour assurer sa légitimité.

— Vous n'avez pas le droit de choisir vos Messies comme des objets de bazar, explosa une voix dont Marie supposa qu'elle appartenait au jeune frère d'Easa : le même timbre, mais sans la douceur. Nous savons tous que Yeshua est celui qui a été choisi pour libérer notre peuple. Comment osez-vous proposer quelqu'un d'autre, sous prétexte que vous craignez pour vos privilèges ?

Plusieurs voix s'élevèrent violemment, on ne discernait plus aucune parole. Marie tremblait de tous ses membres. Elle sentait au plus profond de ses os que sa vie allait être transformée.

La voix d'Anne se fit plus perçante, s'imposa.

— Lazare, tu es le tuteur de ta sœur. Toi seul peux prendre la décision de rompre le mariage et d'accorder la main de la fille de Benjamin au candidat que nous avons choisi. Désormais, tout dépend de toi. Mais je te rappelle que ton père était un pharisien, et un fidèle serviteur du Temple. Je l'ai bien connu. En son nom, et comme il le ferait, je te prie d'agir pour le bien de ton peuple.

Marie savait que Lazare affrontait un grave dilemme. Leur père, en effet, avait été un loyal serviteur du Temple et de la Loi, jusqu'à son dernier jour. Sa mère avait été nazaréenne, mais pour de tels hommes, cela ne représentait rien. Lazare avait juré à son père, sur son lit de mort, qu'il respecterait la Loi et préserverait la Maison des Benjamin, quoi qu'il en coûte. Il se trouvait devant un horrible cas de conscience.

— Tu veux marier ma sœur au Baptiste ? interrogea-t-il.

— C'est un homme de bien, et un prophète. Lorsqu'il aura été oint comme le Messie, le statut de ta sœur sera le même que si elle épousait Yeshua.

— Jean est un ermite, un ascète, intervint Yeshua. Il n'a ni envie ni besoin d'une épouse. Il vit en reclus, et pense se rapprocher ainsi de Dieu. Pourquoi le priver de sa solitude et mettre fin à son travail en le forçant à se marier, avec toutes les responsabilités que cela implique ?

— Nous ne le forcerons à rien. Il se mariera pour légitimer son statut de Messie. Ensuite, elle ira vivre dans la famille de Jean et le Baptiste retournera prêcher. Elle remplira les devoirs dynastiques selon la Loi, tout comme lui.

Éperdue, Marie écoutait avec pour seul espoir que la nausée qui la torturait ne la submergerait pas, et ne trahirait pas sa cachette. Elle savait ce que signifiaient les devoirs dynastiques. Avoir des enfants, avec Jean l'ascète. Non contents de la priver du plus grand bonheur en ce monde, épouser Easa, ces hommes voulaient empêcher Easa de devenir leur futur roi.

Le Baptiste ! Marie n'avait jamais vu cet homme qui prêchait sur les rives du Jourdain, mais sa réputation était légendaire. Il était le cousin d'Easa, et son aîné. Les deux hommes n'auraient pu être plus différents. Easa respectait Jean, et parlait de lui comme d'un grand serviteur de son Dieu et un homme juste. Mais il connaissait aussi ses limites. Lorsque Marie l'avait interrogé sur le farouche prêcheur qui baptisait dans l'eau, Easa lui avait expliqué que Jean rejetait les femmes, les Gentils et tous ceux qu'il considérait comme impurs, alors que lui croyait que la parole de Dieu appartenait à tous ceux qui voulaient l'écouter. Son message n'était pas destiné à une élite, il annonçait de bonnes nouvelles à tous. Ces divergences d'opinion avaient séparé les deux hommes.

Après la mort de ses parents, Jean avait longtemps séjourné sur les rivages arides de la mer Morte, où il s'était lié aux ésséniens de Qumran, une secte d'ascètes austères dont il s'était largement inspiré. Les conditions de vie des membres de la secte de Qumran étaient particulièrement dures, et ils n'avaient que mépris pour ceux qui recherchaient la douceur des choses. Ils parlaient de la venue d'un Maître de la Loi, qui apporterait le repentir et le respect absolu de la règle divine.

Easa avait lui aussi séjourné chez les ésséniens, dont il respectait la dévotion à Dieu et à la Loi, et louait les actes charitables. Il comptait de nombreux ésséniens parmi ses proches compagnons et se retirait parfois dans la solitude absolue de Qumran pour méditer. Mais Jean avait adopté leurs règles alors qu'Easa rejetait leurs théories, qu'il estimait trop radicales dans leur exclusion de l'autre.

Easa avait aussi parlé à Marie de l'étrange régime auquel se soumettait Jean, qui se nourrissait de sauterelles et de miel; de sa tenue en peau de bête et poils de chameau, qui le grattait et lui arrachait la peau. Son cousin avait choisi de vivre dans la nature sauvage, sous le ciel où il se sentait le plus près de Dieu. Ce n'était pas une existence convenable pour une femme de la noblesse, ni pour un enfant. Ce n'était en tout cas pas le genre de vie pour lequel Marie avait été préparée.

Et maintenant, songeait tristement la jeune fille, tout dépendait de Lazare. Dans la pièce, les hommes se disputaient, et Marie, en larmes, ne distinguait plus les voix. Que disait Lazare? Son frère aimait et respectait Easa, en tant qu'homme et en tant que descendant de David, mais il n'avait jamais apprécié les réformes nazaréennes. Lazare était un homme de la tradition, et leur père un pharisien, l'un des plus fidèles soutiens du temple de Jérusalem qu'il avait généreusement contribué à financer.

Anne le contraignait à un choix douloureux. S'il soutenait Easa, le roi légitime et l'héritier des prophéties, Lazare serait exclu du Temple. La menace était implicite dans les paroles du grand prêtre. Il ne resterait à Lazare qu'à s'aligner sur les nazaréens, et à adopter le credo réformiste auquel il n'adhérait pas.

Tant qu'Easa était adoubé par les nazaréens et par le Temple, les modérés, dont faisait partie Lazare, l'avaient accepté avec joie. Mais on était à la veille d'un épouvantable schisme, qui susciterait hostilité et rivalité amère entre les grandes familles d'Israël. Il devait faire un choix qui plongerait une grande partie du peuple dans le désespoir.

Lazare choisit d'obéir aux ordres du Temple et sa décision n'eut pas pour seules conséquences d'anéantir les rêves de bonheur de Marie et de la contraindre

à un mariage détestable. Cette décision allait boulever-
ser de façon indélébile le cours de l'histoire, pour les
millénaires à venir.

***

Easa obtint de Lazare, soulagé, d'annoncer lui-même
la nouvelle à Marie, que l'on mena dans une chambre
à l'écart pour retrouver l'homme dont elle avait toujours cru devenir un jour l'épouse.

En voyant son visage ruisselant de larmes et son
corps tremblant, Easa comprit qu'elle avait entendu les
discussions. Et lorsque Marie lut de la tristesse dans
les yeux d'Easa, elle sut que son destin était scellé, et
se jeta dans ses bras en sanglotant.

— Mais pourquoi ? Pourquoi as-tu accepté ? Pourquoi
les laisses-tu te voler ton royaume ?

Easa lui caressait doucement les cheveux, pour la
calmer.

— Mon royaume n'est peut-être pas sur cette terre,
ma colombe.

Mais Marie secouait la tête, Easa comprit qu'il devait
s'expliquer davantage.

— Marie, ma tâche est d'enseigner le Chemin, de montrer au peuple que le royaume de Dieu est à leur portée,
que nous avons le pouvoir de nous libérer ici et maintenant de toute forme d'oppression. Je n'ai nul besoin
d'une couronne ni d'un royaume sur cette terre pour y
arriver. Il me suffit de partager les paroles du Chemin
de Dieu avec le plus grand nombre de gens possible. J'ai
toujours cru que j'hériterais du trône de David, et que
tu y serais assise à mes côtés. Mais si cela nous est refusé,
nous devons nous soumettre à la volonté de Dieu.

Marie l'écoutait attentivement et faisait appel à tout
son courage pour accepter son sort. Elle avait eu une
éducation de princesse, elle se nommait Marie, un pré-

nom réservé aux filles de la plus haute noblesse dans la tradition nazaréenne ; des femmes nazaréennes l'avaient élevée, sous la férule de Marie la Grande, la mère d'Easa, qui avait très tôt pris en main l'éducation de la jeune fille, pour la préparer à sa vie d'épouse du fils de David, et aussi pour l'initier aux règles spirituelles de leur credo réformiste. Quand elle serait mariée à Easa, Marie-Madeleine revêtirait le voile rouge des prêtresses nazaréennes, celui-là même que portait Marie la Grande.

Ainsi, cela n'adviendrait pas.

Cette perte intolérable fit de nouveau pleurer Marie. Et, dans ses sanglots, elle fut frappée de stupeur par une pensée qui lui apparut subitement.

— Easa ? murmura-t-elle, sans oser poser la terrible question qui la torturait.

— Oui ?

— Est-ce que… Qui épouseras-tu, maintenant ?

Easa la contempla avec une tendresse si inouïe que Marie crut que son cœur allait éclater. Il lui prit les mains, et commença à parler d'une voix douce et persuasive.

— Te rappelles-tu ce que ma mère a dit la dernière fois que tu es venue chez nous ?

— Je n'oublierai jamais ses paroles. Elle a dit : « Dieu a fait de toi une épouse parfaite pour mon fils. Vous ne serez plus qu'une chair, non pas deux, mais une. Et ce que Dieu a réuni, nul homme ne peut le séparer. »

— Ma mère est la plus sage des femmes et une grande prophétesse. Elle a vu que Dieu t'avait créée pour moi. Si la volonté de Dieu est que je ne te possède pas, je ne posséderai aucune autre épouse.

En dépit de son chagrin, Marie ressentit un profond soulagement. De toutes les choses qui lui paraissaient insupportables, la présence d'une autre femme aux côtés d'Easa était la plus impensable.

— Mais alors… si je deviens la femme de Jean, il ne m'autorisera jamais à devenir une prêtresse nazaréenne.

— Non, Marie, en effet. Jean exigera que tu te conformes strictement à la Loi. Il n'a que mépris pour les réformes mises en œuvre par notre peuple. Il te punirait sévèrement si tu le défiais. Mais souviens-toi de ce que je t'ai dit, et aussi de l'enseignement de ma mère : le royaume de Dieu est dans ton cœur et aucun oppresseur, ni les Romains ni même Jean, ne peut te l'enlever.

Easa leva vers lui le visage éploré de Marie et plongea son regard dans ses immenses yeux noisette.

— Écoute-moi bien, ma colombe. Nous devons suivre notre route avec dignité, et faire ce qui est bon pour les enfants d'Israël. Je ne peux donc, aujourd'hui, m'opposer au Temple. Je soutiendrai leur décision, afin que les paroles du Chemin puissent essaimer sur notre terre, et j'ai accepté de faire deux choses pour prouver ma bonne volonté. J'assisterai avec ma mère à ton mariage avec Jean, et j'autoriserai Jean à me baptiser publiquement, en signe de ma déférence à son autorité spirituelle.

Marie acquiesça solennellement. Elle suivrait la route qui lui était tracée ; c'était sa responsabilité de fille d'Israël. Et les mots d'amour et de force d'Easa l'y aideraient.

Il lui embrassa doucement le front et s'apprêta à prendre congé.

— Il y a tant de force dans ton corps minuscule, dit-il doucement. Je l'ai toujours su. Un jour, tu seras une grande reine, et un guide pour notre peuple.

Il fit halte près de la porte, pour la regarder une dernière fois, et posa sa main sur son cœur.

— Je serai toujours avec toi.

***

Jean-Baptiste ne fut pas aussi facile à manœuvrer qu'Anne et son Conseil l'avaient prévu.

Lorsqu'ils vinrent lui faire leur offre, Jean railla leur manque de rigueur et les traita de vipères lubriques. Il leur rappela qu'il y avait déjà un Messie, en la personne de son cousin Yeshua, un prophète choisi par Dieu et que lui, Jean, était indigne de cette place. Les prêtres rétorquèrent que le peuple le considérait comme un plus grand prophète encore, et l'héritier d'Élie.

— Je ne suis rien de cela, répondit Jean.

— Alors, dis-nous ce que tu es, afin que nous le fassions savoir au peuple d'Israël qui te veut prophète et roi.

— Je suis la voix dans la nature sauvage, dit Jean, énigmatique.

Il renvoya les pharisiens mais Caïphe, le jeune prêtre rusé, avait retenu l'étrange déclaration de Jean, « je suis la voix dans la nature sauvage », comme une référence au prophète Isaïe. Jean se nommait-il lui-même prophète en proférant cette énigme ? Mettait-il les prêtres à l'épreuve ?

Les émissaires du Temple revinrent le lendemain, cette fois pour conjurer Jean de les baptiser. Ce dernier exigea qu'ils se repentissent de tous leurs péchés avant d'y consentir. Les prêtres en furent indignés, mais ils savaient qu'ils devaient en passer par la volonté de Jean, qui était la pièce maîtresse de leur stratégie. Être baptisé par lui renforcerait leur position vis-à-vis des masses qui le tenaient pour un prophète. C'était exactement leur but.

Après que les prêtres se furent repentis, Jean les immergea dans le Jourdain, mais les avertit en ces termes :

— En vérité je vous baptise avec cette eau, mais celui qui viendra après moi sera plus puissant que moi aux yeux de Dieu.

Les prêtres passèrent la journée avec Jean, et lui firent part de leurs projets une fois que la foule massée sur les rives du fleuve se fut dispersée. Jean ne voulut pas en entendre parler. Parmi ses nombreuses objections, il fit valoir qu'il ne voulait absolument pas prendre femme, et moins encore la femme qui était fiancée à son cousin. Le Conseil, instruit par son véhément refus de la veille, avait préparé des arguments pour venir à bout de ses réticences. Ils lui parlèrent de Lazare, le maître juste et bon de la maison de Benjamin, et de ses craintes à l'idée de confier par mariage sa pieuse sœur à l'influence nazaréenne.

Le Baptiste fut ébranlé, car les prêtres avaient frappé juste. Bien que convaincu que Yeshua était l'élu des prophéties, Jean était de plus en plus inquiet de l'influence croissante des nazaréens sur son cousin, car il les considérait comme des impies qui méprisaient la Loi. Il mit cependant fin à la conversation.

Lorsque les prêtres s'en allèrent, Jean n'avait pas fléchi.

Ce même jour, Easa, entouré de nombreux disciples, se rendit sur la rive orientale du Jourdain pour tenir la promesse qu'il avait faite à Anne. La rencontre entre deux hommes aussi réputés avait attiré une foule compacte, qui se pressait sur le rivage. Jean leva la main, pour retenir Easa d'avancer davantage.

— Tu es venu me demander le baptême ? J'ai sans doute plus besoin que toi d'être baptisé, car tu es l'élu de Dieu.

— Cousin, répondit en souriant Easa, c'est ainsi désormais que cela doit être. Notre devoir est de suivre le sentier de la vérité.

Jean hocha la tête, sans manifester surprise ou émotion devant la reddition d'Easa. Les deux hommes se voyaient pour la première fois depuis les manigances des prêtres. Ils n'avaient pas encore eu l'occasion de se mesurer l'un à l'autre. Le Baptiste entraîna Easa à l'écart, loin des oreilles indiscrètes de la foule. Il s'exprima en pesant soigneusement ses mots.

— Celui à qui appartient l'épouse, c'est l'époux.

Easa hocha la tête en signe d'accord. Jean poursuivit :

— Mais l'ami de l'époux, qui se tient là et qui l'entend, éprouve une grande joie pour lui. Cette joie, qui est la mienne, sera parfaite si tu m'offres librement ce que tu donnes.

Une fois encore, Easa hocha la tête.

— Je serai comblé d'être l'ami de l'époux. Je dois m'effacer, pour que tu apparaisses. Ainsi soit-il.

Les deux grands prophètes jouaient avec les mots, en une sorte de danse, tous deux conscients de la portée politique de leur échange. Satisfait que son cousin lui concédât sans dispute sa position et sa future femme, Jean fit un signe à la foule, pour qu'elle s'approche et entende ce qu'il allait déclarer.

— Après moi viendra cet homme, qui vaut plus que moi, car il fut choisi avant moi.

Sur ces mots, il immergea Easa dans le fleuve.

Cette déclaration, aux termes mesurés, signifiait que si Jean acceptait le rôle de Messie, Easa devrait lui succéder sur le trône en cas de malheur. Il fut choisi avant moi signifiait plus clairement encore que Jean croyait toujours aux prophéties qui avaient désigné Yeshua lors de sa naissance. Les paroles de Jean protégeraient Easa contre les modérés qui redoutaient les réformes nazaréennes, mais l'honoraient en sa qualité reconnue d'enfant des prophéties. Ses premiers mots, « après moi viendra cet homme », signifiaient que Jean envisageait d'accepter le rôle de l'oint. Peut-être avait-on trop vite sous-estimé le prêcheur extrémiste et solitaire à la vêture extravagante. Ses actes et ses paroles de ce jour, sur les rives du Jourdain, le désignaient comme un plus habile politicien qu'on ne l'aurait imaginé.

Easa sortit de l'eau. La foule ovationna les deux grands hommes, prophètes et parents, touchés par la grâce divine. Puis le silence se fit dans la vallée tandis qu'une colombe solitaire descendait du ciel et volait gracieusement au-dessus de la tête d'Easa, le Lion de David. Ce moment, le peuple de la vallée du Jourdain et d'au-delà ne l'oublierait jamais, aussi longtemps que les hommes vivraient.

***

Caïphe retourna sur les rives du Jourdain le lendemain, en compagnie d'autres pharisiens. Son plan ne se déroulait pas comme il l'avait prévu. Le baptême de Yeshua n'avait pas eu les conséquences que lui et Anne espéraient. Ils avaient supposé que faire baptiser Easa instaurerait l'autorité de Jean. Au contraire, ce dernier avait rappelé au peuple que ce gêneur de nazaréen avait été choisi par les prophéties. Plus que jamais, les pharisiens se devaient d'affaiblir la position de Yeshua. Et l'unique solution était de transférer son titre de Messie à quelqu'un d'autre, le plus rapidement possible. Il n'y avait qu'un seul candidat acceptable : Jean.

Mais celui-ci était ébranlé par le signe de la colombe. Son apparition céleste, juste après le baptême, ne prouvait-elle pas qu'Easa avait été choisi par Dieu ? Jean hésitait, et finit par prendre le parti de son cousin. Caïphe, brillant élève de son beau-père Anne, s'était préparé à cette éventualité. Il frappa.

— Ton cousin le nazaréen s'est rendu chez les lépreux, aujourd'hui.

Jean sembla frappé par la foudre. Rien n'était plus impur que ces épaves abandonnées de Dieu. Que son cousin fût allé les voir après avoir été baptisé était impensable.

— Tu en es sûr ?

— Oui. Je suis désolé qu'il se soit rendu en ce lieu impur. On m'a dit qu'il leur a prêché la parole du royaume divin. Il les a même laissés le toucher.

Jean n'arrivait pas à croire que Yeshua soit tombé si bas. Il connaissait l'influence des nazaréens sur lui. Sa mère n'était-elle pas une dirigeante du groupe ? Mais ce n'était qu'une femme, cela ne comptait pas. Sauf en ce qui concernait l'influence qu'elle exerçait sur son fils. S'il s'était immergé dans le monde des impurs un jour seulement après son baptême, Dieu lui avait peut-être tourné le dos.

Il fallait aussi réfléchir à la fille de Benjamin. Qu'elle s'appelât Marie troublait énormément Jean. C'était un prénom nazaréen, et le signe que la jeune fille avait été élevée selon leurs principes dévoyés.

Pour le bien du peuple, il fallait considérer avec le plus grand sérieux la prophétie qui la concernait. Il était admis qu'elle était la Fille de Sion dont parlait le prophète Michée dans son livre au chapitre dit Migdal-Eder, la Tour du Troupeau, une bergère qui guiderait son peuple. « Et toi, ô tour du troupeau, Fille de Sion… Le royaume appartiendra à la fille de Jérusalem. »

Si Marie était effectivement la Fille de Sion de la prophétie, Jean devait veiller à ce qu'elle ne s'écartât pas du droit chemin. Caïphe le rassura : elle était jeune, et pieuse ; Jean pourrait lui inculquer les bons principes. Et son frère le suppliait de le faire avant qu'il ne fût trop tard. Le mariage de la fille de Benjamin et de Yeshua avait été rompu à cause des penchants nazaréens de ce dernier. Le grand prêtre, Anne, avait signé de sa main les documents de la dissolution.

Mieux encore, Yeshua et ses disciples nazaréens ne s'opposaient pas à cette décision ; ils avaient promis de soutenir Jean. Yeshua s'était engagé à assister au mariage. Rien ne s'opposait à cette union. Si Jean épousait la princesse de la maison de Benjamin, et prenait le titre de Messie, il baptiserait dix fois plus de pécheurs, et leur montrerait la voie du repentir. Il deviendrait le Maître de la Loi des prophéties ancestrales.

Devant cette occasion de convertir plus de pécheurs et d'enseigner la voie divine du repentir aux enfants d'Israël, Jean accepta d'épouser la fille de la maison de

Benjamin et de prendre sa place dans l'histoire de son peuple.

Les noces de Marie, fille de la maison de Benjamin et de Jean-Baptiste, de la lignée des prêtres d'Aaron, se déroulèrent sur la colline de Cana, en Galilée. Toute la noblesse, nazaréenne et pharisienne, y assista. Comme promis, Easa s'y rendit avec sa mère, ses frères et quelques disciples.

Élisabeth, la pieuse mère de Jean, était une cousine de Marie, mère d'Easa. Mais lorsque leur fils se maria, Élisabeth et son mari Zacharias étaient morts depuis de nombreuses années. Il n'y avait aucun parent proche pour s'occuper des préparatifs de la cérémonie. Quant à Jean, il n'avait aucune notion du protocole, auquel il ne s'intéressait absolument pas. Lorsque Marie la Grande constata que les invités n'étaient pas convenablement servis, elle choisit d'intervenir, en tant qu'aînée des femmes de la famille de Jean. Elle s'approcha de son fils, qui devisait avec ses disciples, et lui dit :

— Il n'y a pas de vin pour célébrer la fête.

— Qu'ai-je à voir avec cela ? Ce n'est pas mon mariage. Il serait inconvenant que je m'en mêle.

Marie n'était pas de cet avis, et le fit savoir à son fils. En premier lieu, elle se sentait obligée de veiller au bon déroulement de la cérémonie, en souvenir d'Élisabeth. En outre, c'était une femme sage, qui connaissait le peuple et les prophéties. Elle voyait là une occasion privilégiée de rappeler aux prêtres et aux nobles rassemblés la position unique que son fils occupait dans la communauté. Bien que réticent, Easa s'inclina.

Marie la Grande convoqua les serviteurs et leur ordonna de faire tout ce que demanderait son fils, sans discuter.

Les serviteurs attendirent les ordres d'Easa. Au bout d'un moment, il leur demanda de lui apporter six grandes jarres d'eau fraîche. Les domestiques s'exécutèrent et posèrent bientôt devant lui six grands pots d'argile emplis d'eau. Il ferma les yeux, dit une prière tout en passant les mains sur les jarres. Lorsqu'il en eut fini, il demanda aux serviteurs de verser à boire. La première servante le fit et lâcha la coupe qu'elle tenait. Ce n'était pas de l'eau qu'elle versait, mais le vin d'un rouge ardent dont les six jarres étaient emplies.

Easa ordonna à l'un des domestiques d'apporter une coupe de vin à Caïphe, qui avait célébré le mariage. Le prêtre leva son verre à la santé de l'époux, Jean, et le félicita pour la qualité du breuvage.

— D'ordinaire, dit-il, les gens servent du bon vin au début de la fête et gardent le mauvais pour la fin, lorsque la majorité des convives n'est plus en état de le remarquer. Toi, tu as gardé le meilleur pour la fin.

Jean, intrigué, regarda Caïphe. Ni lui ni le prêtre n'avaient la moindre idée de ce qui s'était passé. Un seul indice indiquait qu'un événement hors du commun s'était produit : à l'écart, des serviteurs et des disciples d'Easa chuchotaient avec animation. Mais il ne faudrait guère de temps pour que tout le monde en Galilée apprît ce qui était arrivé lors des noces de Cana.

**

Après le mariage de Jean et de Marie, personne ne s'intéressa aux jeunes mariés. L'union dynastique était complètement éclipsée à cause de la miraculeuse transformation de l'eau en vin par le plus jeune des prophètes, qui fascinait le peuple. Dans le nord de la Galilée, le nom de Yeshua était sur toutes les lèvres. Il était leur seul Messie, en dépit des machinations ourdies par le Temple.

Le pouvoir et la popularité de Jean se développèrent sur les rives du Jourdain, dans la région de Jéricho, à Jérusalem et jusqu'aux zones désertiques de la mer

Morte. Alimenté par les prêtres du Temple, le nombre des disciples de Jean grossit de telle façon que les rives du Jourdain croulaient sous une foule d'hommes réclamant le baptême. Comme Jean exigeait de ces hommes une stricte observance de la Loi et un nombre croissant de sacrifices, les coffres du temple regorgeaient de richesses. Tout le monde était enchanté de l'arrangement.

Tout le monde sauf Marie-Madeleine, désormais l'épouse de Jean-Baptiste.

Que ni l'un ni l'autre des époux n'eût souhaité ce mariage était sans doute une bénédiction. Jean ne désirait que l'isolement, pour servir Dieu. Il obéissait à la Loi, qui exigeait que l'homme engendre, et rendait visite à son épouse aux moments propices à la procréation. Sauf en ces occasions dictées par la Loi et la tradition, la compagnie des femmes ne l'intéressait pas.

La première obligation du jeune marié avait été d'installer son épouse quelque part. Il n'avait pas caché son peu d'envie de l'avoir près de lui. En vérité, les esséniens n'autorisaient pas les femmes à vivre avec eux. À cause de leur impureté naturelle, elles habitaient dans des logements séparés. Si la mère de Jean avait été en vie, Marie serait allée vivre chez elle, mais ce n'était pas le cas.

La question avait été abordée par Jean et Lazare avant les noces, et Marie avait fait part de ses souhaits à son frère. Lazare insista donc pour que Marie continuât de vivre chez lui et Marthe, dans leurs propriétés familiales de Béthanie et de Magdala. Marie aurait ainsi de la compagnie et deux chaperons dont la piété était notoire. En outre, Béthanie était suffisamment proche de Jéricho pour que Jean rendît à sa femme les rares visites dont il s'acquittait.

Cette solution agréa au Baptiste, qui ne faisait aucun cas des activités de sa femme. Il voulait simplement être assuré qu'elle se conduisait en femme pieuse et repentante en toutes circonstances. L'éventuelle mère de son fils devait être au-dessus de tout soupçon. Marie déclara à Jean qu'en son absence elle obéirait à son frère comme elle l'avait toujours fait. La décision fut prise, et Marie s'efforça de dissimuler sa joie.

Une joie qui fut de courte durée, car Jean l'instruisit de ses ordres : en aucun cas elle ne s'approcherait de tout lieu où étaient dispensés des enseignements nazaréens ; elle n'était pas autorisée à rendre visite à Marie la Grande, sa guide spirituelle et son amie ; elle n'apparaîtrait jamais en public lors des prêches d'Easa. Jean, indigné, avait constaté que certains de ses disciples avaient quitté les rives du Jourdain pour suivre son cousin. Le Baptiste les admonestait, les traitait de nazaréens en quête des douceurs de la vie. La rivalité entre les deux prédicateurs, Easa le nazaréen et Jean l'ascète, était née, et se développait progressivement. Jean ne tolérerait pas que sa propre femme l'offensât en se montrant aux côtés de nazaréens. Il en arracha à Lazare la promesse solennelle.

Jeune, naïve, n'ayant jamais connu que l'amour et l'obéissance, Marie essaya pourtant de discuter ce dernier point avec Jean. Il la frappa pour la première fois. L'empreinte de sa main resta inscrite sur la joue de Marie durant toute une journée. Ainsi se souviendrait-elle qu'elle n'avait pas à discuter ses ordres. Le Baptiste abandonna sa jeune épouse dans la maison de Magdala, sans un adieu.

***

Marie redoutait les visites de Jean, heureusement rares et très espacées. Il ne venait à Béthanie que lorsqu'il se trouvait dans les environs, d'ordinaire lorsqu'il se rendait de son ermitage des rives du Jourdain à

Jérusalem. Il s'enquérait poliment de la santé de Marie et, si la date était appropriée, remplissait son devoir conjugal. Il consacrait également du temps à instruire son épouse des enseignements de la Loi, et à lui infliger des pénitences en même temps qu'il lui assurait que le royaume de Dieu était à sa portée.

En tant que princesse du sang des Benjamin, Marie savait qu'il était inconvenant de comparer son époux à un autre homme, mais elle ne pouvait s'en empêcher. Ses jours et ses nuits étaient emplis du nom d'Easa, et de ce qu'il lui avait enseigné. Comment était-il possible que deux hommes qui prêchaient sensiblement la même chose, la proximité du royaume de Dieu, lui donnent un sens aussi différent ? Le message de Jean était menaçant, et destiné à alarmer les pécheurs qui ne respectaient pas la Loi. Celui d'Easa offrait le ciel à tous ceux qui ouvraient leur cœur à Dieu.

Le jour où Marie apprit qu'Easa, sa mère et quelques-uns de ses disciples seraient bientôt à Béthanie, un sentiment de joie l'envahit pour la première fois depuis très longtemps.

***

— Ils n'habiteront pas chez nous. Et tu ne les verras pas, Marie. Ton époux l'interdit, déclara Lazare avec un visage de pierre à sa sœur éplorée.

— Comment peux-tu me faire ça ? Ce sont mes plus anciens amis, et les tiens aussi, pour certains. Le pêcheur, Pierre, et André, qui jouait avec nous sur les rivages de Galilée. Comment peux-tu leur refuser l'hospitalité ?

La douleur que lui causait cette décision était visible sur la figure de Lazare. Rejeter ses amis d'enfance, Easa et Marie la Grande, tous deux révérés comme enfants de David, lui était une torture. Mais le grand prêtre avait interdit à Lazare de recevoir les nazaréens factieux qui feraient halte à Béthanie sur la route de Jérusalem. En outre, l'époux de sa sœur avait été formel : elle ne devait en aucun cas entendre les enseignements nazaréens, et Lazare s'était engagé à ce que Marie respectât les frontières établies par son mari.

— Je le fais pour ton bien, ma sœur.

— De même que tu m'as mariée au Baptiste pour mon bien, je suppose ?

Marie n'attendit pas la réponse de son frère, ne leva pas les yeux sur son visage offusqué. Elle traversa la maison en courant et se réfugia dans le jardin, pour pleurer des larmes amères.

— Il désire sincèrement agir au mieux pour toi.

Marie, absorbée par son immense douleur, n'avait pas entendu arriver Marthe, qui l'avait suivie. Elle aimait sa belle-sœur, mais n'était pas disposée à subir un autre cours sur l'obéissance.

— Je ne suis pas venue te chapitrer. Je suis venue t'aider.

Marie, étonnée, la regarda. La femme de son frère ne s'était jamais opposée à aucune des volontés de son mari. Pourtant, il y avait chez elle une force tranquille, qui se lisait en ce moment sur son visage.

— Marie, je te considère comme ma sœur, et même parfois comme mon enfant. Je ne supporte pas de te voir aussi malheureuse depuis un an. Et je suis fière de toi, comme ton frère. Je sais qu'il ne te le dira pas, mais à moi, il le dit tout le temps. Tu as fait ton devoir, en digne fille d'Israël, et tu as gardé la tête haute.

Marie essuya ses larmes tandis que Marthe poursuivait :

— Lazare part pour Jérusalem, pour ses affaires. Il ne reviendra pas avant demain soir tard. Les nazaréens seront à Béthanie, chez Simon.

Marie écarquilla les yeux. Marthe, l'obéissante, la pieuse Marthe, ourdissait un complot ?

— Chez Simon ? Ici ? demanda Marie en désignant la demeure toute proche, visible de chez eux.

Marthe hocha la tête.

— Si tu fais très attention, si tu gardes fidèlement le secret, je regarderai ailleurs au moment où tu iras voir tes vieux amis.

Marie se jeta dans les bras de Marthe.

— Que je t'aime ! s'écria-t-elle.

— Chut !

Marthe repoussa Marie et s'assura du regard qu'elles n'avaient pas été vues.

— Si Lazare vient te voir avant de partir, prends l'air furieux contre lui. Il ne doit rien soupçonner. Nous aurions toutes les deux de graves ennuis.

Marie hocha gravement la tête, et s'efforça de contenir son sourire. Marthe rentra dans la maison pour dire au revoir à Lazare, pendant que Marie dansait sous les oliviers.

***

Marie, sa chevelure cuivrée si reconnaissable dissimulée sous le voile le plus épais qu'elle avait trouvé, pénétra dans la maison de Simon par une porte latérale. Sitôt qu'elle eut donné le mot de reconnaissance, on la fit entrer ; elle fut enchantée de voir de nombreux visages familiers, mais les plus importants pour elle, Easa et sa mère, n'étaient pas encore arrivés. Elle n'eut guère le temps d'y penser, car, derrière elle, une voix de jeune femme criait son nom.

En se retournant, elle vit le délicieux visage de Salomé, la fille d'Hérodias et la belle-fille du tétrarque de Galilée, Hérode. Elles s'étaient connues près de Marie la Grande, dont elles suivaient toutes deux l'enseignement, et s'embrassèrent chaleureusement.

— Que fais-tu, si loin de chez toi ? lui demanda Marie.

— Ma mère m'a permis de suivre Easa, et de continuer à m'instruire, pour que je puisse prendre les sept voiles.

Seules les femmes initiées, et élevées au rang de grande prêtresse, avaient le droit de porter les sept voiles.

— Hérode Antipas se plie aux quatre volontés de ma mère, et il est favorable aux nazaréens. Il n'y a que le Baptiste qu'il déteste.

La jeune fille, contrite, se couvrit la bouche de la main.

— Pardon ! J'avais oublié !

— Ne t'excuse pas, Salomé, sourit tristement Marie. Parfois, j'oublie, moi aussi.

— Ce n'est pas trop terrible, pour toi ? s'enquit Salomé avec sympathie.

Marie secoua la tête. Elle aimait Salomé comme une sœur, et c'était d'ailleurs ainsi qu'elles se nommaient, selon la tradition des prêtresses nazaréennes. Mais Marie était princesse, et avait appris à se comporter comme telle. Il n'était pas question qu'elle se plaignît de son mari, dans quelque oreille que ce soit.

— Non, ce n'est pas terrible. Je vois rarement Jean.

Salomé éprouva cependant le besoin de se faire pardonner sa gaffe.

— J'espère que je ne t'ai pas offensée, sœur. Mais le Baptiste raconte des horreurs sur ma mère. Il la traite de putain, et de femme adultère.

Marie hocha la tête, car elle en avait entendu parler. La mère de Salomé, Hérodias, était la petite-fille d'Hérode le Grand, et avait hérité de certains traits de caractère de cet abominable roi. Elle avait écarté son premier mari pour épouser Hérode Antipas, le gouverneur de Galilée, qui avait pour sa part répudié sa femme pour se marier avec Hérodias. Qu'un monarque juif bravât ainsi la Loi avait indigné Jean, qui n'avait pas reconnu la légitimité de ces noces. Il considérait donc le couple comme adultère. Hérode s'était contenté de protester, mais sans engager d'action contre Jean. En tant que gouverneur, il avait déjà assez de mal à satisfaire les caprices de César et à remplir son rôle dans cette province éloignée. Il n'allait pas se compliquer la vie avec les élucubrations d'un prophète fanatique.

Qu'Hérodias fût une nazaréenne la rendait d'autant plus coupable aux yeux du Baptiste, et le confortait dans son mépris pour cette culture. Sa conduite prouvait qu'il ne fallait pas que les femmes soient autorisées à occuper de hautes positions, ni même à se comporter librement en société. Manifestement, cela faisait d'elles des catins. Jean donnait souvent Hérode et Hérodias en exemple de la corruption des mœurs des nazaréens.

Le Baptiste s'était donc fait un ennemi du tétrarque, dont l'épouse admirait Easa. Sitôt que sa fille unique en eut l'âge, sa mère l'envoya étudier le Chemin. En Galilée, Marie et Salomé, qu'avait rapprochées leur ferveur pour Easa et sa mère, étaient devenues amies intimes.

— Notre sœur Véronique est ici, annonça Salomé, très désireuse de changer de sujet.

Véronique, la nièce de Simon, était une charmante jeune femme de haute spiritualité qui avait suivi le même enseignement qu'elles chez la mère d'Easa. Marie l'aimait infiniment, et chercha le visage qu'elle chérissait.

— La voilà !

Salomé prit la main de Marie et l'entraîna vers une Véronique rayonnante du bonheur de les voir. Les trois femmes, des sœurs selon le credo nazaréen, s'enlacèrent tendrement. Mais elles n'eurent pas le temps de se parler, car Easa faisait son entrée, suivi de sa mère, de ses deux jeunes frères, des pêcheurs de Galilée et d'un jeune homme à la mine austère, qui, croyait Marie, s'appelait Philippe.

Easa salua tous ceux qui se trouvaient dans la pièce, il s'arrêta devant Marie qu'il embrassa chaleureusement, mais avec tout le respect dû à la noble femme d'un autre. Étonné qu'elle eût désobéi à son frère, il lui adressa un regard interrogateur, mais ne dit rien.

340

Marie lui sourit, posa sa main sur son cœur et dit :

— Le royaume de Dieu est dans mon cœur. Nul oppresseur ne peut me l'enlever.

Il lui rendit son sourire, le visage empreint de la plus grande tendresse, et rejoignit sa place pour délivrer son enseignement.

***

C'était une nuit magnifique, emplie par l'amour de ses amis et les paroles du Chemin. Marie avait presque oublié à quel point cet enseignement comptait pour elle, et le professeur inspiré qu'était Easa. Être assise à ses pieds, l'écouter, c'était connaître le royaume de Dieu sur cette terre. Comment était-il possible que des gens condamnent d'aussi belles pensées, ou interdisent cet enseignement d'amour, de compassion et de charité ?

Avant de partir, Easa s'approcha de Marie et lui toucha doucement le ventre.

— Tu vas être mère, ma colombe.

Marie eut un hoquet de surprise. Jean avait passé une nuit entière avec elle la saison dernière, mais elle ignorait son état.

— Tu en es sûr ?

— Oui. Un fils grandit dans ton ventre. Fais attention à toi, petite. Je veux que tu enfantes en toute sécurité.

Une ombre fugitive passa sur son visage.

— Dis à ton frère que tu veux attendre ton enfant en Galilée. Demande-lui qu'il te permette de partir dès l'aube.

Marie ne comprenait pas. Béthanie était proche de Jérusalem, où se trouvaient les meilleurs médecins et sages-femmes en cas de complications. Elle avait tout intérêt à y rester. De plus, Lazare ne serait pas de retour avant le lendemain. Mais, tandis que passait cette

341

ombre, Easa avait vu quelque chose, quelque chose qui l'obligeait à lui conseiller de quitter Béthanie le plus vite possible.

Ce que Marie ne pouvait pas savoir, c'est que pendant un moment de clairvoyance, Easa avait vu qu'il fallait, d'urgence, l'éloigner de Jean.

***

— Putain ! hurla Jean en frappant Marie de plus belle. Je savais qu'il était trop tard pour toi, pour tes manières de catin nazaréenne. Comment as-tu osé désobéir à ton mari et à ton frère ?

Lazare et Marthe étaient de l'autre côté de la maison, mais ils entendaient la violente dispute. Marthe, couchée sur son lit, pleurait doucement en entendant les coups pleuvoir sur le corps frêle de Marie. Tout était de sa faute. Elle l'avait encouragée à désobéir aux ordres de son frère et de son mari. C'était elle qui méritait d'être battue, se disait-elle.

Lazare était assis, immobile, figé par la peur et le désespoir. Il était furieux contre Marthe et Marie, mais beaucoup plus malheureux de la raclée que subissait sa sœur. Et son impuissance était totale. Intervenir serait offenser davantage Jean, ce qu'il n'osait faire. D'ailleurs, les maris battaient souvent leurs femmes. Dans les familles traditionnelles, c'était une pratique normale. Jean se comportait selon ses principes.

Le couple ignorait comment Jean avait appris la présence de Marie à la réunion des nazaréens. Avait-il un informateur au sein du groupe ? Ou son don de prophétie était-il si puissant qu'il avait vu Marie, de ses yeux ?

Quoi qu'il en fût, Jean était arrivé à Béthanie le lendemain après-midi, dans un état de rage indescriptible, et bien décidé à châtier ceux qui l'avaient trompé. Il savait que sa jeune épouse avait dévotement passé la soirée au pied de son cousin. Pis encore, à côté de la fille de la catin Hérodias. Que Marie affichât ses sympathies nazaréennes et son intimité avec Salomé était pour Jean une source de honte, et pourrait ternir sa réputation.

Maudite femme ! Ne comprenait-elle pas qu'une tache sur son nom risquait d'affaiblir le message de Dieu ? C'était la preuve que les femmes n'avaient ni intelligence ni sens de la responsabilité et des conséquences de leurs actes. Elles étaient des pécheresses, par nature, les filles d'Ève et de Jézabel. Jean en venait à la conclusion qu'elles étaient peut-être au-delà de toute rédemption.

Voilà ce qu'il hurlait en continuant de la battre. Marie s'était blottie dans un coin et se couvrait la tête de ses mains dans une vaine tentative de se protéger le visage. C'était trop tard. Un cercle pourpre s'arrondissait autour de son œil, sa lèvre inférieure était enflée ; elle saignait de la bouche, car il lui avait ouvert la lèvre d'un revers de la main.

— Arrête, je t'en supplie. Tu vas faire du mal au bébé, parvint-elle péniblement à articuler.

La main de Jean s'immobilisa avant de frapper.

— Qu'as-tu dit ?

— Je suis enceinte, dit Marie faiblement.

— Tu es une putain nazaréenne qui a passé la nuit dans la maison d'un autre homme sans chaperon. Je ne peux même pas être sûr que cet enfant soit de moi.

Marie essaya de se relever, et parla lentement.

— Je ne suis pas ce que tu dis. Je suis venue à toi vierge, et je n'ai jamais connu d'autre homme que toi, mon mari devant la Loi. Tu es en colère parce que je t'ai désobéi. Je le mérite.

Elle avait réussi à se mettre debout, et, bien que d'une bonne tête plus petite que lui, elle lui faisait face.

343

— Mais tu ne dois pas douter de ton fils. Un jour, il sera le prince de notre peuple.

Jean se racla la gorge et lui tourna le dos.

— Je vais donner à Lazare des ordres stricts au sujet de ton isolement.

Il ouvrit la porte, et sans même se retourner asséna son dernier coup :

— Si cet enfant est une fille, je vous abandonnerai avec joie, toutes les deux.

***

Tard dans l'après-midi du lendemain, Marie se résolut à sortir prendre l'air dans le jardin. Elle avait passé la journée au lit, pour panser ses blessures. Le jardin était clos par des murs, personne ne verrait les marques disgracieuses qui la défiguraient. Du moins l'espérait-elle.

Un bruissement dans les buissons la fit sursauter. Qui cela pouvait-il être ?

— Marie ? murmura une voix féminine.

Une silhouette émergea soudain, entre la haie et le mur.

— Salomé ! Que fais-tu ici ?

Marie courut embrasser son amie, princesse du sang d'Hérode, qui se faufilait dans le jardin comme une vulgaire voleuse.

Salomé, frappée de stupeur, regarda le visage de Marie sans répondre.

— C'est si horrible ? murmura Marie en détournant la tête.

Salomé cracha par terre.

— Ma mère a raison. Le Baptiste est un animal ! Comment a-t-il osé te traiter ainsi ? Toi, une femme de la plus haute noblesse !

Marie voulut prendre la défense de Jean, mais elle n'en eut pas la force. Épuisée par les événements récents et par la fatigue de la grossesse dans son corps minuscule, elle s'assit sur un banc de pierre, où son amie la rejoignit.

— Je t'ai apporté ça, dit Salomé en lui tendant une petite poche en soie. Dans le flacon, il y a un onguent qui te guérira et effacera la trace des coups.

— Comment étais-tu au courant ? demanda Marie en prenant conscience que Salomé savait ce dont seuls Lazare et Marthe avaient été les témoins.

— C'est Lui. Il l'a vu. Il ne m'a rien raconté, mais il m'a simplement dit : apporte ta meilleure crème à ta sœur Marie, elle en a besoin, tout de suite. Il m'a aussi recommandé de ne pas me faire voir, à cause de Jean.

Ce Il, ce Lui, ne pouvait être qu'un seul homme sur cette terre. Marie voulut sourire en apprenant la vision d'Easa, mais sa lèvre lui faisait trop mal. Elle grimaça de douleur. Salomé blêmit de rage en voyant souffrir son amie.

— Pourquoi a-t-il fait ça ? demanda-t-elle à Marie.

— Je lui ai désobéi.

— En quoi ?

— En assistant à la réunion des nazaréens.

— Ainsi donc, fit Salomé, le Baptiste nous considère maintenant comme ses ennemis. Je me demande quand il dénoncera publiquement Easa. Ça ne tardera plus.

— Tu te trompes ! Ils sont parents, et Jean a désigné Easa comme son successeur, en public, lors du baptême. Il ne ferait jamais une chose pareille !

— Je n'en suis pas aussi sûre que toi, sœur. Ma mère dit que Jean est rusé comme un renard. Réfléchis. Il t'a épousée pour légitimer son statut de roi, et maintenant tu attends un enfant. Il traite ma mère de femme adultère, et l'accuse d'être nazaréenne, puis il s'en sert comme d'une arme contre nous tous. Quelle est la prochaine étape ? Retirer publiquement son soutien à Easa, à cause du prétendu mépris des nazaréens pour la Loi. Il ne sera pas satisfait avant d'avoir détruit le Chemin.

— Je ne crois pas que Jean soit capable de ce que tu dis, Salomé.

— Vraiment ? fit son amie qui partit d'un rire trop amer pour une fille de son âge. C'est que tu n'as jamais vu les Hérode à l'œuvre ! Les hommes sont capables de tout, par ambition.

Marie soupira et secoua la tête.

— Je sais que tu auras du mal à me croire, mais Jean est un homme bon, et un authentique prophète. Je ne l'aurais pas épousé si je ne l'avais pas cru, et mon frère n'aurait pas accepté. Jean est différent d'Easa. Il est dur, et brutal, mais il croit au royaume de Dieu. Il ne vit que pour aider les hommes à trouver Dieu par les voies du repentir.

— Oui, les hommes. Mais nous, les femmes, il nous noierait dans son fleuve plutôt que nous offrir le salut, dit Salomé en faisant une grimace de dédain. Il est devenu la marionnette des pharisiens, pour la simple et bonne raison qu'il ne possède aucun talent personnel, ni social, ni politique. Il va où ils lui disent d'aller. Et je te garantis qu'il sera conduit à remettre en question la légitimité d'Easa, et pis encore, si on ne l'arrête pas.

Marie regardait Salomé avec un mélange de peur, de gêne, et aussi de respect. Son amie d'enfance avait acquis un sens politique très aigu depuis qu'elle fréquentait le palais d'Hérode.

— Que proposes-tu ?

En levant les yeux, Marie exposa sa figure tuméfiée à un rayon de soleil et la princesse hérodienne frémit en voyant en pleine lumière le fin visage ravagé de son amie. Lorsqu'elle reprit la parole, Salomé s'exprima d'un ton doux et déterminé à la fois.

— Je veux faire payer Jean-Baptiste pour ses actes, contre toi, contre Easa et contre ma mère. D'une façon ou d'une autre.

Un frisson secoua le corps frêle de Marie. Elle avait soudain très froid, malgré la chaleur de la journée.

***

Incroyablement peu de temps s'écoula avant l'arrestation de Jean. Marie apprendrait beaucoup plus tard que Salomé s'était empressée de retourner au palais d'hiver de son beau-père, près de la mer Morte, où l'on s'apprêtait à fêter l'anniversaire d'Hérode Antipas. Ce dernier avait demandé à Salomé de danser pour lui et ses invités, car la beauté et la grâce de sa belle-fille étaient légendaires et il souhaitait témoigner ainsi de sa bonne volonté à ceux qui avaient fait un long voyage pour lui rendre hommage.

La fête romaine battait son plein lorsque Salomé, revêtue des soies étincelantes et des chaînes en or que lui avait offertes son beau-père, entra dans la pièce où son arrivée provoqua l'admiration générale.

— Tu es le plus précieux ornement de mon royaume, Salomé, lui dit Hérode. Viens, et danse pour nous. Offre le spectacle de ta grâce à nos invités.

Salomé, image même de la beauté, s'approcha du trône d'où son beau-père présidait le banquet.

— Je ne sais pas si je pourrai danser, père. J'ai le cœur trop lourd. Avec tout ce que j'ai enduré durant mon voyage, je crois que je n'en aurai pas la force.

— Que t'est-il donc arrivé, mon enfant ? lui demanda Hérodias.

Assise auprès de lui, Salomé fit un triste récit, concernant un homme abominable qu'on appelait le Baptiste et qui prononçait des paroles qui la poursuivaient où qu'elle allât.

— Qui est ce Baptiste ? demanda un noble Romain.

— Personne, fit Hérode. L'un des nombreux messies à la mode cette année. C'est un faiseur de troubles, mais sans importance.

En entendant ces paroles, Salomé éclata en sanglots et se jeta aux pieds de sa mère. En pleurant, elle dit de quels terribles noms il traitait Hérodias, proclama sa peur car le prophète réclamait le départ d'Hérode, prédisait la chute du palais et la mort de tous ceux qui l'habitaient. Il semait la haine contre la famille d'Hérode, parmi le peuple, de telle façon qu'elle ne pouvait plus voyager avec les nazaréens sans craindre pour sa sécurité, à moins de circuler déguisée.

— C'est un insurgé plutôt qu'un prophète, fit remarquer un Romain. Il faut s'occuper de cette engeance sans tarder.

Hérode n'avait pas le cœur à la politique, mais il ne pouvait manifester de faiblesse devant un émissaire de Rome. Il appela sa garde.

— Arrêtez cet homme, qu'on appelle le Baptiste, et amenez-le-moi. On verra s'il a le courage de répéter de telles choses en ma présence.

Les invités applaudirent sa prompte décision et imitèrent le noble Romain qui levait son verre à la santé de leur hôte. Salomé s'essuya les yeux et sourit à son beau-père. Puis elle lui demanda quelle danse il désirait la voir exécuter.

***

Jean-Baptiste était un prisonnier encombrant. Ses disciples, dont Hérode n'avait en rien supposé qu'ils seraient aussi nombreux, envahissaient chaque jour le palais pour exiger que leur prophète soit relâché. Ils en appelaient au gouverneur de Galilée en tant que juif et le suppliaient d'accorder son soutien à l'un des siens. Le palais d'hiver étant proche de la mer Morte, la communauté des ésséniens envoyait quotidiennement des émissaires qui demandaient la liberté pour le prisonnier. Il ne s'agissait pas d'un simple prophète local, que l'on pouvait aisément châtier et réduire au silence. Jean-Baptiste était devenu un phénomène.

Hérode décida de l'interroger personnellement, et envoya chercher l'ascète. Il s'attendait à des justifications et aux élucubrations habituelles de ces prédicateurs du désert qui s'autoproclamaient messies. L'interrogatoire deviendrait une sorte de jeu, qu'Hérode apprécierait, et il se réjouirait tout particulièrement de la déconfiture de l'homme qui avait bouleversé son épouse et sa belle-fille. Il jouerait un peu avec le prisonnier, puis il prendrait sa décision quant à la sentence.

Mais l'entretien ne se déroula pas comme l'avait prévu le tétrarque. Quelle que soit la bizarrerie de son accoutrement et de son allure, Jean ne s'exprimait pas comme un homme en proie au délire. Il était intelligent, presque trop, et ses paroles étaient d'un sage ! Il parlait avec sévérité des pécheurs et de la nécessité du repentir. Il n'évita pas le regard d'Hérode en l'avertissant qu'un homme ayant autant péché ne serait pas admis dans le royaume de Dieu à moins de se repentir à temps de ses multiples transgressions et de rejeter son épouse adultère.

Profondément troublé par cet entretien, et par l'incarcération de Jean, Hérode l'aurait volontiers libéré, mais il ne le pouvait : cela aurait été considéré comme une preuve de faiblesse par Rome. Un émissaire romain n'avait-il pas entendu de ses propres oreilles l'ordre de l'arrêter ? Le relâcher ferait passer le gouverneur pour versatile, et peut-être même incapable de contenir les insurgés juifs. Non, il n'osait pas libérer le Baptiste. Pas encore. Il se contenta d'adoucir les conditions de son incarcération et de l'autoriser à recevoir ses disciples et les ésséniens.

Lorsqu'elle eut vent de ces nouvelles dispositions, Marie de Magdala envoya un messager au palais, pour demander si son mari voulait qu'elle lui rendît visite, ou avoir des nouvelles de l'enfant qu'elle portait. Jean ignora le message, purement et simplement, et la condamna en de dures paroles, qui lui revinrent aux oreilles. Les disciples les plus proches de Jean lui rapportèrent qu'il doutait toujours de la paternité de l'enfant, et parlait d'elle dans les termes les plus inconvenants. Il reprochait son arrestation à sa jeune épouse, et les plus fanatiques de ses disciples avaient même menacé sa famille. Marie réussit enfin à convaincre son frère et Marthe de la ramener en Galilée, aussi loin que possible de Jean et des siens. Elle ne parvenait pas à comprendre qu'une innocente soirée de désobéissance eût à ce point terni sa réputation, mais c'était pourtant la réalité à laquelle elle était confrontée. Elle préférait y faire face dans le calme de sa maison, au pied du mont Arbel, et se rapprocher des nazaréens et de leurs amis.

De sa prison, Jean poursuivait son ministère ; son influence et sa réputation s'accrurent dans les régions du Sud. Mais les enseignements de son cousin, le charismatique nazaréen, s'épanouissaient au nord du Jourdain et en Galilée. Les disciples de Jean rapportèrent ses hauts faits au Baptiste, ainsi que les guérisons miraculeuses qu'on attribuait à Easa. Ils lui dirent également que l'homme de Nazareth se montrait toujours aussi indulgent envers les impurs et les gentils. Il avait même empêché une femme adultère d'être légitimement lapidée ! Yeshua avait manifestement perdu tout contact avec la Loi. Il était temps que Jean prît position.

Sur ses instructions, ses disciples se rendirent à l'un des grands rassemblements nazaréens. Lorsque Easa se présenta devant la foule pour prêcher, deux des ambassadeurs de l'ascète s'avancèrent. Le premier prit la parole, s'adressant autant à Easa qu'à la foule.

— Nous venons de la cellule de Jean-Baptiste, qui nous a priés de vous faire connaître son message. Yeshua de Nazareth, il dit qu'il doute de toi. Qu'il a cru un jour que tu étais le Messie envoyé par Dieu, mais qu'il ne peut admettre, au nom de la Loi, que tu acceptes les impurs. Il te pose donc une question : es-tu celui que l'on attendait ? Ou ces braves gens devraient-ils attendre quelqu'un d'autre ?

La foule s'agita. La scène du baptême, en ce jour magique sur les rives du Jourdain, lorsque Jean avait annoncé que son cousin était l'élu, et que Dieu l'avait approuvé en envoyant sa colombe, était à l'origine de la conversion de beaucoup des disciples les plus récents. Et aujourd'hui, Jean-Baptiste lui retirait publiquement son appui !

Yeshua le nazaréen ne parut ni ému ni affecté par l'insulte. Il imposa silence à la foule et lui dit :

— Il n'est pas sur cette terre de plus grand prophète que Jean-Baptiste.

Quant aux hommes qui étaient venus le défier, il leur déclara :

— Je vous prie de saluer mon cousin de ma part. Allez, et dites-lui ce que vous aurez vu et entendu aujourd'hui.

Le nazaréen se mêla à la foule. Il fut rapporté que ce jour-là il avait rendu la vue à un aveugle, guéri un vieillard de ses infirmités, libéré ceux qui étaient affligés des mauvais esprits et des humeurs malignes. Et ceci tout en prêchant le Chemin, et en annonçant la lumière de Dieu. Il raconta aussi une parabole, l'histoire d'une femme dont les péchés furent pardonnés parce que son cœur était empli de foi et d'amour. Tel fut son dernier message de la journée.

— Ceux dont le cœur est rempli d'amour, leurs péchés seront pardonnés. Mais le plus droit des hommes, si son cœur est dur, celui-là ne connaîtra pas le pardon.

Dès ce jour, le ministère de Yeshua le nazaréen fut appelé le Chemin de l'amour et du pardon, un chemin ouvert à tous ceux qui choisiraient d'avancer vers la lumière.

***

351

Hérode Antipas avait un problème. Le Romain qui l'avait entendu ordonner l'arrestation du Baptiste était de retour. Lorsque le Romain s'enquit de savoir pourquoi il y avait tant de Juifs massés autour du palais, on lui répondit que c'était à cause du prophète emprisonné, qui attirait des disciples. L'émissaire fut stupéfait d'apprendre qu'Hérode n'avait pas réglé la situation de l'insurgé. Il lui en parla le soir même, avec sévérité.

— Tu ne peux te montrer sans colonne vertébrale lorsqu'il s'agit d'agitateurs. Tu es ici parce que César a confiance en toi pour représenter Rome, et qu'il pense que le peuple acceptera plus facilement la férule d'un compatriote juif. Mais ce serait une grave erreur de faire preuve de mollesse vis-à-vis d'eux. Cet homme offense l'empire chaque jour, de sa prison, et tu le laisses faire.

— Les terres du désert sont entre les mains de la secte des ésséniens, se défendit Hérode, ils considèrent cet homme comme un prophète. L'exécuter provoquerait un soulèvement.

— Toi, un citoyen romain, un roi, tu acceptes d'être pris en otage par ces sauvages du désert? fit l'homme avec un dédain manifeste.

Hérode comprit qu'il était acculé. L'émissaire repartait pour Rome le lendemain, il ne pouvait pas prendre le risque qu'il fît part à César de ce qu'il percevait comme de la faiblesse. Hérode avait de nombreux ennemis, acharnés partisans de la chute de sa famille, une fois pour toutes. C'était impossible. Antipas n'était pas né pour rien du sang de ses ancêtres. Son grand-père n'avait-il pas fait exécuter son propre fils, qu'il considérait comme une menace pour son trône? Hérode lui aussi saurait se battre pour ce qui leur appartenait en droit.

Il frappa deux fois dans ses mains pour appeler ses serviteurs et ordonna qu'on envoyât chercher les centurions.

— Exécutez immédiatement ma sentence au sujet du prisonnier Jean le Baptiste. Qu'il soit mis à mort par l'épée.

Le Romain l'approuva vigoureusement. Hérode Antipas allait entrer dans l'histoire pour la première fois. Mais pas pour la dernière.

**

Avant d'être exécuté, Jean ne demanda qu'une faveur: envoyer un message à son épouse en Galilée. On autorisa un de ses disciples à le recueillir. Jean lui confia ses derniers mots, instructions et repentir, avant que l'épée du centurion ne s'abattît et ne séparât sa tête de son corps du premier coup. Ainsi Jean le Baptiste, prophète du Jourdain, rejoignit-il le royaume de Dieu.

Hérode fit planter sa tête sur une pique et l'exposa aux grilles du palais, pour montrer à l'émissaire de Rome avec quelle sévérité et quelle diligence il traitait la trahison. Elle y resta jusqu'à ce que les oiseaux l'eussent nettoyée jusqu'aux os, mais une nuit elle disparut mystérieusement. Le corps de Jean fut remis aux esséniens qui se chargèrent de l'enterrer.

**

Sa grossesse était déjà bien avancée lorsque Marie apprit la mort de Jean. Le messager lui transmit en personne les derniers mots de son mari.

« Repens-toi, femme. Fais chaque jour pénitence pour tes péchés, en mémoire de moi et au nom de l'enfant que tu portes. Pour que cet enfant ait un espoir d'entrer dans le royaume de Dieu, tu dois te faire pardonner tes péchés, et le faire baptiser dès sa naissance. »

353

Elle ne saurait jamais si Jean, au moment de sa mort, croyait ou non que l'enfant fût de lui. Que sa dernière volonté ait été de lui faire tenir un message inclinait à penser qu'il avait foi en sa fidélité. Marie prit ses paroles à cœur, et, chaque jour de sa longue vie, pria pour le salut de Jean. Il avait été odieux avec elle, mais elle ne lui en voulait pas. Easa et Marie la Grande lui avaient enseigné que le pardon était d'origine divine, et elle adhérait à ce principe en toute sincérité.

Dès le début, Jean avait été une énigme pour elle. C'était un homme fruste, qui n'avait jamais demandé le sort qu'on lui avait réservé, et dont l'intention n'était certes pas de prendre femme. Elle avait fait de son mieux pour se comporter en épouse obéissante, mais il n'aimait rien en elle. Marie, hélas ! avait épousé le seul homme d'Israël qui n'aurait pas tout donné pour être son époux. Elle était belle, vertueuse, riche et de sang royal. Mais Jean n'avait que faire de toutes ses qualités.

Ce mariage avait été une épreuve pour elle comme pour lui. Par la grâce de Dieu, ils avaient vécu séparés la plupart du temps, sauf lorsque les pharisiens pressaient Jean de procréer. Il en avait souffert plus que Marie. Maintenant qu'ils étaient délivrés, Marie aurait tout donné pour que sa liberté n'eût pas été payée du prix de sa disparition.

On l'avait rendue responsable de son incarcération, on l'accusait désormais de sa mort. La seule femme du pays plus détestée qu'elle était Salomé. La princesse de la lignée d'Hérode était considérée comme coupable des pires ignominies, dont l'inceste avec son beau-père. On répandait des rumeurs sur sa sexualité débridée, et sur l'usage qu'elle en avait fait pour réclamer la tête de Jean-Baptiste sur un plateau d'argent. Rien de tout cela n'était vrai. Salomé avait usé d'un stratagème enfantin pour faire emprisonner Jean, mais, comme elle le dit plus tard à son amie, elle n'avait jamais supposé qu'il serait mis à mort. Elle voulait simplement le mettre hors d'état de nuire à Marie et à Easa, pendant un certain temps, et réduire son influence et son pouvoir sur le peuple. En fin de compte, Salomé était trop jeune et trop inexpérimentée en politique et en religion pour prévoir que son arrestation ne ferait qu'accroître la popularité de Jean, ou qu'Hérode serait contraint de prendre une aussi fatale décision.

Quelques semaines après l'exécution, un messager anonyme apporta à la jeune veuve une relique inattendue. Sans un mot, l'ascète lui tendit un panier d'osier rouge, et quitta la maison en toute hâte, sans même avoir croisé son regard. Marie, curieuse, souleva le couvercle du panier.

Sur un coussin de soie, reposait le crâne de Jean, délavé par le soleil.

***

Par la grâce de Dieu, Marie accoucha prématurément. Sans doute n'aurait-elle pas pu, étant donné l'étroitesse de sa stature, donner naissance à un bébé parvenu à son terme. Bien que prématuré, l'enfant était un solide garçon, qui vint au monde en protestant à grands cris contre l'injustice qui lui était faite. Âgé d'à peine un jour, il était déjà le portrait craché de Jean. Et quiconque entendait les protestations acharnées du bébé ne pouvait s'y tromper : c'était le fils légitime du Baptiste.

Marie de Magdala fit prévenir Easa et Marie la Grande de la naissance de son fils et les remercia pour leurs prières de bienvenue en ce monde.

Elle appela son fils Jean-Joseph, prénom de son père.

***

355

À la suite de l'exécution de Jean, on pressa de toutes parts Easa de jouer un rôle parmi ses disciples. Il se rendit dans le désert, pour rencontrer les ésséniens, et leur prêcha le royaume de Dieu. Certains des ésséniens acceptèrent Easa comme le nouveau Messie et se rallièrent à lui car il était de la lignée de David. D'autres s'y refusèrent, à cause des réformes nazaréennes que Jean avait si vigoureusement condamnées à la fin de sa vie. Pour la plupart des ermites du désert, Jean était le seul et unique Maître de la Loi et quiconque essayait de prendre sa place n'était qu'un imposteur.

Ce fut à cette époque que se creusa le profond fossé entre les fidèles d'Easa et les disciples de Jean. L'esprit nazaréen, d'amour et de pardon, accessible à tous, s'imposa. La philosophie des adeptes du Baptiste, fondée sur le rejet et la stricte observance de la Loi était bien différente. Alors que les femmes étaient bienvenues et honorées par Easa et les nazaréens, elles étaient méprisées par les disciples de Jean, qui les avait toujours tenues en piètre estime. La façon dont il parlait de Marie et de Salomé, les traitant ouvertement de putains de Babylone, n'avait pu que renforcer l'idée que les femmes étaient des êtres inférieurs.

Progressivement, ils forgèrent de Marie-Madeleine une image totalement fausse : pécheresse repentie, et catin décadente. Les disciples de Jean-Baptiste créèrent et entretinrent les flammes de l'injustice qui crépiteraient pendant plus d'un millier d'années.

***

Easa de Nazareth, prince de la maison de David, entreprit de modifier l'opinion populaire sur la malheureuse veuve. Mieux que quiconque, il savait que cette femme juste et vertueuse ne méritait pas une telle réputation. Elle était toujours fille de la maison de

Benjamin, son sang était royal, son cœur pur, et il l'aimait encore.

Lazare fut fort étonné de voir le Fils du Lion à sa porte, seul, sans disciples.

— Je suis venu voir Marie et l'enfant, dit-il simplement.

Lazare le fit entrer et appela Marthe, qui ne cacha ni sa surprise ni sa joie. En dépit de son environnement conservateur, c'était une nazaréenne de cœur, qui avait toujours aimé et vénéré Easa.

— Je vais chercher Marie et le bébé, dit-elle en se hâtant de sortir de la pièce.

Resté seul avec Easa, Lazare voulut s'expliquer.

— Yeshua, j'ai beaucoup d'excuses à te faire…

— Paix, Lazare. À ma connaissance, tu n'as jamais accompli un seul acte que tu ne croyais pas juste. Tu as été fidèle à toi-même, et à ton Dieu. Tu ne dois d'excuses à personne.

Ces paroles réconfortèrent Lazare, qui s'était toujours senti coupable de la rupture du mariage de sa sœur et d'avoir refusé son hospitalité aux nazaréens en cette fameuse nuit qui avait été fatale pour Marie. Mais il n'eut pas le temps de manifester sa reconnaissance : Jean-Joseph s'annonçait en criant vigoureusement.

Easa sourit à Marie et à son enfant. Il tendit les bras au bébé, qui était rouge de colère.

— Il est aussi beau que sa mère, et aussi têtu que son père, fit Easa en riant, puis il le prit contre lui. Dès que la main d'Easa le toucha, il arrêta de pleurer et observa ce nouveau visage avec intérêt. Lorsque Easa le fit doucement sauter dans ses bras, il roucoula de bonheur.

— Il t'aime, dit Marie, intimidée par cet homme qui était devenu une légende.

— J'espère bien ! Lazare, mon cher frère, je voudrais parler à Marie de questions importantes, en privé. Elle est veuve, désormais, on peut s'adresser à elle directement.

— Bien sûr, marmonna Lazare, sortant en hâte.

Easa, le petit Jean dans ses bras, fit signe à Marie de s'asseoir. Ils restèrent quelques instants l'un près de l'autre, sans parler, tandis que le bébé agrippait les longs cheveux d'Easa en riant.

— Marie, j'ai quelque chose à te demander.

Elle hocha la tête en silence, tout à son ravissement d'être près de lui – il était un baume qui la soulageait de son malheur.

— Tu as enduré de bien cruelles épreuves, au nom de ta foi en moi, et en le Chemin. Je voudrais te faire justice de ces malheurs. Marie, veux-tu devenir ma femme, et m'autoriser à élever Jean comme mon fils ?

Marie, pétrifiée, n'en croyait pas ses oreilles.

— Je ne sais quoi te répondre, Easa. Toute ma vie, j'ai rêvé de devenir ton épouse. Quand cela est devenu impossible… je me suis interdit d'y penser davantage. Mais je ne peux accepter, car cela nuirait à ta réputation, et à ta mission. Ils sont si nombreux, ceux qui me jugent responsable de la mort de Jean, et qui me traitent de pécheresse.

— Cela n'a aucune importance à mes yeux. Quiconque me suit connaît la vérité, et cette vérité, nous la transmettrons à ceux qui ne la connaissent pas encore. Nul ne pourrait s'offusquer que je te prenne pour femme. Tu es la veuve de Jean, qui était mon cousin. Je suis son parent le plus proche, il est naturel que j'élève son enfant dans la pure tradition des disciples de Jean. Et je l'élèverai comme un prince, mon héritier et un fils de prophète. Cette union est juste, aux yeux de la loi et du peuple d'Israël. Je suis toujours fils de David, et toi toujours fille de Benjamin.

Marie l'écoutait, bouleversée. Elle n'aurait jamais cru qu'un tel bonheur pourrait lui échoir. Au mieux, elle avait espéré qu'Easa baptiserait son fils, comme l'avait demandé Jean. Mais adopter son enfant, et la prendre pour femme ? C'était trop d'émotions. Elle se prit la tête dans les mains et se mit à sangloter.

— Pourquoi pleures-tu, ma colombe ? Dieu, qui approuvait hier notre union, n'a aucune raison de penser autrement aujourd'hui.

Marie essuya les larmes qui coulaient sur ses joues et leva les yeux sur le nazaréen, son Easa, que le Seigneur lui rendait.

— Je ne croyais plus être un jour aussi heureuse, murmura-t-elle.

***

Contrairement à la grandiose cérémonie de Cana, le mariage de Marie et d'Easa fut célébré dans l'intimité au village de Tabgha, en Galilée. Marie la Grande et les plus fidèles des nazaréens y assistèrent.

Mais la nouvelle de l'événement se répandit et des foules de gens, disciples ou simples curieux, commencèrent à arriver à Tabgha dès le lendemain. Certains n'appréciaient pas que leur bien-aimé prophète de Galilée liât son sort à celui d'une femme à la réputation ternie. Mais Easa se réjouissait de la présence de tous et répétait inlassablement à Marie que chaque journée offrait une nouvelle occasion de montrer le Chemin à une personne qui ne l'avait pas encore rencontré, une occasion donc de rendre la vue à l'aveugle.

Des milliers de gens furent bientôt rassemblés.

À la fin du deuxième jour, Marie la Grande s'en vint trouver Easa. Elle lui rappela son premier miracle, à Cana, lorsqu'il n'y avait pas assez de vin pour les invités. Aujourd'hui, les rivages de Galilée fourmillaient de voyageurs qui n'avaient pas mangé depuis plusieurs jours et les vivres s'épuisaient. Elle le conjura d'accepter de fêter ses noces.

Easa appela ses plus proches disciples et leur demanda quel serait le nombre des invités qui y assisteraient. Philippe lui répondit :

— Ils sont presque cinq mille, et nous ne pouvons en nourrir que deux cents.

— Je connais un garçon, ici, le fils d'un pêcheur, dit André, le frère de Pierre. Mais il n'a que cinq miches de pain, et deux poissons.

— Que les invités prennent place sur la pelouse, dit Easa, et qu'on m'apporte les miches de pain et les poissons.

André s'empressa d'obéir et déposa aux pieds d'Easa un panier qui contenait le pain et le poisson. Easa dit une prière de remerciements et de souhaits d'abondance au-dessus du panier, puis le tendit à André en lui disant :

— Passe ce panier parmi les invités. Ramasse les miettes, et remets-les dans d'autres paniers, n'en laisse rien perdre. Puis fais passer les nouveaux paniers à la ronde.

André s'exécuta, aidé par Pierre et d'autres. Tous s'émerveillèrent en constatant que les paniers où il n'y avait que quelques miettes étaient maintenant pleins à ras bord de pains. Douze paniers furent bientôt remplis. Et tous mangèrent à leur faim.

Ceux qui assistèrent aux festivités de Tabgha n'eurent plus aucun doute : Easa le nazaréen était le Messie annoncé par la prophétie. Sa réputation de faiseur de miracles et de guérisseur ne fit que croître, comme le nombre de ses fidèles parmi le peuple. Ceux-là et beaucoup d'autres acceptèrent dès lors Marie de Magdala. Si le grand prophète avait choisi cette femme, elle en était digne.

Le nom que devrait prendre Marie posait un problème, car en cette époque, les femmes portaient celui de leur compagnon masculin. Lui accoler celui de Jean, dont elle était la veuve, ne serait pas convenable, pas plus que de lui donner seulement celui d'épouse d'Easa. Ainsi devint-elle, à l'instar des femmes de pouvoir, connue de son temps sous son propre nom. Et ainsi régnerait-elle pour toujours en tant que Fille de Sion, Tour du Troupeau – Migdal-Eder. Elle porterait donc un nom de reine. Le peuple la nomma Marie-Madeleine.

***

Cette période, qui fit suite au miracle de la multiplication des pains, Marie-Madeleine l'intitula la Grande Époque. Peu après les noces, les nazaréens, dont Marie, partirent en Syrie. Easa guérit un nombre étonnant de malades pendant le voyage. Il prêcha dans des synagogues et porta la Bonne Parole à de nouvelles oreilles. Ils retournèrent en Galilée au bout de quelques mois. Marie était enceinte, et Easa voulait que leur enfant naquît dans le lieu où sa femme serait le mieux entourée : chez elle.

Une minuscule petite fille vint au monde, peu après leur retour en Galilée. Ils lui donnèrent le double prénom de Sarah-Tamar. Sarah en l'honneur de la noble femme d'Abraham, et Tamar qui était un prénom galiléen et évoquait les palmiers dattiers qui poussaient en abondance dans la région. Depuis des générations, les dynasties royales le donnaient familièrement à leurs filles.

La famille s'accroissait, ainsi que le ministère d'Easa. Les enfants d'Israël connaissaient l'espoir en un avenir meilleur. Ce furent en vérité des Jours de Grandeur.

Chapitre 18

Château des Pommes Bleues

29 juin 2005

Un long silence plana après que Peter eut terminé sa lecture du premier livre. Chacun s'efforçait de s'habituer à l'énormité de ces nouvelles informations. Tous avaient pleuré à certains passages, les hommes plus discrètement, les femmes ouvertement.

Sinclair rompit le silence.

— Par quoi commence-t-on ?

— Je suis trop abasourdie pour avoir un avis ! dit Maureen en regardant son cousin pour voir comment il réagissait.

Étonnamment, il paraissait calme, et lui sourit lorsque leurs regards se croisèrent.

— Tu te sens bien ? lui demanda-t-elle.

— Je ne me suis jamais senti mieux ! C'est bizarre, je sais, mais je ne suis ni choqué ni inquiet. Simplement... satisfait. C'est le meilleur mot !

— Vous avez l'air épuisé, intervint Tammy. Mais quel travail magnifique !

Sinclair et Roland, à leur tour, félicitèrent et remercièrent Peter.

— Tu devrais te reposer un peu, lui dit Maureen. Tu continueras demain.

— Pas question ! Il reste deux livres qu'elle appelle le Livre des disciples et le Livre des Jours obscurs. Nous pouvons supposer que c'est un témoignage de première main sur la crucifixion. Comment voudrais-tu que je m'interrompe ?

Lorsqu'il comprit que Peter ne céderait pas, Sinclair lui fit porter du thé. Le prêtre refusa toute nourriture, certain qu'il devait jeûner pendant tout le temps que lui prendrait la traduction. Sinclair, Tammy et Maureen le laissèrent seul et gagnèrent la salle à manger pour absorber une légère collation. Roland ne voulut pas se joindre à eux, au prétexte qu'il avait beaucoup de choses à faire. Son regard croisa celui de Tammy, et il se retira.

Ils n'avaient guère d'appétit et se contentèrent de picorer. Tammy fut la première à essayer de s'exprimer sur le Livre.

— Maintenant, je comprends mieux ce que me disait Derek et je vois pourquoi les adeptes de la Guilde haïssent Marie-Madeleine et Salomé, pour injuste que ce soit.

— De quoi parles-tu ? Des gens qui m'ont agressée ? lui demanda Maureen qui n'était pas au courant de ses tribulations de la veille.

Tammy lui narra sa journée, et ce qu'elle avait appris durant son horrible journée à Carcassonne.

— L'un de vous deux savait-il que Marie-Madeleine avait eu un enfant avec Jean-Baptiste ? En ce qui me concerne, je suis sidérée.

— Cela bouleverserait la plupart des gens, répondit Sinclair. Ici, cette légende court, mais personne ne la connaît, en dehors de nos cercles fièrement hérétiques. Il y eut une tentative collective d'effacer cet aspect de l'histoire, des deux côtés. Les disciples de Jésus ne voulaient en aucun cas que des informations sur Jean fassent de l'ombre à leur prophète. Les Évangiles le prouvent.

— Quant aux disciples de Jean, intervint Tammy, ils ne le mentionnent pas car ils n'ont que mépris pour

Marie-Madeleine. J'ai parcouru leur prétendue *Vrai Livre du Saint-Graal*, qu'ils appellent ainsi car ils sont persuadés que le seul sang qui soit sacré est celui de Jean et de ses descendants. S'ils en avaient eu le pouvoir, ils auraient effacé toute trace de Marie-Madeleine dans l'histoire, pas seulement dans les écritures. Dans la tradition de la Guilde, son nom ne peut être prononcé que précédé de l'épithète putain.

— C'est incompréhensible, remarqua Maureen. Elle est la mère du fils de Jean, ils le considèrent comme légitime. Pourquoi la détester autant ?

— Parce que, d'après eux, Salomé et elle ont ourdi la mort du Baptiste, pour qu'elle puisse épouser Jésus, Easa, et qu'il prenne sa place. Et qu'il usurpe le rôle de père du fils de Jean, et le dévoie. Aujourd'hui encore, dans leur rituel, ils crachent sur la Croix et appellent Jésus l'Usurpateur.

— J'hésite à aborder ce sujet, fit Maureen en les regardant tour à tour, mais j'ai du mal à croire que Jean-Claude fasse partie de cette engeance.

— Jean-Baptiste, tu veux dire, rétorqua Tammy dédaigneusement.

— Lorsque nous étions à Montségur... Il faisait preuve d'un tel respect pour les cathares... ce n'était qu'une comédie ?

— Sans doute, dit Sinclair en soupirant. Et, à ce que je comprends, cette comédie n'est que la partie émergée d'un spectacle de grande envergure. Roland a découvert que Jean-Claude avait été entraîné depuis l'enfance à l'infiltration dans notre Société. Sa famille est fortunée, et elle a utilisé les ressources de la Guilde pour lui forger une identité. Ce n'est qu'après avoir été accepté chez nous qu'il a inventé qu'il était un Pascal. J'aurais dû me méfier, mais je n'avais aucune raison de ne pas le croire. Demeure que c'est un érudit, et un grand spécialiste de notre région. Mais dans son cas, ce n'est pas pour lui faire justice. Il applique l'adage : connais ton ennemi.

— Depuis combien de temps dure cette rivalité ?

— Deux mille ans. Mais elle est à sens unique. Les nôtres n'ont rien contre Jean et considèrent ses descendants comme leurs frères et sœurs. Après tout, ne sommes-nous pas tous des chrétiens, issus de Marie-Madeleine ? En tout cas, c'est ainsi que nous voyons les choses.

— Les problèmes viennent de leur côté de la famille, plaisanta Tammy.

— Tous les disciples de Jean-Baptiste ne sont pas des extrémistes, l'interrompit Sinclair. Les fanatiques de la Guilde sont une minorité. Un groupe sordide, effrayant et très puissant, mais une minorité tout de même. Accompagnez-moi dehors, je voudrais vous montrer quelque chose.

Ils se levèrent de table, et Tammy se retira en demandant à Maureen de la rejoindre plus tard dans la salle de télévision.

— Au point où nous en sommes, ajouta-t-elle, je veux que tu voies sur quoi j'ai mis la main.

Maureen accepta et sortit avec Sinclair. La nuit n'était pas complètement tombée et les ultimes rayons du soleil de l'été brillaient encore tandis qu'ils prenaient le chemin des jardins de la Trinité.

— Vous souvenez-vous du troisième jardin ? Celui où vous n'êtes pas entrée l'autre jour ? Je vais vous le faire visiter, venez.

Il prit le bras de Maureen et la guida jusqu'à un sentier dallé de marbre qui menait à un jardin de style italien.

— Comme c'est… romantique ! remarqua la jeune femme.

— Oui. Nous ne savons presque rien au sujet du jeune Jean-Joseph. À ma connaissance, il n'existe aucun écrit sur lui. Du moins jusqu'à aujourd'hui. Seules quelques traditions locales, orales, ont permis de conserver sa trace. Nous savons seulement que cet enfant n'était pas le fils de Jésus mais celui de Jean. Nous l'appelions par son vrai nom, Jean-Joseph, bien que certaines légendes parlent d'un Jean-Yeshua, et même d'un Jean-Marc. Toujours selon la légende, il quitta sa mère et ses frères et sœurs pour aller en Italie. On ne sait pas si cela faisait partie d'un plan ou si c'était de sa propre volonté. Et l'on ignore ce qu'il est advenu de lui. Il y a deux écoles de pensée.

Sinclair l'entraîna jusqu'à une statue représentant un jeune homme de la Renaissance, debout devant une grande croix et portant un crâne dans sa main.

— Il a été élevé par Jésus, il est donc possible qu'il ait fait partie des premiers chrétiens de Rome. Si tel est le cas, il est probable qu'il connut un funeste destin car cette communauté a été décimée par Néron. Tacite rapporte que Néron a puni avec la plus extrême cruauté le groupe notoirement dépravé que l'on connaissait sous le nom de chrétiens, et nous le savons grâce aux récits sur la mort de Pierre.

— Alors, vous supposez qu'il fût un martyr ?

— C'est possible. Peut-être même fut-il crucifié avec Pierre. Étant donné ses origines, on ne peut que supposer qu'il fut un chef, et tous les chefs ont été exécutés. Mais il y a une autre hypothèse.

Sinclair désigna le crâne que tenait en main la statue de Jean-Joseph.

— Selon une légende, les plus fanatiques des disciples de Jean le suivirent à Rome et le persuadèrent que les chrétiens croyaient en un faux prophète qui avait usurpé la place de son père, le véritable Messie. Et que lui, Jean-Joseph, son héritier, devait légitimement monter sur le trône. Certains prétendent que le jeune homme se détourna de sa mère et de sa famille pour embrasser la foi des disciples de son père. Nous ne savons pas où cela le mena, mais nous savons en revanche qu'il y a une puissante secte d'adorateurs de Jean en Iran et en Irak. Ce sont des gens paisibles, mais ils observent strictement la Loi et croient en Jean, le seul Messie. Il est possible qu'ils soient de la lignée directe de Jean-Joseph, si lui et ses héritiers sont partis en Orient après avoir rompu avec les premiers chrétiens. Et vous connaissez maintenant l'existence de la Guilde de la Loi, dont les membres se prétendent les descendants occidentaux de Jean.

Tout en écoutant les explications de Sinclair, Maureen regardait le crâne.

— C'est Jean ! s'écria-t-elle soudain. Ce crâne ! On le trouve dans toute l'iconographie sur Marie-Madeleine. Personne n'a jamais pu m'expliquer pourquoi. On parlait vaguement de repentance. Mais pourquoi un crâne ? Maintenant, je comprends. On la représente avec un crâne, littéralement avec le crâne de Jean, car elle priait pour lui.

— Elle a aussi un livre, toujours. Son livre, le message qu'elle nous a laissé. J'ose espérer que grâce à lui, grâce à elle, plutôt, nous éclaircirons le mystère qui plane sur son fils aîné.

Ils firent quelques pas en silence. Les premières étoiles s'allumaient dans le ciel crépusculaire.

— Vous disiez, reprit Maureen, que tous les disciples de Jean n'étaient pas des fanatiques.

— Mais oui, il y en a des millions. Ce sont les chrétiens. Je suis sérieux, Maureen. Regardez votre propre pays et le nombre d'églises baptistes qu'on y trouve. Ces chrétiens considèrent Jean comme un prophète, celui qui a annoncé la venue de Jésus. En Europe, les lignées se sont mélangées, et dans certaines familles le sang du Baptiste est désormais mêlé à celui du nazaréen. La plus illustre est la famille des Médicis. Notre Alessandro Botticelli en est aussi un exemple.

— Il descendrait des deux lignées ?

— Quand nous serons rentrés, nous regarderons *Le Printemps*. À gauche vous remarquerez Hermès, l'alchimiste, brandissant le symbole du caducée. Sa main dessine le « Souviens-toi de Jean » dont vous a parlé

Tammy. Dans cette allégorie de la Renaissance et de Marie-Madeleine, Botticelli nous rappelle l'existence de Jean. Il affirme aussi que l'alchimie est une forme d'intégration, et que l'intégration prohibe l'intolérance et la bigoterie.

Maureen le regardait intensément, emplie d'admiration pour cet homme qu'elle avait considéré comme une énigme. En fait, c'était un poète et un mystique, en quête de vérités spirituelles. C'était en outre un homme bon, chaleureux, attentionné et loyal. Elle l'avait sous-estimé, et il le lui prouva en ajoutant :

— À mon sens, la tolérance et le pardon sont les pierres angulaires de la foi. Et, depuis quarante-huit heures, j'en suis plus convaincu que jamais.

Maureen lui sourit et glissa son bras sous le sien. D'un même pas, ils reprirent ensemble le chemin du château.

***

Vatican, Rome

29 juin 2005

Le cardinal DeCaro terminait une conversation téléphonique lorsque l'évêque O'Connor fit irruption dans son bureau. Haut dignitaire de l'Église, le cardinal constata avec stupéfaction que l'évêque ne semblait pas avoir la moindre idée de la précarité de son statut à Rome. Pure ambition ou absence totale d'intelligence ? Les deux peut-être !

DeCaro écoutait avec une patience feinte et une surprise railleuse les élucubrations de l'évêque sur de pseudo-événements survenus en France. Mais il se raidit soudain. Il s'agissait d'informations secrètes, et personne à ce niveau n'était censé avoir entendu parler des manuscrits. Moins encore de leur contenu.

— Qui vous informe ? demanda le cardinal.

— C'est un homme extrêmement fiable, biaisa l'évêque qui ne voulait pas encore dévoiler ses sources.

— Je crains de ne pouvoir rien prendre au sérieux si vous ne pouvez ou ne voulez m'en dire plus, Magnus. Vous n'imaginez pas le nombre de fausses informations qui nous parviennent et sur lesquelles nous n'avons pas le temps d'enquêter.

Mal à l'aise, l'évêque s'agita. L'identité de sa source était l'unique atout dont il disposait. S'il la révélait, on s'adresserait directement à elle, et lui-même serait tenu à l'écart d'une situation historique majeure. D'ailleurs, outre DeCaro et le concile du Vatican, il devrait rendre compte à d'autres.

— Je vais interroger mon informateur, et voir s'il m'autorise à vous révéler son identité.

Le cardinal, feignant l'indifférence, haussa les épaules. Cette attitude nonchalante agaça O'Connor, qui avait espéré que ses fracassantes nouvelles lui vaudraient un autre accueil.

— Parfait. Merci d'être venu. Vous pouvez disposer.

Et le cardinal le congédia d'un geste désinvolte.

— Mais, Votre Grâce, ne désirez-vous pas savoir ce que ces gens ont découvert ?

Sans enlever ses lunettes de lecture, le cardinal lança un regard bref au prêtre irlandais.

— Les sources non authentifiées ne m'intéressent pas. Bonne nuit. Dieu vous ait en Sa sainte garde.

Le cardinal lui tourna le dos, aussi indifférent que si l'évêque était venu lui apprendre que le soleil se levait le matin et se couchait le soir. Où était le choc ? L'inquiétude ? La reconnaissance ?

Balbutiant d'indignation, l'évêque O'Connor marmonna une réponse et se retira. Il n'avait plus rien à faire à Rome. Il irait en France. Ne fût-ce que pour donner une leçon à la prétentieuse hiérarchie du Vatican.

**

Château des Pommes Bleues

29 juin 2005

Comme elle l'avait promis, Maureen rejoignit Tammy dans la salle de télévision après sa promenade avec Sinclair. Elle avait passé la tête dans le bureau de son hôte pour voir si Peter, immergé dans son labeur, avait besoin de quelque chose. Il leva brièvement sur elle des yeux rougis par le travail, et marmonna de façon inintelligible. Ce n'était manifestement pas le moment de l'interrompre.

À l'extérieur du bureau, la fébrilité régnait, et le château bruissait d'excitation. Maureen se demanda si les domestiques, qu'elle supposait d'une loyauté à toute épreuve, étaient au courant. Roland et Sinclair discutaient des mesures de sécurité à respecter jusqu'à ce que les manuscrits eussent tous été traduits, et que la suite à donner à ces événements fût décidée. Personne n'en avait encore parlé ouvertement, et Maureen était très curieuse de savoir ce qu'envisageait de faire Sinclair.

— Entre, entre, dit Tammy en apercevant Maureen sur le pas de la porte.

La jeune femme se laissa tomber sur le divan, près de son amie, et reposa sa tête sur un coussin.

— Que se passe-t-il ? l'interrogea Tammy.

— Rien, ou tout ! Je me demande seulement si ma vie reprendra un jour son cours normal.

— Probablement pas, répondit Tammy avec un rire rauque. Alors, autant t'y habituer tout de suite.

371

Puis elle poursuivit, d'un ton plus grave :

— J'ai conscience que tout cela est nouveau et que tu dois tout digérer en si peu de temps. Je tiens à te dire que Peter et toi vous êtes désormais mes héros.

— Merci. Mais crois-tu vraiment que le monde soit prêt à remettre en question ses croyances les plus sacrées ? Moi, non.

— Pas d'accord ! La période n'a jamais été plus propice. Nous sommes au XXIᵉ siècle, on ne brûle plus les gens sur un bûcher pour hérésie.

— Non, on se contente d'y jeter leurs cadavres. Ou de leur fracasser le crâne, ajouta Maureen en se frottant la tête.

— Tu as raison, pardon.

— Ne t'inquiète pas, je faisais mon intéressante. En réalité, je vais très bien. À quoi travailles-tu ?

— L'autre soir, la conversation a dévié et je n'ai pas pu te montrer le reste de mes images. Je crois qu'elles t'intéresseront.

Elle visa l'écran avec la télécommande qu'elle tenait en main.

— Nous regardions les portraits des célébrités de la lignée, tu te rappelles ? Continuons. Voici le roi Ferdinand d'Espagne, ta fameuse Lucrèce Borgia, Marie Stuart, reine d'Écosse, Bonnie Prince Charlie, l'impératrice Marie-Thérèse d'Autriche et sa célèbre fille, Marie-Antoinette, sir Isaac Newton. Et voici maintenant les Américains, plusieurs présidents, à compter de Thomas Jefferson. Passons à aujourd'hui.

— Qui est-ce ? demanda Maureen en regardant avec curiosité la photographie sur l'écran.

— Une réunion de famille chez les Stuarts, dans le New Jersey. Je l'ai prise l'année dernière. Celle-ci aussi. Des gens ordinaires, dans des lieux ordinaires. Mais tous de la lignée.

— Es-tu déjà allée à McLean, en Virginie ?

— Non, pourquoi ? lui demanda Tammy intriguée.

Maureen lui raconta sa surprenante aventure avec la charmante libraire qu'elle y avait connue.

— Elle s'appelle Rachel Martel, et...

— Martel ? Tu as dit Martel ?

Maureen hocha la tête, et Tammy éclata de rire.

— Pas étonnant qu'elle ait des visions ! Martel est le nom d'une des plus vieilles familles de la lignée. Pense à Charles Martel, le petit-fils de Charlemagne. En creusant un peu, je suppose qu'on doit trouver une flopée de descendants dans l'État de Virginie. Ils ont sans doute fui la Terreur. Beaucoup de familles de la noblesse française se sont réfugiées aux États-Unis. La Pennsylvanie en est pleine.

— Je raconterai tout ça à Rachel en rentrant.

— Regarde, voilà une photo de la famille Saint-Clair, à Baton Rouge, l'été dernier. C'est en Louisiane qu'on trouve la plus forte concentration de descendants de la lignée, à cause de la présence française. Mais tu le sais mieux que personne. Tu vois cet homme, là ?

Tammy appuya sur la touche pause ; l'image d'un jeune musicien de rue aux cheveux longs qui jouait du saxophone dans le quartier français de La Nouvelle-Orléans s'inscrivit sur l'écran.

— Il s'appelle James Saint-Clair, sans domicile fixe, petit escroc sans envergure mais musicien génial. Avec son saxo, il t'arrache des larmes. Je me suis assise au coin de la rue et nous avons parlé pendant trois heures. Un homme très intelligent, très beau.

— Tous ces gens connaissent-ils l'histoire de leurs familles ?

— Bien sûr que non. C'est le plus extraordinaire, et c'est l'objectif de mon film. Depuis deux mille ans que ça dure, il y a probablement un million de personnes sur terre qui charrient le sang du Christ dans leurs veines. Peut-être davantage. Rien d'élitiste, ni de secret. Ça pourrait être le livreur de ton épicerie, ou la standardiste de ta banque. Ou un type qui te brise le cœur en jouant du saxophone.

***

Château des Pommes Bleues

2 juillet 2005

Peter travaillait sans relâche mais son perfectionnisme le trahit et il lui fallut deux jours encore pour se déclarer prêt à leur communiquer la traduction du dernier manuscrit, le Livre des Jours obscurs.

Au cours de l'après-midi du deuxième jour, Maureen s'était endormie sur le divan du bureau, heureuse de la simple proximité de l'Évangile de Marie-Madeleine.

Les sanglots de son cousin la réveillèrent.

Peter, la tête dans les mains, cédait à l'épuisement et à l'émotion. Chagrin ou joie ? Exaltation ou désespoir ? Maureen était incapable d'en décider. Sinclair, assis en face de Peter, secoua la tête en signe d'impuissance. Lui non plus ne pouvait déterminer la cause du bouleversement de Peter.

— Peter, fit doucement Maureen en posant la main sur l'épaule de son cousin, qu'as-tu ?

— Mieux vaut que ce soit elle qui vous le dise, répondit Peter en montrant la traduction. Veux-tu aller chercher les autres ?

***

Roland et Tammy furent faciles à trouver. Ils étaient ensemble, et ne s'en cachaient pas. De plus, ils n'étaient

374

jamais loin des manuscrits, de peur de rater quelque chose d'important. Dès leur arrivée, ils remarquèrent le regard fiévreux du prêtre.

Roland appela une femme de chambre et fit apporter du thé pour tout le monde.

Peter réunit les feuillets.

— Elle appelle ce chapitre le Livre des Jours obscurs. Il s'agit de la dernière semaine de la vie du Christ.

Sinclair allait poser une question. Peter l'interrompit.

— Non. Elle le raconte beaucoup mieux que moi.

Et il commença sa lecture.

***

Il est important de savoir qui était Judas Iscariote pour comprendre sa relation avec moi, avec Easa et avec les enseignements du Chemin. C'était un zélote, comme Simon. Il désirait ardemment libérer nos rivages des Romains. Il avait tué pour cette cause, et il était prêt à tuer encore. Jusqu'à ce que Simon l'amène à Easa.

Judas a embrassé notre foi, mais sa conversion au Chemin ne fut ni rapide ni facile. Il venait d'une famille de pharisiens, et respectait la Loi à la lettre. Jeune homme, il avait suivi Jean et il se méfiait de moi. Avec le temps, nous sommes devenus amis et même frère et sœur, grâce à Easa, le grand pacificateur. Pourtant, en certaines occasions, les anciennes manières de Judas reprenaient le dessus, ce qui n'allait pas sans causer une tension parmi les disciples. Il avait une autorité naturelle, qu'Easa admirait, à l'encontre de certains autres. Mais je compatissais avec Judas. Son destin, comme le mien, était d'être incompris.

Judas croyait que nous devions profiter de chaque occasion d'élargir notre influence, et que nous y arriverions en distribuant de l'argent aux pauvres. Easa le nomma trésorier et lui confia la responsabilité d'engranger les dons qui nous permettraient d'aider les nécessi-

teux. Il s'acquitta de sa tâche comme l'homme intègre et consciencieux qu'il était. Mais il était aussi ennemi de tout compromis.

Notre plus grave dispute eut lieu le soir où j'entrepris d'oindre Easa, à Béthanie, dans la maison de Simon. Je pris une jarre en albâtre qui nous avait été envoyée d'Alexandrie. Elle était emplie d'un onguent coûteux et parfumé. J'en rompis le sceau et passai le baume sur le front et et les pieds d'Easa, en le proclamant Messie selon les traditions de notre peuple et selon le Cantique des cantiques, tel qu'il nous fut transmis par le roi Salomon. Pour nous tous, ce fut un moment de haute spiritualité empli d'espoir et de symbolisme.

Mais Judas se mit en colère, et il me réprimanda devant tout le monde. « Ce baume coûte cher ; scellé, il nous aurait rapporté une grosse somme d'argent, qui aurait dû faire partie de ce que nous collectons pour les pauvres. »

Je n'eus pas à me défendre, car Easa le fit pour moi. Il désapprouva Judas. « Tu auras toujours des pauvres, dit-il, mais moi, tu ne m'auras pas toujours. Et permets-moi de te dire une chose : partout dans le monde où l'on prêchera mon exemple, l'on prêchera aussi le nom de cette femme. Laisse-la faire, au nom de tout ce qu'elle a souffert pour nous. »

Cet incident prouvait que Judas ne comprenait pas totalement les rituels sacrés du Chemin et conforta dans leur opinion ceux qui ne lui avaient jamais fait entièrement confiance.

Comme je l'ai dit, je ne lui en veux absolument pas, ni pour cet acte ni pour aucun autre. Judas avait le caractère fort et bien trempé, il fut toujours fidèle à lui-même.

Aujourd'hui encore, je le pleure.

**Arques. L'Évangile de Marie-Madeleine,
Livre des Jours obscurs.**

Chapitre 19

Jérusalem

33 apr. J.-C.

Pour les nazaréens, la journée avait été mouvementée. Le soutien populaire prévu avait accompagné l'entrée d'Easa à Jérusalem. La ferveur de l'accueil avait même dépassé leurs espérances. Lorsque tous ceux qui le suivaient avaient été invités à réciter la prière du Chemin, qu'Easa appelait maintenant la prière au Seigneur Notre Père, la grotte du mont des Oliviers n'avait pu contenir la foule. Ceux qui voulaient entendre le prêche d'Easa s'étaient dispersés sur la colline, en attendant de pouvoir s'approcher de celui qu'ils nommaient leur Messie afin qu'il leur apprît aussi à prier.

Easa se retira uniquement lorsque chaque homme, chaque femme et chaque enfant eurent la satisfaction de savoir qu'ils connaissaient et comprenaient le sens de la prière.

Deux centurions romains retinrent les nazaréens qui revenaient vers la ville. Ils gardaient l'entrée est de la ville, la plus proche de la résidence de Pilate, la forteresse Antonia. Ils s'adressèrent au groupe dans un très mauvais araméen, pour connaître leur destination. Easa s'avança et les étonna en leur répondant dans un grec parfait. Puis il désigna l'un des centurions, dont la main était bandée.

— Que t'est-il arrivé ?

Le centurion ne s'attendait pas à cette question. Il répondit cependant sans se faire prier.

— Je suis tombé dans les rochers, pendant une nuit de garde.

— Trop de vin ! railla son équipier, un personnage défiguré par une cicatrice qui lui barrait le visage et accentuait la brutalité de ses traits.

Le centurion accusé le regarda sans répondre.

— N'écoutez pas Longinus. J'ai perdu l'équilibre.

— Tu souffres, n'est-ce pas ? dit Easa.

— Oui, je crois que ma main est cassée, mais je n'ai pas pu aller chez le médecin, nous sommes consignés, à cause de Pâques.

— Je peux voir ?

L'homme tendit à Easa son membre blessé, qui formait un angle non naturel avec son poignet. Easa prit cette main avec beaucoup de douceur, et dit une prière silencieuse. Le Romain blessé écarquilla les yeux de surprise tandis que les nazaréens observaient la guérison qui avait lieu. Même le centurion à la cicatrice semblait impressionné.

Easa ouvrit les yeux.

— Tu devrais te sentir mieux désormais, dit-il à l'homme blessé, dont il lâcha la main, maintenant bien droite à l'extrémité du poignet.

Le Romain, stupéfait, garda le silence. Il ôta son bandage, plia les doigts. Puis il leva sur Easa le regard de ses grands yeux bleus, brouillés par les larmes. Il n'osait s'exprimer, de crainte d'être entendu par les soldats. Easa le comprit et lui évita cette gêne.

— Le royaume de Dieu est à toi si tu le veux. Annonce la bonne nouvelle aux autres.

Puis il reprit son chemin autour des murs de la ville, suivi de Marie, de Jean, de Sarah et des élus.

***

Marie était épuisée. Le poids de l'enfant qu'elle portait la fatiguait et la ralentissait, mais il était source d'une telle joie qu'elle ne songeait pas à se plaindre.

Ils s'étaient installés chez l'oncle d'Easa, Joseph, un homme riche et influent qui possédait des terres à l'extérieur immédiat de la ville. Heureusement, le petit Jean et Sarah dormaient, exténués eux aussi par la journée.

Seule, assise dans l'ombre fraîche du jardin de la maison, Marie eut le temps de réfléchir au don de guérison d'Easa, qui, en compagnie de son oncle et de quelques disciples, préparait sa visite au Temple, prévue pour le lendemain. Marie avait préféré les quitter, pour coucher les enfants et profiter de quelques instants de repos et de prière. Elle avait aussi choisi de ne pas assister à la soirée de prière des femmes, afin de se ménager l'un de ces rares espaces de solitude qu'elle chérissait.

En se remémorant les événements qui s'étaient déroulés durant la journée, elle se sentit mal à l'aise, et en proie à un inhabituel désarroi, dont elle ne pouvait identifier la cause. Quoique soldat romain, le centurion s'était montré aimable. Et elle avait senti sa détresse lorsqu'il avait presque pleuré après la miraculeuse guérison. L'autre militaire, c'était une autre histoire. Il avait l'air d'un homme dur et grossier, à l'instar des mercenaires qui avaient versé tant de sang juif. L'homme à la cicatrice, Longinus, avait été surpris par la guérison, mais sans en être ému. Il était trop endurci pour cela.

Le soldat n'avait pas seulement été guéri. Quelque chose avait changé en lui. Marie l'avait lu dans ses yeux. Une décharge électrique parcourut son corps, accompagnée de l'étrange émotion qui l'envahissait chaque fois qu'elle sentait que l'avenir allait se révéler à elle. Elle ferma les yeux, se concentra, mais sans résultat. Elle était trop fatiguée, à moins qu'elle ne fût pas censée voir ce qui se préparait.

Qu'est-ce que cela pouvait être ? En trois ans, la réputation de guérisseur d'Easa s'était répandue dans tout le pays. Le peuple l'en révérait d'autant plus. Dernièrement, cela ne semblait lui coûter aucun effort. La guérison divine coulait si facilement de ses mains qu'y assister était un pur bonheur.

N'avait-il pas ressuscité son frère lorsque les docteurs de Béthanie l'avaient déclaré mort ? L'année précédente, Marie et Easa étaient revenus en toute hâte de Galilée après avoir reçu un message de Marthe leur annonçant que Lazare était gravement malade. Mais le voyage avait été plus long que prévu et, à leur arrivée, il était trop tard. Les pouvoirs de guérisseur d'Easa étaient en vérité stupéfiants, mais jamais encore il n'avait ramené un être d'entre les morts. C'était trop demander à tout homme, Messie ou non.

Mais Easa était entré dans la maison avec Marie, et il avait dit aux deux femmes de s'en remettre à leur foi et de prier avec lui. Puis il avait pénétré dans la chambre du mort, seul, et il avait prié sur le corps de son beau-frère.

Lorsqu'il en sortit, il contempla les pâles visages de Marthe et de Marie et leur sourit pour les rasséréner avant de retourner dans la chambre.

— Lazare, mon cher frère, lève-toi, et salue ton épouse et ta sœur qui ont prié avec tout leur amour pour que tu reviennes parmi nous.

Stupéfaites, Marie et Marthe virent Lazare sortir lentement de sa chambre, très faible, mais incontestablement vivant.

La ville entière célébra la miraculeuse résurrection de Lazare d'entre les morts. Les rangs des disciples des nazaréens se gonflaient au rythme des belles actions d'Easa, qui devenaient légendaires. Il continua de guérir au gré de ses voyages et fit une halte sur les rives du Jourdain, près de Jéricho, pour baptiser ses nouveaux disciples comme Jean le lui avait enseigné. Des foules immenses se rassemblèrent alors au bord du fleuve et les nazaréens y séjournèrent plus longtemps qu'ils ne l'avaient prévu.

Nombreux étaient les modérés qui appréciaient qu'Easa eût repris le flambeau de Jean. Hérode Antipas lui-même, le roi de Galilée, avait déclaré que l'esprit du Baptiste revivait en Easa. Mais il y avait des insatisfaits : les plus fanatiques des ésséniens et les disciples les plus extrémistes de Jean accueillirent fort mal le retournement d'Hérode en faveur d'Easa, dont ils maudissaient toujours le nom. Mais ils réservaient leur haine la plus farouche à la nazaréenne.

Le lendemain, Marie-Madeleine, les mains crispées sur son ventre, tomba par terre près du fleuve. Elle vomit violemment tandis que les disciples se rassemblaient autour d'elle. Prévenu, Easa accourut auprès d'elle.

Marie la Grande était là aussi, et s'occupa de Marie-Madeleine. Elle observa attentivement sa belle-fille, jaugeant ses symptômes tout en la tenant tendrement dans ses bras.

— J'ai déjà vu cela, dit-elle d'un ton grave. Ce n'est pas une maladie naturelle.

— On l'a empoisonnée, acquiesça Easa.

— Oui, et ce n'est pas un poison quelconque. Regarde ses jambes, elles sont paralysées. Elle ne peut pas bouger le bas du corps, elle vomit tripes et boyaux. C'est un poison oriental, qu'on appelle le poison des sept diables, à cause des sept ingrédients mortels qu'il recèle. Il tue lentement, dans d'atroces souffrances. Il n'existe pas d'antidote. Tu vas devoir faire appel à Dieu pour sauver ta femme, mon fils.

Marie la Grande fit s'éloigner la foule, afin qu'Easa disposât d'espace et de paix pour guérir son épouse. Easa posa ses mains sur elle et pria jusqu'à ce qu'il sentît le poison se retirer de son corps, et vît ses joues reprendre des couleurs. Pendant ce temps, les disciples cherchaient à savoir qui avait voulu la mort de Marie-Madeleine.

Le coupable ne fut jamais découvert. On supposa qu'un fanatique s'était glissé parmi les convertis et avait fait boire le liquide mortel à Marie, qui ne se méfiait pas. Dès ce jour, elle ne mangea ni ne but en public sans connaître l'origine de la nourriture ou de la boisson. Et, sa vie mouvementée durant, elle serait en proie aux agressions de ceux qui la méprisaient ou l'enviaient.

Avoir guéri Marie-Madeleine après qu'elle eut ingurgité le poison des sept diables fut considéré comme l'un des plus grands miracles accomplis par Easa. Mais, comme tant d'autres dans l'histoire de Marie-Madeleine, cet événement serait détourné et utilisé contre elle.

***

La songerie de Marie fut interrompue par des cris dans le jardin. C'était Judas, qui cherchait désespérément Easa.

— Que t'arrive-t-il ? lui demanda Marie en accourant.

— Ma nièce, la fille de Jaïr, est en train de mourir, haleta Judas qui avait couru depuis l'est de la ville. Il est peut-être trop tard. Mais j'ai besoin de lui. Où est-il ?

Marie conduisit Judas dans la pièce où s'étaient réunis les hommes. Lorsque Easa vit dans quel état était Judas, il vint immédiatement à lui. Judas lui dit en deux mots que sa nièce avait été contaminée par une fièvre qui décimait les enfants de Jérusalem et des environs. Selon les meilleurs médecins, auxquels avait accès Jaïr grâce à sa position au Temple et à son intimité avec Pilate, il était inutile de tenter quoi que ce soit. Judas savait qu'il était peut-être déjà trop tard, mais il avait le cœur plus tendre qu'il ne le laissait voir. Cet homme, qui avait rejeté la vie familiale pour devenir un révolutionnaire, était passionnément attaché à ses neveux et nièces. Smédia, la petite malade de douze ans, était sa préférée.

Easa comprit l'angoisse de Judas. Il consulta Marie-Madeleine.

— Te sens-tu capable de voyager cette nuit ?

Elle hocha la tête. Bien sûr qu'elle irait. Il y avait une mère éplorée, dans cette maison, et Marie serait là, pour l'aider autant que possible.

— Partons, alors, dit Easa sans hésiter, comme Marie l'avait supposé.

Quelle que soit l'heure, quelle que soit sa fatigue, il ne refusait jamais son concours à ceux qui en avaient besoin. Jamais.

Judas les suivit en lançant à Marie un long regard de reconnaissance qui lui fit chaud au cœur. Peut-être Judas serait-il désormais en total accord avec le Chemin, se dit-elle.

***

Jaïr occupait une place unique dans la communauté. C'était un pharisien, et un des dirigeants du Temple, mais aussi son émissaire auprès du gouverneur. Il voyait Pilate toutes les semaines, et s'entretenait avec lui des affaires de Rome, dans la mesure où elles concernaient le Temple et la paix des relations avec les Juifs de Jérusalem.

Les deux hommes étaient désormais liés. Ensemble, ils discutaient politique et disputaient d'interminables parties d'échecs. Rachel, la femme de Jaïr, l'accompagnait souvent à la forteresse Antonia, pour rencontrer Claudia Procula, l'épouse de Pilate. En dépit de leurs origines si différentes, les deux femmes étaient devenues amies. Claudia était une Romaine de noble naissance, petite-fille d'un César et belle-fille préférée d'un autre. Rachel appartenait à une noble famille d'Israël. Elles ne partageaient pas la même histoire, mais s'étaient en revanche découvert de nombreux points communs, en tant qu'épouses d'hommes puissants, et, surtout, en tant que mères.

Smédia, la fille de Rachel, accompagnait souvent sa mère à la forteresse. Elle adorait jouer dans les salles de l'élégante demeure. Lorsqu'elle en eut l'âge, Claudia l'autorisa à inventorier ses onguents et huiles de beauté. À douze ans, Smédia était devenue une ravissante jeune fille pour qui Claudia éprouvait une grande tendresse, car elle avait été l'aimable compagne de jeux de son fils Pilo.

Âgé de sept ans, le fils de Ponce Pilate et de Claudia était atteint d'une difformité de la jambe gauche qui limitait ses activités. Il ne sortait jamais de la forteresse, et fort peu de gens à Jérusalem étaient au courant de son existence. Pilate, comprenant qu'il ne serait jamais un soldat, qu'il ne suivrait pas les traces de son père ni ne deviendrait un des dirigeants de Rome, n'avait pas annoncé sa naissance. Pour les Romains, un enfant si peu favorisé par les dieux était un mauvais présage.

Seule Claudia connaissait la profondeur du chagrin de Pilate, qui pleurait amèrement, des nuits durant, lorsqu'il pensait qu'on ne pouvait le voir. Il avait dépensé la moitié de leur fortune à mander les meilleurs médecins de Grèce, les rebouteux les plus réputés d'Inde et des guérisseurs en tout genre. Chaque séance torturait Pilo, qui en sortait épuisé et en larmes. Claudia l'aidait alors à s'endormir tandis que son père se précipitait dehors comme un enragé et passait de longues heures loin d'eux.

La jeune Smédia avait montré une infinie patience, elle jouait avec l'enfant, lui racontait des histoires, lui chantait des chansons, sous le regard attendri de Claudia qui les observait du coin de l'œil tout en brodant avec Rachel. Que penserait Pilate, se demandait-elle, s'il entendait son fils chanter en hébreu ? Mais son mari venait rarement dans ses appartements, et elle savait qu'il n'y avait aucune raison de s'en inquiéter.

Au cours de l'une des visites de Rachel, Claudia entendit parler pour la première fois de l'homme de Nazareth, dont son amie s'était entichée. Rachel fit à Claudia le récit de ses guérisons miraculeuses. Jaïr, son mari, ne l'autorisait pas à fréquenter le nazaréen, car Easa était considéré comme un adversaire d'Anne et de Caïphe, qui le tenaient pour un renégat narguant l'autorité du Temple. Jaïr ne pouvait être vu en compagnie d'un tel homme.

Pourtant, Judas, son cousin, était désormais l'un des disciples les plus fervents d'Easa, ce qui l'embarrassait quelque peu sans cependant le mettre encore en danger. Quant à Rachel, elle en était enchantée, car Judas lui racontait les miracles que le nazaréen avait accomplis sous ses yeux.

— Tu devrais amener Pilo à cet Easa, dit un jour Rachel à Claudia.

— Comment le pourrais-je ? Mon mari ne nous y autorisera jamais.

Rachel n'en parla plus, pour ménager son amie dont elle avait perçu la tristesse. Mais Claudia ne cessa jamais d'y penser. Et quelques jours après Smédia, Pilo fut lui aussi frappé par la terrible fièvre.

***

La foule du matin se pressait déjà autour de la maison de Jaïr. Des familles liées au Temple, ou les nombreux citoyens de Jérusalem touchés par le malheur qui frappait Rachel et Jaïr, venaient leur témoigner leur affection. Smédia, leur fille bien-aimée, était morte.

Judas se fraya un chemin vers la maison de son cousin, bousculant sans ménagement ceux qui le gênaient. Easa et Marie le suivaient, celui-ci tenant fermement la main de sa minuscule épouse pour ne pas la perdre dans la foule. André et Pierre les escortaient. Bien que l'enfant eût manifestement succombé, les nazaréens se précipitèrent dans la maison.

***

À la forteresse, on venait d'annoncer à Pilate et à Claudia que leur unique enfant était condamné. Les médecins avaient abandonné : ils ne pouvaient rien faire de plus pour ce petit garçon, handicapé de naissance. Ponce Pilate sortit de la chambre sans un mot et passa le reste de la nuit enfermé avec ses philosophes stoïciens, afin d'affronter cette épreuve en Romain.

Claudia resta seule avec Pilo, qui s'affaiblissait à vue d'œil. En larmes, elle serrait dans ses bras l'adorable petit garçon qui allait lui être enlevé. C'est ainsi que la trouva l'esclave grec qui entra dans la chambre de l'enfant.

— Mon pauvre fils est en train de nous quitter, dit Claudia à voix basse. Que faire ? Comment pourrais-je vivre sans lui ?

L'esclave accourut aux pieds de sa maîtresse.

— Je suis venu te rapporter des nouvelles de la maison de Jaïr et de Rachel. Elles sont très tristes, mais porteuses peut-être d'espoir. La charmante Smédia est morte.

— Non !

C'en était trop pour Claudia, envahie par un sentiment d'injustice devant la mort, en une même nuit, de son fils tant aimé et de la ravissante fille de Rachel.

— Attends, maîtresse. Il y a autre chose. Rachel me prie de te dire que le guérisseur nazaréen, Easa, viendra chez eux cette nuit. Même si c'est trop tard pour Smédia, peut-être est-il encore temps pour Pilo.

Claudia n'avait guère le temps de tergiverser, ni de songer aux conséquences. Pilo était sur le point de rendre le dernier soupir.

— Enveloppe-le, mettons-le sur un char et allons-y. Vite, je t'en prie !

Le Grec, qui aimait beaucoup l'enfant, ne perdit pas de temps. Claudia suivait. Elle ne prévint pas Pilate, qui ne s'apercevrait sans doute pas de son absence. D'ailleurs, elle était parfaitement capable de décider seule de sa conduite. N'était-elle pas la petite-fille d'un César ?

***

Claudia s'était recouverte d'un voile épais car elle ne voulait pas apparaître dans la maison d'une famille juive en deuil, revêtue de ses atours impériaux. L'esclave grec conduisait le char aussi vite qu'il le pouvait, et lorsque la foule fut trop dense, il aida sa maîtresse et l'enfant à continuer, à pied. La rumeur avait annoncé l'arrivée du nazaréen, le Messie de Galilée, et les rues étaient pleines de curieux et de fidèles.

— Nous voulons voir Rachel, la femme de Jaïr, annonça le Grec lorsqu'ils furent parvenus devant le vestibule. Qu'on la prévienne que son amie Claudia est ici.

La porte s'ouvrit, mais on ne les laissa pas entrer facilement. Judas montait la garde devant la porte et il avait enjoint au garde qui se trouvait à l'extérieur de n'autoriser personne à pénétrer dans la maison avant le départ d'Easa. C'était une sage décision, car Jaïr était un pharisien et beaucoup de ses amis, peu favorables aux nazaréens, se pressaient aux alentours. Si Easa ne ramenait pas Smédia d'entre les morts, ils le traiteraient d'imposteur. S'il réussissait, ils crieraient à la sorcellerie, ou à une quelconque tromperie, ce qui serait préjudiciable à Easa comme à Jaïr. Une telle accusation rapportée par un témoin oculaire malintentionné, pouvait entraîner une condamnation à mort. Le plus sûr était d'écarter toute présence étrangère à la famille.

Claudia entendit seulement la sèche réponse de Judas : « aucune visite ». Mais par la porte entrouverte, elle aperçut en un éclair Smédia couchée sur son lit de mort, livide et privée de vie, et Rachel à son chevet, tenant la main de son enfant, le front courbé sous le poids du chagrin. Une femme drapée dans le voile rouge des prêtresses nazaréennes se tenait à ses côtés, vivante statue de la force et de la compassion. Jaïr, dont Claudia connaissait l'orgueil, était aux pieds du nazaréen et le suppliait de guérir sa fille.

Plus tard, lorsque l'émotion de la nuit serait apaisée, Claudia rapporterait en ces termes l'impression première que lui avait faite Easa : « Je n'avais jamais rien ressenti de tel. Le voir m'emplit d'un sentiment de calme, comme si je me trouvais en présence de l'amour et de la lumière. En cet instant pourtant si bref, je sus qui il était, et qu'il était plus qu'humain, et que tous nous étions bénis par sa présence. »

La porte ne se referma cependant pas. Judas s'occupait de Jaïr, terrassé par le chagrin, et le garde était trop fasciné par la scène qui se déroulait sous ses yeux pour être vigilant. Claudia vit Easa s'approcher du lit en regardant la femme voilée de rouge, dont elle apprendrait plus tard que c'était son épouse, Marie-Madeleine, puis il posa ses mains sur les épaules de Rachel et lui murmura quelque chose à l'oreille. Rachel releva la tête. Easa se pencha sur la jeune fille et la baisa au front. Il prit la main de Smédia entre les siennes, ferma les yeux et pria. Au bout d'une longue minute d'un silence que nul n'osait rompre, il se tourna vers Smédia et dit : « Lève-toi, enfant. »

Claudia ne garda pas un souvenir précis de ce qui se passa ensuite. C'était comme un rêve étrange, dont les contours se modifient lorsqu'on l'évoque. Smédia bougea, lentement d'abord, puis s'assit et appela sa mère. Rachel et Jaïr se précipitèrent sur elle pour l'embrasser. Claudia était tombée à genoux, au moment où la foule surgissait du chaos qui régnait dehors. Les disciples du nazaréen et les amis de la famille criaient leur joie et fêtaient le miracle de la résurrection de Smédia. Mais on entendait aussi les huées des pharisiens et des adversaires d'Easa, qui hurlaient au blasphème et conspuaient le nazaréen en l'accusant de magie noire.

Claudia et le Grec avaient été bousculés par la foule qui les repoussait. Pilo pouvait mourir à tout instant, sur les marches de la maison de Jaïr. L'amener jusqu'ici avait été dangereux, et même cruel, car l'enfant serait mort plus paisiblement dans son lit. Cela s'avérait en outre inutile. Le nazaréen s'éloignait, entouré de ses disciples, et Claudia ne le rattraperait pas.

Tandis qu'elle désespérait, elle vit que Marie-Madeleine s'immobilisait. Il s'était passé quelque chose entre elles, la communion mystique des mères en peine. Elles échangèrent un long regard, puis Marie vit l'enfant, dans les bras du Grec. Elle se contenta de poser la main sur l'épaule d'Easa, qui s'arrêta immédiatement. Ses yeux croisèrent ceux de Claudia et il lui sourit, d'un sourire d'amour et de lumière. Combien de temps cela dura-t-il ? Claudia ne put jamais le dire. Ce fut la voix de son fils qui la ramena à la réalité.

— Maman ! Maman ! hurlait l'enfant, toujours dans les bras de l'esclave. Je veux descendre.

Elle vit la couleur revenir aux joues de son fils, qui semblait soudain en parfaite santé. En moins d'un instant, le fils de Pilate et de Claudia était complètement guéri. Et ce n'était pas tout. Lorsque l'enfant toucha le sol, l'esclave et elle virent immédiatement que sa jambe n'était plus difforme.

— Maman ! Regarde ! Je marche ! s'écria-t-il, comblé.

Elle prit son bel enfant dans ses bras et le serra contre elle en regardant disparaître dans la foule bruyante de Jérusalem les silhouettes du nazaréen et de sa minuscule épouse.

— Merci, murmura-t-elle.

Et, bien qu'ils fussent déjà bien loin, elle sut qu'ils l'avaient entendue.

***

Pour Pilate, la guérison de Pilo était une arme à double tranchant. Il était évidemment transporté de joie en voyant son fils gambader, ce que ni lui ni Claudia ne croyaient possible. Désormais, le petit garçon était le noble héritier d'un dignitaire de Rome, il deviendrait un homme et un soldat. Mais la façon dont il avait été guéri était très embarrassante. Pis encore, Claudia et Pilo étaient désormais obsédés par ce nazaréen, une épine dans le flanc des autorités de Rome et des prêtres du Temple.

Au début de la journée, Anne et Caïphe avaient demandé à voir Pilate, pour discuter des scènes de foule qui s'étaient déroulées aux portes orientales de la ville. Le nazaréen avait fait son entrée monté sur un âne, comme l'avait prédit un des prophètes juifs et les prêtres s'étaient émus de ce qu'ils considéraient comme une proclamation de type messianique. Les préoccupations religieuses des prêtres ne concernaient pas directement Pilate, mais on rapportait que le nazaréen s'arrogeait le titre de roi des Juifs, ce qui était une trahison envers César. Si, les fêtes de Pâques approchant, cet homme se conduisait une fois encore en mutin, Pilate serait contraint de prendre des mesures contre lui.

Pour compliquer encore la situation, Hérode Antipas, roi de Galilée, n'avait pas caché sa méfiance à Pilate.

— On me rapporte que cet homme est prêt à se déclarer roi de tous les Juifs. Il représente un réel danger, pour toi, pour moi et pour Rome.

Tels étaient les problèmes pratiques et politiques qui s'amoncelaient sur la tête de Pilate. Mais, au niveau philosophique, les questions qu'il se posait étaient d'un tout autre ordre.

Quelle force animait cet homme, pour qu'il fût capable de ramener un enfant d'entre les morts ? Sans l'exemple de Pilo, Pilate aurait considéré les miracles d'Easa comme des supercheries et aurait accusé le nazaréen de blasphème, à l'instar des pharisiens. Mais Pilate était le premier à savoir que la difformité et la maladie de Pilo avaient été bien réelles. Et qu'elles avaient disparu.

Il fallait que cela s'expliquât. La rationalité romaine exigeait une réponse, et la compréhension de tels phénomènes. Ponce Pilate enrageait de n'en point trouver.

Sa femme, elle, n'éprouvait aucun besoin d'être convaincue. Elle avait assisté à deux grands miracles. Elle s'était émerveillée de la présence et de la gloire du nazaréen et de son Dieu.

Claudia Procula était une convertie immédiate, qui fut déçue et furieuse lorsque son mari lui interdit d'assister aux prêches d'Easa à Jérusalem. Elle aurait voulu y emmener Pilo, et qu'il rencontrât l'étonnant nazaréen plus qu'humain. Pilate se montra inflexible.

Le gouverneur romain était un homme complexe, habité par le doute, la peur et l'ambition. Lorsque ces sentiments prendraient le pas sur ses facultés d'amour, de force et de gratitude, son destin prendrait un tour tragique.

***

Il était fort tard lorsque les nazaréens arrivèrent chez Joseph. Comme de coutume, Easa était parfaitement réveillé et avait voulu préparer le prochain rassemblement avec ses disciples avant de se coucher. Ils comparaient les différentes options qui se présentaient à eux à Jérusalem. Marie, qui désirait savoir ce que réservait la journée du lendemain, assistait à la discussion. Les incidents autour de la maison de Jaïr prouvaient que le peuple de la ville était partagé. Ceux qui soutenaient Easa étaient les plus nombreux, mais ils savaient tous que ses détracteurs étaient des hommes puissants, et les représentants du Temple.

Judas, épuisé mais fort exalté par ce à quoi il avait assisté au pied du lit de mort de Smédia, annonça :

— Jaïr m'a pris à part avant que nous ne partions. Maintenant qu'il a pu constater qu'Easa est en vérité le Messie, il est beaucoup plus disposé à nous soutenir. Il m'a prévenu de l'inquiétude des Conseils des pharisiens et des sadducéens en voyant entrer dans la ville la multitude de ceux qui nous suivent. Ils ne nous croyaient pas aussi nombreux. Ils nous craignent, et sont prêts à agir s'ils pensent que nous représentons une menace pour eux ou pour le Temple pendant Pâques.

Pierre cracha par terre de dégoût.

— Nous savons tous pourquoi. Les sacrifices et les offrandes ne sont jamais plus nombreux que pendant ces fêtes. C'est la période la plus profitable de l'année pour le Temple.

— Et le temps de la moisson pour les marchands et les usuriers, ajouta son frère André.

— Et pour les profiteurs qui en bénéficient le plus, dont Anne et son beau-fils, approuva Judas. Rien d'étonnant à ce que ces deux-là soient à la tête de la campagne qui nous discrédite. Nous devons agir avec un maximum de précautions, sinon ils forceront Pilate à lancer un mandat d'arrêt contre Easa.

— Paix, mes frères, intervint celui-ci en levant les mains pour calmer l'agitation qui s'était emparée de ses amis. Nous irons au Temple, demain, et nous prouverons à Anne et Caïphe que nous n'avons pas l'intention de rivaliser avec eux. Nous pouvons coexister en paix, sans nous battre les uns avec les autres. Nous irons, comme des fidèles désireux de célébrer la sainte semaine, en compagnie de nos frères nazaréens. Ils ne peuvent nous refuser l'entrée du Temple, et peut-être conclurons-nous une trêve.

— Je ne crois pas, répondit Judas, que tu puisses obtenir un quelconque compromis avec Anne. Il nous méprise, nous et ce que nous enseignons. Et il ne peut accepter que le peuple en vienne à croire qu'il n'a pas besoin de l'intercession du Temple pour accéder à Dieu.

Marie se leva en souriant chaleureusement à Easa, qui lui rendit son sourire et la regarda quitter la pièce. Elle se sentait trop fatiguée pour définir une stratégie. De plus, si Easa avait décidé de se manifester au Temple le lendemain, ils allaient tous avoir besoin de repos pour s'y préparer.

Comme toujours lorsqu'ils étaient en voyage, Marie couchait dans la chambre des enfants, pour qu'ils se sentent en sécurité malgré leur vie de nomade. Ils dormaient comme des anges ; les longs cils noirs de Jean-Joseph caressaient ses joues rondes, Sarah-Tamar était nichée dans le nuage de ses brillants cheveux auburn.

Leur mère résista à son envie de les embrasser. Tamar avait le sommeil léger, et elle ne voulait réveiller ni l'un ni l'autre. Les enfants avaient besoin de repos s'ils voulaient la suivre à Jérusalem, dont ils aimaient l'animation. Tant qu'ils y seraient en sécurité, elle l'autoriserait. Mais si les circonstances l'exigeaient, elle devrait les faire sortir de la ville. Si le pire se produisait, même le domaine de Joseph ne suffirait pas à les protéger, elle devrait les emmener à Béthanie, chez Lazare et Marthe.

Marie-Madeleine se coucha enfin, dans son lit, et ferma les yeux. Le sommeil ne vint pas aisément, bien qu'elle en eût grand besoin. Trop d'images et de pensées se bousculaient dans sa tête. Elle revoyait la femme voilée et l'enfant qui sortaient de la maison de Jaïr. À la vue de ce visage, Marie s'était immédiatement convaincue qu'il n'appartenait ni à une juive, ni à une femme du peuple. Son comportement, la qualité du voile qu'elle portait rendaient impossible de la confondre avec une personne ordinaire. Pour en avoir elle-même usé en d'autres circonstances, Marie savait fort bien reconnaître un déguisement.

Ce qu'elle avait aussi remarqué chez cette femme, était un profond désespoir qui émanait d'elle tel un fluide. On aurait pu dire que l'intensité de ce chagrin avait suffi à attirer l'attention d'Easa. Marie y avait lu le malheur de toute mère impuissante à sauver son enfant, un malheur étranger à toute notion de race, d'éducation ou de classe sociale, une douleur que seuls partageaient des parents éplorés. Durant les trois dernières années, Marie en avait, hélas! vu plusieurs exemples. Elle avait aussi été témoin, souvent, de l'instant où ce désespoir se muait en joie.

Easa avait sauvé de nombreux enfants d'Israël. Aujourd'hui, apparemment, il avait sauvé un fils de Rome.

**

Comme ils l'avaient décidé, Easa et ses disciples se rendirent au Temple. Marie emmena les enfants à Jérusalem, et fit halte devant les murs, pour écouter les conversations animées. Easa était au milieu d'une foule de plus en plus nombreuse, il prêchait le royaume de Dieu. On lui posait des questions, auxquelles il répondait de façon précise et selon les termes de la Loi, avec son calme habituel. Chacun comprenait qu'il était superflu de mettre ses connaissances à l'épreuve.

Ils apprendraient plus tard que Caïphe et Anne avaient placé des hommes à eux dans la foule, et leur avaient recommandé de poser les questions les plus complexes. Si, devant un si grand nombre de témoins et à proximité du Temple, une seule des réponses d'Easa pouvait être considérée comme blasphématoire, les grands prêtres auraient un atout de plus contre lui.

Un homme posa une question sur le sujet du mariage. Judas le reconnut, et murmura à l'oreille d'Easa que c'était un pharisien qui avait répudié sa première femme pour en épouser une plus jeune.

— Dis-moi, rabbin, est-il légitime d'écarter son épouse, pour quelque raison que ce soit ? Je t'ai entendu dire que non. Pourtant, la Loi de Moïse dit autre chose, et il a lui-même écrit des clauses de divorce.

Easa répondit d'une voix claire, apportant sa réponse à la foule. Il s'exprima sans ménagement, car il connaissait l'histoire personnelle de celui qui le provoquait.

— Moïse a écrit ces clauses à cause de la dureté de ton cœur.

Dans la foule, il y avait surtout des habitants de Jérusalem qui connaissaient le pharisien, et répondirent à cette insulte implicite par une protestation diffuse. Mais Easa n'en avait pas fini. Il était las de ces pharisiens corrompus qui vivaient comme des princes décadents grâce aux dons de Juifs pauvres et pieux. Cette armée de prêtres, des hommes dont la tâche était de faire respecter la Loi selon les règles de l'intégrité la plus stricte, il la considérait comme un ramassis d'hypocrites, qui prêchaient la sainteté mais n'en donnaient certainement pas l'exemple. Mais les prêtres intimidaient le peuple de Jérusalem, qui craignait le pouvoir des pharisiens tout autant que celui de Rome. Et ces prêtres représentaient pour les Juifs ordinaires un danger aussi grand que les Romains, car ils détenaient le pouvoir d'influencer de mille façons leur vie quotidienne.

— N'as-tu pas lu les Écritures ? poursuivit Easa en lançant une nouvelle attaque contre cet homme dont il savait qu'il était prêtre. Puis il s'adressa à la foule. Au commencement, le Créateur les fit homme et femme, et dit : « Ainsi l'homme quittera son père et sa mère, et s'unira à la femme, jusqu'à ne faire plus qu'un, non pas deux, mais un. Ce que Dieu a réuni, aucun homme ne le séparera. » À toi je réponds que celui qui écarte sa femme pour une autre raison que l'adultère commet l'adultère lui-même.

— Dans ce cas, plaisanta un homme dans la foule, peut-être vaut-il mieux ne pas se marier.

Easa ne rit pas. Le sacrement du mariage et l'importance de la vie de famille étaient les clés de voûte de la foi nazaréenne. Il s'insurgea contre cette suggestion.

— Certains hommes naissent eunuques, d'autres le deviennent. Pour ceux-là seulement le mariage est inacceptable. Que tous les hommes aptes à recevoir le sacrement du mariage le reçoivent, car telle est la volonté de notre Père et Seigneur. Et que chacun reste auprès de sa femme jusqu'à ce que la mort les sépare.

— Et toi, nazaréen ? répliqua le pharisien vexé. Selon la Loi de Moïse, tout homme voulant être consacré roi doit épouser une vierge, et non une catin ou une veuve.

C'était une attaque délibérée contre Marie-Madeleine, qui se tenait à l'écart avec ses enfants. Elle ne portait pas aujourd'hui le voile rouge de sa condition, et s'en réjouissait.

Easa répondit au pharisien par une autre question.

— Ne suis-je pas un David ?

— Si, mais la question n'est pas là.

— David ne fut-il pas un grand roi, et le roi consacré de notre peuple ?

Le pharisien hocha la tête, conscient d'être entraîné dans un piège inextricable.

— Ne considères-tu pas que moi, l'héritier de David, je doive agir comme lui ? Qui ici ne trouve pas honorable de mettre ses pas dans ceux de David ?

La question d'Easa roula dans la foule qui manifesta par des gestes et des hochements de tête que l'on ne pouvait en vérité mieux se conduire qu'en suivant l'exemple du Lion de Judée.

— Et c'est exactement ce que j'ai fait. De même que David épousa la veuve Abigaïl, belle et noble fille d'Israël, j'ai épousé une veuve du sang le plus noble.

Le pharisien comprit qu'il était tombé dans le piège qu'il avait lui-même tendu et disparut dans la foule. Mais les tenants du pouvoir du Temple n'allaient pas se laisser dissuader aussi facilement. D'autres questions fusèrent, et les réponses d'Easa furent autant de flèches dans le flanc des pharisiens. Un homme vêtu de la tunique des prêtres lui lança une attaque directe.

— On dit que toi et tes disciples, vous transgressez la règle des aînés. Pourquoi ne se lavent-ils pas les mains avant de manger du pain ?

La foule s'agitait. Il y avait de la dissidence dans l'air, et Easa savait qu'il lui faudrait bientôt prendre ouvertement position. Les hommes de Jérusalem étaient différents de ceux de Galilée ou d'autres régions. Ils réclamaient des actes. Ils suivraient peut-être un roi qui les libérerait de leur joug, mais à condition qu'il prouvât d'abord qu'il en était digne.

La voix d'Easa s'éleva, non pour défendre les nazaréens mais pour accabler les prêtres.

— Pourquoi transgressez-vous les commandements de Dieu, hypocrites ? Mon cousin Jean vous appelait des vipères, et il avait raison.

La référence au Baptiste était subtile, et gagnerait à Easa le soutien des plus conservateurs.

— Jean était l'incarnation d'Isaïe et Isaïe a dit : « Ces gens m'honorent avec leurs lèvres, mais leurs cœurs me sont fermés. » Maintenant, je vois que vous, les pharisiens, vous vous souciez de votre propreté extérieure, mais qu'à l'intérieur, vous êtes pleins d'avidité et de méchanceté. Voilà la différence entre mes nazaréens et les prêtres, tonna-t-il. Nous nous soucions de la pureté de nos âmes, pour faire régner Dieu sur la terre comme au ciel.

— Tu blasphèmes contre le Temple, s'écria un homme.

La foule réagit, pour approuver ou protester.

Marie, qui observait la scène depuis un lieu en hauteur, sur les murs du Temple, constata des remous dans la foule et prit d'abord cette croissante agitation pour une réaction aux audacieuses paroles d'Easa. En vérité, elles avaient consterné beaucoup des hommes de Jérusalem. Mais plusieurs disciples nazaréens s'efforçaient de fendre la multitude pour s'approcher d'Easa ; ils ouvraient la voie à un groupe d'hommes et de femmes qui avaient entendu parler des guérisons miraculeuses du prophète. C'était la lie de l'humanité, des infirmes, des boiteux, des aveugles, tous considérés comme moins qu'humains.

Les usuriers et les marchands protestèrent contre l'ingérence de cette horde. C'était pour eux la semaine la plus profitable de l'année et l'intrusion risquait de nuire aux affaires du Temple. Lorsqu'un aveugle s'affala sur l'éventaire d'un marchand et fit tomber ses marchandises, la colère gronda. Le commerçant poursuivit l'aveugle avec un bâton, en adressant des injures à l'infirme et aux nazaréens. Easa se porta au secours du non-voyant, qu'il aida à se relever tout en lui murmurant quelques mots à l'oreille, et ordonna du geste à ses disciples d'écarter le flot d'éclopés. Puis il fit face au cruel marchand et tonna, pour être entendu de tous :

— Il est écrit que le Temple de Dieu doit être consacré à la prière. Vous en avez fait un repaire de vautours et de voleurs.

D'autres marchands invectivèrent Easa, qui traversait l'esplanade du temple. Le chaos allait tourner à l'émeute, lorsque Easa leva les mains et demanda à ses disciples de le suivre devant les portes du Temple, où lui fut amenée la triste cohorte des malades, des infirmes et des boiteux. Il commença par l'aveugle, puis les guérit tous.

Autour du Lieu saint, la foule ne cessait d'enfler. Malgré les intrépides déclarations d'Easa, ou peut-être à cause d'elles, les hommes et les femmes de Jérusalem s'intéressaient à ce nazaréen qui soignait en quelques secondes les maladies de toute une vie.

De son perchoir, Marie ne le voyait plus. Jean-Joseph et Sarah-Tamar, avec leur énergie d'enfant, étaient impatients de bouger. Marie-Madeleine décida de les emmener au marché.

En chemin, elle aperçut les robes noires de deux pharisiens, devant elle, et crut entendre prononcer le nom d'Easa. Elle se couvrit le visage de son voile ordinaire et les suivit, en se faisant précéder de ses enfants. Les deux hommes parlaient à cœur ouvert, mais en grec, car ils savaient que les gens du peuple ne comprenaient pas cette langue d'érudits. Mais Marie, noble et instruite, le parlait couramment.

Et elle comprit chaque mot de ce que le premier homme dit à son compagnon :

— Tant que ce nazaréen vivra, nous ne connaîtrons pas la paix. Plus vite nous serons débarrassés de lui et mieux ce sera, pour nous tous.

***

Au marché, Marie rencontra Barthélemy, qui s'était chargé d'acheter des provisions pour les disciples. Marie lui dit de retourner auprès d'Easa pour le prévenir, ainsi que les disciples, qu'ils ne devaient pas passer la nuit chez Joseph, et que, au nom de la sécurité d'Easa, ils devaient quitter la ville. Elle proposa de se rendre chez Lazare et Marthe à Béthanie, car le village était assez distant de Jérusalem pour garantir leur sécurité, mais pas trop éloigné s'il fallait soit y retourner, soit la quitter d'urgence.

***

Easa rejoignit dans la soirée Marie et les enfants à Béthanie. Certains des disciples y dormirent, d'autres se rendirent chez Simon, dans cette même maison où Marie avait désobéi à son frère et à son mari, des années plus tôt. Les disciples se réunirent pour commenter les événements de la journée et parler de l'avenir.

Marie était inquiète, car elle sentait que le peuple de Jérusalem était divisé. Une moitié était favorable au magnifique nazaréen, faiseur de miracles et défenseur des pauvres, l'autre s'opposait à l'aventurier qui lançait aussi ouvertement un défi au Temple et à ses traditions. Elle leur raconta la conversation qu'elle avait entendue en allant au marché et Judas revint de chez Jaïr, porteur de nouvelles.

— Elle a raison. Jérusalem devient très dangereuse pour toi, dit-il à Easa. Jaïr m'a prévenu qu'Anne et Caïphe exigent que tu sois exécuté comme blasphémateur.

— Foutaises, cracha Pierre, écœuré. Easa est incapable de blasphémer. Ce sont eux, les blasphémateurs !

— Peu importe, Pierre. Les prêtres n'ont pas autorité pour condamner un homme à mort, dit Easa. Seule Rome peut le faire, et les Romains ne reconnaissent pas les lois juives sur le blasphème.

Jusque tard dans la nuit, les hommes discutèrent des actions à entreprendre le lendemain. Marie souhaitait qu'Easa ne se montrât pas à Jérusalem pendant une journée au moins, afin que les esprits se calment. Mais il ne voulut pas en entendre parler. On attendait pour le lendemain une foule encore plus nombreuse, attirée par la nouvelle de la présence du miraculeux guérisseur. Il ne voulait ni décevoir ceux qui feraient le voyage pour le voir ou l'entendre, ni s'incliner devant les prêtres. Plus que jamais, il se devait de se comporter en chef.

Marie, fatiguée par sa grossesse, décida de rester à Béthanie avec les enfants et Marthe. Le long trajet de retour, à pied et en toute hâte, avait eu raison de ses forces.

Elle garda son fils et sa fille avec elle, et essaya de ne pas penser aux dangers que courait Easa dans l'enceinte de la ville.

Marie était assise dans le jardin et regardait Sarah-Tamar jouer dans l'herbe lorsqu'elle vit s'approcher une femme avec un voile noir si opaque qu'il était impossible de la reconnaître. Une amie de Marthe, peut-être, ou une voisine ?

La femme se rapprocha encore et Marie l'entendit rire.

— Eh bien sœur, que se passe-t-il ? Tu ne me reconnais plus ?

Le voile tomba. C'était Salomé, dont le visage avait perdu la rondeur de l'enfance, et dont la beauté s'était épanouie dans la maturité. Elles s'embrassèrent avec joie. Depuis la mort de Jean, il était devenu trop dangereux pour Salomé d'être vue en compagnie des nazaréens. Et sa présence aurait été dangereuse pour Easa. S'ils espéraient vaincre l'opposition des disciples de Jean-Baptiste, ils ne pouvaient pas fréquenter la femme que ses disciples rendaient responsable de son arrestation sinon de sa mort.

Les deux femmes avaient souffert de leur séparation. Salomé ne deviendrait jamais prêtresse nazaréenne, et endurait avec difficulté d'être éloignée de ceux qu'elle avait appris à aimer plus que sa propre famille. Pour Marie, ne plus voir son amie ajoutait encore à l'injuste condamnation qui avait pesé sur elles deux à la suite de la mort de Jean.

Salomé roucoula de plaisir en voyant Sarah-Tamar.

— Comme elle te ressemble ! s'exclama-t-elle.

— Extérieurement, oui, mais intérieurement, c'est le portrait de son père.

Comme le raconta Marie, la petite Tamar témoignait de dons particuliers, qui s'étaient manifestés sitôt qu'elle avait su marcher. À Magdala, elle avait guéri un agneau tombé dans un fossé en posant sa petite main sur lui.

Et maintenant, âgée de trois ans, elle s'exprimait aisément en grec comme en araméen.

— Elle a de la chance d'avoir de tels parents, dit Salomé dont le visage s'assombrit. Et si je suis venue, c'est parce qu'il faut les préserver tous les deux. J'ai eu des nouvelles du palais. Easa est en grand danger, Marie.

— Rentrons, pour être à l'abri des regards indiscrets, et pour que ces minuscules oreilles-ci, fit-elle en montrant Sarah, soient occupées à autre chose.

Marie se pencha avec difficulté pour prendre Sarah dans ses bras. Salomé s'interposa.

— Viens avec ta sœur Salomé, proposa-t-elle à Sarah qui hésita et consulta sa mère du regard avant de sauter dans les bras de la princesse hérodienne.

Dès qu'elles furent à l'intérieur, Marie appela Marthe et lui confia sa fille.

— Viens, petite princesse, dit cette dernière, allons chercher ton frère.

Le petit Jean se promenait dans le domaine avec Lazare. Marthe déclara qu'elle irait les rejoindre, pour que Marie et Salomé puissent parler en toute quiétude. Dès qu'elle fut sortie, Salomé agrippa la main de Marie.

— Écoute-moi attentivement, c'est très urgent. Mon beau-père et moi sommes allés chez Ponce Pilate, aujourd'hui. Dans deux jours, il part pour Rome, où il rencontrera l'empereur, et il voulait demander au gouverneur de l'informer sur la situation, afin qu'il puisse en rendre compte à César. J'ai prétendu que je voulais voir Claudia Procula, la femme de Pilate, pour qu'il m'autorise à l'accompagner. Claudia est la petite-fille d'Auguste César, et je savais que mon beau-père ne pourrait pas dire non. Mais bien sûr, ce n'était la vraie raison. Je savais que vous étiez ici, toi, Easa et les autres. Où est Marie la Grande ?

— À côté. Elle passe la nuit chez Joseph, avec les autres femmes, mais je t'emmènerai la voir demain, si tu veux.

— J'espérais que Claudia Procula me renseignerait

sur ce qui se dit des nazaréens à Jérusalem. Mais je ne m'attendais pas du tout à ce qu'elle m'a raconté. C'est stupéfiant, Marie.

— Quoi donc ?

— Tu n'es pas au courant ? s'étonna Salomé en écarquillant les yeux. Te souviens-tu du soir où Easa a ressuscité la fille de Jaïr ? Et d'une femme qui se trouvait dans la foule, avec un esclave qui portait un enfant malade ?

Marie revit la scène en un éclair. Depuis deux nuits, le visage de cette femme la hantait.

— Oui, bien sûr, je l'ai montrée à Easa. Il s'est tourné vers elle et a guéri son enfant. C'est tout ce que je sais d'elle. Sauf qu'elle n'était pas commune et n'avait pas l'air d'une juive.

— Marie, cette femme est Claudia Procula. Easa a guéri le fils unique de Ponce Pilate.

En effet, se dit Marie, elle avait eu le sentiment qu'il se passait quelque chose, au-delà de la simple guérison.

— Qui est au courant, Salomé ?

— Claudia, Pilate et l'esclave grec. Pilate a interdit à sa femme d'en parler. Quant à lui, si on l'interroge sur la guérison de son fils, il rend grâce aux dieux de Rome. Salomé fit une grimace de dédain. Cette pauvre Claudia brûlait d'en parler à quelqu'un, et elle savait que j'avais été nazaréenne dans le temps.

— Tu l'es toujours, lui dit tendrement Marie en se redressant pour que le bébé qui s'agitait dans son ventre puisse changer de position.

Elle devait assimiler cette nouvelle et exaltante information, dont elle n'osait cependant trop attendre. Mais, songeait-elle, ne peut-on penser que Dieu a rendu malade l'enfant de Claudia et de Pilate parce qu'il voulait qu'Easa le guérît ? Si Pilate tenait un jour entre ses mains le destin d'Easa, condamnerait-il l'homme qui avait sauvé son fils ?

403

— Ce n'est pas tout, sœur, poursuivit Salomé. L'affreux Anne et son beau-fils Caïphe sont venus voir mon beau-père pendant que j'étais au palais, pour se plaindre d'Easa. J'ai entendu qu'on les annonçait, et j'ai demandé à Claudia de me cacher dans un endroit où je pourrais surprendre leur conversation sans être vue.

Marie sourit à Salomé, qui n'avait rien perdu de sa fougue.

— Pilate n'avait aucune envie de les recevoir, encore moins de les écouter. Il voulait simplement briller aux yeux d'Hérode, car seul compte pour lui le rapport sur ses capacités de gouverneur que le roi de Galilée fera à César. Il veut être nommé en Égypte. Mais mon beau-père, avec son habituelle arrogance, a pris fait et cause pour ces sournois de prêtres qui ont prétendu qu'Easa se proclamait roi des Juifs et voulait prendre la place d'Hérode sur le trône.

Marie secoua la tête, navrée d'entendre ces sornettes. Easa ne briguait aucun trône sur terre. Il était roi dans le cœur des gens, il était celui qui leur offrait le royaume de Dieu. Mais Hérode, peu sûr de lui, et manipulé par Anne et Caïphe, s'était senti menacé.

— Peu après, Pilate est entré chez Claudia. J'étais toujours cachée. Il lui a dit qu'il craignait que le destin ne se retourne contre son cher Easa et les nazaréens, car les prêtres réclamaient sa tête et le feraient arrêter avant Pâques. « Mais tu le sauveras », répondit Claudia. Pilate se taisait. « Tu le sauveras, n'est-ce pas ? », insista-t-elle. Et je n'ai plus rien entendu avant qu'il ne quitte la pièce. Quand je suis sortie de ma cachette, j'ai trouvé Claudia au désespoir. Son mari n'avait pas osé la regarder avant de partir. Elle est très inquiète pour Easa. Et moi aussi. Il faut qu'il quitte Jérusalem.

— Comment as-tu réussi à échapper à ton beau-père ?

— Je lui ai dit que j'allais acheter de la soie. Son voyage à Rome l'occupe trop pour qu'il s'intéresse à moi. D'ailleurs, quand il est à Jérusalem, il a de quoi se distraire.

Marie essayait de définir une stratégie. Elle allait attendre qu'Easa rentre, et lui raconterait tout. Salomé ne serait que trop heureuse de rester pour lui donner tous les détails.

Salomé demeura chez Marie, en effet, et sa joie fut à son comble lorsque Marie la Grande vint les voir en fin d'après-midi avec sa sœur Marie Jacobi et sa cousine Marie Salomé, la mère de deux des plus fervents disciples d'Easa. Salomé se sentit honorée par la compagnie de ces femmes avisées, les vénérables bien que souvent silencieuses gardiennes de la tradition nazaréenne. Mais sa joie s'envola en même temps que celle de Marie-Madeleine.

— J'ai vu les ténèbres poindre à l'horizon, mes chères filles, et je suis venue parler avec mon fils. Nous devons nous préparer à mettre notre foi et notre courage à l'épreuve, leur déclara d'emblée la mère d'Easa.

**

Les nouvelles de Jérusalem étaient en vérité inquiétantes. Au matin, une foule immense attendait Easa et les nazaréens aux portes de la ville, et les gardes romains étaient sur le qui-vive. Les nazaréens s'étaient installés à l'extérieur du Temple et Easa avait prêché et répondu aux questions qu'on lui posait, comme la veille. Des émissaires des prêtres s'étaient une fois encore mêlés à la multitude. L'agitation s'accrut lorsque les marchands et les usuriers vilipendés la veille s'élevèrent contre la présence des nazaréens. Easa, pour préserver la paix et éviter un éventuel bain de sang, avait préféré se retirer, suivi par ses plus fidèles disciples.

Le récit de Salomé, la prophétie de Marie la Grande et les renseignements obtenus par Jaïr semèrent la consternation. Seul Easa, qui préparait le programme du jour suivant, semblait indifférent à la gravité de la situation.

Simon et Judas, qui avaient passé la journée avec leurs frères zélotes, avancèrent une suggestion.

— Nous sommes assez nombreux pour combattre quiconque s'en prendrait à toi, dit Simon. La foule de demain outrepassera tout ce que nous avons connu. Si tu annonces au peuple que le royaume de Dieu libérera les Juifs de l'oppression romaine, la foule te suivra.

— Dans quel but ? demanda calmement Easa. Cela n'aboutirait qu'à un massacre de Juifs innocents. Cela n'est pas le Chemin, Simon. Je refuse d'inciter à une émeute qui fera couler le sang de notre peuple à la veille d'une fête sacrée. Comment pourrais-je affirmer que le royaume de Dieu est dans le cœur de tout homme et de toute femme si je leur demande de mourir pour lui ? Vous n'avez pas compris le Chemin, mes frères.

— Sans toi, il n'y a pas de Chemin, intervint Pierre, plus marqué par la fatigue et l'angoisse que les autres disciples.

Il avait tout sacrifié au nom de sa croyance en Easa et en le Chemin. Envisager une issue malheureuse lui était impossible.

— Tu te trompes, frère, lui répondit Easa d'un ton amical qui excluait tout reproche. Je te le répète depuis notre enfance : tu es Pierre, et sur cette pierre notre foi s'épanouira. Ton héritage perdurera, tout aussi longtemps que le mien.

Ces paroles ne réconfortèrent personne. Easa s'en aperçut, et leva les mains.

— Mes frères, mes sœurs, écoutez-moi. Souvenez-vous de ce que je vous ai appris : le royaume de Dieu est en vous et nul oppresseur ne peut vous l'enlever. Remplissez votre cœur de cette vérité, et vous ne connaîtrez ni peur ni souffrance.

Sur ces mots, il tendit les mains à ses disciples et pria avec eux.

***

Au cours de la soirée, Easa discuta en privé avec Marie la Grande. Puis il souhaita une bonne nuit à sa mère et s'en fut chercher sa femme.

— Tu ne dois pas avoir peur de ce qui arrivera, ma colombe.

Marie scruta le visage de son époux, qui dissimulait souvent ses visions à ses disciples mais rarement à elle, avec qui il partageait presque tout. Elle sentit cependant qu'il lui cachait quelque chose.

— Que vois-tu, Easa ? dit-elle simplement.

— Je vois que notre Père qui est au ciel a défini un grand dessein, et que nous devons nous y conformer.

— Jusqu'à l'accomplissement de la prophétie ?

— Oui, si telle est Sa volonté.

Marie se tut. La prophétie était explicite, et spécifiait que le Messie serait mis à mort par les siens.

— Et Ponce Pilate ? dit-elle avec un filet d'espoir. Que tu aies été envoyé pour sauver son fils, afin qu'il sache qui tu es, ce que tu es, cela ne fait-il pas aussi partie du grand dessein de Dieu ?

— Écoute bien ce que je vais te dire, Marie, car c'est une grande leçon du Chemin des nazaréens. Dieu décide de son dessein, et dispose chaque homme et chaque femme à la place qu'il lui destine. Mais il ne les oblige pas à agir. Comme tout père aimant, le Seigneur guide ses enfants, mais leur donne l'occasion de faire leurs propres choix.

— Crois-tu que Dieu ait décidé de la place de Ponce Pilate ?

— Oui, Pilate, sa bonne épouse, leur enfant.

— Et la décision de Pilate de nous aider ou non, est-elle aussi une part de la volonté de Dieu ?

— Non, Marie, le Seigneur ne décide pas à notre place. Il nous guide. Il revient à chacun de désigner son maître, et donc de choisir entre le dessein de Dieu et ses propres ambitions terrestres. On ne peut servir à la fois Dieu et ses besoins matériels. Le royaume du ciel appartient à ceux qui choisissent Dieu. Et je ne sais pas quel maître Pilate choisira de servir, le moment venu.

Marie avait écouté attentivement. Bien que fort instruite de la pensée nazaréenne, elle appréciait la sagesse de l'exemple de Pilate, qui l'illustrait de façon concrète. Dans un éclair de prescience, elle ressentit le besoin de mémoriser les paroles de son époux, afin de s'en souvenir à la lettre. Le moment viendrait où elle enseignerait à d'autres ce qu'il lui avait appris.

— Le grand prêtre et sa clique veulent me faire arrêter. Nous savons que nous ne pouvons y échapper. Mais nous leur demanderons de me remettre à Pilate, et je plaiderai ma cause devant lui. Ce sera ensuite à lui de prendre une décision, en son âme et conscience. Quel que soit son choix, nous devons y être préparés, et montrer par nos actes que nous savons où est la vérité : si le royaume de Dieu vit en nous, rien sur cette terre ne nous l'enlèvera, ni un empire, ni un oppresseur, ni la souffrance. Ni même la mort.

Ils parlèrent longtemps, et Easa fit part à Marie de ses projets pour le lendemain. La jeune femme se résolut enfin à poser la question qui lui tenait le plus à cœur.

— Ne pouvons-nous pas quitter Jérusalem cette nuit ? Retourner prêcher dans les collines de Galilée jusqu'à ce qu'Anne et Caïphe se mettent en chasse d'une autre proie ?

— Tu le sais mieux que quiconque, Marie, le peuple nous observe. Et je dois donner l'exemple.

Marie ne discuta pas davantage, et Easa lui parla alors de la conversation qu'il avait eue avec sa mère. D'un commun accord, ils étaient convenus qu'il serait trop dangereux de se rendre au Temple le lendemain, car trop d'innocents périraient en cas d'émeute. Le souci principal d'Easa était de protéger ses disciples. C'était lui seul que le grand prêtre voulait appréhender. Jaïr le leur avait confirmé. Pourquoi, dans ces conditions, les exposer inutilement ? Il emmènerait ses plus proches disciples dans une des propriétés de Joseph, où ils partageraient un repas de Pâques. Easa donnerait à chacun des instructions précises sur les tâches qu'il aurait à accomplir au cas où lui-même serait incarcéré pendant une longue période, ou s'il arrivait quelque chose de pire. Ils passeraient la nuit sur les terres de Joseph, à Gethsémani, sous les étoiles sacrées de Jérusalem.

Et là, Easa se laisserait arrêter.

— Tu vas te rendre aux autorités du Temple ? l'interrogea Marie, incrédule.

— Non, non. Je ne peux pas faire cela. Le peuple perdrait sa foi en notre Chemin. Mais je dois m'assurer que mon arrestation ait lieu à l'écart de la ville, pour qu'il n'y ait pas d'émeute, ni de sang versé. Je demanderai à l'un des nôtres de me « trahir » en informant les autorités du lieu où je me trouve. Les gardes viendront à Gethsémani, où il n'y aura ni foule ni risque de soulèvement.

— Qui, Easa ? Qui ? Qui parmi les nôtres aura le cœur de faire une chose pareille ? Ni Pierre ni André, c'est certain. Pas plus que Philippe ou Barthélemy. Ton frère Jacques préférerait verser son propre sang et Simon verserait celui de n'importe qui d'autre.

La réponse venait d'elle-même, et ils prononcèrent ensemble le nom de Judas.

— Voilà ce dont je dois m'occuper maintenant, ma colombe, dit Easa, le visage grave. Il faut que je convainque Judas que je l'ai choisi pour cette tâche parce qu'il est celui qui a le plus de force.

Il embrassa sa femme sur la joue et s'en alla. Marie, le cœur empli de crainte, le regarda s'éloigner.

***

Le lendemain après-midi, ils se réunirent pour prendre leur repas ensemble : Easa, les douze disciples qu'il avait choisis et toutes les Marie. Les enfants étaient restés à Béthanie avec Marthe et Lazare.

Pour commencer la soirée, Easa se livra à sa version du rituel de l'onction. Il avait inversé les rôles, et ce fut lui qui lava les pieds de tous les convives, afin, expliqua-t-il, que chacun d'entre eux se reconnaisse comme un enfant de Dieu qui avait reçu la mission de prêcher la parole du Royaume.

— Je vous ai donné cet exemple pour que vous fassiez aux autres ce qui a été fait ici pour vous ; que vous reconnaissiez les autres comme vos égaux devant Dieu. Maintenant, voici un nouveau commandement : vous vous aimerez les uns les autres comme je vous aime. Car, quand vous irez par le vaste monde, je veux qu'on vous reconnaisse comme des nazaréens grâce à votre amour du prochain.

Après qu'il eut baigné les pieds de tous les disciples, Easa les conduisit à une table dressée pour le repas de Pâques. Il rompit un morceau de pain sans levain, le bénit et dit : « Prenez et mangez, car ceci est mon corps. » Puis il prit une coupe de vin et récita une action de grâces avant de la faire circuler autour de la table. « Prenez et buvez, dit-il, car ceci est mon sang. »

Marie-Madeleine gardait le silence. Seules elle et les autres Marie connaissaient en détail les événements à venir. Lorsque Easa lui en donnerait le signal, Judas quitterait la table et se rendrait chez Jaïr, qui l'emmènerait voir Anne et Caïphe, et présenterait Judas comme un traître. Ce dernier réclamerait trente deniers d'argent pour prix de sa trahison, ce qui lui donnerait plus d'authenticité. En échange de la somme, il conduirait les prêtres dans la retraite d'Easa, à l'écart de la grande ville et de ses foules imprévisibles, où il serait facile de s'emparer de lui.

Pour ceux qui étaient observateurs, la tension de Judas était manifeste. Easa n'avait pas prévenu les autres disciples, de peur qu'ils ne discutent sa décision, ou qu'ils opposent une résistance. Par la suite, Marie pleurerait sur Judas et son injuste sort. Elle le défendrait contre les disciples qui ne voyaient en lui que le plus infâme des traîtres. Mais ce serait bien trop tard pour Judas Iscariote. Dieu lui avait attribué une place, et il avait choisi de l'occuper.

Easa tendit à Judas un morceau de pain trempé dans du vin, le signal dont ils étaient convenus.

— Fais vite ce que tu dois faire, dit-il.

Le cœur brisé, Marie regarda Judas s'éloigner. Impossible, désormais, de faire machine arrière. Marie la Grande, elle aussi, suivait des yeux l'homme qui tenait entre ses mains le destin d'Easa. Puis les deux femmes échangèrent un long regard, et prièrent Dieu de protéger leur bien-aimé Easa.

***

La nuit était déjà bien avancée lorsque Judas apparut au sommet de la colline avec les soldats du grand prêtre, plus nombreux et mieux armés que ne l'avait supposé Marie qui était restée seule auprès d'Easa. Ils firent grand bruit, et éveillèrent les apôtres.

Pierre bondit sur ses pieds et s'empara de l'épée d'un jeune soldat.

— Nous allons nous battre, Seigneur!, s'écria-t-il en poursuivant un serviteur du grand prêtre qu'il avait reconnu, un certain Malchus, dont il trancha l'oreille d'un coup de lame.

Easa se leva et se dirigea calmement vers sa troupe.

— Assez, frères, dit-il à Pierre et aux autres.

Puis il s'adressa à la cohorte des soldats.

— Posez vos armes, personne ne vous fera de mal, vous avez ma parole.

Il s'approcha de Malchus, qui était tombé à genoux et pressait sa tunique sur son oreille pour étancher le sang, et posa sa main sur la blessure en disant : « Tu as

411

assez souffert. » Lorsqu'il retira sa main, la blessure était guérie. Easa aida Malchus à se relever.

— Ainsi, lui dit-il, Caïphe a envoyé un groupe d'hommes armés pour m'arrêter, comme il en userait avec un assassin ou un voleur ? Pourquoi ? Je suis allé au Temple tous les jours, il n'a pas cherché à m'en empêcher, il n'a pas montré qu'il me considérait comme un danger. Voici, en vérité, une heure bien noire pour notre peuple.

Un des soldats, portant des insignes du commandement, s'avança et l'interrogea dans un araméen guttural.

— Es-tu Easa le nazaréen ?

— Oui, répondit Easa en grec.

Plusieurs disciples conspuèrent Judas, à qui Easa avait recommandé de se taire si cela arrivait. Judas obéit et embrassa la joue d'Easa, dans l'espoir que quelques disciples comprennent par ce signe le rôle tragique dont il avait été chargé.

Le soldat portant les insignes de son rang lut à haute voix l'ordre d'arrestation, et Easa fut entraîné vers le destin que lui réservaient les prêtres.

***

Marie-Madeleine et les autres Marie veillèrent tard, à l'écart des hommes à qui elles ne pouvaient révéler ce qu'elles savaient. Elles prièrent ensemble et se réconfortèrent de leur mieux. Elles aperçurent une lumière qui venait vers elles dans l'obscurité. Il s'agissait d'un petit groupe constitué de deux hommes et d'une femme de petite taille. Marie se leva en reconnaissant la silhouette de Salomé, et courut vers elle pour l'embrasser. L'homme qui portait la torche était un centurion, celui-là même qu'Easa avait guéri de sa fracture au bras.

— Sœur, nous avons très peu de temps, dit Salomé, haletante. Je viens de la forteresse Antonia. Claudia

Procula m'envoie à toi pour te transmettre ses sentiments amicaux et sa profonde sympathie au sujet de
l'injuste arrestation de ton mari.

Marie, saisie d'une intolérable angoisse, hocha la tête
et fit signe à Salomé de poursuivre. Si la femme du gouverneur romain lui envoyait des messagers en pleine
nuit, il se passait sans doute quelque chose de très grave.

— Easa sera jugé par Pilate demain matin. On le
conjure de toutes parts de le condamner à mort. Il ne
veut pas, Marie, Claudia m'a dit qu'il savait qu'Easa
avait guéri son fils, même s'il a beaucoup de mal à se
faire à cette idée. Mais mon abominable beau-père
réclame la mort d'Easa, le plus vite possible. Hérode
part pour Rome le jour du sabbat. Il a dit à Pilate qu'il
voulait que la question du nazaréen soit résolue avant
son départ. C'est très sérieux, Marie. Easa sera peut-
être exécuté demain.

Tout arrivait trop vite. Personne n'avait imaginé autre
chose qu'une incarcération plus ou moins longue,
durant laquelle Easa aurait eu le temps de plaider sa
cause devant Rome et devant Hérode.

— Claudia Procula nous a envoyés te chercher. Ces
deux hommes sont ses fidèles serviteurs, elle a toute
confiance en eux.

Marie les regarda et lorsque la lumière de la torche
éclaira le visage du second homme, elle reconnut le Grec
qui portait l'enfant malade devant la maison de Jaïr.

— Ils t'emmèneront là où est détenu Easa. Claudia
s'est chargée d'éloigner les gardes jusqu'à leur relève,
à l'aube. C'est peut-être ta dernière chance de le voir.
Mais il faut aller vite.

Marie s'approcha de la mère d'Easa. Elle avait beau
savoir que celle-ci était trop âgée pour se déplacer aussi
vite que l'exigeait l'urgence, elle lui proposa respectueusement d'y aller à sa place.

Marie la Grande embrassa sa belle-fille sur la joue.

— Donne ce baiser à mon fils, dis-lui que je serai là

demain, quoi qu'il arrive. Que Dieu t'accompagne, ma fille.

***

Marie et Salomé hâtaient le pas pour ne pas se laisser distancer par les deux hommes qui se dirigeaient rapidement vers l'est de la ville. Marie avait troqué son voile rouge de prêtresse nazaréenne pour un simple voile noir, semblable à celui de Salomé.

— J'ai envoyé un messager à Marthe, dit la princesse hérodienne. Easa a dit au serviteur de Claudia qu'il voulait voir les enfants, et tu n'aurais pas eu le temps d'aller les chercher et de revenir.

Il fallait envisager le pire, se disait Marie, en proie à des pensées contradictoires. Certes, elle ne voulait pas que ses enfants assistent à des événements dramatiques et traumatisants, mais il était normal qu'Easa les vît une dernière fois. Il considérait Jean comme son fils, et les aimait inconditionnellement, Sarah et lui. En outre, garantir leur sécurité à tous après le lever du soleil serait un problème. Une fervente prière ne l'aida pas à résoudre la question avant qu'ils n'arrivent devant le lieu de détention d'Easa. Jusqu'à présent, l'obscurité les avait protégés, mais ils devaient maintenant descendre une longue volée de marches extérieures, bien éclairées par des torches.

Le centurion leur murmura des instructions, puis ils attendirent que le Grec arrivât au bas des marches et leur fît signe que la voie était libre. Salomé s'immobilisa en haut de l'escalier, pour monter la garde. Le Grec jouait le même rôle au bas des marches. Marie et le centurion les dévalèrent et pénétrèrent dans les couloirs de la prison. Il brandissait une torche pour éclairer les souterrains et Marie le suivait aussi vite qu'elle le pouvait, en essayant de ne pas prêter attention aux cris de souffrance et de désespoir des hommes enfermés derrière les murs de pierre. Elle savait que ce n'était pas Easa, car quoi qu'on lui eût infligé, il ne se lamenterait pas à haute voix, ce n'était pas sa nature. Mais elle éprouvait une vive compassion pour les malheureux qui croupissaient dans la prison romaine.

Le centurion lui ouvrit la porte de la cellule de son époux. Marie ne saurait que beaucoup plus tard comment Claudia, par la corruption, et Salomé en payant de sa personne, s'étaient débrouillées pour obtenir la clé et se débarrasser des gardes. Sa vie durant, sa reconnaissance resterait acquise tant à la Romaine qu'à son amie, l'incomprise Salomé, non seulement pour les événements de la nuit, mais aussi pour leur soutien lors du jour terrible qui s'annonçait.

***

En voyant Easa, Marie eut du mal à retenir ses larmes. Il avait été sévèrement battu. Son visage était marqué par les coups et il refoula une grimace en se levant pour la prendre dans ses bras.

— Qui t'a fait ça ? Les hommes d'Anne et Caïphe ?

— Chut ! Marie, écoute-moi, car nous avons peu de temps et beaucoup à dire. L'heure n'est pas aux reproches, qui entraînent le désir de vengeance. Pardonner nous rapproche de Dieu, voilà ce que nous avons à enseigner aux enfants d'Israël et au reste du monde. Ne l'oublie jamais, et répète-le à tous ceux qui voudront l'entendre, en mémoire de moi.

Marie grimaça à son tour, car elle ne supportait pas qu'Easa parlât de sa mort comme d'une conséquence certaine. Sensible à son désespoir, Easa poursuivit doucement.

— La nuit dernière, à Gethsémani, j'ai prié notre Dieu de m'épargner si telle était Sa volonté. Il ne l'a pas

415

fait, car ceci est Sa volonté. Ne vois-tu pas qu'il n'y a pas d'autre solution ? Le peuple ne comprendra pas le royaume de Dieu sans un exemple suprême. Je serai cet exemple. Je Lui montrerai que je meurs pour Lui, sans peur et sans souffrance. Notre-Seigneur m'a tendu la coupe, et je l'ai bue sans tristesse. C'en est fait.

Les larmes montèrent aux yeux de Marie, elle retint ses sanglots, de peur que le bruit n'attirât l'attention.

— Tu dois être forte, maintenant, ma colombe, parce que tu emporteras avec toi le véritable Chemin nazaréen, et tu le montreras au monde. Les autres feront de leur mieux, tous ont reçu mes instructions. Mais il n'y a que toi qui saches tout ce qu'il y a dans mon cœur et dans mon esprit, ainsi tu dois devenir le guide de notre peuple, comme nos enfants le seront après toi.

Marie voulait à tout prix réfléchir clairement et se concentrer sur les dernières requêtes d'Easa et non sur son propre chagrin. Elle le pleurerait plus tard. Maintenant, elle devait se montrer digne de la confiance qu'il lui accordait.

— Tu sais que tous les hommes ne m'aiment pas, Easa. Certains ne voudront pas me suivre. Tu leur as appris à traiter les femmes en égales, mais je crains qu'ils ne l'oublient lorsque tu ne seras plus là. Comment veux-tu que je leur apprenne que tu m'as choisie ?

— J'y ai pensé. D'abord, toi seule possèdes le Livre de l'amour.

Marie hocha la tête. Easa avait consacré du temps à consigner par écrit les croyances des nazaréens, et sa propre compréhension du monde, dans son Livre de l'amour. Les disciples connaissaient l'existence du texte, mais seule Marie l'avait lu. Il était sous clé, dans leur maison de Galilée.

— J'ai toujours dit que le Livre de l'amour ne serait pas révélé tant que je serais sur cette terre, puisque tant que je suis en vie il n'est pas achevé. Dieu n'a jamais cessé de m'apporter une nouvelle lumière, jour après jour. Et chaque personne que j'ai rencontrée m'a appris quelque chose de nouveau sur la nature divine. Tout cela est écrit dans le Livre de l'amour. Quand je ne serai plus là, prends-le. Qu'il soit la pierre angulaire de tous les enseignements à venir.

Marie acquiesça, car elle savait que ce livre transmettrait toute la beauté et la force du message d'Easa à ses disciples et au monde.

— Autre chose, Marie. Je ferai aux hommes un signe qui leur prouvera que je t'ai choisie comme mon successeur. Ne crains rien, ma colombe, le monde saura que tu es la mieux aimée de mes disciples. Et l'enfant que tu portes, poursuivit Easa en posant ses mains sur le ventre gonflé de Marie, notre fils, son sang est celui des prophètes et des rois, comme celui de notre fille. Leurs descendants les remplaceront le moment venu, ils prêcheront le royaume de Dieu, avec les mots du Livre de l'amour, afin que tous les peuples du monde connaissent la paix et la justice.

À cet instant, le bébé donna un coup de pied, pour répondre à la prophétie de son père.

— Cet enfant connaîtra un destin particulier dans les îles occidentales, où se propagera la bonne parole. J'ai donné des instructions au sujet de son éducation à mon oncle Joseph. Fais-lui confiance, et laisse cet enfant aller où Dieu l'emmènera.

Joseph était un homme sage, brave, instruit, qui avait beaucoup voyagé pour ses affaires. Plus jeune, Easa l'avait accompagné dans les îles verdoyantes, à l'ouest de la Gaule. Il avait raconté à Marie que durant l'un de ces séjours, il avait pressenti que le Chemin des nazaréens s'épanouirait parmi ces farouches habitants aux yeux bleus.

— Tu l'appelleras Yeshua-David, en mémoire de moi et du fondateur de notre lignée. Le plus puissant des rois qui régnera sur cette terre sera de son sang.

— Et au sujet de Sarah-Tamar ?

Easa sourit à la mention de sa fille bien-aimée.

— Elle demeurera auprès de toi jusqu'à ce qu'elle devienne une femme. Puis elle choisira sa voie. Notre Tamar possède ta force. Mais ni toi ni les enfants ne serez en sécurité en Israël. J'ai demandé à Joseph de vous emmener en Égypte, avec tous ceux qui voudront vous suivre. Alexandrie est une grande ville d'érudition. Tu y resteras, ou tu partiras plus à l'ouest, cela dépendra de toi seule, et tu décideras de la meilleure façon de propager l'enseignement des nazaréens. Écoute ton cœur, et confie-toi à Dieu, qui te guidera.

— Et notre petit Jean ? demanda Marie.

Easa l'avait toujours traité comme son fils, mais il était d'un autre sang, et tous deux savaient que sa destinée serait différente.

Les yeux d'Easa s'assombrirent.

— Bien que très jeune, Jean est volontaire et instable. Tu es sa mère, tu lui montreras son chemin, mais il aura besoin d'influences masculines pour canaliser son agitation. André et Pierre l'aiment beaucoup. Quand il sera plus grand, peut-être serait-il judicieux de le confier à Pierre et à son frère.

Easa n'avait pas besoin de s'expliquer davantage, car Marie suivait son raisonnement. Pierre et André avaient été des disciples du Baptiste qu'ils connaissaient depuis leur enfance en Galilée, où tous trois fréquentaient le Temple de Capharnaüm. Les deux frères révéraient le petit Jean, fils d'un grand prophète et enfant adoptif d'Easa.

— Parle pour moi à la Romaine Claudia Procula, fais-lui part de ma reconnaissance au moment de quitter ce monde. Elle a beaucoup sacrifié pour te faire venir ici, et je l'en remercie. Dis-lui aussi de ne pas porter un jugement trop sévère sur son mari. Ponce Pilate doit choisir son maître, et j'ai vu qu'il ferait un choix indigne. Mais, quel qu'il soit, son choix entérinera la volonté de Dieu.

Après avoir dispensé d'autres conseils à sa femme, d'ordre pratique ou spirituel, Easa s'efforça de la rassurer.

— Sois forte, quoi qu'il arrive demain. Ne crains pas pour moi, car moi je n'ai pas peur. Je suis heureux de boire la coupe que me tend Notre Père, et de le rejoindre au ciel. Sois le guide de notre peuple, Marie, ignore la peur, rappelle-toi toujours qui tu es. Tu es une reine, tu es une nazaréenne, et tu es ma femme.

***

L'aube pointait dans les rues de Jérusalem tandis que Marie suivait Salomé qui possédait une maison où elle serait en sécurité et où la rejoindraient Marthe et les enfants. Une fois Marie installée, Salomé se mit en quête d'un nouveau messager à envoyer à Marie la Grande et à tous ceux qui étaient restés à Gethsémani.

***

Le fardeau insoutenable qui pesait sur les épaules de sa famille accablait la noble Claudia Procula. Elle finit par s'endormir d'épuisement, après que le Grec fut revenu et l'eut rassurée sur le succès de la mission dont elle l'avait chargé.

Lorsqu'elle s'éveilla, trempée de sueur froide, elle demeura plongée dans les affres du rêve qui la hantait. Elle le sentait, qui tourbillonnait dans sa chambre. Des images, et les voix de centaines, de milliers de personnes qui entonnaient : « Crucifié par Ponce Pilate ! Crucifié par Ponce Pilate ! » Rien de plus que ces mots, répétés à l'infini, les quatre mots de son rêve.

Pour violentes que fussent ces paroles, les images étaient encore pires. Au début de son cauchemar, des enfants habillés en blanc dansaient dans l'herbe sous un soleil printanier, et entouraient Easa. Parmi ces enfants, Pilo et Smédia. Peu à peu, ils étaient rejoints par une foule d'hommes et de femmes de tout âge, de blanc vêtus, qui souriaient et chantaient.

L'un d'eux était Prétorius, le centurion dont Easa avait guéri la main brisée. Il le lui avait raconté lui-même, après avoir entendu courir des rumeurs sur la guérison de Pilo. Au moment où Claudia comprenait que tous, adultes comme enfants, avaient été miraculeusement guéris par Easa, le paysage changeait. Ils arrêtaient de danser et le ciel s'assombrissait tandis que le chant augmentait d'intensité : « Crucifié par Ponce Pilate ! Crucifié par Ponce Pilate ! »

Dans son rêve, Claudia avait vu tomber son cher fils. Et juste avant qu'elle ne s'éveillât, Easa s'était penché sur lui, l'avait soulevé et emmené, sans un regard pour tous ceux qui s'écroulaient au sol à leur tour. Ponce Pilate criait en voyant le nazaréen s'éloigner avec le corps sans vie de son enfant. Des éclairs sillonnaient le ciel, et le chant s'amplifiait, les suivait jusqu'au pied de la colline. « Crucifié par Ponce Pilate. »

— Crucifie-le !

Ce cri-là était bien réel, un cri de haine qui s'élevait tout autour des murs de la forteresse.

— Crucifie-le !

Claudia se levait pour s'habiller lorsque l'esclave grec se précipita dans sa chambre.

— Vite, madame ! Venez, avant qu'il ne soit trop tard. Le maître siège pour juger et les prêtres réclament du sang.

— Qui hurle dehors ?

— Une foule de gens. Qui ne devrait pas être ici à une heure aussi matinale. Les hommes du Temple ont sans doute passé toute la nuit à la réunir. Easa sera condamné avant que les autres habitants de Jérusalem aient une chance de venir en aide au nazaréen.

Claudia s'habilla en hâte, sans prêter à sa tenue le soin habituel. Peu lui importait aujourd'hui d'être élégante, elle voulait seulement être décente, afin de se présenter au tribunal.

420

— Où est Pilo ? demanda-t-elle en jetant un dernier regard à son miroir.

— Il dort encore, madame.

— Bien. Reste auprès de lui. S'il se réveille, ne le laisse pas approcher des murs de la forteresse. Je ne veux pas qu'il voie ou qu'il entende ce qui se passe dans la ville.

— Bien, madame, la rassura l'esclave tandis qu'elle se précipitait hors de sa chambre pour remplir la mission la plus importante de son existence.

***

En entrant dans la cour transformée en tribunal de fortune, Claudia Procula s'efforça de dissimuler son désespoir et son dégoût. Pilate avait fait cette concession aux prêtres qui, pour ne pas en être souillés pendant la Pâque, avaient refusé d'entrer dans l'enceinte officielle du tribunal de Rome. La cour était close de murs qui la protégeaient de la foule massée à l'extérieur. Ponce Pilate avait fait apporter le fauteuil sur lequel il siégeait pour rendre la justice de Rome. Derrière lui se tenaient deux de ses gardes les plus fidèles, Prétorius et un homme au visage dur que Claudia n'aimait guère, Longinus. Ponce était flanqué d'Anne et Caïphe d'un côté du dais, et d'un émissaire d'Hérode de l'autre. Jaïr, porte-parole habituel du Temple, brillait par son absence.

Par terre, devant eux, attaché et blessé, se tenait Easa de Nazareth.

Il leva les yeux en direction de Claudia, qui observait la scène à demi dissimulée par un rideau. Leurs regards se croisèrent pendant un long moment, qui sembla s'éterniser. Claudia ressentit la même impression d'amour pur et de lumière que la nuit de la guérison de Pilo. Elle ne se résolvait pas à quitter des yeux l'homme dont la douceur irradiait. Comment les autres ne la ressentaient-ils pas ? Comment pouvaient-ils se tenir dans ce lieu clos sans être touchés par l'éclat du rayonnement d'un être aussi saint ?

Elle toussa, pour avertir son mari de sa présence. Pilate se leva et pria qu'on l'excuse. Claudia l'entraîna à l'écart, vit son visage couleur de cendre et la sueur qui coulait sur son front malgré la fraîcheur matinale. Son cœur se serra.

— Je ne vois pas d'issue, Claudia, dit Ponce.

— Tu ne peux pas laisser ces hommes le tuer. Tu sais qui il est.

— Non. Je ne sais pas ce qu'il est, là est toute la difficulté que j'éprouve à le juger.

— Mais tu sais parfaitement que c'est un homme qui n'a fait que le bien partout où il est passé. Tu sais qu'il n'a commis aucun crime méritant un châtiment sévère.

— Ils le traitent d'insurgé. S'il représente une menace pour Rome, je ne peux lui laisser la vie sauve.

— Mais tu sais que ce n'est pas la vérité !

Pilate détourna le regard, et prit une profonde respiration avant d'avoir le courage d'affronter sa femme.

— Claudia, je suis dans l'angoisse. Cet homme bafoue la raison et la logique de Rome. Cette situation est un défi lancé à tout ce que j'ai jamais appris. Mon cœur me dit qu'il est innocent, et qu'il ne faut pas condamner un homme innocent.

— Alors, ne le fais pas ! Pourquoi est-ce aussi difficile ? Tu as le pouvoir de le sauver, Ponce. Sauve l'homme qui nous a rendu notre fils.

Pilate se passa les mains sur le visage et balaya la transpiration qui l'inondait.

— C'est difficile parce que Hérode veut qu'il soit exécuté, aujourd'hui même.

— Hérode est un chacal.

— C'est vrai. Mais ce chacal part pour Rome ce soir et il a le pouvoir de m'anéantir aux yeux de César si je lui résiste. Cet homme peut nous détruire, Claudia.

Faut-il courir ce risque ? La vie d'un insurgé juif vaut-elle que nous sacrifiions notre avenir ?

— Ce n'est pas un insurgé ! s'écria Claudia.

L'émissaire d'Hérode les interrompit, pour rappeler Pilate dans la salle de tribunal improvisée. Claudia le saisit par le bras, au moment même où il allait lui tourner le dos.

— J'ai fait un rêve atroce cette nuit, Ponce. J'ai peur pour toi et pour Pilo si tu ne sauves pas cet homme. La colère divine s'abattra sur nous.

— Peut-être. Mais de quel Dieu parles-tu ? Dois-je croire que le Dieu des juifs prend le pas sur ceux de Rome ?

Les hommes l'appelaient, Pilate lança un ultime regard à sa femme.

— C'est un cas de conscience, Claudia, et le pire des dilemmes auxquels j'aie jamais été confronté. Ne va pas croire que ce fardeau ne m'accable pas autant que toi.

Il reprit sa place sous le dais pour interroger le prisonnier. Claudia resta où elle était.

— Les grands prêtres de votre nation t'ont remis à moi, et réclament ta mort, dit Pilate au nazaréen. Quelle faute as-tu commise ? Es-tu le roi des Juifs ?

Easa répondit avec son calme habituel. Quiconque aurait assisté à la scène n'aurait jamais supposé qu'il jouait sa vie sur sa réponse.

— Me poses-tu cette question à cause de ce que tu sais de moi ? Ou d'autres t'ont-ils prévenu contre moi en ces termes ?

— Réponds. Es-tu un roi ? Si tu dis que non, je te remettrai aux prêtres, pour qu'ils te jugent selon tes propres lois.

— Nos lois ne permettent pas de condamner un homme à mort, intervint Anne en bondissant sur ses pieds. C'est la raison pour laquelle nous sommes venus à toi. Si cet homme n'était pas un dangereux malfaiteur, nous ne t'aurions pas dérangé.

— Que le prisonnier réponde à la question, fit Pilate en ignorant l'interruption d'Anne.

Easa le fit, le regard fixé sur Pilate seul. Claudia eut l'étrange sensation que les deux hommes ne voyaient ni n'entendaient les autres personnes présentes. La partie qui se jouait entre eux, cet étrange ballet où s'affrontaient la foi et la destinée, leur appartenait en propre et l'avenir du monde dépendait de son issue. Elle frissonna de tout son corps.

— Je suis né dans ce monde pour enseigner aux hommes le Chemin de Dieu, et témoigner de la vérité.

Le philosophe qui sommeillait en Pilate bondit à ce mot.

— La vérité ? Dis-moi donc, nazaréen, ce que c'est que la vérité.

Leurs regards étaient verrouillés l'un dans l'autre, comme l'étaient désormais leurs destinées. Pilate baissa enfin les yeux, et se tourna vers les prêtres.

— Je vais vous dire ce que je crois être vrai. Et la vérité est que je ne vois pas quelle faute a commise cet homme.

L'entrée de Jaïr interrompit les échanges. Il salua les prêtres et s'excusa auprès de Pilate pour son retard.

— Bon Jaïr, fit Pilate heureux de voir l'envoyé qui était devenu son ami grâce au secret qu'ils partageaient. Je viens d'annoncer à tes frères ici présents que je ne trouve cet homme coupable d'aucune faute, et que je n'ai pas à le juger.

— Je comprends, dit Jaïr en hochant la tête.

— Tu sais pourtant que cet homme est dangereux, intervint Caïphe en lançant un regard acéré au nouvel arrivant.

Jaïr contempla tour à tour le prêtre son frère et Pilate, en évitant de regarder le prisonnier.

— Mais c'est Pâques, mes frères. Une fête de justice et de paix pour notre peuple. Et toi, Pilate, connais-tu notre coutume, à cette époque de l'année ?

En un éclair, Pilate comprit où voulait en venir Jaïr, et saisit la perche qui lui était tendue.

— Oui, bien sûr. Chaque année à cette époque j'autorise ton peuple à choisir un prisonnier, qui est gracié. Veux-tu que nous présentions cet homme au peuple et que nous l'interrogions ?

— Parfait ! s'exclama Jaïr.

Il savait que Caïphe et Anne étaient piégés, car ils ne pouvaient refuser la généreuse proposition de Rome. Mais il savait aussi que les prêtres avaient rassemblé une foule de partisans et de mercenaires à leur solde, prête à conspuer le nazaréen si cela s'avérait nécessaire. Pourvu, se dit-il, que les nazaréens soient arrivés, et qu'ils aient amené avec eux un grand nombre de partisans.

Pilate fit signe aux centurions d'emmener le prisonnier sur les remparts. Caïphe et Anne ne se joignirent pas à eux, car ils ne pouvaient être vus ce matin en compagnie de Romains, mais ils annoncèrent qu'ils reviendraient dès qu'aurait été prise la décision de sauver un prisonnier. Pilate supposa que les prêtres allaient se mêler à la foule de leurs partisans, pour la motiver, mais il n'y pouvait rien. Jaïr s'excusa lui aussi. Les deux hommes échangèrent un regard de connivence avant de s'en retourner vaquer à leurs occupations.

Pilate annonça la grâce pascale devant la foule.

— La coutume, dit-il d'une voix qui résonna dans la ville, veut que je relâche un prisonnier en l'honneur de votre Pâque.

Easa fut tiré sans ménagement aux côtés de Pilate, qui blâma du regard la brutalité inutile de Longinus.

— Assez, murmura-t-il avant de retourner à la foule. Dois-je relâcher cet homme, le roi des Juifs ?

La foule s'agita frénétiquement, les voix tentaient de se couvrir les unes les autres, pour être mieux entendues. Quelqu'un cria, très distinctement : « Nous n'avons qu'un roi, César ! » Un autre : « Relâche Barabbas le zélote ! » Une suggestion qui fut accueillie avec enthousiasme par une partie de la foule.

Des voix courageuses s'élevèrent : « Relâche le nazaréen ! » Mais rien n'y fit. Les suppôts du Temple avaient bien appris leur leçon et le nom de Barabbas fut scandé de toutes parts.

Pilate ne pouvait que relâcher celui que la foule avait choisi. Barabbas le zélote fut libéré, et Easa le nazaréen fut condamné au fouet.

Claudia Procula intercepta son mari, qui descendait des remparts.

— C'est toi qui le fouetteras ?

— La paix, femme ! aboya Pilate en la repoussant. Je vais le faire battre publiquement, par Longinus et Prétorius. C'est notre dernière chance de lui sauver la vie. Peut-être leur envie de sang en sera-t-elle rassasiée, et ne réclameront-ils plus qu'il soit crucifié. C'est tout ce qui me reste, Claudia, acheva-t-il en soupirant.

— Et si cela ne suffit pas ?

— Ne pose pas la question si tu ne veux pas connaître la réponse.

— J'ai une dernière chose à te demander, Ponce, dit Claudia en hochant la tête, guère surprise. La famille de cet homme, sa femme et ses enfants, sont derrière la forteresse. Je veux que tu retardes la flagellation, afin qu'il puisse les voir. C'est peut-être sa dernière chance de parler à ceux qu'il aime. Je t'en prie.

— Je vais les retenir, accepta Pilate, mais pas longtemps. Prétorius emmènera le prisonnier, on peut lui faire confiance quand il s'agit de ton nazaréen. Et j'enverrai Longinus se préparer pour le spectacle.

***

Ponce Pilate respecta sa parole et fit emmener Easa dans les appartements situés à l'arrière de la forteresse pour y rencontrer brièvement sa femme et ses enfants. Il embrassa Jean et Sarah, et leur recommanda d'être courageux et de prendre soin de leur mère.

— N'oubliez jamais, mes petits, quoi qu'il arrive je serai toujours avec vous.

Le temps qui leur était imparti s'achevait. Pour la dernière fois, il serra Marie-Madeleine dans ses bras.

— Écoute-moi bien, ma colombe, car c'est très important. Quand j'aurai abandonné mon enveloppe charnelle, tu ne devras pas t'accrocher à moi, mais me laisser partir, en sachant que mon esprit ne te quittera jamais. Dès que tu fermeras les yeux, je serai là.

Marie sourit à travers ses larmes. La souffrance et la terreur l'empêchaient de prononcer un seul mot, mais elle ne voulait pas le laisser voir. Le dernier cadeau qu'elle pouvait lui faire était de se montrer forte.

Prétorius vint chercher Easa. Les yeux bleus du centurion étaient rougis par les pleurs.

— Fais ce que tu dois, lui dit Easa pour le réconforter.

— Tu vas regretter d'avoir guéri cette main, fit le centurion, qui avait peine à parler.

— Non. Je préfère savoir que l'homme à qui elle appartient est un ami. Sache que dès maintenant je te pardonne. M'accordes-tu encore un instant?

Prétorius acquiesça et sortit attendre dehors.

Easa répéta ses dernières paroles à ses enfants.

— Rappelez-vous que je serai toujours près de vous.

Ils hochèrent la tête en silence. Les yeux noirs de Jean étaient graves, ceux de Tamar brillaient de larmes, même si elle ne pouvait comprendre l'horreur de la situation.

— Marie, murmura-t-il, promets-moi qu'ils ne verront rien de ce qui va se passer aujourd'hui. Et je ne souhaite pas non plus que tu assistes au spectacle qui se prépare. Mais à la fin...

Elle ne le laissa pas terminer sa phrase, s'agrippa à lui et le serra de toutes ses forces contre elle, afin d'aspirer en son esprit et en son corps tout ce qu'il ressentait dans sa chair. Aussi longtemps qu'elle vivrait, elle se souviendrait de cet instant.

— À la fin, je serai là, murmura-t-elle. Quoi qu'il arrive.

— Merci, ma colombe, dit Easa en s'écartant doucement, et en lui souriant comme s'il devait rentrer dîner
à la maison à la fin de l'après-midi. Je ne te manquerai
pas, car je ne serai pas parti. Ce sera mieux encore qu'aujourd'hui, car nous ne serons plus jamais séparés.

***

L'esclave grec raccompagna Marie et les enfants.
Marie demanda à voir Claudia Procula pour la remercier personnellement, mais l'esclave secoua la tête et
lui répondit dans sa langue maternelle.

— Ma maîtresse est au désespoir. Elle m'a dit qu'elle
n'avait pas le courage de vous regarder en face. Pourtant,
elle a tout essayé pour le sauver.

— Dis-lui que je le sais. Et qu'Easa le sait aussi. Et
dis-lui que j'espère que nous nous verrons un jour, afin
que je puisse la remercier de vive voix.

L'esclave grec hocha humblement la tête et s'en
retourna auprès de sa maîtresse.

Marie et les enfants émergèrent dans le chaos qui
régnait à Jérusalem en ce jour de fête. Il lui fallait emmener Jean et Tamar hors de cette zone, et le plus loin
possible, pour que les échos de la flagellation ne leur
parviennent pas. Marie décida de rejoindre Marthe dans
la maison de Salomé, et de lui demander de ramener
les enfants à Béthanie.

Les trois Marie étaient là, mais pas Marthe, qui était
sortie chercher sa belle-sœur et les enfants. Marie-
Madeleine rassembla tout son courage pour raconter
les événements de la matinée à la mère d'Easa qui ne
s'en montra pas surprise. Des larmes emplirent
pourtant ses yeux où brillaient tant de sagesse et de
compassion.

— Il l'avait vu, il y a longtemps. Moi aussi, dit-elle.

Les femmes résolurent de sortir et d'affronter la foule de Jérusalem. Elles trouveraient Marthe, qui ramènerait les enfants dans la sécurité de son foyer, puis elles chercheraient Easa. S'il était condamné à être crucifié le jour même, elles ne le quitteraient pas. Marie le lui avait promis. Sa mère et elle étaient les deux seules personnes dont il avait souhaité la présence en ses derniers instants.

Avant de sortir, Marie la Grande tendit à Marie-Madeleine le long voile rouge que leur rang leur permettait de porter.

— Prends-le, ma fille. Tu es une reine et une nazaréenne, aujourd'hui plus que jamais.

Marie-Madeleine se drapa dans un grand tissu écarlate, parfaitement consciente que sa vie sur cette terre ne serait plus jamais la même.

***

« Crucifie-le! Crucifie-le! » psalmodiait la foule devant Pilate qui la regardait avec un mélange de désespoir et de répugnance. La cruelle flagellation du prisonnier n'avait pas apaisé leur soif de sang, bien au contraire, la populace réclamait frénétiquement sa mise à mort. Un homme s'avança, portant une couronne constituée de brindilles d'épineux, tranchantes comme des lames de rasoir. Il la lança à Easa, qui était toujours attaché au poteau de son supplice, le dos lacéré.

— Voilà ta couronne, puisque tu es roi, cria l'homme tandis que la foule riait et se moquait.

Prétorius détacha Easa et allait l'arracher au poteau lorsque Longinus ramassa la couronne d'épines et l'enfonça cruellement sur le front d'Easa. La chair de son crâne et de son front éclata, du sang mêlé à de la sueur coulèrent sur ses yeux tandis que la foule manifestait bruyamment son approbation.

429

— Assez, Longinus ! s'écria Prétorius.

Longinus partit d'un rire sardonique.

— Tu te ramollis, fit-il en crachant aux pieds de Prétorius. Tu n'as guère mis d'ardeur à fouetter ce roi des Juifs.

Prétorius répondit avec une violence intérieure qui donna le frisson au centurion endurci.

— Touche-le encore une fois, et tu seras défiguré de part et d'autre du visage.

Pilate, conscient de la tension entre ses hommes, s'interposa. Que ces deux-là s'entre-tuent s'ils en avaient envie, mais pas devant la foule. Le procurateur leva les bras pour s'adresser à la foule.

— Regardez cet homme, dit-il. Je dis bien cet homme, et non pas ce roi. Il a été châtié selon la loi de Rome. Nous n'avons plus rien à faire ici.

« Crucifie-le ! Crucifie-le ! » entonna de nouveau la foule, qui récitait une leçon bien apprise.

Pilate, très en colère, comprit la manipulation et la situation inextricable dans laquelle le mettait la foule. Il se pencha sur Easa pour lui parler.

— Écoute-moi bien, nazaréen. C'est ta dernière chance de sauver ta vie. Je te le demande : es-tu le roi des Juifs ? Si tu ne l'es pas, je n'ai, selon la loi de Rome, aucune raison de te crucifier. Et j'ai le pouvoir de te libérer, ajouta-t-il avec ferveur.

Easa regarda longuement Pilate.

Parle, bon sang ! Parle !

Comme s'il avait lu dans les pensées de Pilate, Easa répliqua en murmurant :

— Je ne peux faciliter ta décision. Nos destinées nous ont été imposées, mais maintenant, tu dois choisir ton maître.

En proie à une frénésie croissante, la foule hurlait de plus belle. Il y avait beaucoup de voix en faveur du nazaréen mais elles se noyaient dans les cris des mercenaires assoiffés de sang qui avaient été généreusement payés pour remplir leur rôle. Pilate, les nerfs tendus comme un arc, pesait ses ambitions, son devoir, sa famille et sa philosophie, dont la balance reposait sur les épaules du nazaréen. Un cri retentit à sa gauche, il leva les yeux. Un émissaire du tétrarque de Galilée s'approchait de lui.

— Que veux-tu ? glapit Ponce Pilate.

L'homme lui tendit un rouleau au sceau d'Hérode. Il en fit sauter la cire pour le lire.

Finis-en au plus vite avec l'affaire de ce nazaréen pour que je puisse partir à Rome et dire à César comment tu traites ceux qui menacent son empire.

Pour Ponce Pilate, c'était le coup de grâce. Il relut le rouleau et s'aperçut qu'il était taché du sang du condamné, qui avait coulé sur ses mains. Il demanda qu'on lui apporte une cuvette en argent remplie d'eau, et y plongea ses mains qu'il frotta l'une contre l'autre. L'eau rougit du sang du prisonnier.

— Je me lave les mains du sang du prisonnier ! hurla-t-il à la foule. Crucifiez votre roi, si c'est ce que vous voulez.

Puis, sans un regard pour Easa, il se précipita dans la forteresse.

Ses épreuves n'en étaient pas terminées pour autant. Quelques instants plus tard, Caïphe se présenta devant lui suivi de plusieurs hommes du Temple.

— N'en ai-je pas fait assez pour toi en un seul jour ?

— Presque, Excellence, dit Caïphe en souriant sous cape.

— Que veux-tu encore de moi ?

— Traditionnellement, on inscrit quelques mots sur un bandeau placé au-dessus de la croix, pour indiquer au monde le crime du condamné. Nous aimerions que tu fasses écrire le mot blasphémateur sur la croix du nazaréen.

Pilate fit venir le matériel nécessaire à l'inscription.

— J'écrirai, dit-il, la raison pour laquelle je l'ai

condamné, et non ce que vous me demandez. Telle est la tradition.

Il inscrivit alors les initiales INRI, et en dessous sa signification : « Easa le nazaréen, roi des Juifs. »

— Fais clouer ce bandeau sur la croix du prisonnier, dit-il à un serviteur, et que le scribe traduise l'inscription en hébreu et en araméen.

Pris de court, Caïphe protesta.

— N'écris pas ça ! S'il le faut, inscris : « Il se prétendit roi des Juifs », afin que le peuple sache que nous ne lui reconnaissons pas ce titre.

Mais Pilate en avait terminé avec le prêtre manipulateur, pour cette journée et pour toujours.

— J'ai écrit ce que j'ai écrit, répondit-il d'un ton amer.

Puis il tourna le dos à Caïphe et aux autres pour se retirer dans le calme de ses appartements, où il s'enferma pour le reste de la journée.

**

La foule enflait et sinuait d'un même corps, elle entraînait Marie qui tenait fermement ses enfants par la main tout en essayant de la traverser et de trouver Marthe. Des bribes de conversations qu'elle saisit, Marie comprit qu'Easa avait été condamné et qu'on le menait, par le chemin même que suivait la foule, sur la colline du Golgotha où il serait exécuté. Le désespoir la gagnait. Il fallait qu'elle trouve Marthe et lui confie ses enfants pour tenir la promesse qu'elle avait faite à Easa.

Soudain, elle entendit sa voix, aussi clairement que s'il s'était tenu près d'elle.

— Demandez, et cela vous sera donné. C'est si simple. Nous devons demander à Dieu le Père ce que nous désirons, et il l'accorde à ses enfants bien-aimés.

Marie-Madeleine serra les mains de ses enfants et ferma les yeux. *Je t'en prie, mon Dieu, fais que je trouve Marthe, afin que mes enfants soient en sécurité et que je puisse me rendre auprès de mon cher Easa pour partager ses épreuves.*

— Marie ! Marie !

La voix de sa belle-sœur retentit quelques secondes après qu'elle eut prié. En ouvrant les yeux, Marie la vit, qui se précipitait vers elle. Elles s'enlacèrent.

— Tu portes ton voile rouge, c'est grâce à lui que je t'ai vue.

Marie refoula ses larmes. Elle ne pouvait, hélas ! s'attarder avec Marthe, dont la présence était toujours un réconfort.

— Viens, ma petite princesse, dit Marthe à Sarah. Et toi aussi, jeune homme, ajouta-t-elle en prenant la main de Jean.

Marie serra sa fille et son fils dans ses bras et leur promit de les rejoindre à Béthanie le plus vite possible.

— Que Dieu te protège, sœur, murmura Marthe. Nous garderons les enfants jusqu'à ce que tu puisses venir. Sois prudente.

Marthe embrassa sa jeune belle-sœur, désormais femme et reine de plein droit, et fendit de nouveau la foule, suivie des enfants.

***

Marie-Madeleine parvenait à garder sa place dans la foule, mais pas à se rapprocher d'Easa. Sur le chemin sinueux qui gravissait le Golgotha, elle aperçut les voiles rouges des trois Marie et voulut les rattraper, mais la masse qui s'agglutinait pour suivre sa proie la repoussait inexorablement.

Lorsque les centurions atteignirent le sommet de la colline, appelé Lieu du Crâne, ils étaient à plus de cent mètres devant elle. Elle voyait le visage martyrisé d'Easa et les voiles rouges des trois Marie. Trop dense, la foule obstruait le chemin. Elle la contourna, abandonna le chemin et entreprit d'escalader le flanc rocailleux de la colline sans se préoccuper des obstacles, pierres pointues et profondes ornières.

Dans sa détermination à rejoindre Easa, Marie-Madeleine ne s'aperçut pas immédiatement que le ciel s'assombrissait. Elle glissa sur un rocher, déchira son voile et se blessa la jambe sur un buisson d'épineux. Alors qu'elle tombait, elle entendit le bruit atroce qui la hanterait désormais chaque nuit : métal contre métal, marteau contre clous. Un hurlement d'agonie s'éleva lorsqu'elle glissa de nouveau, et elle mit longtemps à comprendre qu'il était sorti de ses propres lèvres.

Elle était proche, maintenant, plus rien ne devait l'arrêter. Elle se releva. Les rochers luisaient sous le déluge que déversait le ciel noir. Les épaisses gouttes de pluie crépitaient telles des larmes divines sur cette terre condamnée où le fils de Dieu venait d'être cloué sur une croix de bois.

* * *

Marie-Madeleine parvint au pied de la Croix, où sa belle-mère et les autres Marie montaient la garde. Deux autres crucifiés agonisaient à côté d'Easa, mais Marie ne voyait que lui. Elle ne regardait que son visage, qui semblait calme, serein, et ses yeux fermés. Les femmes, debout, se tenant les unes aux autres, priaient pour que Dieu abrégeât les souffrances du supplicié. Marie jeta un coup d'œil à la foule maintenue derrière elle, où elle ne reconnaissait personne. Elle s'aperçut soudain que, de toute la journée, elle n'avait vu aucun des disciples.

Les Romains empêchaient la foule d'approcher du lieu d'exécution. Prétorius commandait les centurions.

Marie-Madeleine pria brièvement pour celui qui, sans aucun doute, avait préservé l'intimité de la famille au pied de la Croix.

Easa ouvrit les yeux, contempla une dernière fois les visages éplorés de sa mère et de Marie-Madeleine, essaya de parler, y renonça et baissa de nouveau les paupières.

Puis il dit, doucement mais distinctement : « C'est fini. » Et sa tête s'inclina.

Il y eut un grand silence, une parfaite immobilité. Les cieux devinrent d'un noir minéral, comme dépourvus de toute source de lumière.

La foule fut saisie de panique, des hurlements s'élevèrent. Mais ce noir total ne dura que quelques instants, et une terne lueur grise éclaira les soldats qui approchaient de Prétorius.

— Nous avons reçu l'ordre de hâter la mort des prisonniers, afin qu'on puisse enlever leurs corps avant le sabbat des Juifs.

— Inutile de briser les jambes de cet homme, dit Prétorius en désignant Easa, il est déjà mort.

— En es-tu certain ? D'ordinaire, il faut des heures pour mourir sur la croix, et parfois des jours entiers.

— Cet homme est mort, gronda Prétorius. Personne ne le touchera.

Les deux soldats eurent l'intelligence de comprendre la menace que recelait la voix de leur chef. Ils prirent leurs bâtons et entreprirent de briser les jambes des deux autres prisonniers, afin de hâter le processus de suffocation.

Prétorius, occupé par ailleurs, ne vit pas Longinus approcher de la Croix. Lorsqu'il se tourna vers Easa, il était trop tard. Longinus avait transpercé le flanc du prisonnier nazaréen de son épée. Puis il éclata d'un rire sadique.

— Je vérifiais. Mais tu avais raison, il est bien mort, acheva-t-il en se tournant vers Prétorius qui avait blêmi de rage. Qu'as-tu l'intention de faire ?

— Rien, dit ce dernier après avoir fait un effort sur-humain pour garder son calme. Je n'ai pas besoin de faire quoi que ce soit. Tu seras maudit pour ton acte.

***

— Descendez cet homme, ordonna Prétorius.

Un messager de Pilate venait de lui apprendre que son maître avait ordonné que le corps du nazaréen fût remis à son peuple pour être enterré avant le lever du soleil.

Cet ordre était tout à fait inhabituel. D'ordinaire, on laissait les corps pourrir sur la croix, afin qu'ils servent d'exemples au peuple. Mais le cas d'Easa le nazaréen était différent.

Son oncle Joseph, le riche marchand ferrailleur, s'était présenté à la forteresse et avait demandé à être reçu par Claudia Procula. Elle avait obtenu que le corps fût enlevé immédiatement. Lorsque Joseph arriva devant la croix, il s'efforça de consoler Marie la Grande pendant que le corps martyrisé d'Easa était descendu du lieu de son supplice. Alors que les soldats allaient ramasser le corps, la mère d'Easa tendit les bras.

— Je veux étreindre mon fils une dernière fois, dit-elle.

Prétorius souleva doucement le corps sans vie et le déposa dans le giron de sa mère, qui le serra contre elle et s'autorisa enfin à pleurer la perte de son merveilleux enfant. Marie-Madeleine s'agenouilla près d'elle, et Marie La Grande l'enlaça elle aussi.

Elles demeurèrent longtemps ainsi, éperdues dans la douleur de leur deuil.

***

Joseph avait acheté un lieu de sépulture pour sa famille dans un cimetière peu éloigné du Golgotha. Les nazaréens y portèrent le corps d'Easa. Nicodème, un des jeunes employés de Joseph, apporta la myrrhe et l'aloès sur la tombe. Puis les Marie commencèrent à préparer le corps pour l'enterrement en mettant le linceul en place, mais lorsque vint le moment d'oindre de myrrhe le corps d'Easa, Marie la Grande présenta la jarre à Marie-Madeleine.

— À toi seule revient cet honneur, dit-elle.

Madeleine accomplit les devoirs sacrés des veuves. Elle baisa le front d'Easa et lui dit adieu. Ses larmes se mélangeaient à l'onguent dont elle l'oignait. Ce faisant, elle eut la certitude d'entendre sa voix, lointaine mais bien reconnaissable : « Je suis toujours avec toi. »

Les nazaréennes sortirent ensemble de la tombe, qu'une énorme dalle de pierre scellée protégerait désormais. Il fallut plusieurs hommes pour la mettre en place, à l'aide d'une poulie, de cordes et de planches. Le travail achevé, le petit groupe éploré se retira et regagna la maison de Joseph, où il serait en sécurité. Épuisée, Marie-Madeleine s'effondra enfin, et dormit jusqu'au lendemain.

Samedi après-midi, certains des apôtres se réunirent chez Joseph pour parler avec Marie-Madeleine et ses aînées. Ils se racontèrent les événements de la veille, tels que chacun les avait vécus, et se réconfortèrent de leur mieux, plus liés que jamais malgré leur tristesse. Ce n'était pas encore le moment d'envisager l'avenir de leur mouvement, mais l'harmonie qui régnait entre eux pansait leurs âmes meurtries.

Marie-Madeleine était inquiète. Depuis l'arrestation d'Easa, personne n'avait vu Judas Iscariote. Jaïr vint s'enquérir de lui, et leur dit dans quel état épouvantable était Judas après l'arrestation d'Easa. Il avait longtemps pleuré, se lamentait et se demandait pourquoi il avait été choisi pour accomplir ce crime envers son peuple.

Marie expliqua à ceux qui étaient présents qu'Easa avait ordonné à Judas de le livrer. Mais personne d'autre n'était au courant et, dans tout Jérusalem, le nom de Judas devint synonyme de traître. La rumeur se répandit rapidement. La réputation ternie de Judas ajoutait encore à la longue série d'injustices semée sur le chemin de la prophétie. Marie pria pour que lui fût un jour offerte l'occasion de le réhabiliter.

Cela n'arriverait pas. Ils apprirent peu après dans la journée que c'était déjà trop tard et qu'un autre drame s'était déroulé en ce tragique après-midi. Incapable de supporter que son nom soit à jamais lié à la mort de son Seigneur, Judas Iscariote avait mis fin à ses jours. On le découvrit, pendu à une branche d'arbre, devant les murs de la ville.

***

Cette nuit-là, Marie-Madeleine pleura longtemps. Trop d'images, trop de bruits et de souvenirs hantaient sa mémoire. Et il y avait autre chose, un malaise, comme un vague sentiment d'égarement. Elle se leva peu avant l'aube. Personne n'était debout, la maison était silencieuse.

Tout d'un coup, elle sut. Ce n'était pas une vision, mais une certitude venue de nulle part. Il fallait qu'elle se rendît sur la tombe d'Easa. Il s'y était passé quelque chose. Marie hésita à réveiller Joseph ou l'un des autres, pour qu'il l'accompagne. Pierre, peut-être ?

Non. Tu dois y aller seule.

La réponse résonnait dans sa tête. Enveloppée dans ses voiles de deuil, Marie-Madeleine se glissa furtivement dehors. Dès qu'elle fut sortie de la maison, elle courut vers la tombe, aussi vite que ses jambes le lui permettaient.

Il faisait encore nuit lorsqu'elle arriva près du sépulcre. Le ciel se teintait de pourpre, le jour se lève-

438

rait bientôt. Il y avait juste assez de clarté pour qu'elle vît que la lourde pierre tombale, qu'une douzaine d'hommes avaient eu du mal à porter, avait disparu.

Elle se précipita dans le tombeau, le cœur battant, baissa la tête et vit qu'Easa n'était plus là. Une lueur étrange éclairait la tombe, le linceul portait encore la trace de la forme du corps d'Easa, mais rien d'autre ne signalait sa présence.

Comment était-ce arrivé ? Les prêtres haïssaient-ils Easa au point d'avoir fait enlever son cadavre ? Non, ce n'était pas possible. Personne n'aurait fait une chose pareille.

Haletante, Marie sortit de la tombe et s'écroula dans le jardin, en pleurs devant ce nouvel outrage. Les premiers rayons du soleil zébraient le ciel de la radieuse matinée qui s'annonçait lorsqu'elle entendit une voix d'homme derrière elle.

— Pourquoi pleures-tu, femme ? Qui cherches-tu ?

Marie ne leva pas immédiatement la tête. Sans doute un jardinier, pensa-t-elle, venu entretenir l'herbe et les fleurs. Mais peut-être avait-il vu quelque chose ?

— On a emmené mon Seigneur, et je ne sais plus où il repose. Si tu sais quelque chose, parle, je t'en prie.

— Marie, appela derrière elle une voix reconnaissable entre toutes.

Elle s'immobilisa, incertaine, effrayée.

— Marie, je suis ici, répéta la voix.

Lorsqu'elle se retourna enfin, les rayons du soleil éclairaient le beau visage d'Easa, qui se tenait devant elle, vêtu de blanc, et sans trace de blessures d'aucune sorte. Il lui souriait, avec son habituelle tendresse.

Elle avançait vers lui, mais il l'arrêta.

— Ne t'accroche pas à moi, Marie. Mon temps sur cette terre s'est achevé, même si je ne suis pas encore monté auprès de mon père. Mais je voulais que tu sois la première à recevoir ce signe. Retourne vers nos frères, dis-leur que je vais maintenant au ciel, rejoindre mon Père, qui est aussi ton Père et le leur.

Marie hocha la tête en silence, éblouie par la lumière pure de sa bonté, qui irradiait tout autour d'elle.

— Mon temps est achevé. Le tien commence.

Chapitre 20

Château des Pommes Bleues

2 juillet 2005

Maureen avait éprouvé le besoin d'entraîner Peter à
l'écart des autres. Ils s'étaient assis dans le jardin et la
fontaine de Marie-Madeleine gazouillait doucement derrière eux. Le visage de Peter accusait l'angoisse et la fatigue
de la semaine écoulée. Ses tempes, remarqua Maureen
pour la première fois, étaient même striées de gris.

— Tu sais ce qui est le plus difficile ? murmura Peter.

— Non, quoi ?

Pour elle, la situation était exaltante, mais elle comprenait que la lecture de ces textes remettait en question beaucoup de ce que Peter avait cru, de ce pour
quoi il vivait. Cependant, les mots de Marie-Madeleine
confirmaient la promesse la plus sacrée du christianisme : la Résurrection.

— Imagine que… que pendant deux mille ans, nous
ayons refusé au Christ d'exaucer son dernier vœu ? Que
nous n'ayons pas compris le message de l'Évangile de
Jean ? Que nous ayons refusé d'admettre qu'elle était le
successeur qu'il avait choisi et que c'était pour cette raison qu'il lui était apparu en premier ? Quel paradoxe !
En son saint nom, nous aurions dénié à Marie-Madeleine
sa place d'apôtre et même de première parmi les apôtres !

Il s'interrompit un instant, effaré par l'ampleur du défi qu'il avait à relever, en son esprit comme en son âme.

— « Ne t'accroche pas à moi. » Ce sont les paroles qu'il prononce. En comprends-tu l'importance ?

— Non, fit Maureen de la tête.

— Dans les Évangiles, cela a été traduit par : « Ne me touche pas ». Il est possible que dans la langue d'origine ce soit le mot accroche et qu'il ne s'agisse que d'une question de traduction. Mais cela n'a jamais été envisagé ainsi. Comprends-tu la différence ?

En tant qu'érudit et que linguiste, Peter s'emballait pour la révélation qu'il entrevoyait.

— Un seul mot peut tout changer. Ici, c'est le mot « s'accrocher », sans aucun doute possible, et elle l'utilise deux fois.

Maureen ne voyait pas l'ampleur du problème.

— C'est vrai, il y a une différence entre « ne me touche pas » et « ne t'accroche pas à moi ».

— Une immense différence. « Ne me touche pas » a été utilisé contre Marie-Madeleine, pour prouver que le Christ la repoussait. Alors qu'ici, il lui demande de ne pas s'accrocher à lui quand il ne sera plus là, mais d'agir en son nom propre. C'est extraordinaire, Maureen !

La jeune femme commençait seulement à saisir les ramifications de l'histoire racontée par Marie-Madeleine.

— Qu'elle dépeigne des femmes dans des premiers rôles me semble essentiel aussi, Peter. Je ne veux pas te rendre les choses encore plus difficiles, mais dis-moi, et la Vierge ? Elle l'appelle Marie la Grande, la montre comme un guide pour son peuple. Le nom de Marie est manifestement un titre accordé aux femmes qui ont le pouvoir. Et ce voile rouge…

Peter secoua la tête, comme pour s'éclaircir les idées.

— J'ai entendu dire un jour que le Vatican avait voué la Vierge au blanc et au bleu pour amoindrir le pouvoir dont elle disposait, pour dissimuler son importance de chef de file des nazaréens, car les prêtresses de la tribu portaient un voile rouge. Honnêtement, j'ai toujours trouvé ça idiot. À mon sens, la Vierge était habillée en blanc et en bleu pour signifier sa pureté. Mais maintenant, plus rien ne me semble évident.

**

Cape Cod, Massachusetts

2 juillet 2005

De l'autre côté de l'Atlantique, à Cape Cod, le magnat de l'immobilier Éli Wainwright regardait la vaste pelouse qui s'étendait devant sa propriété. Il n'avait aucune nouvelle de Derek depuis plus d'une semaine, ce qui ne manquait pas de l'inquiéter. Le chef de la délégation américaine qui s'était rendue en France pour la fête de Jean-Baptiste lui avait téléphoné pour l'avertir que son fils n'y avait pas assisté.

Éli se torturait l'esprit pour essayer de penser comme Derek. Son fils avait toujours été un franc-tireur, mais il connaissait l'importance de sa mission. Il n'avait qu'à se conformer au plan : approcher le Maître de la Loi et en apprendre le plus possible sur ses actes et ses motivations. Munis de ces renseignements, les Américains pourraient lancer le coup d'État qui écarterait le contingent européen des arcanes du pouvoir sur la Guilde.

Lors de leur dernière réunion aux États-Unis, Derek avait regretté la lenteur des opérations imposée par son père, qui était, contrairement à lui, un fin stratège. Il n'avait pas hérité des qualités qui avaient enrichi les Wainwright, en particulier la patience nécessaire pour mener à bien les projets à long terme. Derek aurait-il pu se lancer dans une opération stupide et précipitée ?

Il obtint les réponses à ses questions dans l'après-midi. Un hurlement s'éleva dans le tranquille paysage maritime de Cape Cod. Éli bondit de son fauteuil et se précipita dans le vestibule de la demeure, où gisait sa femme, secouée de tremblements.

— Susan! Pour l'amour du ciel! Que se passe-t-il?

Incapable d'articuler un mot, elle montra le colis qui se trouvait par terre à côté d'elle.

Éli sortit un petit coffret en bois de la boîte. En soulevant le couvercle, il vit la bague de Yale de Derek.

Elle était attachée à ce qui restait de l'index de la main droite de leur fils.

***

Château des Pommes Bleues

3 juillet 2005

Maureen avait toujours eu besoin de peu de sommeil. Agitée comme elle l'était par les questions que posaient les manuscrits, elle n'essayait même pas de dormir. Des pas légers se firent entendre devant sa porte, comme si quelqu'un ne voulait pas être remarqué. Maureen écouta attentivement, sans bouger. La demeure était immense, il y avait certainement des domestiques qu'elle n'avait jamais vus, se rassura-t-elle.

Un bruit de moteur, à l'extérieur du château la tira de nouveau de sa torpeur. Il était trois heures du matin. Qui cela pouvait-il être? Maureen se leva pour aller à la fenêtre. N'en croyant pas ses yeux, elle se les frotta, comme pour dissiper une brume.

La voiture qui franchissait les grilles était celle qu'ils avaient louée, et son cousin était au volant.

Elle se précipita dans la chambre de Peter. Il avait emporté toutes ses affaires, son sac noir, ses lunettes, sa Bible et son chapelet.

Lui avait-il laissé un mot, un message quelconque ? Non, rien, elle s'en assura.

Le père Peter Healy était parti.

**

Maureen passa en revue les événements des dernières vingt-quatre heures. Durant leur dernière conversation, près de la fontaine de Marie-Madeleine, Peter lui avait expliqué l'importance des mots : « Ne t'accroche pas à moi ». Il paraissait désemparé, mais Maureen avait attribué son état à l'émotion et au manque de sommeil. Pour quelle raison s'était-il enfui au beau milieu de la nuit ? Où était-il allé ? Ce n'était en rien le comportement habituel de Peter, qui jamais ne l'avait ainsi abandonnée. Si elle perdait son cousin, songeait Maureen, gagnée par la panique, il ne lui restait personne. Il était sa seule famille, la seule personne au monde en qui elle eût entière confiance.

— Reenie ?

Maureen sursauta. Tammy était sur le pas de la porte, les yeux gonflés de sommeil.

— Excuse-moi. J'ai entendu une voiture, et j'ai entendu du bruit par ici. Nous sommes tous un peu nerveux, en ce moment. Où est le *padre* ?

— Je ne sais pas. Dans la voiture, c'était Peter. Il est parti, je ne sais ni où ni pourquoi.

— Appelle-le sur son portable.

— Il n'en a pas.

— Bien sûr que si, répliqua Tammy, intriguée. Je l'ai vu deux fois s'en servir.

— Peter déteste ces engins. Il ne s'intéresse pas à la technologie, il a toujours refusé d'utiliser un portable,

445

même quand je l'ai supplié d'en avoir un, en cas d'urgence.

— Il s'en est servi au moins deux fois, Maureen. Dans sa voiture. Je crains bien qu'il n'y ait quelque chose de pourri à Arques.

Maureen se sentit soudain nauséeuse. À l'expression du visage de Tammy, elle comprit que la même pensée les avait assaillies en même temps.

— Allons-y, dit Maureen en enfilant le long couloir jusqu'à l'escalier qui menait au bureau de Sinclair.

Tammy descendit les marches derrière elle.

La porte était entrouverte. Or, depuis que les manuscrits y étaient, le bureau était toujours fermé à clé, même si l'un d'eux était à l'intérieur. Maureen avala sa salive et entra dans la pièce obscure. Tammy actionna l'interrupteur électrique. La brillante surface de la table en acajou ciré étincela dans la lumière. Elle était vide.

— Ils ne sont plus là, murmura Maureen.

Tammy et elle fouillèrent la pièce, mais il ne restait aucune trace des manuscrits de Marie-Madeleine. Les blocs sur lesquels Peter avait travaillé à sa traduction avaient eux aussi disparu. Pour unique preuve de l'existence des documents, il ne restait que les jarres, dans un coin de la pièce. Vides. Le trésor s'était envolé.

Et manifestement le père Healy, la personne au monde en qui Maureen plaçait toute sa confiance, les avait emportés.

Les jambes vacillantes, Maureen se laissa tomber sur le divan en velours. Incapable de parler, et même de penser, elle regardait dans le vide.

— Maureen, il faut que j'aille chercher Roland. Tu restes ici ? Nous serons de retour dans un instant.

Elle hocha la tête sans rien dire. Lorsque revinrent Roland et Tammy, suivis de Sinclair, elle n'avait pas changé de position.

— Mademoiselle Pascal, dit doucement Roland en s'agenouillant devant le sofa, je suis infiniment désolé pour vous.

La jeune femme regarda le bon géant occitan qui se penchait sur elle avec sollicitude. Plus tard, lorsqu'elle prendrait le temps de se rappeler tous les détails de la scène, elle penserait à l'homme hors du commun qu'il s'était révélé être. Le trésor le plus précieux pour son peuple avait été dérobé, et il ne pensait qu'à la douleur qu'elle ressentait. Plus que tous les gens qu'elle rencontrerait, Roland lui aurait donné sa meilleure leçon d'authentique spiritualité. Et elle comprendrait pourquoi l'on appelait ce peuple Les Hommes de bien.

— Eh bien, le Père Healy a choisi son maître, dit calmement Sinclair. Je m'en doutais.

— Vous vous y attendiez ? dit Maureen.

— Oui, ma chère amie. Allons, je pense qu'il est temps de tout vous dire. Nous savions que votre cousin travaillait pour quelqu'un, mais nous ne savions pas pour qui.

— Que dites-vous ? se rebella Maureen. Que Peter me trahissait ? Qu'il avait prévu de me trahir depuis le début ?

— Je ne prétends pas comprendre les motivations du père Healy. Mais je savais qu'il en avait. À mon sens, nous saurons toute la vérité demain.

— Auriez-vous la bonté de me dire ce qu'il se passe ? intervint Tammy, hors d'elle en regardant Roland d'un air accusateur. Si je comprends bien, vous m'avez caché beaucoup de choses.

— Pour vous protéger, Tamara. Nous avons tous nos secrets, comme vous le savez. Et c'était une obligation. Mais maintenant, nous pouvons ouvrir nos cœurs. Mademoiselle Pascal a prouvé qu'elle était tout à fait digne de notre confiance absolue.

Maureen était sur le point de hurler d'angoisse. Sa colère se lut sans doute sur son visage, car Roland lui prit la main.

— Venez, mademoiselle Pascal. J'ai des choses à vous montrer.

Il se tourna ensuite vers Sinclair et Tammy et, pour

extraordinaire que cela paraisse à Maureen, il leur donna des ordres :

— Bérenger, faites-nous apporter du café et venez nous rejoindre dans la salle du grand maître. Tamara, viens avec nous.

***

Ils traversèrent le château pour se rendre dans une aile que Maureen ne connaissait pas.

— Je vous demande un peu de patience, mademoiselle Pascal, lui dit Roland en tournant la tête vers elle. J'ai un certain nombre de points à éclaircir avant de pouvoir répondre aux plus importantes de vos questions.

— Bien, dit Maureen, dépassée par les événements.

Elle se rappelait le jour où elle avait retrouvé Tammy, en Californie du Sud. Comme elle était naïve, à l'époque ! Tammy l'avait comparée à Alice au pays des merveilles. Très judicieuse comparaison, songea Maureen, qui avait l'impression d'avoir traversé le miroir et perdu tous ses repères.

Roland ouvrit les gigantesques doubles portes avec une clé qu'il portait autour du cou. Un bip perçant retentit lorsqu'ils entrèrent, et Roland composa un code pour faire taire l'alarme. La pièce était immense et somptueuse. Cette salle de réunion digne des rois et reines de France rivalisait d'élégance avec celles de Versailles ou de Fontainebleau. Au milieu de la pièce, sur une estrade, il y avait deux fauteuils sculptés de pommes bleues.

— Voici le cœur de notre société, dit Roland. Les Pommes Bleues. Tous les membres sont de sang royal, et de la lignée de Sarah-Tamar. Nous descendons des cathares, et nous nous efforçons de préserver la pureté de leurs traditions.

Il les entraîna devant un portrait de Marie-Madeleine accroché derrière les deux fauteuils à l'allure de trônes.

Il était semblable à celui que Maureen avait vu à Los Angeles, à un important détail près.

— Vous souvenez-vous du soir où Bérenger vous a dit que l'une des œuvres majeures de De La Tour avait disparu ? C'est parce qu'elle est ici. De La Tour était membre de notre société, et il nous a laissé cette toile, *La Pénitente Marie-Madeleine au crucifix*.

Maureen prit le temps d'admirer le portrait. Comme les autres tableaux du maître français, c'était un chef-d'œuvre d'ombre et de lumière. Mais elle n'avait jamais vu Marie-Madeleine peinte dans cette position. Elle avait la main gauche posée sur un crâne, le crâne de Jean-Baptiste, comprit-elle à la lumière de tout ce qu'elle avait appris, tenait un crucifix dans la main droite et regardait le visage du Christ.

— Cette œuvre ne pouvait être exposée. La référence est claire pour ceux qui ont des yeux pour voir. Marie fait pénitence pour Jean, son premier mari, et considère avec amour son second, Jésus.

Il entraîna les deux femmes vers un immense tableau accroché sur un autre mur. Il représentait deux saints assis dans un paysage rocheux et apparemment engagés dans une discussion animée.

— Tamara va vous raconter l'histoire de ce tableau, dit Roland en regardant la jeune femme debout près de lui.

— C'est une œuvre de David Teniers le Jeune, appelée *Saint Antoine l'Ermite et Saint Paul au désert*. Il ne s'agit pas du Paul du Nouveau Testament, mais d'un saint local, un ermite lui aussi. Bérenger Saunière, le décrié prêtre de Rennes-le-Château, l'a acheté pour la société. Oui, il était l'un des nôtres.

Maureen examina le tableau et remarqua des éléments qui lui étaient devenus familiers.

— Je vois un crucifix et un crâne, dit-elle.

— Exact, répliqua Tammy. Voici Antoine. Il porte sur sa manche un symbole qui ressemble à la lettre *t*, mais en fait c'est la version grecque de la Croix, appelée le

449

Tau. Saint François d'Assise nous l'a fait connaître. Antoine lève les yeux de son livre, qui représente le Livre de l'amour, et regarde le crucifix. Maintenant, regarde Paul. Il fait le geste du « Souviens-toi de Jean ». Sans doute débattent-ils de l'identité du premier Messie, Jean ou Jésus. À leurs pieds, on voit de nombreux livres et manuscrits, pour signifier qu'il y a beaucoup de documents à prendre en compte pour discuter de cette question. Ces deux œuvres sont probablement les tableaux les plus significatifs de notre courant de pensée. Le village au sommet de la colline représente Rennes-le-Château. Et là, dans le paysage, que vois-tu ?

— La bergère et ses moutons, dit Maureen en souriant.

— Bien sûr. Antoine et Paul discutent, mais la bergère apparaît derrière eux pour rappeler qu'un jour viendra l'Élue qui découvrira l'Évangile caché de Marie-Madeleine, celui qui mettra fin à la controverse en révélant la vérité.

Bérenger Sinclair entra silencieusement dans la pièce tandis que Roland poursuivait ses explications.

— Je voulais vous montrer tout ceci, mademoiselle Pascal, pour que vous compreniez que nous n'avons aucune rancune contre les adeptes du Baptiste. Nous sommes tous frères et sœurs, enfants de Marie-Madeleine, et nous souhaitons vivre en paix.

— Malheureusement, dit Sinclair, certains de ces adeptes sont et ont toujours été des fanatiques. Il s'agit d'une minorité, mais elle est dangereuse, comme partout dans le monde où de petits groupes d'extrémistes éclipsent les gens qui pensent comme eux mais qui veulent vivre en paix. La menace est, hélas ! bien réelle, comme peut le dire Roland.

Le visage expressif de l'Occitan s'assombrit à cette évocation.

— C'est vrai. J'ai toujours essayé de vivre en accord avec les croyances de mon peuple. Aimer, pardonner, éprouver de la compassion pour toute chose vivante.

Mon père respectait les mêmes valeurs, et on l'a tué.

Maureen sentit la tristesse profonde de l'Occitan, provoquée non seulement par la mort de son père mais par le défi à ses croyances que représentait un meurtre.

— Pourquoi a-t-on tué votre père ?

— Ma famille est très ancienne, mademoiselle Pascal. Vous m'avez toujours entendu appeler par mon prénom, Roland. Mais mon nom de famille est Gélis.

— Gélis ? La lettre de mon père était adressée à un monsieur Gélis, n'est-ce pas ? interrogea Maureen en regardant Sinclair.

— Oui, c'était mon grand-père, répondit Roland. Il était le grand maître de notre société.

Toutes les pièces du puzzle se mettaient en place. Maureen consulta du regard Roland et Sinclair. L'Écossais répondit à la question qu'elle n'avait pas formulée.

— Oui, ma chère amie. Roland Gélis ici présent est notre actuel grand maître, même s'il est trop modeste pour vous l'apprendre lui-même. Son père et son grand-père le furent avant lui. Il ne me sert pas, je ne le sers pas. Nous servons ensemble, comme des frères, telle est la Loi du Chemin. Les familles Gélis et Sinclair ont fait serment d'allégeance à la lignée de Marie-Madeleine, et nous la respecterons, tant que nous trouverons trace d'une descendance.

— Rappelle-toi, Maureen. Quand nous étions à Rennes-le-Château, je t'ai parlé d'un vieux prêtre assassiné à la fin du XIXe siècle. C'était Antoine Gélis, l'arrière-grand-oncle de Roland.

— Pourquoi s'acharner ainsi contre votre famille, Roland ? demanda Maureen.

— Nous savions trop de choses. Mon arrière-grand-oncle détenait un document intitulé le Livre de l'Élue, où étaient consignées les révélations de toutes les bergères, depuis plus de mille ans. C'était le plus précieux de nos outils pour la recherche du trésor de notre

Madeleine. La Guilde de la Loi l'a tué. Ils ont assassiné mon père pour les mêmes raisons. À l'époque, je l'ignorais, mais Jean-Claude était leur informateur. Ils m'ont envoyé la tête et l'index droit de mon père dans un panier.

— Cessera-t-on de faire couler le sang, maintenant ? demanda Maureen en frissonnant. Les manuscrits ont été découverts. Que vont-ils faire, à votre avis ?

— C'est difficile à dire. Ils ont un nouveau chef, un extrémiste. C'est lui qui a tué mon père.

— J'ai parlé avec les autorités locales aujourd'hui, intervint Sinclair. Nous y comptons quelques sympathisants. Maureen, vous souvenez-vous de Derek Wainwright, l'Américain ?

— Celui qui était habillé en Thomas Jefferson, expliqua Tammy ; mon vieil ami, ajouta la jeune femme qui secoua tristement la tête en évoquant toutes les années où Derek l'avait trompée ainsi que la probabilité de sa fin tragique.

Maureen hocha la tête et attendit que Sinclair poursuivît.

— Il a disparu dans des circonstances assez sordides. Sa chambre était... – Il remarqua la pâleur de Maureen et préféra lui éviter une description trop détaillée. – Disons simplement qu'on y a joué à de drôles de jeux. Selon les autorités, vu les circonstances déplaisantes de la disparition du jeune Américain, et sans doute de son assassinat, la Guilde va faire profil bas pendant quelque temps. Jean-Claude se cache quelque part dans Paris et leur chef, l'Anglais que nous soupçonnons, est rentré chez lui. Je ne pense pas qu'ils nous créent d'ennuis dans l'immédiat. Du moins, je l'espère.

— À toi, Tammy. Tu ne m'as pas tout dit, toi non plus. J'ai mis du temps à comprendre, mais maintenant je veux tout savoir. Et je voudrais aussi que tu me racontes ce qu'il y a entre vous deux, dit Maureen en désignant Roland et Tammy, debout tout près l'un de l'autre.

— Tu connais notre manie de faire des cachotteries, n'est-ce pas ? répondit Tammy en riant. Alors, comment je m'appelle ?

Maureen fronça les sourcils. Quelque chose lui échappait. Puis ce fut la révélation.

— Tamara. Tamar-a. Seigneur, quelle idiote je suis !

— Mais non… En effet, je porte le nom de la fille de Madeleine. Et j'ai une sœur qui s'appelle Sarah.

— Mais tu m'avais dit que tu étais née à Hollywood ! C'était un mensonge, ça aussi ?

— Pas de gros mots, s'il te plaît… Mensonge est trop fort. Disons plutôt omissions nécessaires. Je suis née en Californie, j'y ai été élevée. Mes grands-parents maternels étaient occitans, et très impliqués dans la Société des Pommes Bleues. Mais ma mère, qui est née ici, est partie travailler comme décoratrice de cinéma à Los Angeles. Elle avait appris le métier avec Jean Cocteau, un membre de notre Société lui aussi. Là-bas, elle a rencontré mon père, un Américain, et elle y est restée. Sa mère est venue vivre avec nous. Inutile de te dire que ma grand-mère a exercé une grande influence sur moi.

— Dans notre tradition, continua Roland en montrant les deux trônes, les hommes et les femmes sont égaux, comme nous l'a enseigné Jésus avec Marie-Madeleine. La Société est dirigée par un grand maître, et aussi par une Marie la Grande. Tamara est la mienne. Maintenant, il ne me reste qu'à la convaincre de venir s'installer en France, pour prendre une part encore plus importante dans ma vie.

Roland enlaça Tammy, qui se blottit contre lui.

— J'y réfléchis, dit-elle avec une feinte timidité.

Deux domestiques chargés de plateaux en argent entrèrent dans la pièce, et Roland leur désigna une table où les poser. Tammy leur versa à tous une tasse de café noir et corsé. Roland fit signe à Sinclair de parler.

— Maureen, nous allons vous dire ce que nous savons sur le père Healy et sur les Évangiles de Marie-

Madeleine, mais il fallait avant que nous vous expliquions tout le reste. En fait, nous avons laissé votre cousin emporter les manuscrits.

— Vous l'avez laissé faire ? s'exclama Maureen qui faillit renverser son café.

— Oui. Roland n'a pas fermé le bureau à clé, intentionnellement. Nous supposions que le père Healy subtiliserait les manuscrits et les apporterait à celui pour qui il travaille.

— Un instant. Celui pour qui il travaille ? Qu'insinuez-vous ? Que mon cousin est une sorte d'espion de l'Église ?

— Pas exactement, dit Sinclair.

Comme le remarqua Maureen, Tammy écoutait très attentivement. Elle non plus ne connaissait pas toute l'histoire.

— Nous ne savons pas précisément pour qui il travaille. C'est pour cela que nous l'avons laissé emporter les textes, et que nous ne sommes pas très inquiets à leur sujet. Nous avons placé un émetteur dans sa voiture de location. Nous savons exactement où il est, et ce qu'il fait.

— Rome ? suggéra Tammy.

— Nous pensons plutôt Paris, dit Roland.

— Je suis vraiment navré d'avoir à vous l'apprendre, Maureen, mais votre cousin rapporte tous vos faits et gestes à des dignitaires de l'Église depuis votre arrivée en France. Et peut-être même avant.

Maureen chancela sous le coup. Elle avait l'impression d'avoir été frappée au visage.

— C'est impossible. Peter ne me ferait pas ça !

— Pendant cette semaine, en le voyant travailler et en apprenant à le connaître, nous avons eu de plus en plus de mal à imaginer que l'espion et le charmant érudit ne faisaient qu'un. Au début nous avons cru qu'il voulait vous protéger contre nous. Mais je crois qu'il était trop profondément engagé avec les gens qui l'utilisent pour rompre avec eux, même après avoir lu les manuscrits.

— Vous n'avez pas répondu à ma question. S'agit-il du Vatican ? Des Jésuites ?

— Je ne le sais pas encore, répondit Sinclair. Mais nous avons des amis à Rome, et ils se renseignent. Vous seriez sans doute étonnée de savoir jusqu'où s'étend notre influence. Je suis donc certain que demain soir, après-demain au plus tard, nous aurons la réponse. Patientons jusque-là.

Maureen but une gorgée de café, en contemplant le portrait de la pénitente Marie-Madeleine. Encore vingt-quatre heures, et elle saurait.

**

Paris

3 juillet 2005

Le père Healy arriva à Paris exténué après son long voyage en voiture. Bien qu'il eût évité les encombrements en traversant très tôt la capitale, il lui avait fallu huit heures bien sonnées. De plus, il s'était arrêté plus longtemps que prévu pour préparer un paquet pour Maureen. Mais l'intensité des émotions qu'il avait dû affronter pour effectuer ses choix était telle qu'il avait l'impression que toute son énergie vitale avait été aspirée.

Peter, son précieux chargement serré dans son sac en cuir noir, traversa la Seine pour parvenir sur le parvis de la cathédrale Notre-Dame où le père Marcel, un prêtre français, l'attendait à une porte latérale. L'ecclésiastique l'entraîna à l'arrière de la cathédrale et les deux hommes franchirent une porte dissimulée derrière un paravent décoré.

Peter entra dans la pièce où il s'attendait à voir son contact, l'évêque Magnus O'Connor. Mais à sa place se tenait un haut dignitaire italien, revêtu de la pourpre cardinalice.

— Votre Grâce ! Pardonnez-moi, je ne m'attendais pas à vous rencontrer.

— Je sais que vous pensiez rencontrer l'évêque Magnus. Il ne viendra pas. Son rôle est terminé. – L'Italien, le visage impassible, désigna le sac en cuir de Peter. – Je suppose que les manuscrits sont dans votre bagage, dit-il.

Peter acquiesça.

— Bien. Et maintenant, mon fils, dit le cardinal en s'emparant du sac, parlons des événements de ces dernières semaines. À moins qu'il ne faille remonter plus loin dans le temps. À vous de décider par où commencer.

***

Château des Pommes Bleues

3 juillet 2005

Au château, il régnait une activité frénétique. Sinclair et Roland ne tenaient pas en place, ils discutaient ensemble ou avec les domestiques, en occitan, et semblaient accrochés à leurs téléphones portables. Sans pouvoir l'affirmer, Maureen eut par deux fois l'impression d'entendre Roland parler en italien.

Elle rejoignit Tammy dans la salle de télévision et visionna en sa compagnie quelques éléments de son documentaire sur la lignée. Elles discutèrent longuement des modifications de point de vue qu'entraînerait pour la cinéaste la connaissance des manuscrits de Marie-Madeleine. Le respect de Maureen pour son amie s'accrut en constatant sa vivacité d'esprit et sa créativité, ainsi que sa fantastique capacité de travail. C'était apparemment la manière dont Tammy échappait à l'angoisse.

Pour sa part, Maureen se sentait parfaitement inutile. Elle ne pouvait se concentrer sur rien, et errait sans but précis. Au lieu de prendre un maximum de notes sur les manuscrits tant qu'elle les avait présents en mémoire, comme elle savait qu'elle aurait dû le faire, elle était trop découragée par la trahison de Peter pour entreprendre un quelconque travail. Quels que soient ses motifs, il était parti sans rien dire et en emportant quelque chose qui ne lui appartenait pas. Il lui faudrait très longtemps pour ne plus lui en vouloir, songeait-elle.

Le dîner, qu'ils prirent à trois, se déroula sans le faste habituel. Roland était allé à l'aéroport privé de Carcassonne, pour accueillir un mystérieux invité qui leur fournirait de nouvelles informations. Maureen n'insista pas pour en savoir plus, elle avait compris qu'il ne servait à rien, dans cet environnement, de presser quiconque de questions. Le moment venu, ils révélaient leurs secrets, ainsi agissait-on à Arques. Elle remarqua cependant que Sinclair semblait plus tendu que d'habitude.

Peu après qu'ils eurent regagné le bureau pour boire leur café, un domestique entra et dit quelques mots à Sinclair en français.

— Notre invité est arrivé, dit ce dernier.

Roland entra dans la pièce en compagnie d'un homme à la stature aussi imposante que la sienne, en tenue décontractée mais cependant élégante. Son allure d'aristocrate et la confiance qu'il semblait avoir en son pouvoir et son influence en imposaient.

— Mademoiselle Pascal, mademoiselle Wisdom, j'ai le plaisir de vous présenter notre cher et estimé ami, le cardinal DeCaro.

DeCaro tendit la main aux deux femmes en leur souriant.

— Je suis enchanté, dit-il.

Puis, désignant Maureen à Roland :

— Est-ce votre Élue ?

— Excusez-moi, intervint Maureen. Vous avez bien dit cardinal ?

— Ne vous laissez pas tromper par ses vêtements civils, répondit Sinclair. Le cardinal DeCaro exerce une immense influence au Vatican. Et peut-être comprendrez-vous mieux sa présence quand vous connaîtrez son nom en entier. Francesco Borgia DeCaro.

— Un Borgia ? s'exclama Tammy.

Le cardinal hocha la tête. Roland fit un clin d'œil à Tammy.

— Son Excellence aimerait s'entretenir en privé avec mademoiselle Pascal. Nous allons donc les laisser seuls. Si vous avez besoin de quoi que ce soit, sonnez.

Roland ouvrit la porte à Tammy et à Sinclair tandis que le cardinal faisait signe à Maureen de s'asseoir près de la table en acajou. Il prit place en face d'elle.

— J'ai vu votre cousin, *signorina* Pascal.

— Où est Peter ? demanda-t-elle, interloquée.

— En route pour Rome. Nous nous sommes entretenus ce matin, à Paris. Il va bien, et les documents que vous avez découverts sont en sécurité.

— En sécurité ? Mais à la garde de qui ? Que ?...

— Un peu de patience. Je vais tout vous dire. Mais auparavant, je voudrais vous montrer quelque chose.

Le cardinal sortit de sa sacoche une série de dossiers rouges, étiquetés du nom ÉDOUARD PAUL PASCAL.

— Mais c'est le nom de mon père !

— Oui. Et dans ces dossiers, il y a aussi des photographies de lui. Mais je dois vous préparer à les regarder ; ce que vous allez voir est très troublant, mais il est essentiel que vous le compreniez parfaitement.

Maureen ouvrit le premier dossier, les mains tremblantes. Il s'en échappa des photos de son père, affligé de blessures que le cardinal entreprit de commenter :

— C'était un stigmatisé. Savez-vous ce que signifie ce mot ? Les blessures du Christ se manifestaient sur son corps. Voici ses poignets, ses pieds, et le cinquième point, sous les côtes, là où Longinus le centurion a transpercé Notre-Seigneur de son épée.

Maureen, pétrifiée, regardait les photos. Vingt-cinq années durant, elle avait été induite en erreur au sujet de la prétendue « maladie » de son père. Enfin, elle comprenait la peur et l'hostilité de sa mère, sa rancœur contre l'Église. Ainsi s'expliquait aussi la lettre de son père à la famille Gélis. Il parlait de ses stigmates, parce qu'il voulait protéger son enfant contre les tortures d'un même destin.

— On m'a toujours raconté, dit Maureen d'une voix entrecoupée de larmes, qu'il s'était suicidé parce qu'il était atteint d'une maladie mentale. Ma mère disait que lors de sa mort il était fou. Jamais je n'aurais pu imaginer...

— Je crains que votre père n'ait été incompris par un grand nombre de personnes. Et même, hélas ! par ceux qui, au sein de son Église, auraient pu l'aider. Et c'est ici que votre cousin entre en ligne.

Maureen, parcourue de frissons, écoutait attentivement le cardinal.

— Votre cousin est un homme de bien, *signorina*. Quand je vous aurai tout dit, je pense que vous ne le jugerez plus aussi sévèrement. Revenons à l'époque où vous étiez enfant. Lorsque votre père a été marqué par les stigmates, il s'en est remis à un prêtre qui appartenait à une faction dévoyée de notre Église. Nous sommes des êtres humains comme les autres. Même si la majorité d'entre nous se voue à faire le bien, il en est certains qui sont prêts à protéger des croyances particulières, à tout prix. Le cas de votre père aurait dû être soumis à Rome, mais il n'en fut rien. Nous l'aurions aidé. Nous aurions cherché avec lui à trouver la source de ses blessures ou à en percevoir le sens sacré. Mais les hommes qui l'ont intercepté ont décidé qu'il était dangereux. Comme je l'ai dit, il s'agissait de gredins, opérant dans nos rangs pour atteindre des objectifs qui leur étaient propres, mais ils jouissaient de complicités au plus haut niveau, comme je l'ai découvert récemment.

Le cardinal continua d'expliquer à Maureen le vaste réseau qui se ramifiait à partir du Vatican, et les dizaines de milliers d'hommes qui sillonnaient le vaste monde pour perpétuer la foi. Une organisation extrémiste clandestine était née après Vatican II, composée d'un groupe de prêtres violemment opposés aux réformes de l'Église. Elle avait recruté un jeune prêtre irlandais, Magnus O'Connor, ainsi que plusieurs de ses compatriotes. O'Connor était le prêtre de la paroisse de La Nouvelle-Orléans où Édouard Pascal avait demandé de l'aide.

« Effrayé par les stigmates de Pascal, et plus encore par ses visions du Christ avec femme et enfants, l'Irlandais avait discuté de son cas avec les membres de son organisation secrète au lieu d'en référer à l'Église officielle. Après qu'Édouard Pascal, désespéré et bouleversé par ses stigmates, se fut donné la mort, l'organisation secrète aux marges de l'Église avait continué de surveiller sa femme et sa fille. La petite Maureen Pascal avait eu dès l'enfance des visions similaires à celles de son père. O'Connor persuada sa mère, Bernadette, d'éloigner l'enfant de sa famille paternelle. La mère de Maureen était donc partie s'installer en Irlande où elle avait repris son nom de jeune fille, Healy. Elle avait essayé de changer aussi le nom de sa fille, mais Maureen, dotée déjà d'une forte volonté, s'y était farouchement opposée.

« Magnus O'Connor trouva très pratique qu'un des membres de la famille de la petite fille eût la vocation. Lorsque Peter Healy entra au séminaire, O'Connor se servit de leur commune nationalité irlandaise pour le circonvenir. Il lui raconta l'histoire d'Édouard Pascal et lui recommanda de surveiller sa cousine de près et de l'informer régulièrement de son évolution.

— Selon vous, mon cousin me surveille et rapporte tous mes faits et gestes à ces hommes, depuis toujours ?

— Oui, *signorina*. C'est la pure vérité. Mais le père Healy n'a agi que par amour. Ces hommes le manipulaient, ils l'ont amené à croire que c'était dans votre seul intérêt. Il ignorait bien sûr qu'ils avaient refusé d'aider votre père, ou, pire encore, qu'ils étaient peut-être responsables de sa triste fin. Je suis persuadé qu'en ce qui vous concerne votre cousin est animé des intentions les plus pures. De la même façon, je crois qu'il a remis les manuscrits à l'Église pour les bonnes raisons.

— Mais comment est-ce possible ? Il connaît leur contenu, comment pourrait-il vouloir les détruire ?

— Au vu du peu d'informations dont vous disposez, il serait facile de le condamner. Je ne crois pas que le père Healy veuille détruire quoi que ce soit. Nous avons des raisons de soupçonner l'évêque O'Connor et son organisation de s'être servis de vous pour faire pression sur lui. Comprenez bien que tout ceci se passe absolument en dehors de l'Église officielle et n'a pas l'aval de Rome. Votre cousin a remis les manuscrits à O'Connor en échange de votre sécurité.

Maureen, soulagée de savoir que Peter, son allié de toujours, ne l'avait pas trahie au sens littéral du terme, s'efforçait d'assimiler toutes ces nouvelles données.

— Comment l'avez-vous appris ?

— Grâce à l'ambition dévorante de O'Connor. Il espérait se servir des manuscrits de Marie-Madeleine pour grimper dans la hiérarchie de l'Église, pour satisfaire sa soif de pouvoir et avoir accès à des informations de plus haut niveau à communiquer à son organisation. Mais, ajouta le cardinal avec un sourire où perçait une certaine suffisance, ne vous inquiétez pas. Maintenant que nous les avons tous identifiés, nous allons remettre à leur place O'Connor et les membres de sa clique. Notre service de renseignements est le meilleur du monde.

Cette déclaration ne surprit pas Maureen, qui avait toujours considéré l'Église catholique comme une organisation omnipotente, aux ramifications qui s'étendaient dans le monde entier, à la richesse immense, et disposant de ressources inépuisables.

— Et les manuscrits de Marie-Madeleine ? demanda-t-elle en s'attendant à une réponse qui ne lui plairait guère.

— Pour être franc avec vous, ma chère enfant, c'est difficile à dire. Vous comprenez certainement qu'il s'agit de la découverte la plus importante de l'époque, sinon de toute l'histoire de l'Église. S'ils sont authentifiés, le sujet sera discuté au plus haut niveau.

— Peter vous a-t-il parlé de leur contenu ?

— Oui. J'ai parcouru ses notes. Cela va peut-être vous étonner, *signorina*, mais au Vatican nous ne passons pas nos journées assis sur nos trônes, à fomenter d'indicibles complots.

— Si j'écris au sujet de ce que j'ai vécu ici, et, plus important encore, au sujet du contenu des manuscrits, l'Église tentera-t-elle de m'en empêcher ?

— Vous êtes entièrement libre. Votre cœur et votre conscience vous guideront. Si Dieu vous a choisie pour être celle qui révélera les paroles de Marie-Madeleine, nul n'a le droit d'interférer avec ce devoir sacré. L'Église ne détruit pas des informations nouvelles, comme beaucoup le croient. Cela a pu être vrai au Moyen Âge, mais cela ne l'est plus aujourd'hui. Ce qui intéresse l'Église, c'est la perpétuation et la propagation de la foi, et, à mon sens, l'Évangile de Marie-Madeleine nous offrira peut-être une chance d'attirer à nous de nouveaux et plus jeunes fidèles. Mais je ne suis qu'un homme, je ne peux pas parler au nom des autres, moins encore au nom du Saint-Père. Nous verrons.

— Et en attendant ?

— En attendant, l'Évangile d'Arques demeurera à la bibliothèque du Vatican, et sera examiné par le seul père Healy.

— Peter va rester à Rome ?

— Oui, *signorina*. Il supervisera le travail de l'équipe de traducteurs officiels. C'est un grand honneur, et nous pensons qu'il le mérite. Quant à vous, ne croyez pas que nous négligions votre contribution, ajouta le cardinal en lui tendant une carte de visite qu'il sortit de son attaché-case. Voici mon numéro direct au Vatican. Lorsque vous y serez prête, nous voudrions vous inviter à passer quelque temps avec nous. J'aimerais entendre de votre bouche le récit du parcours qui vous a conduite ici. J'oubliais ! Vous pourrez joindre votre cousin à ce même numéro tant qu'il n'aura pas sa ligne personnelle. Il travaillera directement sous mes ordres.

— Si vous me permettez de vous poser une question… dit Maureen songeuse en regardant le nom inscrit sur la carte, Francesco Borgia DeCaro.

— Oui, *signorina*, l'interrompit en souriant chaleureusement le cardinal. Je suis un fils de la lignée, comme vous en êtes une fille. Vous serez étonnée de découvrir que nous sommes très nombreux, et de nous identifier lorsque vous saurez où chercher.

***

— C'est la pleine lune, la nuit est magnifique. Me ferez-vous l'honneur de venir vous promener avec moi dans les jardins ? demanda Sinclair à Maureen quand le cardinal se fut retiré.

La jeune femme accepta volontiers. Depuis qu'ils avaient partagé la même épreuve, elle se sentait parfaitement bien avec lui et la beauté d'une nuit d'été dans le sud-ouest de la France était incomparable. Mise en valeur par des projecteurs, la façade du château était imposante et, sous le clair de lune qui se reflétait sur les allées de marbre, les jardins de la Trinité étaient tout simplement magiques.

Maureen raconta à Sinclair sa conversation avec le cardinal. Après l'avoir écoutée attentivement, il l'interrogea sur ses projets.

463

— Qu'allez-vous faire, maintenant ? Écrire un nouveau livre ? Comment avez-vous l'intention de révéler au monde l'Évangile de Marie-Madeleine ?

Maureen fit le tour de la fontaine de Marie-Madeleine en caressant le marbre frais du bout du doigt.

— Je n'ai pas encore décidé. J'espère qu'elle me donnera un conseil, dit-elle en regardant la statue. Quoi qu'il arrive, j'espère que je saurai lui faire justice.

— C'est évident, répondit Sinclair. Elle ne vous a pas choisie sans raison.

— Vous aussi, elle vous a choisi, dit doucement Maureen.

— Je crois sincèrement que nous sommes tous choisis pour jouer un certain rôle, à notre façon. Vous, moi, Roland et Tammy. Et bien entendu le père Healy.

— Alors, vous ne méprisez pas Peter pour ce qu'il a fait ?

— Pas du tout. Peter a peut-être mal agi, mais pour de bonnes raisons. Quel genre d'hypocrite serais-je, si je haïssais un homme de Dieu après avoir fait une telle découverte ? Le message de Madeleine n'est qu'amour et pardon. Si tous les habitants de cette planète l'entendaient, et le suivaient, nous vivrions dans un monde meilleur, non ?

Maureen leva sur lui des yeux emplis d'admiration. Elle sentait poindre en elle un sentiment inconnu jusqu'ici. Pour la première fois de sa vie mouvementée, elle se sentait en sécurité.

— Je ne sais comment vous remercier, lord Sinclair.

La réponse de l'Écossais ne se fit pas attendre.

— Me remercier de quoi, Maureen ?

— Pour tout ceci, dit la jeune femme en englobant d'un geste tout ce qui l'entourait. Pour m'avoir introduite dans un monde dont la plupart des gens n'osent même pas rêver. Pour m'avoir montré ma place. Pour avoir brisé ma solitude.

— Vous ne serez plus jamais seule, répliqua le châtelain en lui prenant la main pour l'emmener plus loin dans les jardins. Mais je vous en prie, ne m'appelez plus lord Sinclair.

Maureen lui sourit et l'appela Berry pour la première fois, juste avant qu'il ne l'embrasse.

***

Le lendemain matin, un paquet pour Maureen, posté la veille à Paris, arriva au château. Il n'y avait pas de nom d'expéditeur, mais elle n'en avait pas besoin pour reconnaître l'écriture de Peter.

Elle l'ouvrit impatiemment. Elle n'éprouvait plus de colère contre lui, mais il ne pouvait pas le savoir. Elle s'attendait à une embarrassante lettre d'excuses, qui mènerait à de longues discussions, avant de retrouver l'intimité qu'ils avaient si longtemps partagée.

La jeune femme laissa échapper un petit cri de joie et de surprise en voyant ce que contenait le paquet : les photocopies de toutes les pages qu'avait fébrilement noircies Peter, des premières transcriptions jusqu'à la traduction finale. Un petit mot, écrit sur une des feuilles de son bloc jaune, les accompagnait.

Ma chère Maureen,

Avant de pouvoir tout t'expliquer en détail, je te confie ceci. Tu en es la légitime gardienne, bien davantage que ceux à qui je suis contraint de remettre les originaux.

Je te prie de transmettre mes excuses et mes remerciements aux autres. J'espère le faire en personne le plus vite possible.

Je te contacterai très bientôt.

Peter

***

Ce ne fut que bien des années plus tard que j'eus l'occasion de remercier Claudia Procula des risques qu'elle avait pris pour Easa. Le drame de Ponce Pilate fut que sa décision de choisir Rome comme maître n'avait pas servi sa carrière, ni ses ambitions. Hérode se rendit en effet à Rome le lendemain de la Passion d'Easa, mais il ne dit aucun bien de Pilate à l'empereur, car il souhaitait le faire remplacer par un cousin à lui. Il distilla son venin aux oreilles de César et Pilate fut rappelé à Rome où il fut jugé pour ses carences en tant que gouverneur de Judée.

Lors de son procès, ses propres paroles furent retenues contre lui. Il avait écrit à Tibère une lettre où il lui racontait les miracles d'Easa et les événements du Jour obscur. Les Romains s'en servirent non seulement pour le priver de son titre et de sa position mais aussi pour l'exiler et confisquer ses terres. Si Pilate avait soutenu Easa contre Hérode et les prêtres, il n'aurait pas connu pire destin.

Claudia Procula demeura fidèle à son époux en disgrâce. Elle me raconta que Pilo, son petit garçon, était mort quelques semaines après l'exécution d'Easa, sans cause explicable. Il s'éteignit inexorablement, sous leurs yeux. Elle avait eu, me dit-elle, le plus grand mal à ne pas en vouloir à son mari, mais elle avait compris qu'Easa ne l'aurait pas voulu. Il lui suffisait de fermer les yeux et de revoir son visage penché sur son fils pour le guérir ; ainsi avait-elle trouvé le royaume de Dieu. Cette Romaine de noble naissance avait parfaitement compris le Chemin des nazaréens et vivait sans le moindre effort selon ses lois.

Claudia et Pilate s'en allèrent habiter en Gaule, où Claudia avait vécu quand elle était enfant. Pilate passa le reste de ses jours à tenter de comprendre Easa, qui il était et la nature de son enseignement. Des années durant, elle lui avait expliqué que son Chemin ne pouvait être compris par le truchement de la raison romaine. Il fallait se transformer en enfant pour y accéder, car les enfants sont purs, honnêtes et ouverts. Ils sont capables d'accepter la bonté et la foi sans se poser de questions. Bien que Pilate se fût toujours senti inapte à embrasser la foi nazaréenne, Claudia le croyait converti, à sa manière.

Elle me raconta une histoire extraordinaire qui s'était passée le jour où elle et Pilate avaient quitté la Judée pour toujours. Ponce Pilate était allé au Temple pour demander à Anne et Caïphe de le recevoir. Il les regarda droit dans les yeux et les pria, au nom de ce qu'ils avaient de plus sacré, de répondre à sa question : avaient-ils, oui ou non, exécuté le Fils de Dieu ?

Je ne sais pas ce qui est le plus surprenant – que Pilate soit allé poser sa question aux prêtres, ou que ces derniers lui aient avoué qu'ils avaient commis une terrible erreur.

À la suite de la résurrection d'Easa, certains prétendirent que ses partisans avaient enlevé son corps terrestre. Le Temple les avait payés pour ça, car les prêtres craignaient de graves représailles si le peuple apprenait la vérité. Anne et Caïphe l'avaient avoué à Pilate, qui dit à sa femme qu'il croyait que les deux hommes se repentaient sincèrement, et qu'ils souffriraient jusqu'à leur mort du remords de ce méfait.

S'ils étaient venus me le dire, je leur aurais enseigné le Chemin, et je les aurais assurés du pardon d'Easa. Car, du jour où le royaume de Dieu s'éveille en votre cœur, vous ne souffrez plus jamais.

**Arques. L'Évangile de Marie-Madeleine,
Livre des disciples.**

Chapitre 21

La Nouvelle-Orléans

1er août 2005

L'air frais qui pénétrait par les vitres ouvertes de la voiture de location que conduisait Maureen signalait que l'automne était arrivé. Elle se gara dans le parc de stationnement du cimetière de banlieue où se dressait une petite église éclairée par la lumière crépusculaire.

Cette fois, elle ne contourna pas les palissades, mais entra dans le cimetière d'un pas décidé, la tête haute. Personne ici, désormais, ne serait obligé de se recueillir sur la tombe d'un être aimé dans un cimetière mal entretenu. Grâce à l'influence et au don d'un certain cardinal italien, les grilles avaient été restaurées, et le marbre de la nouvelle pierre tombale de son père étincelait sous une couronne de roses et de lys. On pouvait y lire :

ÉDOUARD PAUL PASCAL
PÈRE BIEN-AIMÉ DE MAUREEN

Elle s'agenouilla devant la tombe et entreprit avec son père une conversation longtemps différée.

***

Maureen jouissait avec délice de la sensation de paix qu'elle éprouvait ; bien qu'ignorant de quoi l'avenir serait fait, elle se sentait plus impatiente qu'anxieuse. Le lendemain, à La Nouvelle-Orléans, aurait lieu un grand déjeuner de famille avec tous les membres de la famille Pascal, tantes et cousins qu'elle n'avait jamais rencontrés. Ensuite, elle prendrait l'avion pour l'Irlande et s'installerait dans la ferme familiale des Healy. Peter l'y rejoindrait. Ils s'étaient plusieurs fois parlé au téléphone, mais ne s'étaient pas revus depuis que le prêtre avait quitté Les Pommes Bleues. Peter avait souhaité que ces retrouvailles aient lieu en Irlande, à l'écart des foules et des curieux, pour qu'il ait le temps et l'occasion de lui parler du statut officiel de l'Évangile d'Arques.

En cette fin d'après-midi de vendredi, la jeune femme songeait à tout ce qui l'attendait en flânant dans le quartier français, qui s'éveillait pour la soirée. Au loin, un air de saxophone flottait dans la brise du soir. Attirée par la musique, Maureen obliqua, et aperçut un musicien aux longs cheveux noirs, maigre, et à l'air inspiré. Elle se rapprocha de lui, il leva les yeux sur elle et leurs regards se croisèrent longuement.

James Saint-Clair, musicien de rue à La Nouvelle-Orléans, fit un clin d'œil à Maureen qui lui sourit et passa son chemin au son du saxophone dont les vibrations s'attardaient dans les ruelles du quartier.

Chapitre 22

Comté de Galway, Irlande

Octobre 2005

Au coucher du soleil, il émane de la campagne irlandaise une tranquillité et un silence incomparables. Comme si la nuit exigeait par avance une quiétude dont elle aurait impitoyablement dévoré tout ennemi.

Maureen savourait cette paix, ce répit, à l'abri des désordres où elle avait vécu ces derniers mois. En sa retraite, elle ne s'était pas autorisée à tirer seule les conclusions des récents événements. Plus tard, peut-être, ou jamais. Tout cela était trop bouleversant, trop extravagant, et même trop absurde. Elle avait rempli le rôle d'Élue qu'une bizarrerie du destin, ou la divine providence, avait écrit pour elle.

L'Élue était une créature spectrale, liée au temps et à l'espace dans les terres sauvages du Languedoc, qu'elle avait laissée en France avec joie. Maureen Pascal était une femme de chair et de sang, exténuée. Vivifiée par l'air de son enfance, elle regagna sa chambre pour y jouir d'un repos longtemps attendu.

Son sommeil serait peuplé de rêves.

***

Elle avait déjà assisté à une scène similaire : une silhouette dans la pénombre, penchée sur une vieille table, le crissement de la plume tandis que couraient les mots. Une aura azuréenne semblait émaner de ces pages. Concentrée sur la clarté qui irradiait des mots écrits, Maureen ne vit pas immédiatement bouger le scribe. Lorsqu'il apparut en pleine lumière, Maureen retint son souffle.

Lors de précédents rêves, elle avait entraperçu ce visage, furtivement. Maintenant, il se révélait à elle, dans toute sa force, et elle contemplait, pétrifiée, l'homme qui lui faisait face. C'était l'homme le plus beau qu'elle eût jamais vu.

Easa.

Il lui sourit, d'un sourire si plein de chaleur et de divinité que Maureen eut le sentiment de s'y baigner. Immobile dans cette radiation diffuse, elle contemplait cette grâce et cette beauté.

— Tu es ma fille, dont je suis fort content.

Sa voix était pure mélodie, chant d'union et d'amour qui vibrait dans l'air ambiant. Elle flotta dans sa musique pendant un moment d'éternité avant de retomber brusquement sur cette terre.

— Mais ton travail n'est pas terminé.

Easa le nazaréen, le Fils de l'Homme, sourit une fois encore et reprit son travail. La lumière qui émanait des pages brillait de plus en plus vivement, les lettres violettes et bleues se détachaient sur l'épais papier de chiffon et dansaient dans l'incandescence.

Maureen voulut parler, mais n'y parvint pas, pas plus qu'elle ne pouvait avoir une quelconque réaction humaine. Elle regardait l'être divin, qui lui désignait les pages écrites. Durant un long moment d'extase, Maureen sentit son regard planté dans le sien.

Puis, aussi aisément que s'il glissait, Easa franchit la distance qui les séparait, et sans dire un mot, se pencha et lui donna un baiser paternel sur le front.

Maureen s'éveilla trempée de sueur, le front brûlant, sans savoir où elle se trouvait.

Elle jeta un coup d'œil à son réveil. Les premières lueurs de l'aube apparaissaient à l'horizon, mais il était trop tôt pour téléphoner en France. Elle accorderait encore quelques heures de sommeil à Berry.

Puis elle l'appellerait, et exigerait qu'il lui apprenne tout ce qu'il savait sur le dernier lieu où avait été vu le Livre de l'amour, le véritable Évangile de Jésus-Christ.

Postface

« Qu'est-ce que la Vérité ? »

Ponce Pilate, Jean, 18-38

Mon voyage au sein de la lignée de Marie-Madeleine, dans le but de répondre à la question posée par Ponce Pilate, débuta avec Marie-Antoinette, Lucrèce Borgia et une reine guerrière celte du Ier siècle, que l'histoire connaissait sous le nom de Boudicca. Son cri de guerre passionné était, en gallois : *Y gwir erbyn y byd,* qui signifie « La vérité contre le monde ».

Ces paroles sont devenues mon mantra personnel dans la quête de toute ma vie d'adulte et qui m'a conduite, le long d'un chemin tortueux, à travers deux mille ans d'histoire.

Je suis depuis longtemps encline à déterrer les histoires tues, à mettre au jour les expériences humaines passées sous silence, et souvent délibérément, dans les comptes-rendus académiques. Comme nous le rappelle ma protagoniste, Maureen, « l'histoire n'est pas ce qui est arrivé. L'histoire est ce qui est écrit. » Ce que nous nommons l'histoire a trop souvent été inventé par un auteur soumis à des pressions politiques. Cette prise de conscience précoce a fait de moi une folkloriste. Je ressens une intense satisfaction à explorer les cultures à travers les historiens locaux ou les conteurs,

475

qui détiennent le secret de la chronique des hommes, telle qu'on ne la trouve ni dans les manuels ni dans les bibliothèques. Grâce sans doute à mon ascendance irlandaise, j'apprécie infiniment la puissance de la tradition orale.

Je dois aussi à mon sang irlandais d'être devenue un auteur et une activiste, immergée dans la tumultueuse politique de l'Irlande du Nord durant les années1980. Durant cette même période, mon scepticisme à l'égard de l'histoire écrite, et donc officielle, s'est considérablement accru. Témoin oculaire de nombreux événements historiques, j'étais particulièrement à même de constater à quel point la relation officielle des faits était distordue par rapport à la réalité. Il m'arriva souvent de ne pas reconnaître le récit de certains événements auxquels j'avais assisté lorsqu'ils étaient rapportés par la presse, la télévision ou, un peu plus tard, les livres d'histoire. Une fois les versions déformées par les opinions personnelles, sociales ou politiques de leurs auteurs, la vérité était perdue à jamais, sauf pour ceux qui avaient assisté aux événements. Mais ces témoins appartenaient en majorité à la classe ouvrière et ne se souciaient guère d'écrire aux journaux, ni de publier un livre qui révélerait la vérité à l'intention de la postérité. Ils enterraient leurs morts, priaient pour la paix, et se débrouillaient comme ils le pouvaient pour survivre. En revanche, leur témoignage sur les faits historiques auxquels ils avaient assisté perdurait dans la mémoire de leurs proches grâce aux récits oraux.

Mon expérience irlandaise ne fit qu'accroître l'importance que j'accordais à la culture et la tradition orales. À partir de ma familiarité avec le microcosme de Belfast, et d'événements considérés comme assez importants par la grande presse pour être revus et corrigés à son aune, je déduisis la profonde altération que subissait sans doute le récit des événements importants du macrocosme de l'histoire mondiale. Et j'en vins à me persuader que cette tendance à la manipulation devait s'aggraver au fur et à mesure que l'on remontait dans le passé, à des époques où seuls les plus riches, les plus éduqués et les vainqueurs avaient les moyens de rapporter l'histoire.

L'obligation de remettre cette discipline en question s'imposa à moi. En tant que femme, je voulais franchir un pas de plus. Depuis la nuit des temps, presque tous les documents que les érudits considéraient comme valables avaient été écrits par des hommes appartenant à des classes sociales spécifiques. Nous n'en discutons pas l'authenticité, garantie par leur datation. Nous prenons rarement en compte le fait qu'ils aient été écrits en des temps d'obscurantisme, lorsque les femmes ne jouissaient d'aucun statut social et n'étaient pas supposées avoir une âme. De combien de magnifiques récits sommes-nous privés parce que les femmes qui en furent les héroïnes n'étaient pas considérées comme des êtres humains à part entière par leurs contemporains ? Combien de ces femmes ont été effacées de l'histoire, purement et simplement ? Et cette hypothèse n'était-elle particulièrement pertinente en ce qui concernait le 1er siècle ?

Demeuraient celles dont le pouvoir et l'influence avaient été tels au sein de leur pays qu'on ne pouvait les ignorer, décrites dans la majorité des livres d'histoire comme de viles personnes, adultères, schismatiques, traîtresses et même meurtrières. Ces accusations étaient-elles fondées, ou se trouvait-on face à une propagande d'ordre politique visant à discréditer des femmes assez audacieuses pour assumer leur intelligence et leur influence ?

C'est dans cet état d'esprit que je me suis lancée dans l'écriture d'un livre visant à réhabiliter les femmes les plus décriées de l'histoire et que j'ai commencé mes recherches par Marie-Antoinette, Lucrèce Borgia et Boudicca.

Au début, Marie-Madeleine était simplement un sujet de recherche parmi d'autres, et mon attention fut attirée par la place mystérieuse qu'elle occupait parmi les disciples du Christ dans le Nouveau Testament. Je savais qu'elle était considérée comme une prostituée par la majorité de l'opinion chrétienne et que le Vatican avait tenté de donner d'elle une autre image. Ce fut mon point de départ. Je décidai de lui consacrer un des chapitres du livre que je voulais écrire, et qui survolerait une vingtaine de siècles.

Mais Marie-Madeleine avait d'autres projets pour moi.

Au cours de mon travail, je commençai à être hantée par des rêves récurrents centrés sur les personnages et les événements de la Passion. Des faits inexplicables, similaires à ceux que vécut Maureen, m'incitèrent à explorer des pistes de recherche centrées sur la légende de Marie-Madeleine dans des lieux aussi divers que McLean, en Virginie et le désert du Sahara. Je voyageai de Massada à Assise, des cathédrales gothiques de France aux ondulantes collines du sud de l'Angleterre, et aux rudes îles écossaises.

Aux prises avec des éléments surnaturels, j'ai lutté pour garder l'équilibre en marchant sur le fil tendu entre ma petite vie de mère de famille de banlieue et celle d'Indiana Jones. J'en venais à penser que tout ce que j'avais vécu jusqu'alors avait pour seul but de me préparer à ce fantastique voyage en territoire inexploré. Des événements d'ordre personnel et professionnel semblèrent eux aussi obéir au hasard pour s'assembler en une image globale. Je découvris des secrets de famille inimaginables et fus choquée d'apprendre que ce que j'avais cru au sujet de certains membres de ma famille était complètement faux. Deux décennies ou presque après leur mort, j'ai découvert que mes très conservateurs grands-parents paternels, une belle du Sud et son dévoué mari baptiste et sudiste, avaient été francs-maçons, et membres actifs de sociétés secrètes. Lorsque j'appris que ma grand-mère était du sang de certaines des plus vieilles familles de la noblesse française, cela bouleversa non seulement le cours de mes recherches mais aussi celui de ma vie. Je reçus un dernier choc quand il me fut révélé que ma date de naissance était le sujet d'une prophétie concernant Marie-Madeleine et ses descendants, la prophétie d'Orval, citée dans mon livre par Bérenger Sinclair. Ces intimes « coïncidences » furent l'ossature de la clé qui m'ouvrirait les portes restées verrouillées pour mes prédécesseurs.

À mesure que j'étais instruite des traditions culturelles perpétuées avec une passion fervente en Europe de l'Ouest, mon intérêt pour Marie-Madeleine se mua en obsession. On m'invita dans les sanctuaires de sociétés secrètes. Je rencontrai les gardiens d'informations si saintes que je suis encore aujourd'hui stupéfaite qu'eux et les renseignements qu'ils détiennent existent depuis deux mille ans.

Je n'avais nulle intention de mettre en doute les croyances de plus d'un milliard de personnes, ni d'écrire un livre qui s'attaquerait à un sujet aussi lourd que la nature de Jésus-Christ et de ses relations avec ceux qui l'entouraient. Pourtant, à l'instar de mon personnage, je découvris qu'il arrivait que l'on décidât de notre chemin à notre place. Lorsque je connus *La Plus Grande Histoire jamais racontée du point de vue de Marie-Madeleine,* je sus que je ne pourrais faire machine arrière. J'en étais possédée, je le suis encore aujourd'hui, et je suppose que je le serai toujours.

Une controverse longue de deux millénaires avait fait de Marie-Madeleine le personnage le plus insaisissable du Nouveau Testament. Je voulais découvrir la femme cachée derrière sa légende, et je m'aperçus que je n'étais pas disposée à ressasser les sources traditionnelles, telles qu'elles étaient habituellement interprétées. Je me drapai dans le chaud manteau de la folkloriste et me lançai en quête d'une énigme plus profonde. En Europe de l'Ouest, la mythologie entourant Marie-Madeleine est ancienne, et d'une infinie richesse. *Marie-Madeleine, le Livre de l'Élue* et les livres suivants exploreront les différentes théories qui s'opposent au sujet de l'identité et de l'impact de Marie-Madeleine dans le sud de la France et ailleurs en Europe.

Grâce à cette mythologie, certaines énigmes la concernant trouvent une explication plus satisfaisante que celles que j'ai trouvées dans les livres traditionnels. Un extrait de l'Évangile de Marc (16,9), par exemple, a été retenu contre elle pendant des siècles : « Et lorsque Jésus se releva, au premier jour de la semaine, il apparut d'abord à Marie-Madeleine, dont il avait extirpé les sept diables. » Cette simple phrase ouvrit la voie à de nombreuses extrapolations sur la santé mentale de Marie et, dans certains livres, on prétendit qu'elle était soit possédée par les démons, soit démente. Ce n'est qu'en me familiarisant avec le point de vue d'Arques tel qu'il est ici décrit, et selon lequel Jésus avait guéri Marie après qu'elle eut été empoisonnée par une potion mortelle appelée le poison des sept diables, que la phrase de Marc s'éclaira.

À l'époque, les femmes étaient nommées en fonction de leurs relations maritales. Or, dans le Nouveau Testament, il n'est jamais question de Marie-Madeleine comme de l'épouse de quelqu'un, et moins encore de Jésus, ce qui incita les érudits à affirmer que l'éventualité d'un mariage entre elle et Jésus était inimaginable. Mais cela suscite une nouvelle contradiction, car elle est aussi la seule femme des quatre Évangiles à être désignée par son seul nom. C'est un personnage en soi, ce qui tend à indiquer que, de son temps, elle était aisément identifiable. À mon avis, les relations familiales complexes de Marie, une femme de noble famille, veuve et épouse, étaient problématiques. Il aurait été embarrassant et même politiquement incorrect de la nommer selon ses relations avec les hommes. Ainsi la connut-on sous son propre nom : Marie-Madeleine.

Autre chose encore : son iconographie m'intriguait. En dépit du mystère qui l'entourait, elle était l'un des personnages le plus souvent représentés par les grands artistes du Moyen Âge, de la Renaissance et de la période baroque. Il existe d'elle des centaines de portraits, des maîtres italiens comme le Caravage et Botticelli à des artistes européens plus modernes, comme Salvador Dalí ou Jean Cocteau. Toutes ces œuvres ont un point commun : Marie-Madeleine y est peinte avec un crâne – censé représenter la pénitence –, un livre – supposé symboliser les Évangiles –, et la jarre en albâtre qui contenait l'onguent dont elle oignit Jésus. De plus, elle est toujours en rouge, une couleur qui accrédite l'idée qu'elle était une prostituée.

Aujourd'hui, je crois que cette iconographie est liée à la version secrète de son histoire, telle qu'elle est précieusement conservée dans la mouvance clandestine européenne. À mon sens, le crâne symbolise Jean, pour qui elle fera toujours pénitence. Le livre est soit le sien soit le Livre de l'amour de Jésus et les robes et voiles rouges sont les attributs de son statut de reine nazaréenne. Je crois très sincèrement que beaucoup de grands artistes et écrivains européens étaient des partisans de « l'hérésie » de Marie-Madeleine, qui s'étaient immergés dans le riche héritage qu'elle laissa sur le continent.

En cours de route, d'autres héros ou anti-héros du Nouveau Testament se sont révélés sous un autre jour. La tant décriée Salomé, par exemple, ici dépeinte d'une façon très humaine. Jean-Baptiste est lui aussi un homme différent si on le regarde avec les yeux de Marie-Madeleine ou de ceux qui la révèrent depuis deux mille ans. J'ai le fervent espoir que le lecteur ne me trouvera pas injuste au sujet de Jean. Marie et Easa ne cessent de proclamer que Jean-Baptiste était un grand prophète. Je pense que c'était aussi un homme de son époque, engagé sans compromis possible dans sa foi, inflexible dans son opposition aux réformes. Je ne suis ni la première ni la dernière à mettre l'accent sur la rivalité entre les partisans de Jean et ceux de Jésus, mais je comprends que la suggestion d'un mariage entre Jean et Marie-Madeleine puisse choquer. Il m'a fallu des années pour me décider à l'écrire. L'héritage de Jean, par le fils qu'il eut avec Marie, se dessinera dans mes prochains livres.

En chemin, je suis tombée amoureuse des apôtres Philippe et Barthélemy. Dans les yeux de Marie, ce sont des personnages magnifiques. Pierre s'est incarné, bien au-delà de « l'homme qui a renié Jésus », et j'ai offert à Judas un nouveau point de vue sur son rôle à jamais tragique dans la Passion.

Les renseignements que j'ai obtenus sur Ponce Pilate et sa femme héroïque, la princesse romaine Claudia Procula, m'ont fascinée. Il existe, dans les archives du Vatican et dans une extraordinaire tradition royale française, des documents qui attestent les relations entre Jésus et la famille de Pilate, qui authentifient les miracles et éclairent l'attitude énigmatique de Pilate dans l'Évangile de Jean. Je crois que ce matériau sur Pilate est essentiel à la compréhension de la Passion et j'ai été stupéfaite d'apprendre que Claudia est sanctifiée par la tradition orthodoxe, comme Ponce Pilate l'est par les Églises abyssinienne et éthiopienne.

Pour recouper ces nouveaux matériaux, j'ai utilisé de nombreuses sources : la correspondance de Claudia Procula, éditée par Issana Press, plusieurs versions apocryphes du Nouveau Testament, des textes gnostiques et même les manuscrits de la mer Morte. Je suis bien consciente que la présente version surprendra, mais j'espère sincèrement qu'elle incitera le lecteur à s'interroger sur sa propre approche de ces mystères. Il existe d'innombrables textes, rédigés pour la plupart entre le

IIe et le IVe siècle, qui ne sont pas inclus dans le canon de l'Église. Des milliers de pages, Évangiles, actes d'apôtres et autres écrits plus généraux sur la vie quotidienne de l'époque apporteront une vision radicalement nouvelle à celui qui n'est pas allé au-delà des quatre Évangiles et qui les lira l'esprit ouvert. Je pense que ce matériau peut jeter un pont de lumière entre les diverses branches de la chrétienté.

Au cours de mes années de recherche, je me suis entretenue avec beaucoup de membres du clergé et de croyants ; il m'est arrivé de les convaincre, et d'être convaincue par eux. J'ai la chance de compter parmi mes amis et collègues des adeptes de toutes les régions de la foi : prêtres catholiques et luthériens, pratiquants de la gnose et prêtresses païennes. En Israël, j'ai rencontré des érudits et des mystiques juifs, ainsi que les gardiens des sites sacrés de la chrétienté. Mon père est baptiste, mon mari fervent catholique. Tous font désormais partie de ma mosaïque personnelle de croyances, et bien sûr de cette histoire. Tous, en dépit de leurs divergences, m'ont offert le même cadeau : leur capacité à échanger des idées et à discuter librement et calmement.

Demeurent dans ce récit des éléments que je suis incapable d'asseoir sur des sources académiques « acceptables ». Ce sont des traditions orales, perpétuées par des gens qui craignent des représailles depuis des siècles. À l'appui de ma théorie, je peux produire de nombreux témoins intéressants et un large éventail d'œuvres d'art créées par les plus grands artistes de la Renaissance et du baroque. C'est dans ce contexte que je présente mon travail : les lecteurs en jugeront et établiront leur verdict.

Pour des raisons de sécurité, il me faut être circonspecte sur ma source principale, mais je puis cependant affirmer que ma version de l'Évangile de Marie-Madeleine s'appuie sur un document qui n'avait jamais été dévoilé. Je me suis permis quelque licence poétique, afin de le rendre plus accessible à nos contemporains, mais l'histoire est authentique, et c'est bien la sienne.

Afin de protéger mes sources et ceux qui les détiennent, j'ai choisi la fiction. Cependant, j'ai personnellement vécu plusieurs des aventures de mon personnage, et pratiquement toutes ses expériences surnaturelles. Souvent, des informations sont communiquées à Maureen, ou à Tammy, comme elles me l'ont été durant ma recherche.

Ce livre et ceux qui suivront sont l'aboutissement de vingt années de travail sur une route parfois périlleuse, au cours desquelles j'ai reçu l'aide inestimable d'âmes intrépides. Je leur suis infiniment reconnaissante de m'avoir fait confiance, et d'avoir partagé avec moi leur savoir; ils ont parfois pris de grands risques. Mille fois je me suis interrogée sur mon aptitude à raconter cette histoire. Depuis dix ans, je crois n'avoir pas passé une seule nuit sans me torturer au sujet du livre et de ses répercussions potentielles.

Tout ce que j'espère, c'est que le produit final soit digne des gardiens de la véritable histoire de Marie-Madeleine qui me l'ont confiée pour que je la raconte. Qu'il transmette aussi son message d'amour, de tolérance, de pardon et de responsabilité personnelle, et que le lecteur éprouve l'envie de s'en inspirer. Je n'ai jamais cessé de croire à l'enseignement du Christ, je suis convaincue qu'il nous appartient de créer le paradis sur la terre. Ma foi en Lui, et en Elle, m'a aidée à traverser bien des ténèbres.

Je suis parfaitement consciente de m'exposer au tir groupé des érudits et des universitaires, qui me traiteront d'irresponsable pour oser présenter publiquement une version qu'aucun texte « acceptable » ne corrobore. Mais je ne leur présenterai pas d'excuses, car mon approche se fonde sur une certitude personnelle, radicale: ce qui est irresponsable, en fait, c'est d'accepter les yeux fermés ce qui est écrit. J'accepte d'avance d'être affublée de l'étiquette infamante de « non-universi-taire », je l'arborerai fièrement, armée du cri de guerre de Boudicca. Le lecteur décidera de la version de l'his-toire de Marie-Madeleine qui résonne le mieux dans son cœur.

À tous ceux qui, depuis deux mille ans, ont théorisé, supposé, discuté de la nature de Marie-Madeleine et de ses enfants, je tends une main amicale. Les désaccords spirituels sur le rôle de notre Marie-Madeleine – et ses représentations par de nombreux artistes et écrivains – sont peut-être l'essence même de la recherche de la vérité. J'espère qu'ils me considéreront désormais comme leur sœur.

Deux mille ans plus tard, et c'est toujours la vérité contre le monde.

Kathleen McGowan

22 mars 2006

Cité des Anges

Remerciements

Il faudrait un livre entier pour remercier tous ceux qui m'ont aidée pendant ces vingt ans de travail. Je vais m'efforcer de citer ceux qui m'ont apporté l'aide la plus décisive.

À mon agent et ami, Larry Kirshbaum, devenu en cours de route mon archange personnel, j'offre toute ma reconnaissance et mon admiration.

Ma directrice littéraire, Trish Todd, m'a inlassablement soutenue, je ne la remercierai jamais assez pour ses conseils, de professionnelle et de sœur. Toute mon admiration également pour l'équipe de la maison d'éditions Simon and Schuster – Touchstone Fireside.

Ma famille a consenti beaucoup de sacrifices. Mon mari a prouvé que l'origine du mot « fidèle » est « foi ». Il a subvenu à tous mes besoins, financiers et affectifs, il a pris soin de la famille, il n'a jamais mis en cause les expériences que je vivais, ni douté de mes découvertes, pourtant parfois bien extravagantes à mes yeux. Mes merveilleux fils, Patrick, Conor et Shane, ont supporté mes absences, ont accepté que leur mère rate des événements importants de leur vie. Mon mari, mes enfants et moi, nous avons été les témoins de tant de miracles que nous savions que nous n'avions pas le choix : il fallait aller au bout, malgré des risques parfois considérables. Pourvu que ce livre soit digne de leur abnégation.

Ce fut en vérité une affaire de famille, car je dois tout ce que je suis et tout ce que je fais à mes parents, Donna et Joe. Leur amour et leur soutien sont la clé de voûte de mon existence. À cause de l'esprit nomade de leur fille, ils ont passé des moments difficiles. Je les remercie pour tout, et particulièrement pour leur amour inconditionnel envers leurs petits-enfants.

Je partage le travail de cet ouvrage et de ceux à venir avec mes frères Kelly et Kevin, et leurs familles. J'espère que les révélations contenues dans ce livre inciteront mes très chers neveux et nièces, Sean, Kristen, Logan et Rhiannon à accomplir leur propre destinée. Le jour où j'ai mis le point final à mon manuscrit, ma nièce, Brigit Erin, est venue au monde. Elle est née le 22 mars 2006. Je surveillerai ses petits pieds avec amour, pour savoir s'ils chausseront un jour les souliers des Élues qui l'ont précédée.

Ma famille doit son bonheur à l'équipe du centre de réanimation néonatale du CHU de l'université de Los Angeles, qui a sauvé Shane. Elle nous a tous sauvés, en fait. Que celui qui ne croit pas aux miracles aille donc passer quelques jours dans ce centre. Il constatera qu'il y a des anges sur cette terre. Ils portent une blouse blanche et sont déguisés en docteurs, infirmières et kinésithérapeutes. Le miracle de Shane fut le catalyseur qui m'obligea à terminer ce livre.

Pendant ce voyage, j'ai parcouru d'innombrables kilomètres avec Stacey K. ma sœur, ma collègue et ma très chère amie. Elle a accepté les situations les plus insolites sans s'émouvoir, par exemple suivre des voix désincarnées au musée du Louvre, et mettre ses pas dans ceux d'étranges petits hommes à la basilique du Saint-Sépulcre. Sans sa confiance et sa loyauté, je n'aurais jamais achevé ce texte.

Je serai à jamais redevable à « Tatie Dawn », à sa générosité surhumaine, qui fut un stupéfiant modèle d'amitié et de fidélité.

Ma gratitude éternelle à Olivia Peyton, ma sœur spirituelle et mon maître de recherche. Je m'incline devant son génie, en tant que femme, en tant que cybersibylle et en tant qu'auteur du superbe roman *Bijoux*, clé de nombreux mystères.

Remerciements particuliers à Marta Collier pour avoir cru, et contribué, à la musique de Finn MacCool, et pour s'être tenue aux côtés du clan McGowan, contre vents et marées.

Que mon grand ami et courageux chevalier du Graal, Ted Grau, qui ne comprend pas l'importance de sa contribution, sache que moi, je la connais.

Merci à Stephen Gaghan, pour sa lecture pertinente, et pénible, de mes premiers brouillons. Sa franchise m'a obligée à m'améliorer.

Go raibh mile math agat, Michael Quirke, sculpteur sur bois du comté de Sligo, mystique, et grand conteur devant l'Éternel. Depuis que je suis entrée « par hasard » dans son magasin durant l'été 1983, je vis de l'autre côté du miroir. Mieux que quiconque, Michael m'a fait comprendre que l'histoire n'est pas ce qui est consigné sur papier, mais ce qui est gravé dans les cœurs et les âmes des êtres humains. Mille fois merci pour m'avoir donné des yeux pour voir et des oreilles pour entendre.

Je remercie également :

Patrick Ruffino, qui m'a appris le sens du mot amitié et m'a empêchée de m'enliser en d'innombrables impasses ;

Linda G. qui jongle si gracieusement avec les archétypes de Marthe et de Vivienne ;

Verdena, qui a incarné l'esprit de Marie-Madeleine et m'en a beaucoup appris sur la foi, les miracles et le courage ;

R.C. Welch, pour avoir été ma traductrice au musée Moreau et pour une passionnante conversation au sujet de la vie et l'écriture sur les bancs de Saint-Sulpice ;

Branimir Zorjan, pour avoir apporté amitié, lumière et guérison dans notre maison ;

Jim McDonough, le plus adorable des magnats de la presse, et le meilleur ami du monde ;

Carolyn et David, qui commencent seulement à comprendre leur rôle ;

Joyce et Dave, les plus récents de mes vieux amis ;

Joel Gotler, pour avoir livré le bon combat et diffusé largement l'histoire de Marie ;

Larry Weinberg, mon avocat et mon ami, pour avoir cru en moi et à mon livre ;

Don Schneider, pour m'avoir fait rire ;

Dev Chatillon, pour son grand professionnalisme ;

Glenn Sobel, pour son infinie patience ;

Cory et Annie, pour avoir acheté le premier exemplaire.

J'ai une dette envers la célèbre Linda Goodman, astrologue aujourd'hui disparue et écrivain, qui m'a murmuré ce secret à l'oreille bien avant que je ne sois prête à l'entendre. Elle a ainsi modifié le cours de ma vie en me laissant ses traductions des Tablettes Émeraude (dont on découvrira l'importance dans mes prochains textes). Mon destin est étrangement enchevêtré avec le sien, ce qui nous a causé joies et peines. J'aurais aimé qu'elle restât assez longtemps parmi nous pour voir que j'ai déterré la preuve de son propre lignage.

C'est grâce au chemin qu'elle m'a conduite à emprunter que j'ai rencontré un autre grand auteur et astrologue, Carolyn Reynolds. Elle a été mon roc durant de sombres jours, grâce à son cri de guerre : « nul ne peut te voler ton destin ». Je la remercie de tout mon cœur.

Des remerciements tout particuliers aux dames du Forum des Tablettes Émeraude, qui m'ont apporté aide et amour pendant toutes ces années.

Parfois, il faut toute une vie pour comprendre pourquoi certains événements bouleversent votre destin. Le jour de mon dix-septième anniversaire, dans les coulisses du théâtre de Pantages, Jackson Browne a changé ma vie. S'il ne l'avait pas fait, ce livre n'existerait pas. Il a parlé à l'adolescente passionnée que j'étais du pouvoir d'un être à changer le monde, et a approuvé mon besoin juvénile de me révolter contre un *statu quo* injuste. Il m'a prise par les épaules et m'a dit avec le plus grand sérieux : « N'arrête jamais de faire ce que tu fais. Jamais. » Je le remercie de ses paroles (mes parents sans doute pas) et de la musique qu'il m'a fait connaître, tout particulièrement « Jésus le Rebelle ». Je pense qu'Easa approuverait.

Merci de tout cœur à Ted Neeley et feu Carl Anderson, qui m'ont bouleversée avec leurs portraits d'inspiration divine de Jésus et de Judas. (Serait-ce une coïncidence qu'Andrew Lloyd Weber soit né un 22 mars ?) Quiconque a la chance de passer un certain temps en la lumineuse présence de Ted sait combien il incarne la beauté de l'esprit nazaréen.

Cindy, Robert, James, Mel, Kathy, Fitchy, Teddy, Chris et Wenonah, merci d'avoir animé les thérapies de groupe qui m'ont tant aidée ces dernières années.

Mon cœur vit en Irlande, et notamment dans le comté de Cavan où habite ma belle-famille, qui m'a accueillie comme si j'étais des leurs.

Merci à la bande de Drogheda pour m'avoir initiée à la beauté de la ville qui a survécu à Cromwell. Ce sont des gens formidables et de merveilleux amis. Ce point de repère, il ne s'appelle pas la tour de Marie-Madeleine sans raison, n'est-ce pas ?

Au cours de mes recherches, Los Angeles était mon foyer, l'Irlande mon refuge et la France mon inspiration. Merci au personnel de l'hôtel du Louvre de m'avoir accueillie comme si j'y étais chez moi et de m'avoir raconté l'histoire du Caveau des Mousquetaires. Il y a tant de gens en France qui m'ont offert leur temps et leur cœur ! Chaque jour, je soupire après la beauté du Languedoc, de la Camargue, du Midi et de la Provence, et les gens extraordinaires qui y habitent.

L'essence de l'esprit de Madeleine est la compassion et le pardon et je voudrais tendre ce livre tel un rameau d'olivier à ceux que j'ai pu blesser. À mon oncle Ronald Paschal notamment, car je n'ai pas compris sa passion pour notre passé français lorsqu'il a essayé de me la décrire.

Je l'offre aussi à Michele-Malana. Notre amitié n'a pas résisté aux aléas du chemin que nous suivions, mais je n'oublierai jamais sa générosité et la puissance de son inspiration. Si jamais elle lit ces lignes – et son amour pour notre Madeleine permet de supposer qu'elle le fera –, j'espère qu'elle viendra à ma rencontre.

Il me reste à remercier l'équipe d'Issana Press qui a publié les traductions des lettres de Claudia Procula. Leur livret *Relics of Repentance*, bien que court, est très saisissant. Je les remercie de m'avoir confirmé que le fils de Pilate s'appelait bien Pilo, et de m'avoir lancée sur une piste excitante : Pilate aurait pu avoir d'autres enfants…

Je considère qu'un auteur doit saluer ceux qui lui ont ouvert la voie. Je citerai donc des écrivains controversés comme Michael Baigent, Henry Lincoln et Richard Leigh qui ont publié *Holy Blood, Holy Grail* au cours des années 1980. Ce livre a fait l'effet d'un tremblement de terre, il a éveillé chez ses lecteurs l'idée qu'il se passait des choses importantes dans le sud-ouest de la France. Je ne suis pas parvenue aux mêmes conclusions qu'eux mais je m'incline devant le courage, la ténacité et l'esprit pionnier de ces hommes honorables, qui ont eu le mérite de faire connaître l'énigmatique Bérenger Saunière dans le monde de l'ésotérisme.

Et pour terminer, je remercie les grands artistes du passé qui n'ont pas eu la chance de découvrir ces matériaux en leur temps ; ils ont semé indices et cartes sur notre chemin. Une citation particulière pour Alessandro Filipepi, « l'enfant chéri des Dieux », qui continue de m'enchanter par-delà le temps et l'espace.

Nous nous retrouverons bientôt à l'entrée du labyrinthe de la cathédrale de Chartres, pour chercher ensemble le Livre de l'amour. Vous possédez déjà une carte. Mais n'oubliez pas d'emporter votre plus ancien exemplaire des œuvres complètes d'Alexandre Dumas, et drapez-vous dans une tapisserie à la licorne...

Lux et veritas
KDM

ET IN ARCADIA EGO

Sur la route de Sion,
J'ai rencontré une femme
Une belle bergère
Qui murmura ces mots
Et in Arcadia Ego

J'ai voyagé vers l'est
Et traversé des montagnes rouges
Saint Antoine, l'ermite, m'a parlé :
« Hors d'ici ! Hors d'ici !
Car de Dieu je tiens les secrets. »

Au temps de la moisson
Je me suis reposé

Et j'ai cherché les fruits de la vigne ;
Je les ai vues, dans le soleil de midi,
Les pommes bleues, les pommes bleues
Et in Arcadia Ego
À l'ombre de Marie
J'ai trouvé les secrets de Dieu.

Extrait de l'album *Music of the Expected One*, de Finn MacColl.
Paroles et musique de Peter et Kathleen McGowan
Site web : www.theexpectedone.com

Achevé d'imprimer par GGP Media GmbH, Pößneck
en février 2007
pour le compte de France Loisirs,
Paris

N° d'éditeur: 47687
Dépôt légal: février 2007
Imprimé en Allemagne